Emma Wagner

Liebe
und
andere
Fettnäpfchen

1. Auflage 2016
© 2016 CBX Verlag, ein Imprint der Singer GmbH
Frankfurter Ring 150
80807 München
info@cbx-verlag.de

Lektorat: Anita Stichler
Umschlaggestaltung: Juliane Schneeweiss
Umschlagabbildung: Depositphotos / indric, AlphaBaby, amphoto, Emma Wagner
Layout und Satz: Nina Knollhuber
Zeichnungen: Katharina Reitz
Druck und Bindung: CPI books GmbH, Leck
Printed in Germany
ISBN 978-3-946390-09-1

Inhalt

Für mein größtes Glück - meine Sternchen

 # Kapitel 1

Misserfolge sind oft notwendige Umwege zum Erfolg
Glückskeksweisheit Nr. 90

Seine großen blauen Augen blicken mich an und seine Hand umfasst sanft mein Kinn, als er sich langsam vorbeugt und mit seinem unwiderstehlichen, französischen Akzent fragt: »*Ma chère*, darf isch disch rrrrrrrrrrriiiiinnnngggggggg?«

?!

Moment mal, da stimmt doch was nicht! Noch mal von vorn!

Er öffnet den Mund und wiederholt in hinreißendem Tonfall: »Rrrrrrrrrrrrrriiiiiiiiiiiiiinnnnnnggggggg!«

Das ergibt irgendwie keinen Sinn.

Plötzlich packt mich jemand am Arm, und als ich mich umdrehe, starrt mich das hakennasige Gesicht von Mrs Coulter an. *Oh mein Gott, was macht die denn bei meinem Date? Und wieso schreit sie mich jetzt auch noch an?*

»Lena, schalte endlich den bekloppten Wecker aus! Andere Leute wollen vielleicht schlafen, okay?«

?!?

Jetzt klopft es an meiner Schlafzimmertür. »Lena, ich warne dich! Mach auf der Stelle den dämlichen Wecker aus!!!«

Schlaftrunken rappele ich mich auf, taste mit der Hand nach dem Wecker, um sein verzweifeltes Scheppern zu beenden, und gähne herzhaft. Bruchstücke meines Traumes sickern in mein Bewusstsein. *Seufz. So ein gut aussehender Franzose. Mist! Warum konnte ich nicht*

einfach weiterträumen? Oder besser noch: Warum musste das nur ein Traum sein? Doppelseufz. Dämliche Magda, warum muss sie ausgerechnet um diese Uhrzeit vor meiner Tür so einen Radau veranstalten?

Mein Blick fällt auf den Wecker und ich versuche, die Traumbilder beiseite zu schieben und in der Realität anzukommen. Es ist 7:30 Uhr. *Komische Zeit zum Aufstehen ... Irgendwie spät. Okay, also mal überlegen: Ich habe den Wecker gestern todmüde programmiert, nachdem ich bis spät in die Nacht für die Englisch-Prüfung bei Mrs Coulter gelernt hatte. Weil die blöde Kuh mich auf dem Kieker hat, will ich schließlich extra gut vorbereitet sein und sie mit meinem nun hoffentlich exzellenten Wissen über die Frauenbewegung im 19. Jahrhundert beeindrucken.*

Moment mal!

Aaarrrgh! Verdammt, die Englisch-Prüfung! Sie beginnt um 8:15 Uhr. Der Wecker sollte doch um 6:30 Uhr klingeln, wieso ...?! Mist, egal! Ich schieße aus meinem Bett hoch, reiße die Zimmertür auf und renne einfach an meiner Mitbewohnerin vorbei ins Badezimmer. Magda hat in einem schicken schwarzen Seiden-Kimono und mit essigsaurer Miene vor meiner Tür Stellung bezogen, offensichtlich froh, wieder einmal ausgiebig ihre permanent schlechte Laune an jemandem auslassen zu können. In meinen Augen ist Magda ein Naturphänomen, da sie scheinbar das ganze Jahr über ihre prämenstruelle Phase hat. Dass ich sie nun einfach links liegen lasse, steigert ihre Laune nicht wirklich, ganz im Gegenteil: Sie bekommt schon die ersten roten Flecken am Hals, wie immer, wenn sie einen Grund dafür gefunden hat, ihrem liebsten Hobby zu frönen. Schnell schließe ich die Badtür ab, bevor sie in die nächste Phase übergehen kann. Während nämlich andere Menschen der Spiel- oder Trunksucht verfallen, ist Magda streitsüchtig. Und das ist nicht nur meine persönliche Meinung, sondern auch ihre eigene. Gleich bei unserem ersten Treffen hat sie stolz betont, dass das ihr Beweggrund dafür sei,

Jura zu studieren. Und als ich am selben Tag von der Uni heimkam, hatte sie einfach alle Poster und Plakate, die ich im Laufe der letzten Jahre in der Küche angebracht hatte, von der Wand gerissen. Während ich sprachlos in der Wohnungstür stand, entgegnete sie ohne eine Spur von schlechtem Gewissen, sie könne mit so hässlichen Bildern an der Wand nicht essen. In diesem Moment wusste ich, dass das nächste Jahr richtig mies werden würde!

Mit vollem Namen heißt meine Mitbewohnerin Magdalena, kommt aus Polen und ist für ein Auslandsjahr hier in Heidelberg. Zu meinem Leidwesen allerdings macht sie keinerlei Anstalten, hier nach Ablauf des Jahres wieder zu verschwinden.

»Sag mal, spinnst du eigentlich? Du weißt doch genau, dass ich im Café Nachtschicht hatte. Wie rücksichtslos bist du eigentlich? Hörst du mir überhaupt zu? Wart nur ab, bis …«

Ich drehe die Dusche voll auf, um ihre nervtötende Fistelstimme nicht mehr zu hören. *Ja klar, wenn man nach der Arbeit noch bis fünf Uhr morgens durch die Klubs zieht, um irgendwo einen reichen Typen abzuschleppen …* Leider habe ich mich bislang noch nicht getraut, ihr gegenüber meine Gedanken laut auszusprechen, da sie mir mit ihrer großen Klappe streittechnisch klar überlegen ist. Ich gehöre bedauerlicherweise nämlich zu der Kategorie Mensch, der immer erst hinterher die passenden, schlagfertigen Antworten einfallen.

Okay, keine Zeit mehr für eine Dusche; Katzenwäsche und Minimal-Zähneputzen sind angesagt. Dann versuche ich hektisch, mit dem Kamm mein naturkrauses Haar in irgendeine Form zu bringen, reiße mir dabei ungefähr hundert Haare aus, gebe auf und binde den Rest zum Pferdeschwanz. Schnell noch Wimperntusche auftragen und Kontaktlinsen einsetzen – *Aua!!! Super, jetzt komme ich auch noch halbblind zur Prüfung.* Ein kontrollierender Blick auf die Uhr: *Verflixt, keine Zeit mehr, um frische Klamotten rauszusuchen!* Also schnell die Dusche abgedreht – die herrliche Stille außerhalb des

Bades deutet darauf hin, dass Magda tatsächlich wieder ins Bett gegangen ist – in die Klamotten von gestern geschlüpft, Tasche und Fahrradschlüssel geschnappt und rausgerannt. Am Ende des Treppenhauses umgedreht, die drei Stockwerke wieder hochgestürmt, um die Hausschuhe gegen Straßenschuhe auszutauschen, und erneut runtergehetzt.

Okay, okay, ich habe noch zehn Minuten. Ich kann es noch schaffen! Verdammt, wem versuche ich etwas vorzumachen? Nur Jan Ullrich könnte diese Zeit abliefern. Ich zerre so hektisch an meinem Fahrradschloss, dass mir der Schlüssel runterfällt. *Na super, war ja klar. Jetzt darf ich auch noch zwischen den ganzen Fahrrädern herumkrabbeln … Da ist er ja endlich!* Jetzt aufs Rad schwingen und los geht's.

Nach einer dreißigminütigen Tour de France bin ich vor dem anglistischen Seminar angekommen und hetze durch die Gänge, während mir grüppchenweise herumstehende Kommilitonen erstaunt hinterher schauen.

Hier ist das Zimmer. Völlig außer Atem drücke ich vorsichtig die Klinke hinunter und will den Raum betreten, doch es geht nicht. *Bin ich überhaupt richtig hier?* Ich presse mein Ohr an die Tür und höre nichts außer einem gelegentlichen Räuspern oder Husten. *Verdammt, die haben alle schon angefangen zu schreiben!*

Jetzt werde ich panisch. *Haben die etwa abgeschlossen?* Ich drücke die Klinke energischer, rüttele sogar an der Tür; plötzlich springt sie mit solch einer Wucht auf, dass ich vom eigenen Schwung getragen in den Saal stolpere, während die Tür mit Getöse an der Wand anschlägt und hundert Studentenaugen auf mich gerichtet sind.

»Oh Gabby, ich wäre am liebsten auf der Stelle gestorben oder vom Blitz getroffen worden.« Gleich nach dem Desaster mit der Prüfung habe ich mich auf die Seminartoilette geflüchtet und telefoniere nun über das Handy mit meiner besten Freundin Gabby.

»Was höchstwahrscheinlich auf dasselbe hinausläuft«, erwidert Gabby. Eigentlich heißt Gabby ja Gabriele; allerdings gibt es nur eine Sache, die sie mehr hasst als diesen Namen, und das ist, wenn ihr Vater sie »Gabie« nennt. Gabby ist der Meinung, so würden nur 40jährige Friseurinnen heißen. Als großer Anhänger der US-Fernsehserie *Desperate Housewives* hat sie sich dann für Gabby entschieden, weil das allemal cooler klingt als Gabriele. Sie leidet bis heute darunter, nicht so einen abgefahrenen Namen wie ihre Mutter zu haben. Die kommt aus Japan und hat Gabby alle ihre wunderbaren Gene vererbt. Misaki Apfelbaum – so heißt Gabbys Mutter, seit sie vor achtundzwanzig Jahren einen deutschen Finanzwirt geheiratet hat – ist ein 1,50 m großes, unglaublich zierliches Persönchen mit hohen Wangenknochen und einem winzigen Näschen. Für beides rennen andere Frauen scharenweise zum Schönheitsdoc. Ihre Augen sind mandelförmig und so dunkelbraun, dass man die Iris nicht von der Pupille unterscheiden kann. Und erst ihr Haar! *Seufz.* Damit könnte sie glatt Shampoo-Werbung machen: seidig glänzend und rabenschwarz mit akkurat geschnittenem Pony.

Theoretisch hat Gabby auch dieses lange, schwarze und schimmernde Haar. Ich sage theoretisch, weil ich es normalerweise nur dann in seiner natürlichen Form zu sehen bekomme, wenn Gabby zwischen zwei Frisuren-Experimenten steht. Zurzeit trägt sie Dreadlocks. Davor waren es blaue Strähnen.

Dass auch ihr sonstiges Styling zumindest den meisten Augen Schmerzen bereitet, weiß sie, aber es stört sie nicht. Zu ihrem von mir gern als Ökotrash bezeichneten Stil gehören ein paar Gesundheitstreter à la Birkenstock, lange, unförmige Röcke mit Batikmuster sowie erdfarbene Oberteile, die immer irgendwie aussehen wie eigenhändig zurechtgeschnippelt. Gabby sieht darin einen revolutionären Akt der Selbstbefreiung und Selbstfindung, der angeblich daher rührt, dass sie einmal beinahe den Dalai Lama

11

getroffen hätte – zumindest waren sie wohl zeitgleich in derselben Stadt. In beschwipstem Zustand hat sie mir allerdings gebeichtet, dass sie damit ihrem strengen Elternhaus gegenüber ein Zeichen setzen möchte. So ganz scheint diese Selbstbefreiung aber noch nicht geglückt zu sein, denn sobald ihre Eltern sich für einen Besuch ankündigen, wird aus der revolutionären Gabby im Eilverfahren die Vorzeige-BWL-Studentin Gabriele mit akkurat gescheitelten Haaren und Business-Kostüm. In Wahrheit jedoch ist sie für Soziologie und Ethnologie eingeschrieben. Wie sie es allerdings schafft, ihren Eltern diese Tatsache zu verheimlichen und vor allem, wie sie ihnen irgendwann einmal die Wahrheit beichten will, weiß ich beim besten Willen nicht. Zum Glück kommen ihre Eltern nicht oft zu Besuch, da sie an der Ostsee wohnen und wir in Heidelberg studieren.

»Jetzt hör doch auf, du weißt, was ich meine. Es war einfach so unwahrscheinlich peinlich. Absolut grausam. Alle haben mich angestarrt, und ich habe hundertprozentig ausgesehen wie ein gekochter Hummer. Knallrot und total durch den Wind. Und das alles auch noch ausgerechnet bei der dämlichen Mrs Coulter!«

»Aber du weißt ja: Misserfolge sind oft notwendige Umwege zum Erfolg.«

Nein, eigentlich wusste ich das bislang nicht, aber ich habe es schon lange aufgegeben, Gabbys 1001 Glückskeks-Weisheiten, die sie zu jedem Thema parat hat, zu kommentieren. Ich hege ja den heimlichen Verdacht, dass sie die in irgendeiner Rocktasche mit sich herumträgt und auf gut Glück einfach nur einen zieht, wenn sich gerade eine Gelegenheit bietet. Denn diese Pseudo-Weisheiten passen ja immer irgendwie.

»Aber dass es ausgerechnet bei der Coulter sein musste«, fährt Gabby fort, »ist echtes Pech. Die kann dich ja partout nicht ausstehen.«

»Danke, dass du mich daran erinnerst. Diese olle Schreckschraube! Aber das beruht auf Gegenseitigkeit.«

»Ja, das ist ja allseits bekannt. Allerdings hättest du dich erst einmal umsehen sollen, bevor du dich in der Mensa lautstark über sie aufgeregt hast, um erst im Anschluss daran festzustellen, dass sie am Tisch direkt hinter dir saß.«

Ich schweige geknickt eine Weile, während mir Bilder des peinlichen Missgeschickes durch den Kopf gehen.

Schließlich meldet sich Gabby am anderen Ende der Leitung wieder: »Ach vergiss es einfach! Hauptsache, du hast die Prüfung bestanden. Hast du doch, oder?«

»Keine Ahnung. Die Coulter hat mich vor dem ganzen Saal bloßgestellt; so wurde auch noch der letzte Vollidiot, der vielleicht noch nicht gemerkt hat, dass ich da wie ein Eichhörnchen auf Ecstasy in den Raum geschossen kam, auf mich aufmerksam. Von dem Moment an kann ich mich an nichts mehr erinnern.« Ich ahme ihre exaltierte Stimme und ihren extremen Oxford-Akzent nach: »Oh how nice! Miss Weber deems to grace us with her presence and wisdom after the toils of her beauty sleep and morning ablutions. As she is all of a quarter of an hour late for our test, I would dare to doubt that she would appear at all for her state examination.”

»Halt, stopp, langsam, langsam! Ich bin nicht mitgekommen. Was bedeutet das?«

Ich seufze: »Sie war total sarkastisch und meinte, es wäre ja toll, dass ich endlich meinen Schönheitsschlaf und meine Morgentoilette beendet hätte, um mich im Hörsaal einzufinden und die anderen mit meiner Anwesenheit und meinem Wissen zu beglücken. Anschließend hat sie noch Zweifel geäußert, ob ich überhaupt zum Staatsexamen erscheinen werde, wenn ich es schon nicht schaffe, rechtzeitig zur Prüfung zu kommen.«

»Nicht im Ernst! Das hat diese Oberzicke vor dem ganzen Hörsaal zu dir gesagt?«

»Ja«, antworte ich geknickt. »Und alle haben angefangen zu lachen,

diese Schleimer!«

»Oh Mist, das ist übel. Da hätte ich auch nicht mehr gewusst, was danach passiert ist.«

»Ja … kann gut sein, dass ich statt über den Sieg der Frauenbewegung über den Untergang der Titanic geschrieben habe.«

Gabby kichert. »Oder darüber, wie toll Chauvinisten sind.«

Nun muss auch ich lachen. Das ist das Schöne an Telefonaten mit Gabby: Danach geht es mir immer besser.

»Okay, Gabby, danke dir! Ich muss jetzt langsam wieder los, ins nächste Seminar.«

»Alles klar, aber denkst du an unsere Verabredung morgen? Mit dem französischen Freund von José?«

»Ja, natürlich.« Mir wird sofort ganz kribbelig im Bauch. Allerdings nicht wegen José.

José ist ein spanischer Austauschstudent, der während der letzten Sommersemesterferien zum Deutschlernen die Summerschool in Heidelberg besucht hatte und, wie das dort üblich ist, auch hier in der Studentensiedlung im Neuenheimer Feld untergebracht war. Anfangs zeigte er Interesse an Gabby, die das aber geflissentlich ignorierte, weil sie noch ihrer letzten verflossenen Liebe hinterher trauerte. Doch kaum wandte sich José anderen Mädchen zu, verliebte sich Gabby natürlich unsterblich in ihn. Angeblich unternahmen sie romantische Ausflüge zum Schloss und auf die Neckarwiese. Vermutlich litt die Romantik ein klein wenig unter dem Umstand, dass sie immer in Begleitung von fünfzig anderen Summerschool-Teilnehmern und haufenweise deutschen Studenten unterwegs waren; die hatten sich nämlich bereit erklärt, ihren ausländischen Kommilitonen die Stadt zu zeigen, um dadurch ihre maximal erlaubte Aufenthaltsdauer im Wohnheim zu verlängern. Das war auch Gabbys Erklärung dafür, warum José ihr nie seine selbstverständlich tief empfundene, ewige Liebe gestanden hat. Dass er meiner Ansicht

nach dennoch haufenweise Gelegenheiten dazu gehabt hätte, wollte Gabby einfach nicht hören. Sie unterstellte mir, ihn von vornherein nicht gemocht zu haben. Okay, das stimmt zwar, ändert aber nichts an der Tatsache, dass José ein selbstgefälliger, arroganter Schönling war. Männern, die länger im Bad brauchen als ich, stehe ich grundsätzlich sehr skeptisch gegenüber. Und dieser spezielle Mann brauchte sogar länger als Gabby und ich zusammen!

Gabby ist allerdings immer noch nicht über ihn hinweg, obwohl er wieder in Spanien ist und dort mit Sicherheit auch eine oder mehrere Freundinnen hat. Sie schreibt ihm noch regelmäßig Emails, und ab und an kommt sogar eine zurück. In der letzten stand, dass sich sein französischer Kumpel Jérôme zurzeit hier in Heidelberg aufhalten würde, und ob wir ihn nicht ein bisschen unter unsere Fittiche nehmen könnten, bis er Anschluss gefunden hätte.

Gabby war natürlich gleich Feuer und Flamme, witterte sie doch die Gelegenheit, auf diese Weise ihre große Liebe zurückzugewinnen. Wie das funktionieren sollte, war mir zwar ein Rätsel, aber die Hoffnung stirbt ja bekanntlich zuletzt. Jedenfalls war auch ich nicht gerade abgeneigt, mich mit Jérôme zu treffen, denn – hey! – ein waschechter Franzose … *Was will man mehr?!? Sicherlich groß, breitschultrig, mit stahlblauen Augen, blonden Haaren und natürlich einem markanten männlichen Gesicht, von der Sonne leicht bronzen getönt. Dann noch ein sexy Dreitagebart und dieser unvergleichliche, unwiderstehliche Akzent …*

»Lena? Bist du noch dran?« Gabbys Stimme reißt mich aus meinem Tagtraum.

»Ähh, ja natürlich, mir ist … nur gerade etwas Wichtiges eingefallen … Was hast du gesagt?«

»Schon gut, nichts von Bedeutung. Wir sehen uns dann morgen um drei.«

»Okay, bis dann. Ciao.«

Durch die nächsten beiden Germanistik-Vorlesungen schleppe ich mich irgendwie durch; am hinteren Ende des Hörsaales sitzend, lege ich meinen Kopf bei aufgestützten Ellenbogen so in meine Hände, dass das Gewicht gut austariert ist und ich ohne zusätzlichen Kraftaufwand diese Stellung halten kann. Die Technik habe ich inzwischen so weit perfektioniert, dass ich im Viertelstundentakt in dieser Position schlafen kann. So hole ich Stück für Stück den Schlaf der letzten Nacht nach, während vorne mittelhochdeutsche Verben konjugiert werden. Zum Glück ist mein Kumpel Marius in derselben Vorlesung, so dass ich nachher von ihm abschreiben kann. Er kann das ohnehin verständlicher erklären als Professor Kiesewetter.

Endlich rempelt Marius mich an: »Lena, halloo! Wir sind fertig. Wollen wir mit den anderen noch in die *Marstall-Mensa* gehen?«

»Hmmmm«, nuschele ich, während ich meine Handgelenke reibe und anschließend unauffällig versuche, auch wieder Gefühl in meinen plattgesessenen Hintern zu massieren.

Als ich aus dem Hörsaal auf den Uniplatz in den strahlenden Sonnenschein trete, muss ich erst einmal geblendet die Augen schließen. Es ist herrlichstes Maiwetter und überall wuseln die Menschen umher. Vor allem natürlich Studenten, die gerade aus der Unibibliothek kommen, um eine Pause einzulegen oder in die Mensa zu gehen. Viele stehen auch schon mit gepackten Koffern an der Bushaltestelle, um über das Wochenende heimzufahren.

Ich habe Marius irgendwo im Gedränge auf den breiten Treppen verloren. Während ich nun darauf warte, dass er sich aus dem Studentenstrom herauskristallisiert, der sich aus dem Tor der Neuen Universität auf den Platz ergießt, beobachte ich die allgegenwärtigen Touristengruppen: Meist sind es Asiaten, die – ganz dem Klischee entsprechend – vom Opa bis zum Kleinkind alle mit den neuesten Digitalkameras ausgerüstet sind und damit einem hochgehaltenen Regenschirm hinterherdackeln. *Was wohl passieren würde, wenn*

ich mich gleichfalls mit Schirm bewaffnet unter sie mischen würde? Würden sie mir auch hinterherlaufen? Vielleicht sogar bis zu meinem Wohnheim? Magda würde die Kinnlade runterfallen, wenn ich plötzlich mit einem Trupp Koreaner in unserer Küche stünde. Ich muss lachen, doch die gute Laune vergeht mir schlagartig, als ich Marius entdecke, der mit Cecilia im Schlepptau auf mich zusteuert. *Na super, auf diese eingebildete Möchtegern-Beauty-Queen habe ich nun wirklich keine Lust!*

»Hi Lena, ich habe von deinem Missgeschick heute Morgen gehört.«

War mir klar ...

»Wieso um alles in der Welt bist du denn zu spät zu Mrs Coulters Prüfung gekommen?«

Sehe ich so aus, als ob ich darüber sprechen möchte?!?!? Außerdem läuft dir ja schon der Geifer aus deinem Lipgloss-glänzenden Mund, so sehr gierst du danach, dich in meinem Pech zu suhlen.

»Ach weißt du, meine Mitbewohnerin Magda ist umgekippt und ich musste den Krankenwagen rufen und ...« *Verdammt, was rede ich denn da überhaupt? Ich kann ihr aber unmöglich den Triumph gönnen zu wissen, dass ich doofe Nudel verschlafen habe. Ich sehe Marius' Augen größer und größer werden. Mist! Ich hatte ganz vergessen, dass ich ihm ja die richtige Story erzählt hatte. Halt bloß die Klappe, Marius! Bitte!*

Cecilia hebt ihre perfekt gezupfte und mit dunklem Puder nachgezogene Augenbraue und sieht mich zweifelnd an: »Und dann? Was ist dann passiert?«

»Naja, dann musste ich natürlich warten, bis der Krankenwagen da war.«

»Und der hat Magda mitgenommen?«

»Ähhh, nein. Sie ist nämlich vorher wieder aufgewacht.«

»Ach ... Und was hatte sie denn nun?«

»Das … weiß ich nicht. Ich musste ja zur Prüfung.«

»Du hast doch aber gesagt, dass du auf den Krankenwagen warten musstest!«

»Ja, aber als er da war, bin ich zur Prüfung gegangen und weil ich seitdem nicht mehr zu Hause war, weiß ich nicht, warum Magda umgekippt ist.«

Cecilia will gerade mit ungläubigem Blick zu einer Entgegnung ansetzen, doch in diesem Moment stoßen ein paar Jungs aus unserem Althochdeutsch-Kurs zu uns. Sofort setzt Cecilia ihr strahlendstes Blendax-Lächeln auf, streicht sich geziert ein paar dunkel schimmernde Locken hinters Ohr und ich bin vergessen. Diese Haarpracht ist mit Sicherheit gefärbt und bestimmt morgens eine Stunde mit dem Lockenstab bearbeitet, bis Cecilia damit vor die Tür treten kann, ha! Und garantiert geht tonnenweise Haarspray dafür drauf, dass ihr Haar so sehr glänzt. Hmpf! *Wenigstens in dieser Situation ist ihr östrogengesteuertes Gehabe von Vorteil.*

Während nun Cecilia wie eine Königin, von drei Jungs flankiert, zur Mensa schwebt, trotten Marius und ich schweigend in einigem Abstand hintendrein.

Nach einer Weile schaut er mich von der Seite an: »Lena?«

»Was?!«, fauche ich, und obwohl es mir gleich darauf leid tut, dass ich meine schlechte Laune an ihm auslasse, bin ich gerade nicht in der Stimmung, mich zu entschuldigen.

»Beim nächsten Mal sag einfach, dein Fahrrad hätte einen Platten gehabt.«

Ich spüre, wie ich feuerrot anlaufe, doch verbissen starre ich nach vorne und schweige.

Je näher wir dem *Marstall* kommen, desto mehr Studenten tauchen um uns herum auf, die in dieselbe Richtung eilen wie wir. Das kann ich gut verstehen, denn das Essen dort ist vielfältiger als in den anderen Uni-Mensen. Doch da der Marstall nach Gramm abrechnet und

daher für Studentenverhältnisse relativ teuer ist, nehme ich regelmäßig gegen Ende des Monats doch mit den eintönigen Spätzle- oder Gnocchi-Tellern der anderen Kantinen vorlieb.

Weil der Abend immer noch so warm und sonnig ist, beschließen die anderen, sich nicht im Speiseraum niederzulassen, sondern mit ihren Essenstabletts vor dem Gebäude auf den Bierbänken im Schatten der Bäume Platz zu nehmen. Cecilias Gruppe ist inzwischen um weitere Jungs und Mädchen gewachsen, von denen ich die meisten nur dem Namen nach kenne. Daher ist der Tisch samt Bierbänken voll, als ich mit meinem Tablett endlich die Schlange an der Kasse hinter mir gelassen habe.

So äußere ich in Richtung der Gruppe betont fröhlich, dass ich mich lieber ein bisschen sonnen möchte, und gehe mit meinem Tablett die drei Stufen zur Wiese hinunter. Auch wenn ich eigentlich keine Antwort erwartet habe, kränkt es mich doch, dass ich so komplett ignoriert werde. Wenigstens Marius springt von seinem Platz auf, sobald er mich auf der Wiese sieht, und kommt mit seinem Tablett zu mir.

Eine Weile hocken wir einträchtig nebeneinander und kauen schweigend, bis schließlich Marius das Wort ergreift: »Und? Wo machst du in den Semesterferien dein Praktikum?«

Irritiert schaue ich ihn an. »Was für ein Praktikum?«

»Naja, keine Ahnung. Du willst doch Wissenschaftsjournalistin werden, da brauchst du doch sicher ein Praktikum in einer Buchhandlung oder in einem Verlag.«

»Ja, aber das Studium dauert doch noch etliche Semester!«

Entsetzt entgegnet Marius: »Man kann doch gar nicht früh genug damit anfangen, Kontakte herzustellen und Praxiserfahrungen zu sammeln!«

»Jetzt übertreibst du doch total! Wahrscheinlich hast du dir schon für die Semesterferien der kommenden zwei Jahre Praktika ge-

sucht.« Eigentlich war das ironisch gemeint, doch Marius' ernstes Gesicht zeigt mir, dass der Schuss nach hinten losging.

»Sag bloß, *du* hast noch keinen Plan?«

Wieso habe ich überhaupt gefragt? Seufzend schüttle ich den Kopf. Marius' Art, sein Leben Jahrzehnte im Voraus zu planen, ist zwar manchmal auch für mich von Vorteil, weil ich dadurch schon so manches Mal in letzter Sekunde an eine abzugebende Hausarbeit oder irgendwelchen studienbezogenen Bürokratie-Kram erinnert worden bin. Doch meistens finde ich diese Angewohnheit einfach nur nervtötend. Nicht nur seinen beruflichen Werdegang – er will Professor für Geschichte werden – hat Marius bereits bis ins Detail ausgetüftelt. Er weiß auch schon genau, in welcher Stadt er später leben will, was für ein Auto er fahren wird und in welcher Farbe sein Esszimmer gestrichen werden soll. Die Anzahl seiner zukünftigen Kinder und ihre Namen sind ihm ebenfalls bekannt. Er hat sogar schon seit Jahren einen Bausparvertrag … Wo bleibt da die Spontaneität? Wo die Spannung? Das Abenteuer? Irrungen und Wirrungen als Würze in der langweiligen Suppe des Lebens? Na gut, zugegeben: Angesichts seiner ganzen Zukunftsvisionen komme ich mir immer wie eine planlose Versagerin vor.

Um einen Vortrag über die Notwendigkeit, das eigene Leben bis zur Beerdigung hin genauestens durchzuplanen, zu vermeiden, wechsle ich das Thema: »Sorry wegen vorhin!«

»Ist schon gut.«

»Nein, ist es nicht. Es ist nur … Miss Ich-bin-die-Schönste-im-ganzen-Land nervt mich so dermaßen!«

»Aber wieso denn? Sie ist doch ganz nett.«

Hmpff, war ja klar, typisch Mann. Checkt nicht, was da abgeht!

»Sie ist nicht nett!!! Sie sonnt sich nur so gerne in der Bewunderung anderer und hängt ihr Fähnlein immer nach dem Wind. Glaub mir, ich weiß, wovon ich rede! Ich war in den ersten Semestern wirk-

lich eng mit ihr befreundet. Zumindest habe ich das geglaubt, bis mir bewusst geworden ist, dass ich immer nur der Notnagel für sie war. Wenn keiner sonst in der Vorlesung saß, den sie kannte, war ich gut genug für sie, aber kaum tauchten irgendwelche Jungs auf, war ich Luft. Egal, wo wir gerade waren, ob in der Mensa oder im Schwimmbad oder sonst wo. Und dabei hat sie einen Freund und noch dazu einen so richtig lieben, der für sie kocht und den Haushalt schmeißt und so. Aber ihr Männer seid ja in dieser Hinsicht so was von zurückgeblieben. Kaum hat jemand ein hübsches Gesicht mit dazu passendem Vorbau, ist alles andere egal!« Erbost spieße ich mit der Gabel meine Forelle auf.

»Also, weißt du ... ich finde sie eigentlich gar nicht so hübsch.« Marius sieht mich mit seinem Dackelblick an.

Das zu hören tut gut.

Halbherzig protestiere ich: »Aber ihre Haare glänzen immer so schön und sie ragt nicht wie ein Leuchtturm aus jeder Menschenmasse heraus.«

Marius räuspert sich: »Sei doch froh, dass du so groß bist. Du bist halt nicht so eine Null-acht-fünfzehn-Blondine, sondern was Besonderes. Ich meine, du könntest als Wikingerkönigin durchgehen ... also ... wegen der blonden Haare und blauen Augen ... nicht, weil die so grausam waren ...«

Ich runzle die Stirn. *Worauf will er hinaus?*

»... also, was ich damit eigentlich sagen will ... deine Haare sind so blau ... ähh ... ich meine, so blond wie ... ein Kornfeld ...«

?!? Was soll das denn jetzt?

»Und ... deine Augen sind so blau wie ...« Er räuspert sich noch einmal und verstummt dann, als ihm offensichtlich kein Vergleich einfällt.

Irgendwie beschleicht mich ein ungutes Gefühl.

Marius setzt noch einmal neu an: »Deine Haare sind so blond wie

ein Kornfeld und deine Augen sind so blau wie … der … Himmel?«
Seine Stimme hebt sich am Schluss unsicher, so dass es wie eine Frage klingt.

Irritiert kneife ich das linke Auge zusammen. »Marius? Ist mit dir alles in Ordnung?« Misstrauisch werfe ich einen Blick auf seinen Teller. »Weißt du, ich hatte ja schon befürchtet, dass sich die Salatsoße bei der Hitze nicht lange hält. Deshalb habe ich gleich ganz auf den Salat verzichtet.«

Marius sieht mich irgendwie gequält an. »Die Soße ist super. Mir geht es gut. Nein, ich meine, eigentlich geht es mir nicht gut, aber das liegt nicht an der Soße, sondern … an …«

Die Flecken auf seinen Backen, die er immer kriegt, wenn er aufgeregt ist, leuchten rot und plötzlich dämmert mir, was er sagen will.

Marius räuspert sich erneut: »Hmm, hmm. Deine Lippen sind wie …«

Herr im Himmel, er wird mir jetzt doch wohl keine Liebeserklärung machen. Bloß nicht! Hilfe suchend blicke ich mich um. »Oh sieh mal! Ist das da drüben nicht Antonia? Huhuu, Antonia!« Ich winke hektisch in Richtung des nächstbesten vorübergehenden Mädels. Es schaut mich irritiert an und geht dann weiter.

Marius setzt erneut an: »Was ich eigentlich sagen wollte, ist … ähh … deine Lippen sind wie …«

»Ach und schau mal! Der kleine Hund dort drüben! Ist der nicht süß?«

Das bringt Marius aus dem Konzept. »Aber du hast doch Angst vor Hunden!«

Stimmt. Mist! »Jaaaa … aber dieser Hund da ist eine Ausnahme. Er ist viel … ähh … weniger hundeartig als normale Hunde.« Unbehaglich meide ich seinen Blick und widme mich konzentriert dem Karottensalat auf meinem Teller.

Marius schweigt und ich bin sicher, dass er nun nicht mehr der einzige ist, dessen Wangen hektische rote Flecken zieren. Zumindest

fühlen sich meine an, als könnte ich ein Spiegelei darauf braten. Ich traue mich nicht, zu ihm hinüberzuschauen, aber aus dem Augenwinkel sehe ich, wie er mit der Messerspitze kleine Kreise in seine Soße malt.

Am besten tue ich so, als ob ich nicht kapiert hätte, worauf er hinaus will. »Danke, Marius, du bist ein echter Kumpel.«

»Naja, Lena, eigentlich …«

Ich unterbreche ihn schnell: »Mist, ich muss mal ganz dringend aufs Klo. Bin gleich wieder da. Kannst du so lange auf meine Sachen aufpassen?«

Er schaut mich, irritiert ob meiner plötzlichen Blasenschwäche, verständnislos an, nickt dann aber.

Erleichtert, etwas Zeit gewonnen zu haben, gehe ich los. *Okay, das war jetzt eine echt peinliche Situation. Aber wie kommt er überhaupt auf so eine Idee? Wir sind doch seit Jahren gute Kumpel. Wieso bringt er das jetzt auf einmal in Gefahr? Egal, die Frage ist jetzt: Wie soll ich ihm schonend beibringen, dass da einfach nicht mehr drin ist als Freundschaft? Ich will ihn ja als Freund nicht verlieren. Ach Mensch, warum muss er die Situation so verkomplizieren?*

Ich komme am Getränkeautomaten vorbei und kaufe mir eine Cola, in der Hoffnung, dass das Koffein mein Gehirn auf Trab bringt und mir etwas einfällt. In diesem Moment sehe ich Jonas, den besten Freund von Marius, an einem runden Tischchen neben der Getränke-Theke einen Kaffee trinken und ich gehe zu ihm. »Hey, Jonas, das ist ja eine Überraschung. Was machst du denn hier?«

Jonas schaut auf, dann mit hochgezogener Augenbraue auf die vor ihm stehende Tasse Kaffee und anschließend wieder zu mir. Erst nach einer wohlkalkulierten Pause antwortet er von oben herab: »Ich trinke Kaffee?«

»Und das ist auch ein wirklich schöner Kaffee, so … ähh … schwarz.«

Jonas schaut mich an, als hätte ich nicht alle Tassen im Schrank. Habe ich vermutlich auch nicht mehr … Andernfalls hätte ich sicherlich etwas Sinnvolleres von mir gegeben. Bevor ich mich noch weiter blamieren kann, komme ich lieber schnell zum Punkt: »Hast du nicht Lust, uns draußen Gesellschaft zu leisten? Marius ist auch da und hier drinnen ist es doch total stickig.«

Jonas schaut demonstrativ zum offenen Eingang direkt neben sich. Tatsächlich sind sämtliche Flügeltüren weit geöffnet, so dass Jonas, wenn man es genau nimmt, eigentlich schon im Freien sitzt. *Hier holt man sich wohl eher eine Erkältung als dass man unter stickiger Luft zu leiden hat.* Ich spüre, wie ich rot anlaufe – wieder einmal. *Irgendwie scheint sich das bei mir zu einem Dauerzustand zu entwickeln. Vermutlich denken alle, ich würde unter einem echt üblen Sonnenbrand leiden.*

Und Jonas trägt nicht gerade zur Stabilisierung meiner seelischen Befindlichkeit bei, da er jetzt ausdrucksvoll seufzt und anschließend mit überheblicher Leidensmiene sagt: »Meinetwegen komme ich mit. Ich gehe aber davon aus, dass ihr einen Platz im Schatten für mich habt.« Er fügt theatralisch hinzu: »Als Schauspieler muss ich schließlich wandelbar bleiben und darf daher meinen Teint nicht der Sonne aussetzen.«

Naja, sofern man sich das Essenstablett über den Kopf hält, hat man an unserem Platz Schatten. Doch während ich noch überlege, wie ich ihm diese Erkenntnis möglichst schonend verkaufen soll, erhebt er sich bereits. Da er extrem lange Beine hat, weckt dieser überaus kompliziert wirkende Vorgang bei mir Assoziationen mit einem Trabi, aus dem sich plötzlich ein Dirk Nowitzki herausfaltet. »Ich wollte Marius ohnehin einige Interna bezüglich unseres neuen Theaterstücks fragen.«

Jaja, frag ihn, was du willst, meinetwegen auch Externa, nur lenk ihn von mir ab. Theaterprobe – puhh. Noch ein Punkt, der Marius für

mich absolut ungeeignet macht. Männer, die Theater spielen, gehen ja mal gar nicht. »Na, das ist doch Klasse! Er wird sicherlich sehr gerne mit dir über das Stück sprechen.«

Jonas hält sich leider für eine Art Reinkarnation Marlon Brandos und meint, mit langen Haaren und einer extrem divenhaften Art jedem seine künstlerische Ader unter die Nase reiben zu müssen. Da er jedoch nicht nur äußerlich keinerlei Ähnlichkeit mit Mister Brando besitzt, hat sich Jonas für die Zeit, die es braucht, bis er als Schauspieler entdeckt wird und ganz groß rauskommt, auf das Schreiben und Inszenieren von Theaterstücken verlegt. Leider Gottes sind diese unendlich langweilig und schwer verständlich, weil sie meist irgendwelche althochdeutsche Legenden zum Inhalt haben.

Marius ist tatsächlich sehr erfreut, Jonas zu sehen und reagiert nur minimal erstaunt, als ich die Cola austrinke.

»Musstest du nicht aufs Klo?«

»Doch, doch, aber was unten rausgeht, muss ja oben wieder reingefüllt werden, nicht wahr?«

Irritiert wenden sich die beiden ihren ‚ternas‘ zu - ob nun ‚In‘ oder ‚Ex‘, ist mir egal.

Blöderweise verspüre ich aber, kaum, dass ich die Cola ausgetrunken habe, ein sehr dringendes reales Bedürfnis. »Ich bring nur schnell die Flasche weg«, murmele ich in Richtung der beiden sich unterhaltenden Möchtegern-Schauspieler und marschiere auf kürzestem Weg zur Toilette, vor der sich natürlich ausgerechnet jetzt eine riesige Schlange befinden muss.

War ja klar …

Ich warte und warte und warte und als ich endlich an der Reihe bin und danach erleichtert die Treppenstufen von der Toilette zum Speisesaal hinuntereile, stoße ich fast mit Marius und Jonas zusammen.

»Huch, da bist du ja endlich. Du warst so lange weg und es ist schon spät, daher habe ich schon mal unsere Tabletts zurückgebracht …

Ähh ...Warst du etwa schon wieder auf dem Klo?« Verwundert schaut mich Marius an.

Jonas rollt mit den Augen, vermutlich um zu zeigen, was er von Frauen mit kleiner Blase hält.

Ich hoffe inständig, dass die beiden mein merkwürdiges Verhalten schnellstmöglich vergessen und beschließe, dass das jetzt genug Blamagen für einen Tag waren: »Du Marius, ich muss jetzt langsam los. Bin ziemlich müde. Wir sehen uns ja am Montag wieder.«

»Soll ich dich nicht nach Hause bringen?«

»Nein, nein, ihr müsst doch noch die Theaterprobe besprechen. Ich fahre schon mal los. Bis Montag.« Wir umarmen uns zum Abschied, ich nicke Jonas eine Spur unterkühlt zu und setze mich in Bewegung Richtung Neue Uni, wo mein Fahrrad noch steht.

Bis ich zu Hause ankomme, bin ich tatsächlich so kaputt, dass ich am liebsten gleich ins Bett fallen würde; doch kaum habe ich mein Zimmer erreicht, klingelt es und vor der Tür steht ein bierbäuchiger Mann mittleren Alters in Arbeitskluft.

»Guten Morgen. Hausmann ist mein Name. Von der Firma Boder, Heizungs-, Sanitär-, und Solartechnik.«

Ach herrjeh, mit dem Wasserinstallateur habe ich inzwischen überhaupt nicht mehr gerechnet ... Immerhin ist es gute vier Monate her, dass ich bei den Hausmeistern unseren permanent tropfenden Duschkopf gemeldet habe. Was soll's – besser spät als nie. Ich will ihn gerade Richtung Badezimmer dirigieren, als Magdas Zimmertür aufgeht und Magda herself heraustritt: Dieses Mal ohne schwarzen Seidenkimono, dafür aber in Seiden-Strumpfhosen und BH.

Herrn Hausmann fallen beinahe die Augen heraus. Ich hingegen bin solche Auftritte von Magda gewohnt. *Aber zum Glück hat sie sich mal wieder so eine grüne Pampe ins Gesicht geschmiert.* Meine Erleichterung rührt daher, dass Magda nur dann, wenn sie eine ihrer

Gesichtskuren macht, halbwegs zu ertragen ist. Vorbereitungen dieser Art deuten bei ihr nämlich immer auf ein Date hin und da will sie wohl nicht mit roten Zornflecken im Gesicht auftauchen.

Und in der Tat würdigt Magda mich keines Blickes, marschiert an uns vorbei in die Küche und beginnt im Kühlschrank zu kramen. Der Wasserinstallateur jedoch läuft rot an und fängt an zu stottern: »Oh … ähh … entschuldigen Sie … ich … ähh … wusste nicht … ähhh …«

Ich schüttele entnervt den Kopf über Magdas Auftritt; doch den inzwischen bereits glupschäugigen Herrn Hausmann vollkommen ignorierend, nimmt diese in aller Ruhe ihren fettfreien Joghurt aus dem Kühlschrank und schaltet den Kaffeekocher ein.

»Herr Hausmann? Herr Hausmann! Hallo? Kommen Sie jetzt?«

»Wie? Was? Ach so, ähhh … ja, natürlich.«

Endlich setzt er sich in Bewegung, die Stielaugen jedoch nach wie vor auf die halb nackte Magda gerichtet, weshalb er prompt mit voller Wucht gegen mein windschiefes und wackeliges Küchenschränkchen rennt, das zudem seit etlichen Monaten auf nur drei Beinen steht. Unter dem abgebrochenen vierten habe ich Bücher untergelegt. Seitdem warte ich darauf, dass mal ein handwerklich begabter und gut aussehender junger Mann vom Himmel fällt, der es mir reparieren kann. Eine Hoffnung, die ich nun begraben kann, da das arme Schränkchen Herrn Hausmanns Frontalangriff nicht standhält und nach einer Schrecksekunde in sich zusammenfällt. Maisdosen kullern durch die Gegend, Reispackungen entwickeln ein Eigenleben und Äpfel hüpfen in der Küche herum. Ich schließe genervt die Augen. *Das hat mir gerade noch gefehlt!!! Verdammte Magda.*

Selbige tut, als ginge sie das alles absolut nichts an und verschwindet in aller Seelenruhe mit Joghurt und Kaffee in ihrem Zimmer.

Kaum hat sich die Tür hinter ihr geschlossen, lasse ich mich gegen den Türrahmen sinken und seufze hörbar auf angesichts des sich

vor mir ausbreitenden Chaos´. Das erweckt den zwischenzeitlich erstarrten Herrn Hausmann wieder zum Leben: »Oh mein Gott! Das tut mir ganz schrecklich leid. Ich verstehe gar nicht, wie mir das passieren konnte …«

Ich schon!

»Ach Herrjeh! Ich weiß gar nicht, was ich sagen soll. Ich bin wirklich absolut untröstlich!«

Müde will ich gerade abwinken und sagen, dass das Ding ohnehin kaputt war, als er schon fortfährt: »Selbstverständlich werde ich Ihnen Ihren Schrank wieder zusammenbauen!«

Oh!

»Und zwar jetzt sofort!«

Na wenn das so ist … Langsam heben sich meine Mundwinkel …

Eine halbe Stunde später grinse ich wie ein Honigkuchenpferd: Vor mir steht ein Schränkchen, das so viel mit meinem alten zu tun hat wie Rihanna mit Karel Gott. Es steht gerade, ist stabil und besitzt sogar Türen, die sich weder nach jeder Benutzung aushängen noch elendig quietschen. *Halleluja!*

Nachdem ich mich begeistert von Herrn Hausmann verabschiedet habe und überaus zufrieden zu Bett gehe, fällt mir ein, dass er ja eigentlich wegen der Dusche gekommen ist, die nun aber nicht repariert wurde. *Naja, macht nichts: Ich werde ihn einfach noch einmal zu einem Zeitpunkt bestellen, an dem Magda sich auf ein Date vorbereitet. Mein Waschtischschrank müsste nämlich auch mal wieder generalüberholt werden …*

Kapitel 2

Vorurteile sind Hindernisse auf der Rennbahn des Lebens
Glückskeksweisheit Nr. 50

Samstagmorgen. Hurra! Ich habe mich richtig ausgeschlafen und schlappe nun in meinem Lieblingsnachthemd – dem mit den tanzenden Schäfchen und Häschen drauf, das von Magda immer nur mit einer gerümpften Nase kommentiert wird – zur Tür. Erst einmal rasch in den Flur gelinst, ob Morgenmuffel-Magda da ist. *Puuhh ...* Ich kann mein Glück gar nicht fassen. *Ein Samstagmorgen ganz für mich allein. Das Leben kann so schön sein!*

Ich setze meine Brille auf, die ich nie in Gegenwart anderer trage, da ich damit wie eine Bibliothekarin aussehe. Zu meinem Leidwesen bin ich ohne Brille oder Kontaktlinsen nämlich blind wie ein Maulwurf. Dann ziehe ich die Gardinen hinter meinem Schreibtisch zurück, und ein strahlender Morgen – *Moment, kurzer Blick auf die Uhr ... Okay, eher ein strahlender Mittag* – begrüßt mich. Auf dem Weg in die Küche schnappe ich mir meine Zahnbürste und während der permanent hoffnungslos verkalkte Wasserkocher anfängt zu knattern und zu blubbern, stöbere ich im Kühlschrank nach etwas Essbarem.

Eigentlich stellt es ja eine ziemliche Übertreibung dar, den Abstand zwischen meinem Zimmer und der Küche als Weg zu bezeichnen; schließlich verbindet nur ein drei Schritte langer und einen Schritt breiter Flur alle Räume der Wohnung, indem er von Magdas Zimmer in gerader Linie in unsere zwei mal drei Meter kleine Küche

führt, die dann auch schon, nur durch die Wohnungstür davon getrennt, ins Treppenhaus übergeht.

Links an den kleinen Flur grenzt mein etwa zwölf Quadratmeter kleines Zimmer und rechts unser Bad, das so winzig ist, dass man sich problemlos auf dem Klo sitzend duschen könnte, und das neben WC und Dusche nur noch das Waschbecken beherbergt. *Doch wir wollen ja mal nicht meckern, Lena, denn immerhin haben wir eine der heiß begehrten 2-Zimmer-WGs abgekriegt und keine 4-Zimmer-Wohnung, auch wenn diese wenigstens eine anständig große Wohnküche vorweisen kann.* In den Vierer-WGs gibt es ständig Stress, weil sich niemand für das schmutzige Geschirr oder das Putzen des Bades verantwortlich fühlt.

Das kriege ich bei Gabby mit. Sie wohnt im gleichen Wohnheim wie ich, nur ein Stockwerk tiefer. Gabby liebt ihre Wohngruppe, in der es immer viel Trubel gibt und alle paar Monate die Mitbewohner wechseln. Zurzeit wohnt sie mit drei Studenten aus dem Kongo zusammen. Mir wäre das zu viel, vor allem, wenn ich mir vorstelle, ich hätte da drei Mitbewohner von Magdas Sorte. Trotzdem finde ich die größeren WGs immer noch besser als die alten, zehnstöckigen Wohnheime, in denen sich acht bis zehn Zimmer eine Küche und ein Bad teilen. *Absolut widerlich!*

Und schließlich bin ich heilfroh darüber, überhaupt eine Wohnung abbekommen zu haben. Ich kann mich nämlich noch gut an meinen WG-Besichtigungsmarathon zu Beginn meiner Studienzeit erinnern: In einer der Wohnungen musste man jedes Mal zwei Euro einwerfen, wenn man duschen wollte. In einer anderen mussten sich alle Interessenten in einer Reihe aufstellen, wurden mit einer Nummer in der Hand fotografiert und wieder weggeschickt. Und in einer weiteren waren so viele Leute, dass ich bis heute nicht weiß, wer da überhaupt gewohnt hat …

Endlich ist mein Wasserkocher so weit, und mit frischem Instant-

kaffee, Brötchen und Marmelade bewaffnet schlurfe ich in mein helles und freundliches Zimmer zurück, wo ich es viel gemütlicher finde als in der fensterlosen Küche.

Ich schnappe mir mein Buch und mache es mir auf dem Bett mit meinem Frühstück gemütlich. Wenn es um Entspannung geht, gibt es für mich nichts Besseres als Jane Austen. Mein Lieblingsroman von ihr ist *Emma*. Ich finde es jedes Mal aufs Neue amüsant, wie sich die Hauptperson in das Liebesleben ihrer Mitmenschen einmischt, auch wenn so etwas für mich selbstverständlich niemals in Frage käme. Dass auch der Rest meines für private Lektüre reservierten Bücherregals vor weiteren Jane Austen-Romanen, Balladensammlungen und Gedichtbänden überquillt, hat mir schon viel Spott eingebracht, doch ich stehe dazu, eine unverbesserliche Romantikerin zu sein.

Leider zwingt mich das anstehende Date mit Gabby und Jérôme, das Buch beiseitezulegen, bevor es zum Happy End kommt.

Mit frisch gewaschenem und auf Volumen geföhntem Haar stehe ich vor meinem – leider ziemlich kleinen – Kleiderschrank. *Hmm, mal überlegen. Ich will beeindrucken, aber nicht aufgedonnert wirken. Eher dezent-elegant rüberkommen.* Ich wühle eine Zeit lang in meinen Anziehsachen. *Ach, wem will ich was vormachen? So viele Klamotten habe ich gar nicht zur Auswahl, und die stammen ohnehin meist von H&M.* Also suche ich mir einfach einen knielangen braunen Rock mit weißen Tupfen heraus und kombiniere ihn mit einem weißen Top und farblich passenden Riemchensandalen. Natürlich trage ich unter dem Oberteil meinen besten Push-up-BH; schließlich ist meine Oberweite zu meinem großen Leidwesen eher das Gegenteil von üppig, so wie ich auch im Übrigen ein sehr schlanker Mensch bin.

Während ich noch hellbraunen Lidschatten und roséfarbenen Lippenstift auftrage, klopft es zwei Mal kurz und ein Mal lang an der

Tür: unser gemeinsamer Klopf- und Klingelcode.

»Ich bin gleich da!«, rufe ich Gabby schnell zu.

»Okay, dann gehe ich schon mal runter«, tönt es dumpf durch die Tür. »Ich habe nämlich Müllbeutel in der Hand. Wir treffen uns bei den Mülltonnen.«

Ich beende schnell meine Verschönerungsaktion und setze meine Kontaktlinsen ein.

Mit den Fahrradschlüsseln in der einen und meiner kleinen Umhängetasche in der anderen Hand renne ich die Treppen runter. Auf halbem Weg drehe ich noch einmal um, schließe die Wohnungstür wieder auf und spurte in mein Zimmer, um noch ein paar Spritzer *Laura* hinter meinen Ohren und auf meinem Dekolleté zu verteilen, während Gabby ungeduldig unten an der Haustür klingelt. *Sicher ist sicher.*

Auf dem Weg zum Ausgang rufe ich ein knappes »Bin schon da!« in die Sprechanlage.

Gabby hat sich – für ihre Verhältnisse – richtig herausgeputzt: Sie trägt einen knielangen, dunkelblauen Batikrock zu einem schwarzen Wickeltop und hat sich ein weißes Tuch um den Kopf gewickelt. Es sieht ein bisschen wie eine Mischung aus afrikanischem Kopfputz und indischem Turban aus. Die Birkenstocklatschen sind natürlich geblieben. Ebenso wie ihr unvermeidlicher Stoffbeutel, der Gabby in allen Lebenslagen begleitet. Die Jutetasche ist ihrer Ansicht nach das nützlichste und vielseitigste Utensil der Welt. Sie benutzt es ebenso als Sporttasche wie auch für den Transport ihrer Einkäufe oder Uni-Materialien. Selbst bei einem Date darf es nicht fehlen.

Ich glaube, Gabby würde überall in der Stadt Vermisstenanzeigen aufhängen, wenn sie diese Tasche einmal verlieren sollte – dass sie geklaut würde, halte ich für absolut ausgeschlossen. Wenigstens insofern hat diese Tasche vielleicht doch einen realen Vorteil gegenüber anderen …

»Weißt du, wo wir hin müssen?«, frage ich, während wir uns umarmen, Küsschen auf die Wange tauschen und anschließend unsere Fahrräder aufsperren.

»Logo, folge mir einfach. Er wohnt in Dossenheim. Wir nehmen am besten die Abkürzung durch die Felder.«

Unterwegs erzähle ich ihr von dem Dilemma mit Marius. Gabby reagiert leider nicht so empört, wie ich erwartet habe: »Was ist denn eigentlich dein Problem mit Marius?«

»Bitte? Was soll das denn heißen?«

»Naja, ich mein ja nur … Ihr habt doch immer viel Spaß miteinander, und du willst doch jemanden mit Humor haben.«

»Ja schon, aber …«

»Und gebildet soll er doch auch sein und sich mit Literatur auskennen und Gedichte zu schätzen wissen. Trifft doch alles auf Marius zu. So klug wie er ist, wird er mit Sicherheit Geschichtsprofessor. Und hast du schon vergessen, wie wunderschön er bei der letzten Theateraufführung die Balladen vorgetragen hat?«

»Ja, als Minnesänger mit gelben Strumpfhosen verkleidet!« Ich verziehe das Gesicht bei der Erinnerung daran.

»Okay, ich gebe zu, dass das jetzt nicht besonders sexy aussah …«

»Ich will kein Theater spielendes Weichei, sondern einen starken, selbstbewussten Mann. Und er soll auch kein Geschichtsprofessor sein, der sich von morgens bis abends in irgendeinem dunklen Archiv durch verstaubte mittelalterliche Wäschelisten wühlt.«

»Sondern?«

»Jemand, der im Hier und Heute lebt und sich für Philosophie interessiert und moderne Sprachen spricht, nicht nur Althochdeutsch und Mittelhochdeutsch und so einen Mist. Er sollte Französisch sprechen. Es gibt ja wohl keine andere Sprache, die so sexy klingt!«

»Sprichst du denn Französisch?«

»Nein.«

»Aha.«

»Was soll denn das jetzt schon wieder bedeuten?«

»Naja, vielleicht findest du die Sprache nur deshalb so sexy, weil du keine Ahnung hast, worüber gesprochen wird. Ich meine, stell dir doch mal vor, dein Angebeteter spricht französisch mit dir und du denkst, dass er dir eine Liebeserklärung macht, dabei sagt er in Wirklichkeit nur die Einkaufsliste auf!«

Über diesen Gedanken muss sogar ich lachen, bin aber noch nicht bereit, mich geschlagen zu geben: »Zum Glück wird das nicht passieren, da mein Zukünftiger ein feinfühliger und empathischer Mann sein und mir daher lieber französische Liebesgedichte vortragen wird. Außerdem habe ich ohnehin vor, demnächst französisch zu lernen.«

»Also ein starker, selbstbewusster Mann, aber sensibel und mitfühlend genug, um dir französische Lyrik vorzutragen und trotzdem nicht so weicheierig, dass er Theater spielt …?«

»Lachst du mich etwa aus?« *Ich bin empört!* Schließlich sage ich etwas verschnupft: »Es geht ums Prinzip. Er soll halt kein Macho sein, aber auch kein eierloser Softie.«

»Du hast vergessen, dass er auf ein gepflegtes Äußeres Wert legen muss, ohne gleich als selbstverliebter Schönling daherzukommen«, ergänzt Gabby. »Ungepflegte Männer gehen gar nicht. Solche, die nach Schweiß riechen. Bäh!«

»Oder die Mundgeruch haben!«

»Uärgh!« Wir schütteln uns gleichzeitig.

Wir fahren eine Weile in Gedanken versunken zwischen den Mais- und Kohlfeldern vor uns hin, dann nimmt Gabby den Faden wieder auf.

»Marius lebt doch auch nicht nur in der Vergangenheit. Immerhin studiert er neben Germanistik und Geschichte auch noch Politik.«

»Umso schlimmer, ich kann mir nichts Langweiligeres vorstellen

als Politik und Wirtschaft und diesen ganzen Kram.«

»Okay, zumindest in diesem Punkt stimme ich dir voll und ganz zu«, seufzt Gabby. »Schließlich hab ich es nur ein Semester lang in BWL ausgehalten.«

»Außerdem sollte mein Zukünftiger auch sportlich sein, und das ist Marius nun einmal leider ganz und gar nicht. Schließlich sitzt er den ganzen Tag nur in seinem Zimmer über seinen Büchern und sieht es als Höchstmaß sportlicher Betätigung an, mal mit dem Rad zur Mensa zu fahren, wenn der Bus ausfällt.«

»Ja schon, aber er ist ja auch ohne Sport total dünn.«

»Also das ist untertrieben! Er ist so dürr, dass er aussieht wie ein Kleiderbügel mit Beinen!«

Die ersten Häuser von Dossenheim tauchen vor uns auf.

»Weißt du …«, fängt Gabby wieder an, »… ich sag's ja nur ungern, doch vielleicht solltest du deine Ansprüche mal ein bisschen runterschrauben.«

»Soll das heißen, dass ich es nicht wert bin, ein paar Forderungen an die Männerwelt stellen zu dürfen?!?«, gebe ich eingeschnappt zurück.

»Nein, das soll nur heißen, dass es den Mann, der alle deine Wünsche erfüllt, vielleicht einfach nicht gibt.«

»Und was macht dich da zu solch einer Expertin auf dem Gebiet?«, rutscht es mir heraus und sofort beiße ich mir auf die Zunge, als ich Gabbys verletztes Gesicht sehe.

Solange José ihr anfangs hinterhergelaufen war, war Gabby noch in Anton verliebt, der ihr schon Avancen gemacht hatte, als sie noch an Dominik interessiert war … Wie auch immer, jedenfalls war Gabby übers Wochenende zu Anton gefahren und hatte bei ihm gewohnt und sogar seine Wohnung geputzt, bis er sie rauswarf, weil seine Freundin aus dem Urlaub zurückkam. Sie kehrte total enttäuscht zurück und wollte sich von Josés Interesse wieder aufbauen lassen,

das inzwischen jedoch leider merklich nachgelassen hatte. Seitdem trauert sie José als ihrer großen Liebe nach.

»Entschuldige bitte, das war jetzt echt gemein von mir. Das wollte ich gar nicht sagen.«

»Ich wollte dir lediglich helfen.«

»Ich weiß, danke.«

Wir fahren eine Weile schweigend weiter. Ab und zu werfe ich ihr einen Blick von der Seite zu, aber sie schaut immer noch beleidigt drein.

Schließlich versuche ich das Thema zu wechseln: »Und wie klang Jérôme so am Telefon?«

»Auf jeden Fall französisch«, lacht Gabby und ich bin erleichtert, dass sie mir offenbar verziehen hat. »Auch wenn er uns zu einem indischen Essen einladen will, was ich total cool finde. Wenn ich ihn richtig verstanden habe, will er es sogar selbst kochen.«

Wow, ein französischer Gourmet. Das wird ja immer besser! Unwillkürlich beginne ich davon zu träumen, wie ich bei einem möglichen Date an seiner Wohnungstür klingele, er mir die Tür öffnet und mich mit Handkuss begrüßt, um mir gleich darauf ein Glas erlesenen Rotwein anzubieten (ich habe zwar Null Ahnung von Wein, aber er wird schon wissen, ob ein Wein erlesen ist oder nicht) und mich dann zu einem elegant dekorierten Esstisch zu führen, an dem wir uns bei Kerzenschein gegenseitig mit den von ihm gekochten Köstlichkeiten füttern …

»Lena, jetzt pass doch auf! Wir sind schon da.«

»Tschuldige.«

Fast wäre ich Gabby aufgefahren, als sie anhält, um ihr Fahrrad neben etlichen anderen vor einem Fünf-Parteien-Haus zu parken.

Einige Minuten später stehen wir beide leicht aufgeregt vor der Tür, der Türöffner summt und wir hören durch die Sprechanlage: »Allo. Bittää drittäärrr Stockk, linkää Tüüürr.«

Wir steigen also die Stufen hoch und sind noch etwas außer Puste, als besagte Tür geöffnet wird und wir uns einem kleinen Inder gegenübersehen.

»Ähh, ′tschuldigung, ich hoffe, wir sind hier richtig. Wir würden gerne zu Jérôme …«, fängt Gabby verwirrt an

»Isch waiß, isch waiß, ärrzlisch willkommen, trrätät ein.«

»Oh, danke.« Erleichtert, dass wir uns offensichtlich nicht in der Tür geirrt haben, treten wir ein und stehen dem Inder dann einige irritierende Augenblicke lang stumm gegenüber, bis Gabby fragt:

»Ähh, ist Jérôme denn zu Hause?«

»Ja, aberr natürrlich. Isch bin doch Jérôme«, grinst der kleine Inder vor uns stolz.

Eine ganze Weile sind weder Gabby noch ich in der Lage, einen Ton von uns zu geben. Schließlich krächzt Gabby: »Oh natürlich, hallo, nett dich kennenzulernen. Ich heiße Gabby und das hier ist Lena.«

Er mustert mich ausgiebig von oben bis unten, wofür er einen Schritt zurücktreten muss, da er mir nur etwa bis zum Kinn reicht. Anschließend schenkt er mir ein so breites Grinsen, dass ich die Füllung in seinem hinteren Backenzahn sehen kann.

Ich nicke und gebe ihm immer noch sprachlos die Hand.

»*Bon bon*, das ist ja ärrlisch. Kommt ärrein und sätzt eusch. Was möschtet irr trinken?«

»Wasser«, tönt es gleichzeitig aus unserem Mund, obwohl ich mir auf den Schreck hin eher einen *Mai Tai* gewünscht hätte. Jérôme marschiert aus dem Zimmer und wir lassen uns auf die Couch plumpsen.

»Nun gut, der arme Mensch kann ja nichts dafür, dass wir etwas ganz anderes erwartet hatten, also lass uns den Abend mit Würde überstehen«, flüstert mir Gabby zu.

»Du bist ja lustig«, wispere ich zurück. »Bist du nie auf die Idee

gekommen, deinen José mal ein bisschen genauer über Jérôme auszufragen? Ich meine, er hätte ja ruhig mal erwähnen können, dass Jérôme ein Inder ist.«

»Nein, denn er ist offensichtlich Franzose, nur eben mit indischen Wurzeln«, stellt Gabby leise klar.

»Ja, und etwa zwei Köpfe kleiner als ich!«, zische ich ihr zu.

Gabby flüstert zurück:»Denk dran: Vorurteile sind Hindernisse auf der Rennbahn des Lebens.«

Was soll das denn jetzt bitte heißen? Ich habe ja wohl keine Vorurteile! Leider schaffe ich es nicht, etwas Passendes zu entgegnen, weil Jérôme in diesem Moment mit unserem Wasser zurückkommt.

»So, irr, bittää schöön. Isch frreue misch ja so, dass irr da seid. José at mirr schon so vill von eusch errzällt.«

Uns aber offensichtlich nicht von dir, denke ich, während ich Gabby anfunkle und ihr meine Gedanken zu übertragen versuche. Doch Gabby meidet meinen Blick.

»Abt irr denn schonn Ünger? Isch maschä einä kleinä Gemüsecurry. Sie ist gleisch färrtisch. Und dazu *Kochuri*.«

Während er redend in die Küche geht, folgen wir ihm in Ermangelung anderer Ideen einfach.

Das *Kochuri* stellt sich als eine Art Fladenbrot mit Erbsenpüree heraus.

Während Jérôme immer weiter plappert und von allen möglichen indischen Gerichten erzählt, nimmt er mit Hilfe von Handtüchern weitere Fladenbrote aus dem Ofen und verschiebt auf dem Herd ein paar Töpfe.

Mein Blick fällt auf die vorbereitend gestapelten Teller und Tassen. Froh darüber, endlich eine Aufgabe zu haben und nicht mehr so dumm in der Gegend herumzustehen, schnappe ich sie mir und verteile sie samt Besteck im Wohnzimmer auf dem Esstisch, während Gabby sich in der Küche weiter mit Jérôme über indische Gerichte

unterhält.

Schließlich stoßen die beiden, diverse Töpfe balancierend, wieder zu mir.

»So, irr ist das Curry. Dazu geörrt Rreis. Isch abe inn mit Rrosinen gemacht wie meine *maman*. Und das dorrt drrüben, das sind die *Kochuri*. Die ässt irr am besten mit *Dahi*. Das ist dies irr. Dann abben wirr irr noch *Haryali Malai Kabab*, zarrtestes Ünnerfleisch mit Spinat-, Minz- und Korriandersauce. Und dann abbe isch noch *Mango Lassi* da.«

»Oh, das kenne ich«, ruft Gabby begeistert. »Da könnte ich mich glatt reinsetzen.«

Jetzt guckt Jérôme etwas verwirrt, doch bevor er nachhaken kann, erklärt Gabby schnell: »Das sagt man, wenn man etwas wirklich sehr mag.«

Tja, das Essen duftet wirklich unglaublich gut, und da ich außer meinem Marmeladenbrötchen heute noch nichts gegessen habe, beschließe ich, dass ich genauso gut das Beste aus der Situation machen und es mir so richtig schmecken lassen kann.

Ich stelle fest, dass *Dahi* eine Art Joghurt zu sein scheint, der aber irgendwie gleichzeitig frischer und säuerlicher als unser neutraler Joghurt schmeckt. Eine total leckere Mischung, die super zu den Fladenbroten mit Erbsenpüree passt. *Wie hießen diese Dinger doch gleich? Ich muss mir das nachher wirklich mal aufschreiben. Und wenn ich dann mit meinem – echten – Franzosen mal indisch essen gehe, kann ich ganz souverän und gelassen bestellen. Mein Franzose wird von meiner Weltgewandtheit beeindruckt sein und …*

Warum ist es plötzlich so still und warum starren die beiden mich an?

»Lena, Jérôme hat dich gerade gefragt, wie alt du bist.«

»Oh, ach so, sorry. Ich bin dreiundzwanzig.« Der Höflichkeit halber füge ich hinzu: »Und wie alt bist du?«

»Vierrundzwanzig, auch wenn mirr immer gesagt wird, dass isch

ältärr aussehen würrdä.« Bei den letzten Worten klopft er sich auf die Brust und guckt uns um Bestätigung heischend an. Gabby tut ihm den Gefallen: »Ja stimmt, die dunklen Haare und der dunkle Teint, das macht wirklich älter. Wir hätten dich auf mindestens, ähh, achtundzwanzig geschätzt. Stimmt's Lena?«

Ich nicke pflichtschuldig und kann mich dann nicht mehr zurückhalten: »Sag mal, ist Jérôme dein richtiger Name? Ich meine, haben deine Eltern dich so genannt?«

»Aberr nein, *naturellement* nischt. Sie nannten misch Shivajirao Rajinikanth, nach dem berühmten Schauspieler …«

Noch nie gehört, spielt wohl nur in indischen Filmen mit.

»… aber das konnten meine Mitschülärr nischt aussprreschen …«

Kann ich nachvollziehen.

»… und so ieß isch bei innen Jérôme und darran abbe isch misch gewöhnt.«

Wir stoßen einige mitfühlende »Ach so« und »Also so was« aus, und schließlich fragt Gabby nach dem Bad und verschwindet dorthin.

Na super, worüber soll ich mich denn jetzt mit Jérôme *unterhalten?* Krampfhaft suche ich nach einem weiteren Gesprächsthema, doch weil mir keines einfällt, schaufele ich noch etwas mehr Reis und Curry auf meinen Teller, obwohl ich kurz vorm Platzen bin.

»Isch frreue misch serr, dass es dirr schmäckt, Lena.« Er lehnt sich zurück und starrt mich an. Dabei hasse ich es, wenn mir jemand beim Essen zusieht.

»So schöne Aarre ast du, Lena, isch möschte misch reinsetzen!«

?!? »Ähh … danke!« Fieberhaft denke ich über einen Themenwechsel nach. »Wo hast du so gut kochen gelernt?«

»Von meine *maman naturellement*. Sie ist Köschin und isch trräume davon, ebenfalls diese glorreiche Laufbahn einsuschlagen. Ohh, du musst meine *maman* unbedingt kennenlerrnen!«, strahlt er mich an wie ein Welpe, der gerade zum ersten Mal Pfötchen gegeben hat

und nun auf seine Belohnung wartet. Plötzlich greift er sich, während ich noch denke, dass ich nicht wirklich das Bedürfnis habe, seine *maman* kennenzulernen, an seinen Hemdkragen und knöpft die oberen drei Knöpfe auf. Ein ganzer Busch schwarzer, krauser Haare quillt hervor und ich verschlucke mich glatt vor Schreck.

Uäääh, wie eklig. Hat ihm noch niemand gesagt, dass das echt unappetitlich ist?! Hustend versuche ich, mich von dem Reis in meiner Luftröhre zu befreien. Jérôme springt eilfertig auf und will um den Tisch herumkommen – vermutlich um mir auf den Rücken zu klopfen – doch bevor er mich erreicht, bin ich auf Gabbys Platz rübergerutscht und krächze bei abwehrend ausgestreckter Hand: »Nein, nein, bleib sitzen! Es geht schon wieder.«

Enttäuscht kehrt er zu seinem Stuhl zurück, doch dann scheint ihm eine Erleuchtung gekommen zu sein und er geht zur Wohnzimmervitrine. »Isch glaubä, ein *Digestif* würrdä uns jetzt gutt tun.«

Mir egal, Hauptsache, er rückt mir nicht mehr auf die Pelle!

Jérôme kehrt mit einer Flasche mit indischer Aufschrift und zwei Schnapsgläsern zum Esstisch zurück. *Der will mich doch jetzt nicht etwa abfüllen?!? Wo bleibt Gabby denn so lange? Ist die etwa in die Kloschüssel gefallen oder was?* Ich nippe ein wenig an dem bis oben hin gefüllten Gläschen, das er mir reicht. Wider Erwarten schmeckt es sehr gut: fruchtig und süßlich; doch vorsichtshalber belasse ich es bei zwei Schlucken.

Jérôme ist inzwischen wieder zur Vitrine zurückgekehrt, öffnet ein anderes Fach und holt ein ... *Hemd heraus?!* Ich weiß nicht, was ich merkwürdiger finden soll: Die Tatsache, dass er während eines Essens ein Hemd hervorholt oder dass er seine Hemden offensichtlich im Wohnzimmerschrank aufbewahrt ... *Oder die Tatsache, dass er jetzt sein Hemd auszieht?!?* Langsam werde ich panisch. Ich fühle mich wie bei einem Autounfall: Ich will nicht hinsehen und kann doch nicht anders, als mit fasziniertem Entsetzen Jérômes kom-

plett wollig-schwarzen Rücken zu betrachten. Er sieht aus wie ein Bär. Sogar Brust, Bauch und auch die Arme sind über und über mit schwarzen Haaren bedeckt.

Jetzt holt er aus einem anderen Schrankfach einen Flakon und fängt an, sich zu parfümieren.

Das ist doch wohl ein schlechter Scherz! Ich träume, und zwar einen Albtraum! Ich weiß gar nicht, wo ich mit meinen Augen hin soll, um diesem Anblick zu entgehen, während ich höre, wie Jérôme seinen Parfumflakon wieder wegschließt.

»Stimmt was mit der Lampe nicht?«

Vor Schreck hätte ich beinahe mein Glas umgestoßen. Gabby ist ins Zimmer getreten und mustert verwundert, wie ich die Stehlampe neben mir anstarre.

Ohne meinen Blick von der Lampe zu lösen, zische ich: »Bist du verrückt geworden, wieso lässt du mich hier mit dem Nackten allein?!«

»Häh?«

Als Gabby auch nach einem weiteren Atemzug angesichts Jérômes wolligen Anblicks keine erschrockenen Schreie ausstößt, wage ich es, wieder hinzusehen: Tatsächlich hat sich Jérôme in der Zwischenzeit das neue Hemd angezogen und gesellt sich nun wieder zu uns.

Gott sei Dank! Wenigstens ist er wieder vollständig bekleidet!

Ich funkle Gabby an, doch sie gibt vor, nicht zu verstehen, was ich meine, und wendet sich Jérôme zu.

Jetzt ist meine Stunde gekommen. »Ich gehe auch mal schnell zur Toilette.«

Haha, Rache ist süß, meine liebe Gabby. Jetzt bist du mal dran, dich von Jérômes Merkwürdigkeit beglücken zu lassen.

Während ich Gabby und Jérôme im Hintergrund weiter schwatzen höre, suche ich vergeblich nach dem Lichtschalter für das stille Örtchen. *Ach egal, die zwei sind ja am Quatschen, da lasse ich einfach die*

Tür einen kleinen Spalt offen.

Während ich so auf dem Klo sitze und mental versuche, gewisse Bilder von der Innenseite meiner Augenlider zu kratzen, spielen meine Zehen mit dem etwas stachligen Badteppich. *Wo hat der Typ den denn nur her? So etwas Stacheliges würde ich mir nie kaufen, das würde ich nicht mal geschenkt haben wollen!*

Schließlich spüle ich runter und taste mich im Halbdunkel zum Waschbecken vor. Dort finde ich unter dem Spiegelschrank endlich den Lichtschalter. *Und Petrus sprach: Es werde Licht.* Ich versuche noch ein wenig Zeit herauszuschinden, indem ich in aller Ruhe mein Gesicht im Spiegel untersuche.

Checkliste Punkt 1, Profil: *Hmm, würde sagen: klassisch. Kein Stupsnäschen, aber auch kein Zinken.* Punkt 2, Augen: *meerblau. Nicht schlecht. Aber vielleicht sollte ich mir mal einen Pony schneiden lassen? Würde meine Augen möglicherweise noch stärker betonen. Muss ich mir merken!* Punkt 3, Haut: *sauber. Und noch keine Falten. Sehr gut.* Punkt 4, Mund: *geht so. Nicht unbedingt sinnlich à la Angelina Jolie, aber immerhin hübsch geschwungen.* Punkt 5, Haare: *seufz. Eigentlich liebe ich ja meine Naturlocken, nur machen die immer, was sie wollen und das ist jeden Tag etwas anderes, so dass es unmöglich ist, daraus eine modische Frisur zu zaubern. Aber, ach du Schreck, ist das da etwa ein graues Haar? Verdammt, schnell raus damit – Autsch! Das hat ja richtig weh getan!*

Schließlich finde ich keinen Grund mehr, mich noch länger vom Essen mit Mr Seltsam fernzuhalten und wasche mir die Hände. Als ich mich beim Hinausgehen noch einmal zurückdrehe, um das Spiegellicht auszuschalten, fällt mein Blick auf den Boden und ich zucke zusammen. *Oh mein Gott! Das darf doch nicht wahr sein! Mir wird schlecht!* Was ich bislang für einen Badteppich gehalten habe, sind haufenweise kurze schwarze Haare. *Wie widerlich ist das denn?! Hat der Typ sich hier gerade komplett enthaart oder ist das der Normal-*

zustand seines Bades?! Whoooahaaa! Igitt! Trug er da draußen ein Ganzkörpertoupet? Oder verliert der etwa jeden Tag so viele Haare?! Es schüttelt mich und ich streife angeekelt meine nackten Füße am Flurboden ab. Dann schnappe ich mir meine Handtasche vom Garderobenhaken und gebe Gabby hinter Jérômes Rücken vom Flur aus mit Handzeichen zu verstehen, dass ich jetzt wirklich gehen will.

Zum Glück kapiert sie dieses Mal, was ich möchte. »Tja, also, Jérôme. Vielen lieben Dank für deine Einladung und das tolle Essen und so weiter, aber wir müssen leider jetzt wirklich gehen, weil …«

Ich komme ihr zu Hilfe: »… weil wir noch eine Hausarbeit schreiben müssen. Du weißt ja, wie das ist. Immer was zu tun und so weiter, nicht wahr?«

»Ohh wie schade, isch atte geofft, wirr könnten vielleicht noch einen Spazierrgang machen. Aberr vielleischt bei die nächste Mall?«

»Ähh, ja vielleicht.«

»Aberr willst du dirr nischt besserr noch meine Nummäärr notierrän, Lena?«

»Nein, nein, nicht nötig. Gabby hat sie ja. Also … vielen Dank noch einmal für das wirklich leckere Essen.« *Auch wenn es mir beim Anblick des vermeintlichen Badteppichs fast wieder rausgekommen wäre.*

Endlich haben wir uns hinauskomplimentiert und sperren unsere Fahrradschlösser auf.

»Mensch Gabby, wo bist du denn nach dem Essen so lange abgeblieben? Wolltest du den Weltrekord im Dauerpinkeln aufstellen oder was?«

»Hallo? Ich wollte euch lediglich Gelegenheit geben, euch ungestört besser kennenzulernen.«

Ich starre sie entgeistert an. »Das ist nicht dein Ernst!«

»Aber wieso denn nicht? Immerhin spricht er Französisch. Und es heißt ja nicht ohne Grund: Alleinsein ist schön, wenn man allein sein will, nicht, wenn man es muss. Aber bitte schön, wenn Madam

es besser weiß ...«

Ich bin zu müde für eine Entgegnung und seufze nur genervt.

Wir fahren los.

»Gabby?«

»Ja?«

»Ich möchte einen weiteren Punkt in meine Liste des perfekten Mannes aufnehmen: Ein Mann sollte keine Haare haben.«

»Was?! Du willst einen Glatzkopf???«

Kapitel 3

Humor und Geduld sind Kamele,
die uns durch jede Wüste tragen
Glückskeksweisheit Nr. 28

In dieser Nacht träume ich sehr schlecht – ich werde von diesen Wollknäueln aus einer der alten Raumschiff-Enterprise-Staffeln verfolgt, nur sind sie bei mir nicht fröhlich bunt, sondern schwarzhaarig – und wache entsprechend gerädert auf, als der Wecker klingelt. Eigentlich würde ich mich am liebsten umdrehen und weiterschlafen, aber ich habe meiner Kollegin Sonja versprochen, diese und nächste Woche ihre Schicht im *Sportgarten*, dem Fitnessstudio, in dem wir beide jobben, zu übernehmen. *Was tut man nicht alles für die lieben Kollegen ... Okay, ich muss zugeben, dass sie schon etliche Male für mich eingesprungen ist, wenn ich wegen irgendeiner Prüfung oder einer dringend abzugebenden Hausarbeit meine Schicht nicht machen konnte. Also sei's drum, auch wenn es sonntagmorgens ist.*

Ich mache mich daher im Bad rasch fertig, während nebenan Magdas Schnarchen zu hören ist. *Hah, ich sollte das mal aufnehmen und wenn sie wieder unausstehlich ist, dem nächstbesten reichen Schnösel, den sie anschleppt, vorspielen.* Ich grinse vor mich hin.

Zum Glück ist sonntagmorgens im *Sportgarten* nie viel los, so dass ich dort in Ruhe frühstücken kann. Geplagt vom schlechten Gewissen darüber, dass ich gestern so wenig für die Uni gemacht habe und fest entschlossen, ab nun eine Vorzeigestudentin zu sein und jede freie Minute mit sinnvollem Lernen zu füllen, stopfe ich mir noch

ein paar Short-Stories in meine Tasche, die ich für meine nächste Hausarbeit in Anglistik dringend lesen muss.

Ich liebe es, sonntagmorgens durch Heidelberg zu fahren. Kaum ein Auto ist unterwegs. Alles ist so still und friedlich, und wenn die Sonne scheint, komme ich mir immer vor wie im Italienurlaub, bevor die Touristen wach werden.

Da ich früh dran bin, fahre ich einen kleinen Umweg über den Neuenheimer Marktplatz, um mir dort bei der *Boulangerie* ein paar frische Croissants zu holen. Das hat viel mehr Stil, als bloß bei der Bäckerei ein paar Brötchen zu holen. Trotz der frühen Uhrzeit und der Tatsache, dass es ein Sonntag ist, stehen hier schon etliche verschwitzte Jogger, die offensichtlich im Anschluss an ihre Runden die Frühstücksbrötchen für die Familie kaufen.

Hach, es geht doch nichts über französische Lebensart. Wie wäre es doch schön, wenn ich einen – selbstverständlich gut aussehenden, charmanten, sensiblen und feinfühligen, dennoch aber männlichen und starken – Franzosen als Freund hätte, der uns morgens ofenfrische Croissants aus der Boulangerie holen würde ... Sehnsüchtig seufze ich auf, was meinen Vordermann dazu veranlasst, sich zu mir umzudrehen und mich anzulächeln. *Huch, hoffentlich hat er mein Seufzen nicht auf sich bezogen? Obwohl ...* – Ich sehe ihn mir genau an und lächele unwillkürlich zurück – *... ich glaube, ich hätte nichts dagegen. Auf den würde meine Beschreibung mit Sicherheit passen! Ob er wohl vergeben ist?* Möglichst unauffällig schiele ich auf seine Hände. *Zumindest kein Ring zu entdecken. Aber mal abwarten, wie viele Brötchen er kauft ...*

»Soll ich Sie vielleicht vorlassen? Ich habe es nicht so eilig.« Er tritt einen Schritt zur Seite und deutet galant mit der linken Hand auf den nun freigewordenen Platz.

Ich erröte leicht und strahle ihn erfreut an, als ich an ihm vorbeitrete. *Und ein Gentleman ist er auch noch.* Mir wird ganz schummrig.

»Die Croissants hier sind toll, nicht wahr?« *Okay, vielleicht nicht gerade der klügste Ausspruch, den ich je getan habe, doch immerhin ein Gesprächsanfang.*

»Ja, stimmt. Ich hole mir hier jeden Sonntag welche.«

Ich komme leider nicht dazu, etwas zu entgegnen, da ich nun von einer der Verkäuferinnen nach meinen Wünschen gefragt werde. Während sie meine Bestellung einpackt, lächele ich immer wieder über meine Schulter zurück. *So ein zuvorkommender und noch dazu gut aussehender Typ! Vielleicht ist unsere Begegnung hier Schicksal? Offensichtlich haben wir ja viel gemeinsam, schließlich kaufen wir in derselben französischen Bäckerei unser Frühstück. Hach, das wäre doch eine schöne Geschichte für unsere Kinder ... Ich glaube, ich warte vor dem Laden auf ihn. Vielleicht muss er ja in die gleiche Richtung wie ich ...* Ich zwinkere dem jungen Mann möglichst verführerisch zu und will gerade mit der Brötchentüte in der Hand die Tür aufdrücken, als mich die lautstarke Stimme der Verkäuferin aus meinem Tagtraum reißt: »Hey! Also hören Sie mal! Sie können doch nicht einfach so abhauen! Hier muss auch bezahlt werden!« Mir schießt das Blut ins Gesicht. Natürlich reicht die Schlange vor der Theke inzwischen bis an die Tür und alle starren mich an, als ich an der Türschwelle umdrehe und hektisch in meinem Portemonnaie kramend zur Theke zurück eile. Aus den Augenwinkeln sehe ich meinen Gentleman grinsen und ergreife mit glühenden Ohren die Flucht nach draußen, wo ich mir mein Rad schnappe und schleunigst das Weite suche. Erst, als ich endlich das Gefühl habe, dass sich meine Hautfarbe wieder normalisiert hat, drossle ich mein Tempo.

Auch auf der Promenade entlang der Neckarwiese und auf der Neckarwiese selbst sind bereits Jogger, Spaziergänger und Gassi-Geher unterwegs. Ich kann es ihnen nicht verdenken: Es ist einfach zu schön hier. Also steige ich vom Rad und schiebe es langsam vom Weg runter auf die Wiese zum Fluss, um an seinem Ufer gemütlich

in Richtung Fitnessstudio zu spazieren. *Herrlich!* Den Blick auf das wunderbare Panorama der bewaldeten Berge gerichtet, aus denen der Morgendunst aufsteigt, atme ich tief ein, während ich unter einer Weide hindurchlaufe. Zum entspannten Ausatmen komme ich jedoch leider nicht mehr, denn plötzlich stolpere ich und wäre um ein Haar samt Rad im Fluss gelandet. Gerade noch rechtzeitig kann ich mich an den Zweigen der Weide festhalten. *Verdammt! Woran bin ich denn gerade hängen geblieben? Du meine Güte, da liegen ja Turnschuhe ... ähh ... in denen Beine stecken. Na so was.* Ich blicke an den Beinen entlang und entdecke im Gebüsch den Rest des hier liegenden Menschen. Sein Oberkörper ist von einer Jacke bedeckt.

»Oh entschuldigen Sie bitte vielmals. Ich wollte Sie nicht belästigen. Ich hatte Sie nur nicht gesehen und bin gestolpert und ...« *Keine Reaktion. Hmm, nun ja, dann eben nicht.* Ich sammle mein Rad auf und will weiterlaufen, als ich doch noch einmal zurückschaue. *Merkwürdig ... Der Typ hat sich absolut nicht bewegt, seit ich über ihn gestolpert bin, und nicht den leisesten Mucks von sich gegeben.* Eine dunkle Ahnung überkommt mich. *Doch halt! Nicht so voreilig! Wir sind hier in Heidelberg und nicht im Wilden Westen. Außerdem bin ich nicht nur Sprach- sondern auch Naturwissenschaftlerin. Ich muss logisch denken!* Also sehe ich mich suchend um, bis ich einen Stock finde, der lang genug ist, um mir das logische Denken aus sicherer Distanz zu ermöglichen. Ich entdecke neben dem Gebüsch einen Knüppel, stupse damit eines der beiden beschuhten Beine vorsichtig an und ziehe den Stock schnell wieder zurück. »Hallo? Sie da? Geht's Ihnen gut?« Nichts rührt sich in dem Gebüsch. Ich versuche es noch einmal, pikse dieses Mal etwas fester in das Bein und halte die Luft an. »Hallo? Hören Sie mich?« Keine Antwort.

ACH DU SCHEIßE! DER IST TOT! Vor Schreck mache ich einen Satz zurück. *Ohmeingottohmeingottohmeingott. Da liegt ein Toter vor mir! Verdammter Mist! Was soll ich jetzt tun?* Plötzlich kommt mir

ein entsetzlicher Gedanke: *Was, wenn er mit genau diesem Knüppel erschlagen wurde? Oh mein Gott – und jetzt sind da meine Fingerabdrücke dran!!!!* Entsetzt lasse ich ihn fallen. Mein Herz rast. Panisch sehe ich mich um und entdecke den jungen Mann aus der Boulangerie in einigen Metern Entfernung am Ufer entlang joggen. Ohne Nachzudenken springe ihm in den Weg. Erschrocken bremst er ab, doch ich habe keine Zeit für Entschuldigungen: »Helfen Sie mir! Da liegt eine Leiche! Aber ich war's nicht! Ich habe den Stock nur angefasst! Ich hab den Mann nicht damit erschlagen!!! Oh mein Gott! Was soll ich jetzt tun?«

Mit aufgerissenen Augen entgegnet er: »Was reden Sie denn da? Eine Leiche? Sind Sie sicher?«

»Ja! Grauenvoll! Da vorne! Unter dem Baum! Aber ich war's nicht!!!« Ich deute wild gestikulierend auf die Weide hinter mir.

»Wie bitte? Unter diesem Baum da?«

»Ja! Aber Sie sind doch mein Zeuge, dass ich ihn nicht erschlagen habe!!!« Ich fasse ihn eindringlich am Arm.

»Äh ... Bitte, wen haben Sie nicht erschlagen?«

Ist der schwer von Begriff oder was? Verwirrt drehe ich mich um, doch meine Leiche liegt nicht mehr unter dem Baum. Vielmehr torkelt sie in einiger Entfernung, offensichtlich sternhagelvoll, am Flussufer entlang.

Oh ...

Äh ...

Hm ...

»Tja, dann ... ähm ... habe ich mich wohl geirrt.«

Der junge Mann mustert mich mit hochgezogener Augenbraue und antwortet kühl: »Sieht so aus. Also dann ... schönen Tag noch.« Er setzt sich kopfschüttelnd wieder in Bewegung.

Irgendwie habe ich das Gefühl, dass es keine so gute Idee wäre, ihm jetzt meine Telefonnummer zu geben. Bedauernd sehe ich ihm hinter-

her. *Soviel zum Thema Schicksal …*

Ich sammle seufzend meine Sachen wieder ein und kehre mit meinem Rad zum Fahrradweg zurück. Dann überquere ich die Ernst-Walz-Brücke und fahre an der Sankt Albert-Kirche vorbei. Zweihundert Meter weiter bin ich dann auch schon am *Sportgarten* angekommen.

In der Umkleide hole ich mein letztes frisches *Sportgarten*-Shirt aus dem Schrank und während ich das Mitarbeiter-Namensschild daran feststecke, mache ich mir eine gedankliche Notiz, dass ich dringend die zu Hause gewaschenen Shirts wieder mitnehmen muss. Leider haben wir in den Wohnheimen keine Waschmaschinen (geschweige denn in den Wohnungen). Sämtliche Waschmaschinen und Trockner befinden sich im Keller eines einzelnen Wohnheims am anderen Ende der Siedlung Zudem muss man umständlicherweise immer erst Waschmarken am siedlungseigenen, winzigen Supermarkt kaufen. Daher vergesse ich das Waschen ganz gerne mal. Ebenso leider ab und an auch meine in die Waschmaschine oder den Trockner gestopfte Wäsche. Es ist mir schon einige Male passiert, dass ich nicht rechtzeitig wieder da war, um sie pünktlich herauszuholen, so dass sie bei meinem Eintreffen entweder über den ganzen Wäschekeller verstreut lag – was bei String-Tangas und Push-up-BHs ziemlich peinlich werden kann – oder zum Teil gar nicht mehr vorhanden war.

Wie erwartet verläuft der Morgen sehr entspannt. Der *Sportgarten* ist ohnehin nur ein kleines Sportstudio und die wenigen Besucher, die heute Morgen kommen, haben bereits Ausweise und checken selbstständig über das Drehkreuz ein. Nachdem ich die Tische gewischt und Stühle zurechtgerückt habe, gibt es für mich eigentlich nichts mehr zu tun, da noch niemand Anstalten macht, sich einen Cappuccino oder etwas zu essen zu bestellen.

Die frühesten Kurse fangen erst in einer Stunde an, deshalb ist auch

noch kein Kurstrainer da, nur Bettina, die heute für die Gerätefläche eingeteilt ist. Sie berät gerade einen älteren Herrn mit Rückenproblemen. So habe ich also niemanden für einen kleinen Tratsch und schnappe mir stattdessen ein paar *Cosmopolitan*-Hefte. Mit meinen Croissants und einem Glas Erdbeermarmelade ziehe ich mich hinter die Theke zurück und blättere die Zeitschriften durch auf der Suche nach Persönlichkeitstests, die jetzt erst einmal wichtiger sind als die Short-Stories, die ich eigentlich durcharbeiten wollte:

Wer hat in Ihrer Beziehung die Hosen an?
Hmm, dazu müsste ich erst mal eine Beziehung haben.

Sind Sie bereit für Outdoor-Sex?
Tja, gleiches Problem wie eben.

Welcher Singletyp sind Sie?
Na hoffentlich ein Bald-keiner-mehr-Single-Typ. Gibt's hier denn keinen Test, der mir verrät, wie ich den passenden Mann finde?

Wie spontan sind Sie? Wie leidenschaftlich sind Sie? Welcher Sex-Typ sind Sie?
Na gut, da man ja auf alles vorbereitet sein muss, fange ich eben mit diesem Test an:

Welcher Sex-Typ sind Sie?
Frage Nr. 1 von 16: Erinnern Sie sich an Ihr erstes Mal?

A) Er war meine erste große Liebe und wir haben den Tag bis ins kleinste Detail geplant.

B) Puh, keine Ahnung. Ich war betrunken und habe ihn seitdem nie wieder gesehen.

C) Ja, es war völlig unspektakulär. Und Übung macht bekanntlich den Meister.

Eindeutig C. Weiter.

Frage Nr. 2 von 16: Mit welchem Tier können Sie sich besser identifizieren?

A) Kätzchen

B) Tiger

C) Luchs

Hmm, das ist gemein. Ich möchte viel lieber ein Tiger als ein Kätzchen sein. Ach was soll's, es sagt doch eh' niemand die Wahrheit bei diesen doofen Tests. Also B ankreuzen!

Frage Nr. 3 von 16: Wenn es nach Ihnen ginge: Wie oft hätten Sie gerne Sex?

A) Ach egal, Hauptsache bei Kerzenschein.
B) Morgens, mittags, abends, mindestens alle vier Stunden – das tut mir gut.

C) Ein bis zweimal im Monat reicht völlig aus – dann aber richtig.

Tja, ehrlich gesagt, hätte ich ganz gerne einfach überhaupt mal wieder Sex. Aber wenn ich's mir aussuchen könnte: Klaro, A.

»Na, also ich hätte ja ›B‹ angekreuzt«, ertönt plötzlich eine Stimme und vor Schreck hätte ich beinahe mein Croissant fallen gelassen. Ich kann es gerade noch auffangen, jedoch nicht verhindern, dass ein Klecks Marmelade auf meinem Shirt landet.

Na super, es ist Mr Testosteron höchstpersönlich, unser hauseigener Mucki-Mann Thilo. Unter uns Mitarbeitern kursiert die Vermutung, dass er nur deshalb hier und nicht in einem der großen Sportstudios trainiert, weil er hier keine Konkurrenz von anderen Muskelprotzen hat. Ich persönlich bin der Ansicht, dass er hier trainiert, weil wir kein Muskel-Shirt-Verbot haben, wie das in den großen Studios der Fall ist. So kann Thilo immer und überall seine Oberarm-Melonen und den halben Brustkorb zur Schau stellen. Hastig schlage ich die Zeitschrift zu.

»Was willst du?«, fahre ich ihn an, während ich mir einen nassen Schwamm schnappe und fluchend an dem Fleck auf meinem T-Shirt herumrubble.

»Ich kann dir gerne helfen!«

»Nicht nötig!«, belle ich.

»Holla die Waldfee! Wir haben aber heute Morgen schlechte Laune. Dabei wüsste ich etwas, das Abhilfe schafft …« Er wackelt mit der linken Augenbraue – wahrscheinlich bildet er sich ein, dass das sexy sei.

»Sind dir die Anabolika ausgegangen oder was willst du?«

Meine Spitze prallt an ihm ab wie ein Gummiball an der Wand.

»Das ist alles Natur pur!«, prahlt er. »Hier, willste mal anfassen?«

»Neee. Ganz sicher nicht! Sag mal, hast du irgendwelche Zuckungen?«

»Häh?«

»Deine Augenbraue wackelt die ganze Zeit so komisch.«

»Hmmpf.« Beleidigt dampft er ab.

Super, jetzt habe ich ein T-Shirt mit Erdbeerfleck über der lin-ken Brust. Wo ist denn Britta? Hoffentlich hat sie ein Ersatzshirt im Schrank.

Als hätte sie mich gehört, marschiert sie gerade mit genervtem Ge-sicht auf mich zu, Thilo wie ein Hündchen im Schlepptau. Britta ist zwanzig Jahre alt, seit vier Wochen bei uns, und es ist ein offenes Geheimnis, dass Thilo total auf sie steht und permanent versucht, bei ihr zu landen.

Kaum hat sich Britta hinter die Theke geflüchtet, baut er sich vor der Theke auf, stützt sich mit dem linken Arm darauf ab und wirft sich in Pose: »Hey, Britta, ich verstehe dich nicht. Wir haben doch viel gemeinsam. Ich mag hübsche Frauen und du bist eine hübsche Frau. Das kann doch kein Zufall sein!«

Britta sieht mich Augen rollend an und dreht Thilo demonstrativ den Rücken zu. Schnell frage ich sie, ob sie mir ein T-Shirt leihen kann, bevor Thilo sich mit dem nächsten blöden Spruch blamiert.

Sie geht nachschauen und mit einem Mal tut mir Thilo leid, wie er da plötzlich in sich zusammengesunken über der Theke hängt.

»Du magst sie echt, oder?«

Überrascht sieht er hoch. »Klaro.«

»Und warum? Ich meine, was magst du an ihr?«

Im Brustton der Überzeugung erwidert er: »Aber hallo! Sie ist ja wohl die hübscheste Braut in diesem Laden!«

Ich versuche, nicht allzu gekränkt dreinzusehen.

»Und sie ist echt irre witzig … und wenn sie lacht, hat sie so süße Grübchen …«, fährt er fort und seine Stimme klingt mit einem Mal ganz weich.

»Dann sag ihr das doch einfach mal.«

»Hab´ ich doch«, brummt er.

»Nein, ich meine, sag ihr genau das, was du denkst und zwar mit

deinen eigenen Worten, nicht mit so einem blöden Spruch.«

Er sieht mich zweifelnd an.

»Ach, und wo wir schon dabei sind: Wackle dabei bloß nicht mit den Augenbrauen!«

Da in diesem Moment Britta mit dem Shirt zurückkommt, bleibt mir Thilos Empörung erspart. Ich lasse die beiden alleine und begebe mich in die Umkleide, wo ich mein schmutziges Shirt in meinen Spind stopfe – *gedankliche Notiz: nachher unbedingt mitnehmen und zu Hause waschen!* – und Bettinas Shirt überstreife. Allerdings hängt es an mir ziemlich schlabbrig herunter, da Britta vermutlich Körbchengröße Doppel-D hat.

Bestimmt nicht der geringste unter Thilos Gründen, für Britta zu schwärmen, doch wenigstens besaß er genug Anstand, das nicht zu erwähnen ... Aber vielleicht denkst du auch nur mal wieder viel zu schlecht von den Männern, rüge ich mich selbst.

Den Rest des Tages geht es ziemlich hektisch zu, da die Fitnesskurse beginnen und die ankommenden Kursteilnehmer ihre Fitnessdrinks möchten, während die aus den Kursräumen Herausströmenden sich mit einem Cappuccino oder Kaffee an den runden Tischchen vor der Theke niederlassen. Es werden Fitnessbrötchen und -riegel bestellt und, gegen Mittag, auch vermehrt Salate. Zwischen den verschiedenen Bestellungen versuche auch ich schnell noch etwas zu essen.

Um fünfzehn Uhr ist meine Schicht zu Ende und ich kann endlich verschnaufen. So setze ich mich nun selbst mit einem Cappuccino an ein freies Tischchen und schnappe mir noch mal die *Cosmopolitan*. Wenigstens mein Horoskop für heute will ich noch wissen, bevor ich gehe:

»Der heutige Tag wird von der zweiten Mondpause in dieser Woche lahmgelegt. Nichts geht, alles dauert ewig«, lese ich da. *Ja, dem kann ich zustimmen.*

»Mars und Venus bilden ein Sextil. Ihre Mitmenschen sind davon

mehr betroffen als Sie. Aber gute Laune haben auch Sie.«

Ich habe zwar keine Ahnung, was ein Sextil ist und wovon meine Mitmenschen mehr betroffen sein sollen als ich, aber gute Laune habe ich meistens.

»Nehmen sie sich in Acht vor Missgeschicken und Männern in Uniform.« *Na super, das mit dem Missgeschick hätte mir auch mal einer vor dem Marmeladenunfall sagen können … Zählen Muskel-Shirts als Uniform?*

»Unternehmen Sie heute etwas Gemütliches am Abend!« *Hmmm, eigentlich keine schlechte Idee.*

Ich tippe rasch eine SMS an Marius und Gabby, ob wir uns nicht nachher im *Marstall-Café* treffen wollen. Heute ist dort Filmabend. Zwar habe ich mir noch keine Lösung für das Marius-Problem überlegt, aber solange Gabby dabei ist, wird er ja wohl keine weiteren Anspielungen mehr wagen.

Auf dem Weg zu meinem Fahrrad kommt mit einem kurzen Summen die Antwort. *Klasse, beide haben Zeit und Lust!* So mache ich mich beschwingt auf den Nachhauseweg ins Neuenheimer Feld, wo ich leider dringend für die Uni büffeln muss.

Eine Stunde später versuche ich bereits, eine einigermaßen sinnvolle Übersetzung mittelhochdeutscher Liebeslyrik hinzubekommen und scheitere schon beim ersten Satz: »Seneder vriundinne bote«. *Na super. ›Vriundinne‹ kriege ich grad noch hin. Wird wohl ›Freundin‹ heißen, aber was bedeutet ›Seneder‹ nun schon wieder? Seufzend ziehe ich das mittelhochdeutsche Wörterbuch zu Rate. Oh Mann, das ist einfach nicht mein Ding. Tausendmal lieber sind mir die spannenden Vorlesungen zum Sturm und Drang. Hach, da gab es noch Leidenschaft und echtes Gefühl! Da hätte ich gerne gelebt. Da gab es noch echte Männer!*

Das Geräusch eines Schlüssels, der sich im Schloss dreht, reißt mich aus meinen Träumereien. Ich höre Magdas affektiertes Kichern

und kann mich nicht davon abhalten, mit den Augen zu rollen. *Na super, jetzt hat sie wieder irgend so ein armes Opfer ihrer kurzen Röcke angeschleppt.*

Gut, dass ich von Natur aus überhaupt nicht neugierig bin. Dass ich ausgerechnet jetzt in die Küche muss, hat schließlich absolut gar nichts mit Neugierde zu tun! Nicht mal ansatzweise! Mal überlegen: Ach ja, mein Kaffee ist ja schon kalt, ich muss mir also ganz dringend genau jetzt einen neuen Kaffee machen.

Ich trage demonstrativ meine Tasse vor mir her – zu übersehen ist die nicht, da sie die Dimensionen einer Suppenschüssel hat – und trete in den Flur. Weiter komme ich nicht, da unsere Küche ja schon mit zwei Personen darin aus den Nähten zu platzen droht.

Mein lieber Schwan, na die ist ja echt aufs Ganze gegangen!

Magda trägt todschicke, schwarze Peeptoes mit Mörderabsatz und einen extrem kurzen schwarz-weißen Faltenrock. Dazu ein tief ausgeschnittenes Top mit Spitzenbesatz und natürlich die unvermeidlichen Perlenohrringe. *Vermutlich fällt man als Juristin durchs Staatsexamen, wenn man keine Perlenohrringe trägt.* Dann betrachte ich den Rücken ihr gegenüber, den ein rosa Hemd bedeckt. *Der ist bei mir jetzt schon unten durch. Welcher Mann, der was auf sich hält, trägt schon rosa Hemden? Zu weißen Leinenhosen! Und er hat sich einen weißen Pullover über die Schultern gelegt! Alles klar: BWL oder Jura!*

Seinen Kopf kann ich im ersten Moment nicht sehen, weil er halb hinter der Wand steht.

Jede Wette, dass er halblange, zurückgegelte Haare hat. Ich weiß es einfach.

Ich trete einen halben Schritt vor.

»*Bingo!*«

»Was?«, Magda und die Pomadenpackung drehen sich zu mir.

Verflixt, habe ich gerade etwa laut gedacht?

»Oh ... ähh ... hi. Ich bin Magdas Mitbewohnerin.«

Die beiden wechseln einen langen Blick und Magda setzt ihr Bin-ich-nicht-zu-bemitleiden-Gesicht auf.

Was soll das denn bitte?!? Was fällt ihr ein, einen auf bemitleidenswert zu machen?!? Arrogante Zicke!

Schließlich lässt sich der Pulloverproll dazu herab, sich vorzustellen: »Hallo. Mein Name ist von Gütersleben. Johann von Gütersleben.«

Alles klar, Mr Bond. »Und meiner ist Weber. Lena Weber. Mit ›L‹, aber ohne ›von‹.« *Es wäre eine Schande gewesen, diese Vorlage nicht zu nutzen.*

Leicht irritiert mustert er mich von oben bis unten. *Okay, also keiner von der Sorte, die einen Witz kapieren. Dann versuchen wir's wieder mit ernsthafter Konversation:* »Tja, und was machst du so?«

Er hat kaum den Mund geöffnet, da kommt Magda ihm schon mit stolz geschwellter Brust zuvor: »Johann hat eine eigene Kanzlei.«

Es lebe das Klischee!

»Naja«, wendet Johann ein, »nicht ganz. Ich bin dort gerade erst eingestiegen. Die Kanzlei gehört meinem Vater.«

Hätte ich mir denken können, so ein Milchbubi wie der kann doch nie im Leben was alleine auf die Beine stellen.

Magda, offensichtlich verärgert darüber, dass Johann ihren Triumph ruiniert hat, beeilt sich hinzuzufügen: »Ja, aber natürlich wird sie dir irgendwann gehören!«

Johann guckt zwar etwas zweifelnd drein, nickt aber brav und fragt dann in Richtung Magda gewandt: »Wolltest du nicht deine Sachen holen?«

Unschlüssig schaut Magda von ihm zu mir. *Vermutlich überlegt sie, ob sie es wagen kann, uns alleine zu lassen, ohne dass ihr Liebling mir weitere ihr nicht in den Kram passende Details verrät.* Schließlich jedoch geht sie ohne ein weiteres Wort an mir vorbei und ich höre sie im Bad rumoren.

Supi! Wenn sie die Zahnbürste einpackt, bedeutet das, dass ich sie frühestens morgen wieder zu Gesicht kriege!

»Tja, also dann … setz dich doch.«

Er sieht sich pikiert in der kleinen Küche um:»Nein. Ich bleibe lieber stehen.«

Bitte, wenn wir uns zu fein sind, Johann von Geleckt, dann bleib halt stehen. Letzter Versuch: »Ich will mir gerade einen Kaffee kochen. Willst du auch einen?«

Angewidert verzieht er das Gesicht:»Mit Sicherheit nicht!«

Überheblicher Idiot! Ich beiße die Zähne aufeinander. Vielleicht sollte ich ihn auf Magdas Schnarchen hinweisen? Ach nee, lieber nicht, dann nimmt er sie am Ende doch nicht mit.

Als ich meinen Kaffee in die Tasse gieße, kommt Magda mit einer Reisetasche wieder in die Küche und Johann springt eilfertig auf, um sie ihr abzunehmen.

»Also tschüss ihr beiden. Ich freue mich.« *Haha, ja, für mich, dass ich dich los bin.* »Ihr passt gut zueinander.« Süffisant lächele ich Magda an.

Während Johann stolz ein»Dankeschön« von sich gibt, sieht Magda mich böse an. Sie hat die Zweideutigkeit meiner Worte offenbar kapiert, will sich aber vor ihrem Verehrer nicht von ihrer zickigen Seite zeigen.

Endlich fällt die Tür hinter ihnen ins Schloss und ich atme erleichtert aus.

Den Rest des Tages verbringe ich dann ohne weitere Störung brav hinter meinem Schreibtisch, bis es um neunzehn Uhr endlich Zeit ist, meinem Horoskop zu folgen und zum gemütlichen Kinoabend aufzubrechen.

Gabby und Marius sind bereits im *Marstall-Café*, als ich ankomme, und haben sogar ein gemütliches Sofa auf der Galerie ergattert. Zu

dritt ist es darauf zwar ein bisschen eng, aber was soll's. Immer noch besser als die harten Holzstühle, die um die kleinen runden Tischchen im Erdgeschoss verteilt und gut besetzt sind – dem Anschein nach ausschließlich mit Studenten. Die kleine Leinwand ist ein paar Meter von der Theke entfernt aufgebaut. Dort wird derzeit noch fleißig ausgeschenkt.

»Was wird denn heute gezeigt?«, frage ich die beiden, während wir uns zur Begrüßung umarmen.

»Ein Tanzfilm«, mault Marius.

»Mit Jennifer Lopez und Richard Gere. Er heißt »Darf ich bitten?«, ergänzt Gabby.

»Oh super, den wollte ich damals schon im Kino sehen.«

»Hmm, naja, wird vielleicht doch ganz lustig«, lenkt Marius schnell ein. »Hier, ich hab dir 'ne Cola mitgebracht.«

»Klasse. Und ich habe Schoki dabei.« Ich hole aus meinem Rucksack zwei Päckchen M&Ms.

Gabby verzieht demonstrativ das Gesicht: »Hmpf, nein danke! Wie könnt ihr nur seelenruhig Cola trinken und M&Ms futtern, während in anderen Teilen der Welt fünfjährige Kinder von morgens bis abends auf den Feldern schuften?«

Na super. Jetzt komme ich mir vor wie eine Verbrecherin. Mit einem sehnsüchtigen Blick auf die Packung stecke ich die M&Ms wieder ein.

»Also, ich denke nicht, dass für meine Cola ...«, will Marius sich verteidigen, doch ich schüttle den Kopf und bedeute ihm mit Handzeichen, die Klappe zu halten. Ich habe jetzt nämlich wirklich keine Lust auf eine stundenlange Diskussion.

Doch Gabby ist kaum zu bremsen: »Ich werde garantiert nicht die ausbeuterischen Machenschaften der von ihrer Gier getriebenen Lebensmittelindustrie unterstützen, die ihren Profit aus dem Leiden armer Bauern in Entwicklungsländern zieht.«

»Gabby, bitte, der Film fängt an!«

Sie grummelt noch ein paar Minuten vor sich hin, gibt dann aber Ruhe.

Einerseits ist es ja toll, eine Weltverbesserin zur besten Freundin zu haben, andererseits kann es auch ganz schön nerven, sich jedes Mal einen Vortrag über die Ausbeutung armer Indios anhören zu müssen, wenn man sich nur ein Paar Schuhe kaufen will.

Gabbys heimlicher Traum ist es ja, einen Eine-Welt-Laden zu führen mit *Fairtrade*-Produkten und Klamotten aus selbst gesponnener Wolle oder so. Ich hoffe, dass sie das schafft. Es wäre auf jeden Fall total cool. Dann würde ich in den Mittagspausen immer bei ihr auf einen Kaffee vorbeischauen, und wir würden uns in ihrem Laden gemütlich in die Sitzsäcke sinken lassen – wir haben bereits genau ausgemacht, welche sie in ihrem Laden haben muss – und bei angezündeten Duftkerzen über unseren Tag quatschen …

Die nächsten anderthalb Stunden verfliegen im Nu. Jennifer Lopez, wie immer mit extrem in Szene gesetztem Hintern – *ist mir ein Rätsel, was daran so toll sein soll* – spielt eine Tanzlehrerin und Richard Gere – *einfach nur göttlich anzuschauen, seufz* – einen Anwalt, der aus seinem Alltag auszubrechen versucht, indem er heimlich bei ihr einen Tanzkurs macht. Alles natürlich inklusive allseitigem Happy End. *Hachhhhhh, es geht doch nichts über ein glückliches Ende!*

Während der Abspann läuft und noch einmal die schöne Filmmusik erklingt, bleiben wir sitzen, und ich genieße das Nach-Happy-End-Gefühl. *Das sind bestimmt irgendwelche speziellen Glückshormone, die bei solchen Filmen ausgeschüttet werden. Komisch, dass noch niemand in der Richtung geforscht hat. Ich würde das ja tun, wenn ich Forscher wäre, und dann würde ich diese Glückshormone Lena-Hormone nennen oder Lenanome. Nee, lieber doch nicht. Das hört sich ja an wie eine Krankheit!*

»Weißt du, Gabby …«, murmle ich aus den Tiefen der Couch her-

aus. »… der nächste Punkt auf meiner Liste lautet: Ein Mann sollte tanzen können!«

»Welche Liste?«, meldet sich Marius zu Wort.

Huch, ihn hatte ich ganz vergessen!

»Lena hat da so eine Liste, wie ihr Traummann sein sollte.«

Ich funkele Gabby an: *Verräterin!*

Sie zuckt mit den Schultern und flüstert mir zu: »Irgendwann einmal musst du ihm doch klarmachen, dass er nicht dein Traummann ist.« Laut fährt sie fort: »Kannst *du* denn überhaupt tanzen, Lena?«

»Nein, aber ich …«

»Ich kann es mir schon denken«, unterbricht sie mich spöttelnd. »Du hast ohnehin vor, es bald zu lernen, nicht wahr?«

Mist! Manchmal kann es auch ganz schön nerven, wenn die beste Freundin dich so gut kennt!

Um eine Entgegnung komme ich allerdings herum, denn schon ertönt es von Marius hoffnungsvoll: »Also, wir können gerne einen Tanzkurs zusammen machen.«

Gabby zieht beide Augenbrauen hoch und schaut mich auffordernd an.

Och nö, ich hab jetzt aber keine Lust, mir den schönen Kinoabend zu verderben, indem ich Marius vor den Kopf stoße.

»Ja vielleicht mal irgendwann, jetzt hab ich erst mal keine Zeit.« Ich traue mich nicht, Gabby anzusehen. Ich weiß ja selbst, dass ich manchmal ein ziemlicher Feigling sein kann.

»Ach ja, stimmt ja, du musst ja erst noch deinen Französisch-Sprachkurs belegen«, lässt Gabby nicht locker.

Marius ist nun vollkommen verwirrt: »Häh? Wieso musst du denn Französisch lernen? Ist das etwa für Anglistik Pflicht?«

»Nein, nur für mich, *just for fun*«, beeile ich mich zu sagen, bevor Gabby weitere peinliche Details preisgeben kann. »Aber es ist schon zehn und wir sollten langsam losfahren.«

»Ich bleibe noch«, tönt es von Gabby. »Ich will mich noch wegen der Messe nächste Woche mit ein paar Leuten treffen. Die haben mir vorhin geschrieben, dass sie grad in der ›Unteren Straße‹ sind.«

»War ja klar: Deine Truppe ist doch immer auf dieser Partymeile unterwegs. Und was wollt ihr besprechen? Geht es wieder um so eine Öko- oder Esoterikmesse?«, hakt Marius nach.

»Nee, diesmal nicht. Es ist eine Gesundheitsmesse und die findet sogar in der ›Halle 02‹ statt. Nur über einen Bekannten haben wir da noch einen Stand ergattern können.«

Anerkennend ziehe ich die Augenbraue hoch: »Das ist doch da, wo die ›Hallengymnastik‹ stattfindet!«

»Ja, genau!«

Marius ist unserem Wortwechsel mit ratlosem Blick gefolgt: »Redet ihr vom Unisport?«

Gabby und ich sehen erst uns an und dann Marius. Vorsichtig erkläre ich: »Also, das ist jetzt nicht bös gemeint … aber … du solltest vielleicht etwas öfter mal hinter deinem Schreibtisch hervorkommen.«

Gabby ergänzt: »Die ›Halle 02‹ ist eine total angesagte Partylocation!«

Marius guckt immer noch verständnislos: »Und da wird Gymnastik gemacht?«

»Ähh … nein. Da wird Party gemacht. Eben die ›Hallengymnastik‹.«

Marius lässt ein verstehendes »Aha« ertönen, sieht aber immer noch reichlich skeptisch aus.

Noch ein Grund, warum er für mich nicht in Frage kommt – er ist lerntechnisch so übertrieben durchstrukturiert, dass Partys für ihn höchstens einmal im Monat in Frage kommen. Ich seufze und wende mich wieder Gabby zu: »Und? Betreust du den Stand wieder zusammen mit Aljosha?« Ich warte Gabbys Nicken kaum ab und ergänze: »Jaja, wer im Glashaus sitzt …«

Aljosha ist ein Kommilitone von Gabby, der sie anhimmelt, seit sie zum ersten Mal gemeinsam an einem Messestand Stricksocken aus einwandfrei ökologisch produzierter Baumwolle zu verkaufen versuchten. Er trägt wie Gabby Dreadlocks und größtenteils seltsame, wallende Beinkleider, bei denen ich mir bis heute nicht sicher bin, ob sie einen Rock oder eine Hose darstellen sollen.

Trotz seines selbstbewusst wirkenden Äußeren ist er ein total ruhiger und schüchterner Zeitgenosse, der überdies in Gabbys Gegenwart vor Verzückung kaum mehr als ein »Ja« und »Nein« über die Lippen bringt, ihr aber jeden Wunsch von den Augen abzulesen versucht.

Gabby versteht mich genau, das erkenne ich daran, dass sie plötzlich die drei Tage alte Zeitung, die auf dem Tischchen neben dem Sofa liegt, unheimlich interessant zu finden scheint und mit gerunzelter Stirn darin herumblättert.

Da ich sie weiter unverwandt anstarre, kann sie mich schließlich doch nicht länger ignorieren und schickt ein gemurmeltes: »Ach hör doch auf mit dieser ollen Kamelle. Das ist doch albern.«

»Gabby, ich warne dich. Von Busenfreundin zu Busenfreundin: Du hast ein echtes Problem. Ich bin keine Psychologin, deshalb weiß ich nicht, ob es dafür einen Namen gibt, aber ich habe genug eigene Probleme, deshalb erkenne ich, wenn jemand anders eines hat. Und dein Problem lautet: Du bist darauf programmiert, dich immer erst dann in Typen zu verlieben, wenn sie nichts mehr von dir wissen wollen. Erst dann erscheinen sie dir auf einmal begehrenswert. Mit deinen gesammelten Weisheiten beglückst du alle Welt, aber leider wendest du sie nie auf dich selbst an!«

Gabby und Marius starren mich mit offenem Mund an. So haben sie mich noch nie reden hören. Ich mich selber auch nicht. Misstrauisch mustere ich die Colaflasche. *Hoffentlich war da nichts Merkwürdiges drin!*

Gabby findet als erste ihre Fassung wieder und erhebt sich würdevoll: »Danke für deinen gut gemeinten, aber äußerst überflüssigen Rat. Ich muss jetzt zu meinem Treffen.«

Sie geht ohne mich umarmt zu haben oder sich noch einmal umzudrehen.

»Shit. Die scheint ja echt sauer zu sein«, kommentiert Marius unnötigerweise.

»Ach, die kriegt sich wieder ein. Bis morgen ist alles vergessen«, tue ich gelassen und selbstbewusst, fühle mich aber leider ganz und gar nicht so. *Oh Mann, hätte ich doch meine Klappe gehalten! Mag sein, dass Gabby ein Problem mit Männern hat, ich habe aber definitiv eines mit meiner unzuverlässigen Klappe. Echt toll gemacht, Lena Weber! Jetzt hast du deinen entspannten Abend selbst und eigenhändig ruiniert.* Dann fällt mir überdies ein, dass ich ja jetzt auch noch mit Marius alleine heimfahren muss, worauf ich grad absolut keine Lust habe. Genervt ziehe ich meine Jacke an und will aufbrechen. Doch Marius deutet auf die weiterhin an den Tischen Sitzenden und schlägt vor: »Wir können doch auch noch ein bisschen bleiben und vielleicht etwas trinken.«

»Nee, ich hab da jetzt keine allzu große Lust drauf nach der Aktion mit Gabby grad eben.« Das ist zwar nur die halbe Wahrheit, aber nach wie vor hoffe ich, dass Marius, wenn ich ihn nur lange genug auf Abstand halte, von selbst auf die Idee kommt, sich anderweitig nach einer festen Freundin umzusehen.

Als wir bei seinem Fahrrad ankommen, fängt Marius an zu fluchen. Sein Rad hat einen Platten. »Tja, also Lena, ich will dich natürlich nach Hause begleiten, aber jetzt müssen wir wohl schieben oder wir nehmen den Bus.«

»Ach du, kein Problem. Nimm ruhig den Bus, ich fahre mit meinem Rad«, entgegne ich, während ich bereits erst in meinen Jackentaschen, dann in meinem Rucksack nach meinem Fahrradschlüssel krame.

»Aber ich kann dich doch nicht alleine fahren lassen!«

»Doch klar, es ist ja nun nicht gerade so, als ob ich diesen Weg sonst nicht alleine fahren würde, und außerdem dauert es ja nur maximal ein halbes Stündchen.« Nachdem ich im Rucksack weder in der vorderen noch in der hinteren Tasche fündig geworden bin, suche ich erneut in meinen Jackentaschen nach dem Schlüssel.

»Mir wäre wirklich wohler, du würdest auch mit dem Bus fahren.« Langsam bin ich genervt. »Nein, ich möchte wirklich gerne mit dem Rad fahren! Die Bewegung und die frische Luft und so, du weißt schon.«

Er zögert, aber angesichts meiner entschlossenen Miene gibt er nach.

Endlich finde ich meinen Schlüssel in der Hosentasche und begleite Marius noch bis zur Bushaltestelle am Uniplatz.

»Na gut, Lena, also dann … Sehen wir uns morgen in der Vorlesung?«

»Ja klar, bis dann.« Schnell umarme ich ihn zum Abschied, bevor er mich weiter drängen kann, doch mit ihm zu fahren, und schwinge mich auf meinen Drahtesel. Dann rattere ich über das Kopfsteinpflaster der Hauptstraße, auf der sich langsam die Partywütigen auf dem Weg in ihre Klubs zu sammeln beginnen: Aufgebrezelte Mädels im kurzen Schwarzen, die sich mit ihren High Heels auf dem Kopfsteinpflaster nur fortbewegen können, indem sie sich bei ihrer Begleitung einhängen. Typen mit tonnenweise Gel in den Haaren und der offensichtlichen Meinung, dass es ihren Coolnessfaktor enorm steigern würde, wenn sie mitten in der Nacht mit Sonnenbrille herumlaufen. Dazwischen die eher gemütlicheren Zeitgenossen, die im Strickpulli unterwegs zur nächsten Quizrunde im Irish Pub sind. Um sämtliche meist einheitlich sonderbar gekleidete, entweder rein männliche oder rein weibliche Grüppchen mache ich einen weiten Bogen. Diese den Junggesellen- oder Junggesellinnenab-

schied feiernde Kategorie von Menschen schießt in Heidelberg in warmen Sommernächten wie Pilze aus dem Boden, und wenn man nicht aufpasst, wird man dazu genötigt, sich von einer Braut in spe die Fingernägel quietschebunt lackieren zu lassen oder den Hintern eines angehenden Bräutigams mit Herzen zu bemalen.

Vor dem Bismarckplatz biege ich rechts ab auf die Theodor-Heuss-Brücke. Schon an deren anderem Ende angelangt, fällt mir plötzlich ein, dass ich ja mein schmutziges *Sportgarten*-Shirt in meinem Spind im Fitnessstudio vergessen habe. *Mist, wahrscheinlich muss ich wohl damit beginnen, Knoten in ein Taschentuch zu machen! Meine gedanklichen Notizen bringen's irgendwie nicht mehr so richtig* ... Ich schwanke kurz, ob ich noch einmal umdrehen und das Shirt holen oder lieber nach Hause fahren soll. *Ach, was solls. Es ist ja nur ein kurzes Stück. Und wenn ich zu lange mit dem Waschen warte, kriege ich vielleicht den blöden Fleck nicht mehr raus.* Also schiebe ich seufzend mein Rad den Brückenaufgang auf der anderen Seite wieder hoch und fahre noch einmal zurück. *Tja, wie gehabt, was man nicht im Kopf hat* ...

Immer brav auf dem rot gekennzeichneten Fahrradweg radle ich die Brücke entlang, dann kurz über die Straße und an der Atos-Klinik vorbei. Ich biege gerade um die Ecke des Tannhäuser-Hotels, als plötzlich hinter mir jemand ruft: »Halt! Stehenbleiben!«

Irritiert halte ich an und denke noch im selben Moment: *Du dumme Nuss, du hättest einfach weiterfahren sollen. Was, wenn das jetzt ein Verrückter ist?* Doch als ich zurückschaue, sehe ich zwei Polizeibeamte.

Ah, okay, mal wieder Bremsen- und Lichterkontrolle. Immer wieder postiert sich die Polizei an den Fahrradwegen der beiden Brücken und kontrolliert die Fahrräder auf ihre Straßentauglichkeit hin, und da die meisten Studis ihre Fahrräder schon schrottreif erworben haben, verdient sich die Polizei oder der Staat – oder wer auch immer

das Geld am Ende einsteckt – bestimmt dumm und dämlich an den Bußgeldern.

Jetzt haben die beiden Polizisten mich erreicht. Einer entpuppt sich als braunhaarige Polizistin mittleren Alters, der andere als relativ junger Polizist, unter dessen Schirmmütze blonde Strähnen hervorschauen.

»Wissen Sie, warum wir Sie angehalten haben?«, fragt der junge Polizist in ernstem Tonfall.

»Naja, hören Sie, die Speichen-Reflektoren sind mir erst heute abgefallen und ich wollte sie wirklich morgen ersetzen«, flunkere ich.

Die beiden wechseln einen erstaunten Blick, dann ergreift die Polizistin das Wort: »Sie sind gerade über Rot gefahren!«

Jetzt gucke ich sie an wie der Ochs vorm Berg. »Was?«

»Sie sind gerade über Rot gefahren!«, wiederholt der junge Polizist geduldig.

»So ein Quatsch. Ich habe doch die Kreuzung überhaupt nicht erreicht und ich habe auch die Straße überhaupt nicht überquert.«

»Aber vor der Atos-Klinik steht eine Ampel, sehen Sie?« Seine Kollegin bleibt hinter der Ecke stehen, während er die paar Schritte zurück geht und ich ihm perplex folge.

»Ja, klar steht da eine Ampel, aber ich bin doch die ganze Zeit auf dem Fahrradweg gefahren. Ich habe die Straße doch überhaupt nicht überquert.«

»Aber sie haben die Ausfahrtsstraße neben der Atos-Klinik überquert.«

»Das ist doch jetzt nicht ihr Ernst! Die Straße führt doch nur zu einem Parkhaus.«

»Sehe ich aus, als ob ich Witze mache?«, antwortet er spitz.

»Aber es ist halb elf und weit und breit ist kein Auto zu sehen. Das ist doch lächerlich!«

»Es ist zweiundzwanzig Uhr fünfzehn und das Gesetz ist nicht lä-

cherlich!«, knurrt er verärgert.

Korinthenkacker. Aber langsam kriege ich doch Angst, weil er nun richtig wütend zu sein scheint. Daher atme ich tief durch, versuche mich an eines von Gabbys Mantras zu erinnern und deklamiere im Geiste: *Humor und Geduld sind Kamele, die uns durch jede Wüste tragen; Humor und Geduld sind Kamele, die uns durch jede Wüste tragen; Humor und Geduld sind Kamele, die uns durch jede Wüste tragen.* Nun wieder etwas ruhiger geworden, lenke ich ein: »Na schön, meinetwegen. Und was kostet mich mein Knöllchen jetzt?« *Na bitte, wenn das nicht humorvoll und geduldig war! Ich kann stolz auf mich sein!*

»70 Euro und 1 Punkt in Flensburg.«

»WAS?!« Meine Stimme überschlägt sich fast. »Wollen Sie mich verarschen?«

»Jetzt reißen Sie sich mal zusammen, Lady, wenn Sie so weitermachen, haben Sie gleich auch noch eine Anzeige wegen Beleidigung am Hals!«

Hat der Typ gerade ›Lady‹ gesagt?! Für wen hält der sich eigentlich? Für Sonny Crockett aus Miami Vice?! »Hallo?! Ich besitze ja gar kein Auto! Überhaupt habe ich seit fünf Jahren kein Lenkrad mehr angefasst und ausgerechnet ICH kriege einen PUNKT in FLENSBURG?!«

Anstelle einer Antwort schreibt er etwas auf seinen Block, reißt das Blatt mit Schwung ab und hält es mir hin.

Ohne drauf zu schauen, stopfe ich es in meine Tasche und schaue ihn so böse an, wie ich nur kann.

»Sie müssen es unterschreiben.«

Lacht der Kerl etwa gerade? Dann kommt mir ein rettender Gedanke: »Haben Sie überhaupt Beweise? Sie standen doch hinter der Ecke. Sie können das ja gar nicht gesehen haben.«

»Wir haben eine Kamera an der Ausfahrtsstraße installiert.« Spöttisch fügt er hinzu: »Soll ich Ihnen die vielleicht auch noch zeigen?«

Na super, jetzt habe ich seinen Triumph vervollständigt.

Ich krame das zerknüllte Stück Papier wieder hervor. *Wie demütigend!* Er hält mir einen Stift hin und ich kritzele wütend meinen Namen an die Stelle, auf die er mit seinem Zeigefinger deutet. Dann nimmt er den Zettel wieder an sich, reißt den Durchschlag ab und gibt ihn mir.

Erneut stopfe ich ihn in meine Tasche, darum bemüht, das Stück Papier mit noch mehr Verachtung zu strafen als beim ersten Mal. Dabei flattert ein anderes Stück Papier aus meiner Tasche und segelt langsam zu Boden. Wir starren beide darauf in der Hoffnung erkennen zu können, worum es sich handelt. Mit Erschrecken realisiere ich, dass es der Flyer einer Partnervermittlungsagentur ist, der mir neulich auf der Hauptstraße in die Hand gedrückt wurde und den ich bis jetzt vergaß wegzuwerfen. Eine schreckliche Minute lang bin ich wie gelähmt und weiß nicht, wie ich reagieren soll: jegliche Verbindung zu dem verräterischen Papier leugnen oder es einfach ignorieren? Schließlich reiße ich es mit hochrotem Kopf an mich und hoffe, dass mein Gegenüber gar nicht erkannt hat, was es ist. Doch die Art des Polizisten, mir dabei herablassend belustigt zuzusehen, beweist mir das Gegenteil. Gereizt kehre ich schnell zum alten Thema zurück: »Und wieso bitte siebzig Euro? Das ist doch eine absolute Frechheit! Wo soll ich denn siebzig Euro herkriegen?!«

»Studentin, vermute ich?«, fragt er mit abschätzigem Blick.

»Ja! Und?«, fahre ich ihn an, dabei allen Stolz zusammenkratzend, den ich in dieser entwürdigenden Situation noch irgendwo auftreiben kann. *Wie lautete doch gleich das Mantra? Humor und Geduld sind Kamele, die dich durch die Wüste tragen. Humor und Geduld sind Kamele, die …*

»Tja, dann sollten Sie sich vielleicht mal eine anständige Arbeit suchen, anstatt den ganzen Tag auf der faulen Haut zu liegen.«

Ich reiße die Augen auf und der Mund bleibt mir offen stehen. *Habe ich mich gerade verhört? Hat er das wirklich gesagt? Schnell, ich*

71

brauche Zeugen! Verdammt, wo ist seine komische Kollegin? Mist, die versteckt sich immer noch hinter der Ecke. Na toll, jetzt kann ich ihn nicht mal verklagen! Ich weiß zwar nicht, ob man wegen so etwas klagen kann, aber die Amis klagen ja auch am laufenden Band wegen allem und jedem.

Ein paar Mal öffne und schließe ich den Mund, um etwas zu entgegnen, doch vor lauter Empörung fällt mir nichts Vernünftiges ein, so dass ich wie ein Fisch auf dem Trockenen nach Luft schnappe und schließlich wortlos auf mein Fahrrad steige und losfahren will.

»Hören Sie, wenn Sie jetzt in diese Richtung los wollen, fahren Sie entgegen der Fahrtrichtung und ich muss Sie wieder anhalten. Das wollen Sie doch nicht wirklich, oder?«

Mit glühend rotem Gesicht halte ich an, drehe mein Fahrrad wieder um und trete in die Pedale, während ich ihm mit aller gerechten Empörung, die ich empfinde, vernichtend entgegenschleudere: »Jetzt habe ich Ihretwegen meine Kamele verloren! Ich hoffe, Sie sind stolz darauf!« So fahre ich erneut an ihm vorbei, nur dieses Mal in die andere Richtung, um die Ecke des Tannhäuser Hotels herum, hinter der sich immer noch seine Kollegin versteckt, und dann auf die Bergheimer Straße Richtung Ernst-Walz-Brücke.

So ein blöder Lackaffe! So ein dämlicher Idiot! Hat der zu oft Robocop geguckt oder was? Siebzig Euro! Und einen Punkt!!! So ein überhebliches Arschloch! Ich äffe seine Stimme nach: »Dann sollten Sie sich mal eine anständige Arbeit suchen …« *Ha, Sie auch! Ja, das hätte ich sagen sollen! Genau, er sollte sich mal eine anständige Arbeit suchen anstatt armen Studenten das Geld aus der Tasche zu leiern. Hat der nichts Besseres zu tun? Gibt es keine Einbrüche oder Diebstähle, um die er sich kümmern kann? Hmpf! Wahrscheinlich darf er sich nicht um so etwas kümmern! Jawoll! Das ist nämlich richtige Polizeiarbeit, während der nur so ein lächerlicher kleiner Verkehrspolizist ist, dem man gerade mal zutraut, Radfahrer anzuhalten! So isses nämlich! Das*

hätte ich ihm mal sagen sollen! Obwohl ... vielleicht doch lieber nicht – so bekloppt wie der war, hätte der mich sonst tatsächlich noch wegen Beleidigung belangt ... Und da heißt es immer allen Ernstes, Männer in Uniformen seien sexy. Von wegen. Die sind einfach nur arrogant und überheblich und verdammte Paragrafenreiter. Mein Horoskop hat mich nicht umsonst vor ihnen gewarnt. Ich sollte in Zukunft wirklich öfter darauf hören!

Total erledigt und immer noch wütend komme ich zu Hause an und kann mich nicht mal bei Gabby ausheulen, weil sie ja sauer auf mich ist. *Ich schaffe es wirklich, mir mein Leben zu ruinieren!*

Schon am Einschlafen fertige ich eine gedankliche Notiz an: *Mein Traummann darf definitiv keine Uniform tragen!*

 # *Kapitel 4*

Hoffnung ist scheinbar endlos wie der Ozean,
doch jeder Ozean endet irgendwann an einer Küste
Glückskeksweisheit Nr. 43

Am nächsten Morgen schleppe ich mich total gerädert zur Uni. Nicht mal meine sonst so geliebte Sturm-und-Drang-Vorlesung kann meine Laune wesentlich heben. Wenigstens hält Marius, der wie immer neben mir sitzt, seine Klappe. Doch zu meinem Unglück fällt mir überdies ein, dass meine Eltern heute Abend zu ihrer Kreuzfahrt aufbrechen. Einen besseren Zeitpunkt hätten die sich echt nicht aussuchen können, ausgerechnet jetzt, wo ich Stress mit Gabby habe. Also kann ich mich während der nächsten Wochen nicht mal von meiner Mutter trösten lassen.

Die Mittagspause nutzend flitze ich heim, und in der Tat blinkt mein Anrufbeantworter und zeigt mir zehn ungehörte Nachrichten an. *Mein lieber Scholli! Teilweise stammen sie noch von Freitag. Verflixt, wegen des ganzen Durcheinanders an diesem Wochenende habe ich total vergessen, meine Nachrichten abzuhören.* Ich drücke die Wiedergabetaste und es ertönt eine blecherne Frauenstimme:

»Sie haben zehn neue Nachrichten. Erste Nachricht … empfangen am … Freitag, den siebzehnten Mai … um … fünfzehn Uhr zehn.«

»Hallo? Ähh, Leni, bist du da?« Dann ertönt das Geräusch eines aufgelegten Hörers. *Typisch Mama.* Meine Mutter traut Anrufbeantwortern einfach nicht über den Weg.

Ich lösche die Nachricht.

»Zweite Nachricht … empfangen am … Freitag, den siebzehnten Mai … um … fünfzehn Uhr fünfzehn.«

»Hallo? Hallo? Also Manfred, ich weiß nicht; ich glaube, sie ist nicht da.« Mein Vater ist also auch da.

Ich drücke wieder auf ›löschen‹.

»Dritte Nachricht … empfangen am … Freitag, den siebzehnten Mai … um … fünfzehn Uhr zwanzig.«

»Hmm hmm, also … ääähhh … hallo Leni … hier ist deine Mutter … Inge.« *Als ob ich nicht wissen würde, wer meine Mutter ist.* Ich grinse vor mich hin, während ich vor Augen habe, wie sie misstrauisch den Hörer anstarrt.

Im Hintergrund höre ich das Rascheln von Papier. *Wahrscheinlich sitzt mein Vater in seinem abgewetzten Lieblingssessel und lässt sich nicht bei seiner Zeitungslektüre stören.* »Also ich hoffe, dass du mich hörst … ähhh … also ich meine, dass du diese Nachricht abhörst … also irgendwann, meine ich … Ähm … also ich wollte nur fragen, ob es dir gut geht, Schätzchen, und dich daran erinnern, dass wir am Montag abreisen … Hmm. Gut, also, ähm. Ruf bitte an, wenn du Zeit hast. Wir haben dich lieb!«

Bei ihrem letzten Satz schießen mir plötzlich die Tränen in die Augen. Die restlichen sieben Nachrichten verteilen sich über die letzten beiden Tage, unterscheiden sich aber nicht groß von den ersten drei. Ich lösche sie und wähle die Nummer meiner Eltern. »Hi Mama, ich bin es, Lena.«

»Leni, endlich! Ich habe mir schon solche Sorgen gemacht. Wie geht es dir, mein Schatz?«

»Ach Mama, es ist alles ganz furchtbar«, jammere ich. Ich weiß, dass ich mich anhöre wie eine Zehnjährige, aber das muss jetzt einfach mal sein.

»Na na, so schlimm wird es schon nicht sein. Was ist denn passiert?«
Es tut so gut, die beruhigende Stimme meiner Mutter zu hören.

»Ich hatte gestern Krach mit Gabby und jetzt redet sie nicht mehr mit mir. Ich konnte meine blöde Klappe nicht halten und hab sie beleidigt.«

»Du hast sie beschimpft?« Entsetzt holt meine Mutter Luft.

»Nein, natürlich nicht! Ich habe ihr nur gesagt, dass sie die Männer, die ihr hinterherlaufen, immer so lange ignoriert, bis diese keinen Bock mehr auf sie haben. Und wenn es dann so weit ist, verliebt sie sich plötzlich in diese Männer, aber die wollen dann schon nichts mehr von ihr wissen. Sie macht sich auf diese Weise permanent unglücklich. Und da ist jetzt dieser Kommilitone von ihr – er heißt Aljosha – und na ja, der ist total in sie verknallt, aber sie ignoriert ihn natürlich, weil sie noch José hinterherheult, und da habe ich ihr halt gesagt, dass sie aufpassen und es sich mit Aljosha nicht vermasseln soll.« Ich schniefe geräuschvoll.

Nach einer kleinen Pause fragt meine Mutter: »Und das ist alles?«

Irritiert halte ich inne. »Ja, schon. Aber jetzt ist Gabby beleidigt und redet nicht mehr mit mir.«

»Aber ist das, was du gesagt hast, denn die Wahrheit?«

»Ja klar, warum soll ich mir so etwas ausdenken?«

»Und Gabby ist deine beste Freundin?«

»Ja. Zumindest war sie es bis gestern. Jetzt will sie wahrscheinlich nie wieder was von mir wissen.«

»Also Leni, aus meiner Sicht hast du richtig gehandelt. Ich meine, ich weiß zwar nicht, wie du das rübergebracht hast. Sicherlich hätte man das auch diplomatischer tun können. Ich kenne dich schließlich …«

Aufbrausend unterbreche ich sie: »Was soll das denn heißen?«

»Lena, lass mich bitte ausreden! Also, unabhängig davon, wie du es gesagt hast, ist das, was du gesagt hast, richtig und du hast es gesagt, weil du Gabby helfen wolltest. Das macht man nun einmal unter besten Freundinnen. Und das wird ihr über kurz oder lang auch klar

werden. Also mach dir keine Sorgen. Das wird sich wieder einrenken zwischen euch beiden.«

»Meinst du wirklich?«, schniefe ich, noch etwas nach Trost heischend.

»Ja natürlich. Und jetzt denk nicht weiter darüber nach. Außerdem kommt jeden Augenblick unser Shuttlebus zum Bahnhof.«

»Oh, aber ich dachte, ihr fahrt erst heute Abend los«, murmle ich enttäuscht, während meine Finger mit der Kette an meinem Hals spielen. *Wem soll ich jetzt mein Leid wegen des unverschämten Polizisten klagen?* »Das Kreuzfahrtschiff fährt zwar erst heute Abend los, aber wir müssen doch erst noch dorthin gelangen«, erklärt meine Mutter geduldig.

»Ach so, ja natürlich.« Ich weiß selbst, dass ich total hilflos klinge, und meine Mutter bestätigt es mir, indem sie betont munter entgegnet: »Ach Leni, sei nicht traurig, die drei Wochen gehen um wie im Fluge und beim nächsten Urlaub achten wir darauf, dass wir in den Semesterferien fahren. Dann kannst du mitkommen.«

Ich lasse sie in dem Glauben, dass der mir entgangene gemeinsame Urlaub mit meinen Eltern – bei aller Liebe eine gruselige Vorstellung – der Grund für meine Trübseligkeit sei und bemühe mich um einen fröhlichen Tonfall: »Danke, Mama. Lieb von Euch. Ich wünsche euch ganz viel Spaß und erholt euch gut.«

»Danke, Liebes. Wir hören uns dann erst wieder nach unserer Rückkehr. Rechne nicht damit, dass wir es schaffen, uns vorher zu melden. Wer weiß, ob es in den Städten, in denen wir halten, Telefonzellen gibt und wenn, dann wirst du vermutlich gerade in der Uni sein. Deshalb mach dir keine Sorgen um uns, wenn wir uns nicht rühren.«

Meine Eltern sind die einzigen Menschen, die ich kenne, die kein Handy nutzen und immer noch öffentliche Telefonzellen aufsuchen. Vor ein paar Jahren hatten meine Schwester Conny und ich

zusammengelegt und meinem Vater zu Weihnachten ein Handy mit aufladbarer Karte geschenkt. Seitdem besitzt er zwar eines, weigert sich aber nach wie vor, es zu benutzen, weil es seiner Ansicht nach nur Geld fressen würde. »Und ohnehin«, predigt er uns immer, »ist von euch trotz eurer supermodernen Handys doch nie jemand zu erreichen, wenn ich euch mal sprechen muss. Daher kann ich gut auf so ein unnötiges Gerät verzichten. Überhaupt sind diese Dinger furchtbar aufdringlich! Nirgends hat man mehr seine Ruhe! Überall quatschen die Leute am laufenden Band in ihre Handys. Und ich will auch gar nicht permanent erreichbar sein. Das bisschen Freizeit, das ich habe, will ich stressfrei genießen!« Weder Conny noch ihr Mann oder ich konnten meinen Vater seither zu einer anderen Meinung über Handys bewegen.

Conny! Ja, das ist die Lösung. Ich werde sie heute Abend anrufen und dann kann ich endlich Dampf ablassen. Unser letztes Telefonat ist ohnehin viel zu lange her und sie fehlt mir. Warum musste sie auch nach Norwegen ziehen? Okay, sie hat es der Liebe wegen getan, was natürlich total romantisch ist. Aber ausgerechnet Norwegen!

Ich habe sie erst zwei Mal dort besucht, und das letzte Mal ist auch schon wieder ein halbes Jahr her, doch beim Gedanken daran kriege ich sofort wieder Frostbeulen am Hintern. Zum Glück sind mir weitere Besuche bislang erspart geblieben, da sie und Tjore, so heißt ihr Mann, fast jeden Urlaub nutzen, um meine Eltern zu besuchen. Denn meine Mutter leidet unter Flugangst und hat sich nur anlässlich Connys Hochzeit dazu überwinden können, in ein Flugzeug zu steigen. Zum Glück für meine Eltern, die kein Wort Englisch beherrschen, spricht Tjore fließend Deutsch, denn Conny und Tjore haben sich während ihres gemeinsamen Medizinstudiums in Deutschland kennengelernt. Aber da wir, um die horrenden Telefonkosten zu umgehen, nur skypen und Conny leider als Stationsärztin absolut unzumutbare Arbeitszeiten hat, kommen wir seit ihrer Auswande-

rung nur selten dazu, miteinander zu sprechen.

Nun gut, dann rufe ich sie eben nicht jetzt, sondern heute Abend an. Außerdem muss ich eh wieder zurück in die Uni, das Bio-Praktikum fängt gleich an. Zum Glück findet es, wie alles, was mit Naturwissenschaften zu tun hat, in der Neuen Universität, also auch im Neuenheimer Feld statt, so dass ich nur zehn Minuten Fahrtzeit habe.

Nach der Uni mache ich mir Rührei mit Speck und genieße mein Abendessen in einer Magda-freien Wohnung, weshalb ich mich sogar traue, anstelle meiner Kontaktlinsen meine Brille aufzusetzen. Dann versuche ich, das Beste aus dem angebrochenen Abend zu machen und büffle Chemie, schließlich findet diesen Freitag die Prüfung zum Chemischen Praktikum statt und Chemie ist meine große Schwäche. Das war schon in der Schule nicht mein Ding. Blöderweise braucht man das aber für ein Biologiestudium und das Biologiestudium brauche ich, ebenso wie Anglistik und Germanistik, weil ich Wissenschaftsjournalistin werden will. Aber ich kann mir diese ganzen Formeln beim besten Willen nicht merken. *Vielleicht sollte ich mal mein Gehirn untersuchen lassen? Ganz sicher gibt es da drin irgendwo ein winzig kleines Schwarzes Loch, in dem alles verschwindet, was mehr als zwei Ziffern beinhaltet – Erinnerungen an die Höhe meiner Miete und andere monatliche Ausgaben eingeschlossen.*

Endlich ist es zwanzig Uhr, also einundzwanzig Uhr nach norwegischer Zeit, und ich wähle Connys Nummer; leider geht niemand ans Telefon. *Mist, wahrscheinlich ist sie immer noch in der Klinik oder sie hat ausgerechnet heute Nachtschicht.* Ich bin furchtbar enttäuscht und setze mich wieder zum Lernen an meinen Schreibtisch, kann mich aber nur schwer konzentrieren. Stattdessen schiele ich alle fünf Minuten in mein Email-Postfach, ob nicht wenigstens eine Antwortmail von Conny eingetroffen ist. Auch von Gabby habe ich noch keine Nachricht erhalten. Um dreiundzwanzig Uhr gebe ich

auf, mache mich bettfertig und gehe schlafen.

Am nächsten Morgen checke ich noch vor der Uni meine Mails und jubiliere innerlich, als ich Connys Antwort entdecke: Heute Abend hat sie Zeit! Beschwingt mache ich mich für die Uni fertig und überlege sogar kurz, ob ich nicht an Gabbys Tür klingeln soll; doch mein Stolz hindert mich daran. Draußen angekommen hole ich meine Fahrradschlüssel hervor und halte dann inne. *Komisch, ich dachte, ich hätte mein Fahrrad gestern vor den Briefkästen geparkt. Mannomann, ich hab echt ein Gedächtnis wie ein Schweizer Käse. Wo habe ich das Ding denn bloß abgestellt?*

Ich schaue an der langen Reihe von Fahrrädern beiderseits der Tür auf und ab und überfliege auch die Fahrradkolonne vor dem gegenüberliegenden Wohnheim.

Sag mal … hab ich einen Knick in der Optik oder was? Wo ist mein Fahrrad abgeblieben?! Drei Mal laufe ich das metallene Durcheinander an neben-, über- und hintereinander gestellten Rädern ab. Dann erst erlaube ich mir, die traurige Wahrheit zu akzeptieren: Mein Fahrrad ist geklaut worden. *VERDAMMT!!! Okay, ruhig Blut. Was jetzt? Erst zur Polizei oder erst in die Uni? Hmm, das Fahrrad wird in ein paar Stunden immer noch genauso verschwunden sein wie jetzt, während ich im Linguistik-Seminar schon zwei Mal gefehlt habe. Öfter darf ich dieses Semester nicht fehlen, sonst kriege ich meinen Schein nicht und die ganze Mühe war für die Katz´.*

Also bleibt mir nichts anderes übrig, als zur Bushaltestelle zu rennen. Doch während ich noch um die Ecke biege, sehe ich den Bus schon vor meiner Nase abfahren. *War ja nicht anders zu erwarten.* »HAAAALT! STOPP! WARTET AUF MICH!!!« Immer noch schreiend fange ich an zu hüpfen und wild zu gestikulieren, während einige Passanten stehen bleiben und mich interessiert mustern – *Vermutlich halten sie mich für ein Ein-Mann-Theater* – doch es hilft alles nichts: Der Bus fährt weiter. Fluchend pfeffere ich mei-

nen Rucksack auf den Boden, hebe ihn aber schnell wieder auf und klopfe den Dreck ab; schließlich ist das mein Lieblingsrucksack. Ich seufze auf, setze mich auf die Bank und warte auf den nächsten Bus. *Na super, ich werde gnadenlos zu spät kommen.*

Eine Dreiviertelstunde später öffne ich geknickt die Tür des Seminarsaals im *Palais Boisserée* und erkläre, während ich wieder einmal angestarrt werde *(ich sollte mal anfangen, Geld dafür zu verlangen),* dass mein Fahrrad geklaut worden ist. Der Professor nickt meine Entschuldigung ab und ich quetsche mich auf einen freien Platz in der letzten Reihe. Kurze Zeit später zeigt mir das Vibrieren des Handys in meinem Rucksack eine ankommende SMS an. *Vielleicht Gabby?* Ich wage unter dem Tisch einen schnellen Blick auf das Display: Die Nachricht ist von Marius. Als ich mich umsehe, entdecke ich ihn drei Reihen weiter vorne. Ich schaue wieder aufs Display. Dort steht:

Du solltest dir wirklich mal einen neuen Wecker kaufen ;-)

Ich warte, bis ich sicher bin, dass der Professor seine Aufmerksamkeit wieder ganz der laufenden Diskussion zugewendet hat, dann tippe ich:

ICH HABE NICHT VERSCHLAFEN!!!

Diese Feststellung ignorierend kommt fünf Sekunden später die Antwort:

Mein Tipp war doch: dein Fahrrad hat einen Platten und nicht, dass es gleich ganz geklaut wird. ☺☺☺

Ich schnalze entnervt mit der Zunge und tippe:

MEIN! FAHRRAD! WURDE! GEKLAUT! ☹☹☹

Jetzt dreht sich Marius mit erstauntem Gesicht zu mir um und formuliert lautlos: WIRKLICH?!
Was denkt der eigentlich von mir? »JA!« zische ich leise. Zumindest war es leise beabsichtigt. Dass ausgerechnet in diesem Augenblick nachdenkliche Stille im Saal herrscht, stelle ich erst fest, als sich auch alle anderen Studenten zu mir umdrehen und der Professor erfreut sagt: »Fantastisch. Endlich einmal ein Freigeist! Und was verleitet Sie zu dieser Ansicht, Frau Weber?
«Verdammt! Welche Ansicht? Worüber wurde überhaupt gesprochen? Okay, ganz ruhig! Das Seminar dreht sich um Literaturnobelpreisträger und an der Tafel steht etwas von ›Thomas Mann‹ und ›Zauberberg‹. Das ist ja schon mal ein Anfang. Fieberhaft denke ich nach. »Ähh, nun ja, ich bin nun einmal der Meinung, dass Thomas Mann den Nobelpreis für den ›Zauberberg‹ absolut zu Recht erhalten hat, denn obwohl es Kritiker gibt …« *Das ist gut, Kritiker hat eigentlich jeder, damit kann ich schon mal nichts falsch machen.* »… die … ääh … diesen Roman … ähh … kritisieren … ähh …, brilliert er doch durch die bestechend ironische Eloquenz der Diskussionen und die weitreichende Symbolik …« *Wow, ich bin gut!* Entzückt von meinem weltmännischen Gebaren, komme ich langsam richtig in Fahrt: »… welche die durchaus vorhandene Handlungsarmut auszugleichen vermag, so dass …« Ich linse zu Professor Tann hinüber, um mich in seiner Begeisterung über meine hervorragenden Literaturkenntnisse zu sonnen. Doch dessen Gesicht wird länger und länger. *Okay, habe ich vielleicht eine Itzebitzeklitzekleinigkeit zu dick aufgetragen?* Da ich das jetzt aber nicht mehr ändern kann, sehe ich einfach zu, dass ich zum Schluss komme. »… der Leser durchaus Sympathie für

den Antihelden empfindet, dessen persönlicher Entwicklungsprozess – die herkömmlichen Bildungsromane karikierend – ihn nicht zu einem fähigen, mündigen und tüchtigen Bürger macht, sondern in die entindividualisierende Leere des Ersten Weltkriegs mündet.«

Einige Minuten lang herrscht Schweigen im Saal, und in etlichen Gesichtern erkenne ich ungläubiges Staunen. Dann räuspert sich Professor Tann und sagt langsam: »Danke ... Fräulein Weber, für diese ... interessanten ... Ausführungen. Leider kann ich Ihnen da nicht in allen Teilen zustimmen.«

Als sich die restlichen Gesichter unter verhaltenem Kichern wieder nach vorne gedreht haben, um den Erläuterungen von Professor Tann zu Manns ›Zauberberg‹ zu lauschen, flüstere ich meinem Banknachbarn zu: »Wie lautete noch mal die Frage?«

Er sieht mich groß an. Offenbar hält er mich für nicht ganz zurechnungsfähig, da er ein Stück von mir wegrückt, bevor er antwortet: »Es ging darum, ob wir im Anschluss an unsere Exkursion ins Museum die eigentlich geplante Weinprobe wegen Zeitmangels weglassen sollen ...«

Scheiße!

»Ach, und nur zur Info: Thomas Mann hat für ›Der Zauberberg‹ keinen Nobelpreis bekommen, sondern für ›Die Buddenbrooks‹.«

Ich fasse es nicht ... Ich ziehe den Kopf ein und rutsche im Stuhl nach unten.

In den verbleibenden anderthalb Stunden perfektioniere ich einmal mehr meine Fähigkeit, vor Scham im Boden zu versinken, und bin intensiv darum bemüht, mich unsichtbar und unhörbar zu machen. Endlich sind die Qualen vorbei und ich schaffe es, sämtlichen schadenfrohen Fragen ausweichend, noch vor dem ganzen Pulk in den Hof. Hier beschließe ich, dass ich ein weiteres Seminar heute nicht überstehen werde, ohne in die Klapse eingewiesen zu werden; stattdessen sollte ich lieber gleich wegen meines Fahrrads zur Polizei gehen.

Die nächstgelegene Polizeistation befindet sich meines Wissens hinter der Unibibliothek, kurz bevor es zum Schloss hochgeht. Also laufe ich zu Fuß los. Fast bin ich – bei meinem Pech – ja schon davon überzeugt, dass sie vorübergehend oder dauerhaft geschlossen ist, doch überraschenderweise ist dem nicht so und ich trete ein.

Dem Polizeibeamten an der Anmeldung erkläre ich durch das Sprechloch in der Scheibe mein Anliegen und er weist mich an, kurz auf einem der daneben aufgereihten Stühle Platz zu nehmen. Gleich würde ein Kollege kommen und sich um meinen Fall kümmern.

Ich tue, was er sagt und blättere lustlos ein paar Frauenzeitschriften durch, lege sie jedoch weg, als ich keine interessanten Persönlichkeitstests finden kann, und sehe mich um. Ich sitze in einem länglichen Flur, an dessen Ende sich rechts und links weitere Flure anschließen. Beide Wandseiten werden im Abstand von einigen Metern von Türen unterbrochen, zwischen denen jeweils zwei bis drei Stühle stehen. Missbilligend schüttele ich den Kopf. Hier sieht es leider ganz und gar nicht so aus, wie man sich eine Polizeistation vorstellt, wenn man viele Hollywoodfilme oder deutsche Vorabendserien gesehen hat. Eher gleicht es einem ganz normalen Bürogebäude. *Na toll, jetzt bin ich schon einmal in meinem Leben auf einer Polizeistation und dann sieht sie so langweilig aus. Nirgendwo jemand in Handschellen zu sehen.*

Endlich öffnet sich eine Tür und jemand ruft heraus: »Kommen Sie bitte rein!«

Ich folge der Stimme und finde mich in einem Büro mit zwei Arbeitstischen wieder. Am hinteren der beiden starren gerade zwei hemdsärmelige Streifenbeamte, leise in ein Gespräch vertieft, auf einen Bildschirm. Am Tisch vor mir murmelt ein über irgendwelche Unterlagen gebeugter Polizist in voller Montur: »Setzen Sie sich!« Ich nehme Platz, als sich der Beamte mir zuwendet und verblüfft aufstöhnt: »SIE!«

Irritiert schaue ich hinter mich. *Redet der mit mir?*

»Wollen Sie sich schon wieder wegen der Geldbuße beschweren?« Genervt presst er die Lippen zu einem schmalen Spalt zusammen.

Plötzlich dämmert es mir: *Das muss der unverschämte Typ sein, der mich mit meinem Fahrrad neulich angehalten hat!* Es war an dem Abend schon so dunkel gewesen, dass ich nicht mal seine Augenfarbe erkennen konnte und ich war so aufgebracht, dass mir außer seinen blonden Haaren gar nichts im Gedächtnis hängen geblieben ist. Jetzt jedoch kommen mir seine Gesichtszüge tatsächlich vage bekannt vor. Er hat blau-grüne Augen. Ich könnte mich vielleicht sogar dazu hinreißen lassen, sie als hübsch zu bezeichnen, wenn er nicht so verächtlich gucken würde. *Ich fasse es nicht! Muss ich von sämtlichen Polizisten in dieser Stadt ausgerechnet wieder an diesen arroganten Affen geraten?*

Um Fassung ringend entgegne ich: »Nein. Ich bin hier, weil mein Fahrrad geklaut wurde.«

»Soso, und ich dachte, Ihnen sei ein Kamel abhandengekommen!« Sein Mund verzieht sich zu einem zynischen Lächeln.

»Was?« *Wovon redet der?! Impertinenter Kerl!*

Jetzt schauen auch die beiden anderen Polizisten zu mir her.

»Nun, so lauteten doch ihre Worte vorgestern Abend: Sie sagten, ich wäre dafür verantwortlich, dass Ihnen Ihr Kamel abhandengekommen sei.«

Macht der Kerl sich etwa über mich lustig? Ich fasse es nicht. Ein kurzer Seitenblick zu den anderen beiden Typen zeigt mir, dass die sich ein Lachen zu verkneifen versuchen. *Na toll, vermutlich hat er die Story im ganzen Polizeirevier rumerzählt.*

Ich atme tief ein und aus und entgegne anschließend hoheitsvoll: »Ich besaß nie ein Kamel, wohl aber ein Fahrrad und eben dieses Fahrrad besitze ich seit heute Morgen nicht mehr und deswegen bin ich hier.« Um völlige Klarheit bemüht, füge ich vorsichtshalber noch

hinzu: »Um eine Anzeige wegen Diebstahls aufzugeben.«

»Na gut, also keine Vermisstenanzeige wegen eines Kamels, sondern wegen eines Drahtesels.« Gut gelaunt kramt er in den Ablagefächern auf seinem Schreibtisch.

Haha. Mr Popov. Ich lach mich tot. Glaubt der Kerl doch tatsächlich, er sei witzig!

Um meinen letzten Rest Würde bemüht, versuche ich diese demütigende Situation schnellstmöglich hinter mich zu bringen und beantworte einsilbig und kurz alle seine peniblen Fragen zu meinen privaten Daten und dem Aussehen meines Fahrrades (»ein weißes Damenrad ... so holländischer Art ... ja, so eines mit geradem hohen Lenker ... Marke *Yerokee* ... ja, auch die Schutzbleche sind weiß ... Sie haben es doch schließlich gesehen! ... auch die Fahrradkette ist mit so einem weißen Schutz versehen, und unter dem Gepäckträger ist so ein weißer Stoff mit schwarzem Blumenmuster gespannt, damit nichts in die Speichen kommt ... nein, keine Ahnung, von welcher Marke der Dynamo ist ...«). Dann befragt er mich nach den Umständen des Abhandenkommens, bevor er mir das während des Gesprächs von ihm ausgefüllte Formular zur Kontrolle und Unterschrift reicht. Auch er hat unterschrieben: A. Gruber. Da fällt mir auf, dass er sich nicht mal vorgestellt hat. *So ein unhöflicher Mensch!*

»Tja, Fräulein Weber, ich will Ihnen zwar nicht alle Hoffnung nehmen, jedoch müssen wir eine Anzeige gegen Unbekannt stellen und da Ihr Fahrrad leider nicht polizeilich registriert war, ist die Chance, dass es wieder auftaucht, äußerst gering. So wie es aussieht, würde ich Ihnen also empfehlen, sich nach einem anderen Fahrrad umzusehen und dieses dann auch gleich von uns registrieren zu lassen.«

Ich höre ihm mit offenem Mund zu. *Na, der hat Nerven! Hätte er mir das nicht gleich sagen können? Dann hätte ich mir diesen ganzen Affenzirkus gespart.*

Doch ich reiße mich zusammen und beiße mir auf die Zunge, um

jeden Kommentar zu vermeiden, der diesem Unsympathen noch mehr Gelegenheit für Witze auf meine Kosten geben könnte. So straffe ich meine Körperhaltung, erhebe mich mit einem bemüht gleichgültigen »Gut, also …« und schreite zur Tür, wo ich mich filmreif noch einmal umdrehe und gelassen ergänze: »Dann hoffe ich mal, dass wenigstens Ihre sonstigen Tätigkeiten von Erfolg gekrönt sind.« *Hah! Na also! Mein Abgang hätte selbst Queen Elisabeth alle Ehre gemacht.* Als ich am Ende des Flures wieder an der Glasscheibe ankomme, bleibe ich wie angewurzelt stehen und stöhne auf. *Kann dieser Tag noch schlimmer werden?* Ich drehe mich langsam um und sehe ihn schon im Türrahmen zu seinem Büro stehen – mit meinem Rucksack in der Hand.

Haltung bewahren, Lena, Haltung bewahren! Mit durchgedrücktem Rücken gehe ich zu A. Gruber zurück und nehme meinen Rucksack in Empfang, den er mir, mit hochgezogener Augenbraue herablassend lächelnd, hinhält: »Mir scheint, Ihnen kommen öfter mal Dinge abhanden, Fräulein Weber.«

Ich halte seinem Blick trotzig Stand. »Nur, wenn ich von unhöflichen Menschen umgeben bin.« Damit drehe ich mich um und suche mit schnellen Schritten das Weite.

»Und es war tatsächlich derselbe Kerl?«

Am Abend dieses katastrophalen Tages (dessen Nachmittag ich dann, innerlich kochend, tatsächlich noch in der Linguistik-Vorlesung verbracht und unter den todlangweiligen Referaten einiger Kommilitonen zur Entwicklung der ostfriesischen Sprache gelitten habe) konnte ich endlich meine Schwester erreichen.

»Ja. Ist das nicht einfach abartig?«

Conny schüttelt fassungslos und mit fliegenden Locken den Kopf, was für einige Sekunden das Bild total verzerrt – leider ist die Internetleitung in den Wohnheimen nicht die Schnellste. Beim Skypen

hinkt dann häufig entweder das Bild dem Ton hinterher oder ist bei jeder kleinen Bewegung so grob verpixelt, dass man gar nichts mehr erkennen kann. Oft genug bricht auch die Verbindung ganz zusammen.

Doch heute kann ich Conny klar und deutlichen sehen und hören und stelle fest, dass sie hervorragend aussieht. Das Eheleben scheint ihr zu bekommen: Ihre warmen, braunen Augen strahlen, ihre großen Locken glänzen und ihre Haut sieht so sanft gebräunt aus, als käme sie frisch aus dem Urlaub – ein Erbteil meiner Mutter. Überhaupt kommt sie äußerlich ganz nach unserer Mutter, während ich mit meinen blauen Augen, meinen Kräuselhaaren und der sehr hellen Haut samt tausender Sommersprossen eindeutig unseres Vaters Kind bin. Doch wenigstens ist mir seine große Nase erspart geblieben.

Beim Anblick von Connys offensichtlichem Glück könnte ich glatt neidisch werden, doch ich gönne es ihr, auch wenn es für mich zeitlebens ein hartes Los war, immer nur als die Schwester von Conny Weber bekannt zu sein: Jedes Mal, wenn es in der Schule zu einem Lehrerwechsel kam, hieß es: »Weber? Aber doch nicht die Schwester von unserer Conny Weber, die jedes Jahr Klassenbeste ist?« In meine mündliche Abiturprüfung im Fach Biologie lud sich dann auch noch mein Schulleiter ein, weil er eine glänzende Leistung erwartete und so gerne einmal seinem besten Freund, einem Uni-Dozenten, eine Prüfungskandidatin zeigen wollte, mit der sich über Gen-Ethik diskutieren ließ – schließlich war ich ja die Schwester von Conny Weber, die als jahrgangsbeste Abiturientin insbesondere in Biologie mit Preisen überschüttet wurde. Irgendwie hatte es sich nicht bis zu ihm rumgesprochen, dass ich da nicht mithalten konnte. So stand ich mit schlotternden Knien vor dem Prüfungskomitee samt Schulleiter und wusste vor lauter Erwartungsdruck nicht einmal mehr, wie mein Prüfungsthema genau lautete. Und das ausgerechnet in

meinem Lieblingsfach Biologie. Mit Hilfe einer Prüferin, die Mitleid mit mir und meiner Situation hatte und daher das Gespräch immer wieder auf den Regenwald lenkte, über den ich noch kurz vor dem Abitur ein Referat gehalten hatte, schaffte ich es mit Ach und Krach auf eine 2,5. Die sichtbare Enttäuschung des Schulleiters machte mir noch ziemlich lange zu schaffen, auch wenn er sich dadurch wenigstens in meiner Deutschprüfung nicht blicken ließ, die dadurch prompt viel besser lief als erwartet.

Während also Conny allen mit ihrer brillanten Abschlussrede bei der Abiturfeier ihres Jahrgangs im Gedächtnis blieb, war ich diejenige, die niemand je vergaß, weil sie bei ebenjener Veranstaltung meines Jahrgangs während der Zeugnisübergabe von der Bühne fiel (ich hatte mich mit dem Absatz in meinem bodenlangen Abendkleid verheddert). Das war schon peinlich genug. Zu allem Überfluss jedoch verstauchte ich mir bei der Aktion auch noch den Knöchel, saß den Rest des Abends ohne meine nagelneuen Schuhe, dafür aber mit Kühlpad an meinem hochgelegten Fuß am Rande des Geschehens und musste zähneknirschend mit ansehen, wie alle meine Mitschüler ausgelassen feierten und mein damaliger Schwarm mit meiner Erzrivalin tanzte (seitdem vermeide ich die Kombination von hochhackigen Schuhen mit langen Kleidern).

Dann fing Conny an, Medizin zu studieren und es war keine große Überraschung, dass sie auch dies mit Bestnoten in Rekordzeit schaffte. Wenigstens nahm dies den Druck von mir, denn ich suchte mir bewusst einen ganz anderen Studienort aus als sie, wo ich nicht permanent mit ihr verglichen werden konnte. Und seitdem hat mein Leben eine ganz neue Wende genommen (naja, zugegeben: Ich bin immer noch diejenige, die überall dort runterfällt, wo man nur runterfallen kann, doch zumindest steht nun niemand mehr im Publikum, der kopfschüttelnd sagt: »Also ich verstehe das nicht. Dabei ist ihre Schwester Conny Weber doch solch eine Grazie. Die zwei

sind sich wirklich überhaupt nicht ähnlich.«).

Bis ich also meine Heimatstadt verließ, um so weit weg wie nur irgend möglich - sprich in Heidelberg - zu studieren, war ich nicht besonders gut auf meine Schwester zu sprechen, obwohl sie sich nichts auf ihre Perfektion einbildete und mir diese nie vorhielt. Doch als wir dann zwei völlig getrennte Leben führten, merkte ich auf einmal, wie gut wir uns eigentlich verstanden und wir telefonierten fast täglich. Bis sie dann eben Tjore kennenlernte, sofort wusste, dass er ihr Traummann ist – wie hätte es auch anders sein können? – und die beiden noch binnen einen Jahres heirateten und nach Norwegen gingen. Das war vor einem Dreivierteljahr, und seitdem vermisse ich sie zu meiner eigenen Überraschung sehr.

Jetzt scheint auch Tjore aufmerksam geworden zu sein. »Conny?«, höre ich ihn im Hintergrund fragen. »Habe ich das richtig verstanden? Lena musste siebzig Euro zahlen und hat einen Punkt in Flensburg gekriegt?« Da erscheint auch schon sein breit grinsendes Gesicht neben Conny im Bild. »Hi, Lena. Was hast du denn angestellt?«

Jetzt bin ich gekränkt. »Hallo?!? Danke für dein Vertrauen! Ich habe rein gar nichts angestellt.«

»Na, ohne Grund wird man ja wohl nicht von der Polizei bestraft«, belehrt mich Tjore.

Jetzt sprudelt es in selbstgerechtem Zorn aus mir heraus: »Also soll ich dir mal sagen, was ich von diesem sogenannten Freund und Helfer halte? Der Typ ist ja wohl das Allerletzte! Zockt mich dermaßen ab, nur weil ich irgend so eine blöde Ampel übersehen habe, die halt rot war. Und dabei bin ich auf dem RADWEG gefahren. Mit dem FAHRRAD! Und es war HALB ELF und weit und breit KEINE MENSCHENSEELE zu sehen! UND AUCH KEIN AUTO!!! Ich hab ja nicht mal eine richtige Straße überquert, sondern bin bloß über so eine popelige kleine Ausfahrt drüber gefahren. Und dann lauert

hinter der nächsten Ecke so ein dämlicher Knöllchenverteiler.«

Tjore fängt lauthals an zu lachen. Erst nach einigen Minuten hat er sich wieder so weit beruhigt, dass er sprechen kann: »Also das kann doch echt nur dir passieren, Lena.«

»Also hör mal, ich finde das absolut nicht witzig!«, rufe ich aus. Meine Entrüstung ignorierend, gibt er Conny einen Kuss auf die Wange und sagt: »Also Schatz, ich muss los in die Klinik. Wir sehen uns morgen früh. Mach´s gut, Lena, und ärgere die armen Polizisten nicht mehr so sehr.« Immer noch glucksend winkt er mir zu, ohne meine wütenden Ausrufe zu beachten.

»Arme Polizisten? Der Kerl hat mich beschimpft und gedemütigt und überhaupt bin ich noch nie einem solch überheblichen Menschen begegnet«, doch Tjore ist schon aus dem Bild verschwunden.

»Reg dich nicht so auf, Leni«, Conny hebt beschwichtigend ihre Hände. »Tjore meint das nicht bös. Du kennst ihn doch.«

»Du bist gut. Ich bin in meinem ganzen Leben noch nie dermaßen erniedrigt worden. Du hättest mal sehen sollen, wie seine Kollegen gelacht haben, als er mich nach meinem verschwundenen Kamel gefragt hat!!!«

»Ähh … ja … ehrlich gesagt habe ich die Stelle mit dem Kamel nicht ganz kapiert.« Conny sieht mich neugierig an.

»Ach, vergiss es!«

»Ist der nicht ganz richtig im Kopf oder wie kommt er dazu, dich nach einem Kamel zu fragen?«

»ICH WILL NICHT! DARÜBER! REDEN!«

Conny schweigt verdutzt und ich fahre – nun etwas ruhiger – fort: »Und außerdem ist das auch gar nicht der Punkt, sondern vielmehr die Tatsache, dass der Typ die Arroganz in Person ist und überheblich bis zum Geht-nicht-mehr und sich dabei auch noch total toll vorkommt und meint, er wäre ja ach so witzig. Du hättest mal sehen sollen, wie selbstgerecht der da mit meinem Rucksack in der Tür

stand. Was denkt der sich eigentlich? Immerhin ist mir gerade mein Fahrrad geklaut worden, und dem fällt nichts Besseres ein, als sich über mich lustig zu machen?« Ich habe mich richtig in Rage geredet. *Hach, tut das gut!*

»Hey! Du musst mich nicht so anschreien, ich bin doch auf deiner Seite und voll und ganz deiner Meinung. Ich weiß gar nicht, wie ich gegenüber solch einem unverschämten Menschen reagiert hätte. Ich finde, dass du dich tapfer geschlagen hast. Wirklich. Also sei froh, dass du ihn nie mehr wiedersehen musst. Immerhin hat er ja selbst gesagt, dass die dein Fahrrad nicht finden werden, so dass du also auch keinen Grund mehr hast, je wieder in die Nähe seines Polizeireviers zu kommen.«

»Tja, wie glücklich ich mich doch schätzen kann, dass mein Fahrrad weg ist«, entgegne ich sarkastisch.

»Ach Leni, du weißt doch, wie ich das meine. Also mach dir keinen Kopf mehr. Geh jetzt schlafen und vergiss den Arsch. Der ist es echt nicht wert, dass du so viele Gedanken an ihn verschwendest.«

»Na ja, hast wohl Recht, Conny«, gebe ich grummelnd nach. »Übrigens, habe ich richtig gesehen? Sind Tjores Geheimratsecken schon wieder größer geworden?«

Conny verzieht das Gesicht. »Ja, aber sprich ihn bloß nicht darauf an! Das ist sein absolut wunder Punkt«

»Du weißt aber schon, dass alles darauf hindeutet, dass er mal eine Glatze kriegt.«

Seufzend antwortet sie: »Ich weiß, ich weiß.«

»Und du bist sicher, dass du ihn nicht zurückgeben willst?«

Conny lacht: »Hättest ihn wohl gerne für dich, was?«

»Huh, nee danke, bloß nicht!«

Wir necken uns noch eine Weile, dann weist Conny darauf hin, dass sie ins Bett muss, weil sie morgen Frühschicht hat.

»Na dann ab in die Falle. Und kein Fernsehen mehr! Hab dich lieb.

Bis bald.«

»Ich dich auch, Leni. Schlaf gut.«

Nun gut, nachdem ich also meine Wut losgeworden bin, lege ich sämtliche Polizeigeschichten ad acta und bin fest entschlossen, mich nicht mehr über die Vergangenheit zu ärgern, sondern ab jetzt jeden Tag zu meinem absoluten Glückstag zu machen.

Demonstrativ lächele ich mein Spiegelbild im Fenster des Hörsaales an. *Na also! Ich spüre schon, wie das positive Tai Chi, oder wie das heißt, fließt: Mein Wecker hat genau zu der Zeit geklingelt, zu der er klingeln sollte, ich habe den richtigen Bus erwischt und sitze vollmotiviert und hoch konzentriert in der Vorlesung. Für diese Meisterleistung muss eine Belohnung her!* Also beschließe ich zur Mittagszeit, anstatt in der Uni-Mensa öde Schupfnudeln zu verdrücken, mich lieber im gemütlichen *Café Extrablatt* mit rahmgefüllten Ofenkartoffeln und einem Riesenstück superleckerer Schokotorte zu verwöhnen. Mein Glück scheint gar kein Ende nehmen zu wollen, denn ich ergattere sogar einen der heiß begehrten Plätze im sonnigen Innenhof und als ich mich gerade entspannt zurücklehne, um durch den Torbogen das rege Treiben auf der Hauptstraße zu beobachten, klingelt mein Handy und – *Hurraa!!! Es ist Gabby. Hach, das Leben ist schön!* Ich nehme den Anruf an: »Hi Gabby. Es tut mir so leid. Ich …«

Doch bevor ich meinen Satz beenden kann, tönt es heulend aus dem Apparat: »Du hattest Reeeeecht.«

»Ja, klar hatte ich Recht«, antworte ich überrascht. »Aber … in Bezug worauf genau hatte ich denn Recht?«

»José ist ein Arschloch!«

»Oh ja!«, stimme ich ihr aus tiefstem Herzen zu. »Damit hatte ich definitiv Recht!«

»Und Aljosha auch!«

»Ähhh, ich kann mich nicht erinnern, so etwas gesagt zu haben.«

»Iii… iii… iiich …«, schluchzt Gabby.

»So kann ich kein Wort verstehen. Jetzt atme bitte tief ein und aus und dann erzähl mir, was passiert ist.«

Ein paar Minuten höre ich nur Gabbys, von Schniefern unterbrochenes, Atmen, dann hat sie sich offenbar etwas gefangen und jammert: »Ich habe José angerufen und wollte ihm erzählen, dass wir ihm den Gefallen getan und uns mit Jérôme getroffen haben und … und … ich meine, ich habe das ja schließlich für ihn getan, das ist doch klar … und … ii… iii… iiich habe ja nicht erwartet, dass er mir dafür ee… eeee… eeeeewige Liebe schwört, aber … aaaber …« Sie fängt erneut an, wild zu schluchzen, und ich warte geduldig, bis sie sich wieder gefangen hat.

»Anstatt mir zu danken, erzählt er mir von seiner neuen Freundin u… uu… unnn… unnnd wie toll der Sex mit ihr iiiiiiiiiiiiiist!« Sie bricht wieder in Tränen aus.

»Das ist ja das Allerletzte! So ein Riesenarschloch!« In meiner Empörung bin ich richtig laut geworden und etliche Köpfe drehen sich zu mir um, doch das ist mir jetzt egal. »Ich habe gewusst, dass er ein selbstverliebter Egoist ist, doch bei so einem Verhalten wird mir ja richtig schlecht! Das ist sogar für seine Verhältnisse der absolute Oberhammer! Solchen Kerlen sollte man die Eier abschneiden!«

An den umliegenden Tischen rutschen etliche Herren nervös von mir weg. Ich lächele sie beruhigend an, um zu zeigen, dass ich nicht sie damit meine, bewirke damit jedoch anscheinend das Gegenteil, da sie hastig ihre Sachen packen und ins Innere des Cafés flüchten.

Ich zucke mit den Schultern und konzentriere mich wieder auf Gabby, die gerade irgendetwas Unverständliches in den Hörer schluchzt. Mit Nachdruck sage ich: »Dieser Mistkerl hat es doch überhaupt nicht verdient, dass du ihm hinterher weinst!« Mir kommt einer ihrer Sprüche in den Sinn, den ihr an den Kopf zu werfen ich in ihrem derzeitigen Zustand jedoch nicht wage: Hoffnung ist scheinbar

endlos wie der Ozean, doch jeder Ozean endet irgendwann an einer Küste. *Tja, nun ist sie ja wohl, was José angeht, endlich an der Küste angekommen.*

»A… aa… aaaber das tue ich doch ga… ga… gar nicht. Es ist wegen Aljooooooooosha.« Das letzte Wort endet in einem lang gezogenen Heulen und ich halte das Handy ein ganzes Stück von meinem Ohr weg, bis es verklungen ist. Dann erst wage ich, noch einmal nachzuhaken: »Gabby, jetzt versuch bitte, mir ganz ruhig zu erzählen, was passiert ist.«

Immer wieder schniefend, doch deutlich ruhiger, fährt Gabby fort: »Nach dem Telefonat mit diesem Mistkerl war ich so aufgelöst und wollte in Ruhe nachdenken; und da bin ich dann rausgegangen … ohne irgendein Ziel. Mir ging es einfach nur schlecht und dann stand ich auf einmal vor Aljoshas Wohnung und dachte: warum nicht? Und da habe ich halt geklingelt und dann … und da … Oh Lena, du hattest Recht.« Und wieder geht die Sirene los.

So langsam kriege ich Panik. *Hatten die beiden etwa Sex miteinander und dann hat er sie zum Teufel geschickt? Oh nein, dann wäre ich Schuld daran! Immerhin habe ich sie sozusagen in seine Arme getrieben. Oh, ich Unglücksrabe!* Ich rechne mit dem Schlimmsten, als Gabby fortfährt: »Die Tür ging auf und da … und da …«

Ich halte die Luft an.

»… stand eine Frauuuuuuu!«

»Und er hat gesagt, dass das seine Freundin ist?« Ich bin schockiert. So hatte ich ihn nicht eingeschätzt, angesichts dessen, wie er noch letzte Woche Gabby hinterhergelaufen ist.

»Die Tussi hat behauptet, er wäre nicht da! Ist doch sonnenklar, was das zu bedeuten hat: Er hat sich verleugnen lassen.«

Ich atme erleichtert aus: »Aber Gabby, vielleicht war er wirklich nicht da und die Frau war nur seine Schwester!«

»Er hat keine Geschwister.«

»Oh ... Trotzdem gibt es dafür Hunderte von Erklärungsmöglichkeiten ... sie war vermutlich einfach eine Bekannte, die ihn besucht hat.«

»IM SPITZENNEGLIGEE?!«

»Okay, okay ... Das schränkt die Möglichkeiten eventuell doch etwas ein.«

»Oh Lena, du hattest ja Recht. Ich bin so lange diesem Mistkerl José hinterher gerannt, dass Aljosha das Interesse an mir verloren und sich eine andere gesucht hat.«

»Und jetzt merkst du erst, was du an Aljosha hattest und ein um wie viel feinerer Kerl er doch ist als José ...«, ziehe ich verständnisvoll nickend das Resümee.

Statt einer Antwort erklingt wieder ein schrilles Heulen, ich reiße das Handy herunter und reibe mir mein Ohr.

»Weißt du was, Gabby, ich bin um achtzehn Uhr mit der Uni fertig und komme direkt bei dir vorbei, dann trinken wir in Ruhe Tee und alles wird gut, in Ordnung?« Ich komme mir zwar vor wie meine eigene Oma, die immer meinte, ein Tässchen Tee würde sämtliche Leiden der Welt heilen, aber was Besseres fällt mir im Moment einfach nicht ein.

Ich interpretiere ihr Schniefen als Zustimmung. »Fühl dich ganz fest gedrückt. Bis später.«

Im gleichen Moment, in dem ich auflege, wird mir klar, dass mein Zeitplan mal wieder dabei, ist den Bach runterzugehen: Eigentlich wäre nämlich für heute Abend allerstrengstes Büffeln für die Prüfung morgen angesagt gewesen. Es läuft also mal wieder alles auf eine Nachtschicht hinaus. Aber wie lautet eine weitere von Gabbys Weisheiten doch gleich? Nimm dir Zeit für deine Freunde, sonst nimmt die Zeit dir deine Freunde. *Hoffentlich habe ich noch genug Kaffee da!*

Etliche Stunden später sitze ich in Gabbys Küche, schlürfe ihren

Yogi-Tee und suche händeringend nach irgendetwas, das sie aufmuntern könnte, während ich unauffällig zur Wanduhr schiele. Doch Gabby scheint untröstlich. Sie trägt demonstrativ ihr ›Männer sind Schweine‹-T-Shirt, das sie sich vorausschauend bei einem Ärzte-Konzert gekauft hatte, auf dem wir mal gemeinsam waren.

Wenigstens bin ich nicht allein, denn Ayleen, eine weitere Freundin von Gabby, sitzt mit am Tisch. So kann ich sicherlich schon in einer halben Stunde gehen, ohne ein allzu schlechtes Gewissen haben zu müssen. Ab und an steckt auch einer ihrer kongolesischen Mitbewohner den Kopf aus seiner Zimmertür, doch scheint ihnen irgendetwas an uns unheimlich zu sein, da sie sich jedes Mal fluchtartig wieder zurückziehen.

»Weißt du noch, Gabby, als ich damals mit Marc zusammen war?«

»Meinst du den, der gegen dich allergisch war?« Gabby rührt nachdenklich in ihrer Tasse.

Daran wollte ich zwar nicht unbedingt erinnert werden, aber bitteschön: »Ja, den meine ich.«

»Dein Freund war gegen dich allergisch?«, hakt Ayleen ungläubig nach.

Hätte ich doch gar nicht erst davon angefangen! Noch bevor ich mir irgendeine nichtssagende Äußerung überlegen kann, antwortet Gabby für mich: »Ja, der bekam immer knallrote tränende Augen, wenn Lena ihn küssen wollte.«

Ich versuche es mit Ablenkung: »Noch Zucker, Ayleen?« Doch meine Frage dringt gar nicht bis zu ihr durch.

»Nicht im Ernst! Aber da war er doch bestimmt gegen deine Hautcreme oder so allergisch.« Das Thema scheint sie sehr zu faszinieren.

Na bitte, jetzt sind wir wieder mitten in einer Diskussion, die ich eigentlich vermeiden wollte, aber was tut man nicht alles für seine beste Freundin. Ich nehme ein paar Schlucke von meinem Tee und füge mich schließlich in das Unvermeidliche: »Nein, war er nicht.

Ich hatte alles sicherlich drei Mal ausgetauscht. Von Shampoo über Hautcreme und Lippenstift bis hin zum Duschgel.«

»Und was ist dann passiert?«

Ich wähle die Kurzfassung: »Er hat Schluss gemacht. Hatte wohl keinen Bock, jedes Mal, wenn wir zusammen waren, wie eine Heulsuse herumzulaufen.«

Ayleen staunt: »Na so eine Memme. Und ihr habt nie herausgefunden, was der Grund für seine allergische Reaktion war?«

Gabby kichert. »Ich sag´s ja: Der Typ war gegen Lena selbst allergisch.«

»Haha«, gebe ich zurück. »Was ich EIGENTLICH sagen wollte, ist, dass du mir damals, um mich zu trösten, gesagt hast: Irrtümer werden zu anerkannten Katastrophen.«

Einige Minuten lang herrscht Schweigen, während wir alle drei versuchen, dem Gesagten einen Sinn zu entlocken.

Plötzlich erhellt ein Anflug von Verstehen Gabbys Gesicht:

»Ach du meinst: Irrtümer werden nicht automatisch zu Katastrophen, man muss sie nur rechtzeitig erkennen.«

»Ja, ich glaube, so herum war´s richtig.«

»Das ergibt aber irgendwie auch keinen Sinn, weil in Gabbys Fall die Katastrophe ja schon eingetreten ist. Immerhin hat Aljosha jetzt ja eine andere«, gibt Ayleen besserwisserisch ihren Senf dazu.

Sofort verzieht sich Gabbys Miene und ich bedenke Ayleen mit einem vernichtenden Blick.

Schuldbewusst zieht sie den Kopf ein. »Tschuldigung, wollte nur behilflich sein.« Sie nimmt rasch einen Schluck Tee, als wolle sie sich hinter ihrer Tasse verstecken.

Doch plötzlich streckt sich Gabby durch und sagt: »Nein, ist schon okay, Ayleen. Ihr habt ja beide recht. Ich bin so dämlich, dass ich mich hier fertigmache nur wegen solch einem treulosen Halunken von Mann.« Kampfeslustig haut sie mit der Faust auf den Tisch.

»Soll der doch mit der Tussi machen, was er will! So wie die aussah, hat sie ihn bis nächste Woche ohnehin abserviert. Ich werde mein Leben auch ohne Aljosha genießen. Punkt.«

»Genau!«, pflichten Ayleen und ich ihr bei.

»Wir sind moderne, selbstbewusste Frauen!«

»Richtig!«, stimmen wir begeistert zu.

»Wir sind jung! Wir sind klug! Wir sind hübsch! Wir können jeden haben.«

»Das stimmt!«, jubeln wir.

Gabby springt auf: »Lasst uns ausgehen und Spaß haben und Party machen bis zum Umfallen!!!«

»Ähh ... heute?!?«, will ich verdutzt wissen.

»Jetzt sofort?«, fragt Ayleen erschrocken nach.

»Ja natürlich!«, Gabby steht immer noch und sieht uns erwartungsvoll an.

Vorsichtig wende ich ein: »Aber ich muss noch für die Prüfung morgen büffeln.«

»Und ich muss dringend noch Wäsche waschen ... Das habe ich mir schon seit einer Woche für heute vorgenommen«, ergänzt Ayleen entschuldigend.

»Oh ...«, Gabby schaut von einem zum anderen. »Na dann ...« Sie setzt sich.

Es tut mir leid, sie so abrupt aus ihrer Euphorie gerissen zu haben, und ich beeile mich zu sagen: »Aber wir holen das auf jeden Fall nach!!!«

»Ja, ja, natürlich«, springt auch Ayleen dankbar auf den Zug auf.

»Oh ... nun ja ...« Gabby ist sichtlich darum bemüht, sich ihre Deprimiertheit nicht anmerken zu lassen, was mir ein Messer ins Herz rammt, doch darf ich meine Prüfung nicht in den Sand setzen.

»Vielleicht können wir es ja nächstes Wochenende nachholen? An diesem habe ich leider schon morgens Schicht im Fitnessstudio und

muss deshalb früh raus.« Ich komme mir vor wie die allergrößte Spaßbremse.

»Dann … werde ich mich jetzt einfach mit einem Megapack *Häagen-Dazs* vor die Glotze hocken und … ›Gilmore Girls‹ gucken.«

»Bist du sicher, dass wir dich alleine lassen können?« Zweifelnd sehe ich sie an. Ein Jahresvorrat Lieblingseis samt Lieblingsserie sind eigentlich keine Zeichen von Besserung.

»Jaja, geht schon. Ihr habt zu tun!«

»Wir können ja am Sonntagnachmittag Inline-Skaten. Hast du Lust?«, wage ich einen Versuch, mein schlechtes Gewissen niederzukämpfen.

»Ja klar. Danke. Find ich super. Freue mich schon drauf.« Das hört sich zwar nicht besonders authentisch an, aber für heute muss es mir genügen.

Wir verabschieden uns also und ich stapfe zu meiner Wohnung hoch. Schneller Blick auf die Uhr: Zwanzig Uhr. *Verdammt, ich muss mich jetzt echt ranhalten! Selbst wenn ich die ganze Nacht durchlerne, wird es morgen eng. Und dabei fällt es mir unter normalen Umständen schon schwer genug, mich auch nur eine einzige Stunde auf Chemie zu konzentrieren. Also ratzfatz Kaffee kochen, an den Schreibtisch setzen und Bücher aufschlagen!*

Um einundzwanzig Uhr stehe ich auf, um entnervt die Fenster zu schließen. *Wo kommt denn die Musik plötzlich her?* Ich lehne mich aus dem Fenster und traue meinen Augen nicht: Da ist doch die Wiese zwischen meinem Wohnheim und den Parkplätzen mit Bierbänken und Tischen zugestellt und etliche Studenten sind gerade damit beschäftigt, einen Grill anzuschmeißen.

NEIN!!! DAS DARF DOCH NICHT WAHR SEIN! Ich renne aus meiner Wohnung, hetze die drei Stockwerke hinunter und schnappe mir draußen den erstbesten Typen am Grill. Er trägt schwarz-weiß

karierte Shorts und einen Igel-Haarschnitt.

»Hey, du da am Grill. Ihr wollt doch wohl nicht im Ernst heute eine Party veranstalten?«

»Aber klaro. Bist herzlich eingeladen. Es sind genug Würstchen für alle da und vor allem genug Bier.« Stolz grinst er mich an.

»Das geht nicht!«

Gönnerhaft entgegnet er: »Na macht nichts. Dann kommste halt beim nächsten Mal.«

»Nein, ich meine: Ihr könnt heute keine Party schmeißen!«

Jetzt guckt er mich schief an: »Klar können wir. Watt bistn du für eine?«

»Nein, du verstehst mich nicht: Ich hab nichts gegen euch oder eure Party. Ehrlich. Ich find´s toll, so von wegen Gemeinschaftsgefühl stärken und so weiter. Aber BITTE NICHT HEUTE. Ich habe morgen eine Prüfung.«

»Also da kommste jetzt echt ´n bisschen spät. Der Anschlag hing schließlich seit fast ´nem Monat am schwarzen Brett.«

Mist! Aber bei dem Stress, den ich in letzter Zeit hatte, kam ich echt nicht dazu, mir auch noch den ganzen Kram auf dem schwarzen Brett durchzulesen.

»Jetzt hör doch mal: Die Prüfung morgen ist echt superwichtig für mich, und ich muss noch die ganze Nacht dafür lernen. Ich brauche Ruhe!«

»Ist das etwa mein Problem? Und wie stellst du dir das überhaupt vor?« Von Freundlichkeit keine Spur mehr. »Wir können den ganzen Leuten ja nicht einfach absagen. Die werden gleich alle kommen.«

»Okay, okay …« Fieberhaft denke ich nach. »Und wenn ihr einfach umzieht? Schaut mal, dort hinten ist doch noch eine Wiese. Die ist doch viel schöner als meine hier.«

»Spinnst du? Ich werde doch das ganze Zeug jetzt nicht da rüber schleppen!«

»Schon gut, schon gut.« *Ich hab jetzt echt keine Zeit mehr für Diskussionen!* Beschwichtigend hebe ich die Hände. »Ich mach das! Aber dann brauche ich heute unbedingt Ruhe!« Also fange ich an, wie eine Besessene eine Bank nach der anderen bis zum nächsten Wohnheim zu schleppen und davor auf die Wiese zu stellen. Dann sind die Tische dran. Ich zerre an ihnen herum, sie holpern über Stock und Stein, bleiben an jeder beschissenen Wurzel hängen, fallen ständig um, sind aber endlich auch drüben. Die ganze Zeit über steht der Typ mit offenem Mund da und glotzt mich an.

Als ich zurück gekeucht komme und an seinen Grill will, erwacht er endlich zum Leben und wehrt mich ab: »Fass den bloß nicht an. Das mache ich selbst.« Ich höre noch etwas von wegen »Bekloppte Tussi«, aber ich habe keine Kraft mehr für einen Streit. Vor sich hin schimpfend schiebt er den Grill – *na super, das einzige Ding hier mit Rollen bewegt der Herr selbst* – rüber auf die andere Wiese.

Wenigstens was die Musikboxen angeht, haben zwei der etlichen Partygäste, die sich inzwischen eingefunden haben und meiner Aktion ebenso sprachlos wie fasziniert zugesehen haben, Mitleid mit mir – oder Angst um die Boxen – und tragen sie selbst rüber.

Die anderen schnappen sich nun auch der Reihe nach Bierkästen, Kühltaschen und Salatschüsseln und wandern kopfschüttelnd auf die Wiese nebenan.

Ich atme tief ein und aus und renne dann wieder die drei Stockwerke hoch in mein Zimmer, setze mich an meinen Schreibtisch – *Okay, still ist es zwar immer noch nicht, aber zumindest erträglicher!* – und sehe zur Uhr. *Oh nein: schon Viertel vor zehn!* Ich schütte den – inzwischen kalten – Kaffee in mich hinein und nehme meinem Kampf mit den chemischen Formeln wieder auf.

Drei Kannen Kaffee und sechs Stunden später beschließe ich, dass ich absolut nicht mehr aufnahmefähig bin; ich stelle meinen Wecker

und kontrolliere ihn drei Mal, bevor ich mich ins Bett fallen lasse, um mich gleich wieder aufzusetzen, meinen Wecker noch einmal zu kontrollieren und mich abermals hinzulegen. Zwei Minuten später stehe ich erneut auf, um vorsichtshalber auch noch meinen Handywecker zu programmieren, den ich daraufhin ebenfalls vier Mal überprüfe, bevor ich endlich in einen traumlosen Schlaf falle.

Im selben Moment schrecke ich wieder hoch. Der Wecker schrillt, das Handy kreischt und beide behaupten, es sei schon sieben Uhr. Ein Blick nach draußen auf das zartlila gefärbte Morgenrot bestätigt meinen furchtbaren Verdacht, dass meine drei Stunden Schlaf tatsächlich schon vorbei sind.

So quäle ich mich also hoch und versuche mit möglichst viel kaltem Wasser, einigermaßen munter zu werden. Nach Katzenwäsche und Minimal-Styling schnappe ich mir mein Frühstück, das heute aus einer extra starken Tasse Kaffee besteht. Während ich sie trinke, überfliege ich noch einmal meine Lernkarteikarten.

Dann mache ich mich zu Fuß auf den Weg zum Chemischen Institut, die Karten in der Hand haltend und immer wieder drauf schauend. *Wenigstens findet die Prüfung hier im Neuenheimer Feld statt, so dass ich nur fünfzehn Minuten laufen muss.*

Vor dem Praktikumsraum stehen schon etliche andere Studenten herum. Teilweise gehen sie alleine oder in Grüppchen noch einmal ihre Unterlagen durch. Andere – das sind diejenigen, die immer schon zwei Tage vor Prüfungstermin super vorbereitet sind, was mir leider noch nie passiert ist – sind in Gespräche darüber vertieft, wie toll gestern Abend der Unisport, der Kinofilm oder Ähnliches war.

Ich will mir eine ruhige Ecke suchen, um mir noch einmal einzuprägen, was ein Komplexbildner ist. Doch mein umherschweifender Blick fällt auf meinen Kommilitonen Michael. Er sitzt mit geschlossenen Augen auf einem Stuhl und seine Augenringe kommen mir bekannt vor, daher trete ich zu meinem Leidensgenossen und frage

ihn: »Na, auch die ganze Nacht durchgelernt?«

Er öffnet seine verquollenen Augen und antwortet müde: »Nein, aber irgendwelche Bekloppten haben mitten in der Nacht angefangen, vor meinem Fenster eine Grillparty zu veranstalten. Keine Ahnung, was in die gefahren ist. Die sind aus dem Nichts aufgetaucht! Ich habe keine Minute Schlaf gekriegt.«

Shit! Wohlweislich halte ich meine Klappe, was meine Rolle bezüglich der Party vor seinem Fenster angeht. »Ähh, ich wusste gar nicht, dass du auch in der Siedlung wohnst.«

»Wenn ich heute durchfalle, kann es auch gut sein, dass ich da nicht mehr lange wohne.«

Scheiße! Scheiße! Scheiße! Ich mime die Empörte: »Also so was! Das ist ja unglaublich frech von denen! Und noch dazu mitten in der Nacht! Wie rücksichtslos!«

Michael nickt bei meinen Worten bekräftigend, offenbar dankbar für mein Verständnis. »Ich weiß auch nicht, was in die gefahren ist. So was kündigt man doch vorher an!«

»Es gibt eben leider viel zu viele rücksichtslose Menschen auf dieser Welt, die nur an sich und nie an andere denken.«

Mit einem Seufzer nickt er. »Da hast du recht. Blöderweise dachte ich die komplette letzte Nacht über, dass es sich nicht lohnen würde, jetzt runterzugehen und Stress zu machen, weil die doch garantiert gleich Schluss machen würden. Was für ein Riesenirrtum! Ich wünschte echt, ich würde einen von denen heute in die Finger kriegen. Der wüsste anschließend nicht mehr, wo vorn und wo hinten ist, das kannst du mir glauben!«

Ich zucke zusammen, als in diesem Moment hinter mir eine Stimme ertönt: »Hey, Lena. Sag mal, was war denn das gestern für eine Aktion von dir? Warum um alles in der Welt hast du da draußen mitten in der Nacht Tische herumgeschleppt?«

Michaels Gesichtszüge entgleisen ihm und ich nuschele mit hoch-

rotem Gesicht dem Typen hinter mir zu: »Keine Ahnung, wovon du redest. Du musst mich mit jemandem verwechseln. Ich habe gestern Abend gelernt.«

»Aber …« setzt dieser an, doch ich bin schon nicht mehr an seiner Seite, sondern habe die Flucht in den sich zum Glück in dieser Minute öffnenden Prüfungsraum angetreten. Hier suche ich mir einen Platz in größtmöglicher Entfernung zu Michael und hoffe inständig, dass mich sonst niemand der hier Anwesenden bei meiner Verpflanzungsaktion beobachtet hat. Vorsichtshalber rutsche ich in meinem Stuhl so weit nach unten wie möglich und schirme mein Gesicht mit der Hand ab.

Nach zwei Stunden höchster Konzentration, in der ich meinem formelfeindlichen Gedächtnis alles abverlangt habe, wanke ich schlafwandlerisch nach Hause, finde mit Müh´ und Not das Schlüsselloch, marschiere an Magda vorbei – *Magda? Och neeeee!* – und falle angezogen ins Bett. Eine Minute später klopft Magda an meine Tür. Ich rappele mich auf, öffne die Tür und höre mir mit geschlossenen Augen zwei Minuten lang ihre Tiraden an:

»Sag mal, ist es zu viel verlangt, mal seine Kaffeetassen abzuspülen? Und auf dem Küchentisch sind überall Krümel. Das ist ja wohl supereklig. Ich sehe es ja mal überhaupt nicht ein, dass ich in so einem Dreckloch wohnen soll. Wenn du bis heute Abend nicht – «

Weiter kommt sie nicht, weil ich ihr – immer noch mit geschlossenen Augen – die Tür vor der Nase zuknalle, was sie schockiert verstummen lässt.

Daraufhin öffne ich die Tür wieder, stütze mich mit dem Ellenbogen am Türrahmen ab und sage müde:

»Magda?«

Verstört fragt sie »Ja?«

Immer noch an den Türrahmen gelehnt schleudere ich ihr ein aus

tiefstem Herzen kommendes »Halt! Endlich! Deine! Klappe!« entgegen, bevor ich die Tür wieder zuknalle, erneut aufs Bett falle und den Rest des Tages einfach verschlafe.

Irgendwann gegen Abend wache ich auf, versuche verwirrt, mich zu orientieren und überlege kurz, ob ich aufstehen und zum Unisport gehen soll; immerhin war ich schon seit Wochen nicht mehr da. Doch dann beschließe ich, dass das in meinem Zustand nicht sinnvoll wäre, weil ich dort sicherlich eh nur über den Stepper stolpern würde, wie mir das an meinem allerersten Tag als Studentin widerfahren war – obwohl ich damals nicht einmal Müdigkeit als Grund vorschützen konnte. An der Sehnenzerrung, die ich mir dabei geholt habe, habe ich bis heute zu knabbern.

Da solcherlei Verletzungen im Interesse aller vermieden werden sollten (peinlicherweise habe ich nämlich damals, als ich beim Step-Aerobic gestolpert bin, den Trainer gleich mit umgerissen, weshalb ich seither einen Riesenbogen um jeden Kurs mache, der von ihm gegeben wird), drehe ich mich einfach auf die andere Seite und schlafe weiter.

Unglaublich ausgeruht und von einem herrlichen Wohlgefühl erfüllt, erwache ich am Samstagmorgen noch vor dem Klingeln meines Weckers. Ich kuschle mich ins Kissen und fühle mich mit der Welt im Einklang. Nichts kann mich schocken, nichts kann mich ärgern. *Wow, wenn es sich so anfühlt, ausgeschlafen zu sein, sollte ich das öfter mal versuchen. Vielleicht sollten all die Politiker und großen Köpfe öfter mal ausschlafen, dann würde es sicherlich weniger Krieg auf der Welt geben. Hey,* denke ich verträumt, *vielleicht habe ich gerade die große Formel des Weltfriedens entdeckt …*

Eine Weile bleibe ich so in völliger Entspannung liegen und philosophiere vor mich hin. Schließlich setze ich mich auf, gähne

herzhaft, recke und strecke mich genüsslich und öffne dann mein Fenster, um mich am herrlichen morgendlichen Gesang der Vögel zu laben. *Nun gut: mehr Gekreische als Gesang.* Es wimmelt nämlich im Neuenheimer Feld nur so von grünen Alexandersittichen mit korallenroten Schnäbeln, die zwar wunderhübsch anzuschauen sind, aber mit ihrem Geschrei selbst Tote wecken können. *Egal!* Ich konzentriere mich stattdessen auf die frische Luft und atme tief ein, um sie in meine Lungen strömen zu lassen, kriege jedoch prompt einen Hustenanfall, weil offenbar irgendwo unter mir jemand am offenen Fenster seine Zigarette raucht.

Okay: Stille abgehakt, frische Luft abgehakt. Nun ja, aber immerhin die Aussicht kann mir niemand nehmen. Ich lege den Kopf schief. Ich muss nur die Baukräne ausblenden ... oder ich hole mir stattdessen einfach etwas zu essen.

Aus Magdas Zimmer ist kein Schnarchen zu hören; scheinbar ist sie letzte Nacht wieder ausgegangen oder zu ihrem ›Von-und-Zu‹ abgedampft und noch nicht wieder zurück.

So dusche ich erst einmal ausgiebig, ungeachtet der Tatsache, dass ich gleich Sport machen und danach ohnehin duschen würde.

Während das warme Wasser an mir herunterläuft, klebt ständig der Duschvorhang an meinen Körper. Irgendwo habe ich mal gelesen, dass das damit zusammenhängt, dass die warme Luft aufsteigt und dadurch kalte Luft von unten nachströmt und den Duschvorhang sozusagen mitnimmt. *Unglaublich, was ich so alles an eigentlich unnützem Wissen im Kopf behalten kann, während jegliche Art von Formeln durch das Sieb meines Gedächtnisses hindurchfallen.* Doch selbst das stört mich heute Morgen nicht.

Nach der Dusche wickle ich mir das Handtuch wie einen Turban um den Kopf und schaffe es tatsächlich, mir weder beim Wimperntuschen noch beim Kontaktlinseneinsetzen ins Auge zu stechen. Mit einem zweiten Handtuch um den Körper geschlungen, lehne ich

mich, an meinem Küchentisch sitzend, gegen die Wand und frühstücke genüsslich, meinen zweitliebsten Jane Austen-Roman *Stolz und Vorurteil* in der Hand. Erst als es Zeit wird, ins Fitnessstudio aufzubrechen, wo ich heute einen Kurs gebe, ziehe ich mich an.

Mit meiner Sporttasche besteige ich kurze Zeit später den Bus und lese dort weiter. Wenigstens dafür ist das Busfahren gut. Davon abgesehen kann ich ihm nämlich nicht viel abgewinnen, da mir von dem Geruch der muffigen Polster – einer Mischung aus Schweiß, Wurstbrot und nassem Hund – immer schlecht wird. *Gedankliche Notiz: Unbedingt nächste Woche ein Fahrrad kaufen!!!*

In der Umkleide des Sportstudios treffe ich auf Britta. Das freut mich. Ich kenne sie zwar erst seit wenigen Wochen, aber sie scheint echt eine Nette zu sein – vielleicht nicht die hellste Leuchte unter der Sonne, aber die Sanftmut in Person.

»Hi. Schön dich zu sehen. Wie geht es dir?«, begrüßt sie mich herzlich. »Bist du heute für Theke oder Geräte eingeteilt?«

»Weder noch. Ich gebe heute den Spinning-Kurs. Sonja ist doch im Urlaub und ich vertrete sie.«

»Nicht schlecht.« Sie sieht mich bewundernd an. »Kannst du das denn einfach so? Ich meine, das ist doch verdammt anstrengend.«

»Stimmt schon, aber ich nehme ja selbst schon seit Jahren an Spinningkursen teil und habe schon öfter mal einen Kurs vertreten. Und außerdem – «, ich zwinkere ihr zu, »kann ich als Trainerin ja immer unter dem Vorwand, bei jemandem die Radeinstellungen oder die Körperhaltung oder sonst was überprüfen zu müssen, ein Päuschen einlegen.«

Britta lacht. *Thilo hat recht. Sie hat echt süße Grübchen, komisch, dass mir das noch nie aufgefallen ist. Er scheint ein Auge fürs Detail zu haben.* Ich greife meinen Gedankengang gleich auf: »Und? Wie läuft´s mit Thilo?«

Britta sieht sich um und rückt dann näher zu mir heran: »Also

Lena, ich weiß nicht … an seine bekloppten Anmachsprüche hatte ich mich ja schon fast gewöhnt, aber neuerdings benimmt er sich ganz merkwürdig. Langsam kriege ich echt Angst.«

»Häh? Wieso?«

Sie runzelt die Stirn:»Naja, er kommt noch häufiger an als früher und gibt ganz seltsame Sachen von sich.«

»Zum Beispiel?«

»Neulich meinte er: ›Dein Haar fühlt sich bestimmt sehr weich an.‹ Das ist doch echt gruselig. Wie bei einem Serienmörder.«

Irgendwie habe ich das Gefühl, dass ich daran schuld sein könnte. So habe ich das allerdings nicht gemeint, als ich ihm sagte, er solle genau das sagen, was er denkt.»Also … bestimmt will er dir nur zu verstehen geben, dass er dich mag.«

»Aber warum sagt er es mir dann nicht einfach, sondern verhält sich so komisch?« Britta schüttelt den Kopf.

»Naja, er will dir imponieren und ist eben kein Mann der großen Worte.«

»Stimmt, eher ein Mann der großen Klappe.«

Wir schließen unsere Spinde ab und bewegen uns aus der Umkleide langsam in Richtung Spinningraum.

Aus irgendeinem Grund fühle ich mich genötigt, Partei für Thilo zu ergreifen. *Vermutlich Schuldgefühle … Ich muss wirklich endlich einmal lernen, mich aus Dingen herauszuhalten, die mich nichts angehen!*»Aber mal abgesehen von dem, was er so von sich gibt, ist er doch eigentlich ganz süß.«

Sie sieht mich an, als ob sie an meinem Verstand zweifelt. Tue ich selbst auch. Händeringend suche ich nach irgendetwas, das an Thilo süß sein könnte:»Naja, er hat doch eigentlich etwas von einem großen, tollpatschigen Teddybären, findest du nicht?«

Ein paar Minuten lang herrscht Stille, als wir beide gedanklich einen Vergleich zwischen Thilo und einem Teddybären zu ziehen

versuchen. Mit Mühe schaffe ich es, ein Kopfschütteln zu unterdrücken, doch Brittas Kiefer arbeiten und schließlich erwidert sie: »Naja, so ein bisschen was ist da ja schon dran …«

Ich wittere Morgenluft. »Und ehrlich gesagt glaube ich, dass er ja in Wahrheit ein ziemlicher Softie ist. Du weißt ja: harte Schale, weicher Kern.«

»Naja, offen gesagt: Schlecht sieht er ja nicht aus …«

Zwar hätte ich diese Behauptung nicht unterschrieben, aber Geschmäcker sind ja bekanntlich verschieden, und so antworte ich brav: »Also einen tollen Körper hat er auf jeden Fall …« Wir stehen vor der Tür des Spinningraumes und die Teilnehmer sind schon dabei, ihre Räder einzustellen. »Du, ich muss jetzt in meinen Kurs.«

Geistesabwesend nickt sie und ich sehe, wie ihre Blicke suchend umherschweifen.

Ich schließe die Tür zum Spinningraum und wende mich meinen Kursteilnehmern zu: »Hallo ihr Lieben. Wie einige von euch sicherlich wissen, ist Sonja drei Wochen lang im Urlaub und ich vertrete sie. Ich heiße Lena. Einige kennen mich ja schon.« Lächelnd nicke ich ein paar Teilnehmern zu, die schon so lange und regelmäßig dabei sind, dass sie praktisch zum Inventar gehören. Ich mache meine übliche Runde vor Kursbeginn, helfe neuen Teilnehmern bei der Einstellung ihrer Fahrräder und halte hier und da ein bisschen Small Talk. »So, seid ihr alle startklar? Na dann wollen wir mal Spaß haben.« Ich lege fetzige Musik ein. Von A wie AC/DC bis hin zu Z wie ZZ Top – sicherlich ist mein Kurs nicht so professionell wie die der anderen, aber zumindest haben meine Teilnehmer mehr Spaß.

Die Stunde verfliegt und schweißgebadet, aber auch endorphingetränkt, bedanke ich mich bei den Teilnehmern. Sie klatschen.

»So, wir sehen uns hoffentlich nächsten Samstag wieder. Vergesst nicht, eure Räder sauber zu machen.« Nachdem auch ich mein Rad

desinfiziert habe, packe ich meine CDs wieder ein, schnappe mir meine leere Trinkflasche und begebe mich an die Theke, um sie mir dort wieder aufzufüllen und gleich darauf in mich hineinzuschütten.

Dabei fällt mein Blick auf Britta, die hinten beim Latissimus-Turm einem schmächtigen Herrn mittleren Alters die richtige Körperhaltung während der Übungen erklärt. Thilo steht zwei Meter von ihr entfernt und starrt den armen Mann aus zusammengekniffenen Augen an.

Unauffällig schlendere ich näher und höre Thilo abfällig äußern: »Nur zwei Kilo? Das ist doch was für Kleinkinder! Da gehören mindestens fünfzig drauf. Die stemme ich mit links.«

Der schmalbrüstige Mann zieht den Kopf noch ein Stückchen weiter ein und sieht eindeutig mehr als unglücklich drein.

In diesem Moment entdeckt Britta mich, entschuldigt sich bei dem Herrn und kommt mit verzweifeltem Gesichtsausdruck zu mir rüber. »Lena«, sagt sie flehentlich. »Ich kann so nicht arbeiten. Als Thilo vorhin wieder ankam, habe ich gesagt, dass wir uns ja vielleicht mal bei einem Kaffee in Ruhe unterhalten können und seitdem weicht er mir nicht von der Seite und benimmt sich wie eine Glucke. Bitte tu irgendetwas!«

Na super, das hat man davon, wenn man sich in anderer Leute Probleme einmischt. »Was soll ich denn jetzt machen?«

»Keine Ahnung, aber dir fällt schon was ein.« Mit diesen Worten dreht sie sich um und geht zu dem Mann am Latissimus-Turm zurück, der eindeutig erleichtert darüber ist, nicht mehr mit Thilo allein zu sein; zwischenzeitlich hat dieser sich nämlich mit vor der Brust verschränkten Armen vor dem armen Kerl aufgebaut.

Ich improvisiere einfach: »Hey Thilo, kannst du mir mal bitte kurz hier drüben helfen? Ich brauche einen starken Mann.«

Unschlüssig sieht er von mir zu Britta, dann zu dem schmalbrüstigen Herrn, offensichtlich unsicher, ob er das Risiko eingehen kann,

Britta mit ihm allein zu lassen. Doch überwiegt offenbar das Bedürfnis, sich vor Britta profilieren zu können, da er sich schließlich in meine Richtung in Bewegung setzt.

»Na, wobei kann dir denn ein starker Mann behilflich sein?«

Ähhhhh ... gute Frage ... »Könntest du ... mir vielleicht dabei helfen, ein paar Kisten Wasser aus dem Vorratskeller hochzutragen?«

Klasse, ich habe keine Ahnung, wo ich dann damit hinsoll ...

Wir gehen gemeinsam die Treppe runter. *Was um alles in der Welt mache ich eigentlich hier? Ausgerechnet ich, die noch nie eine Beziehung hatte, die länger als zwei Monate hielt und ein absolutes Händchen dafür hat, sich nur emotionale oder psychische Wracks anzulachen, bin unfreiwillig zum Beziehungscoach mutiert. Das glaubt mir niemand!* Doch da ich jetzt erst mal aus der Nummer so leicht nicht wieder rauskomme, frage ich Thilo beiläufig: »Und, wie kommst du bei Britta voran?«

Er strahlt mich an: »Wir sind verabredet!«

»Na, das ist doch toll. Sie hat also Interesse an dir. Das ist gut, aber du weißt ja schon, dass aus ...« schamlos erfinde ich irgendeine Zahl, »... achtzig Prozent aller Beziehungen, die bei der Arbeit beginnen, nichts wird.«

Entsetzt sieht er mich an, doch dann lacht er: »Na zum Glück arbeite ich ja nicht hier.«

»Du nicht, aber Britta ... wenn auch vielleicht nicht mehr lange.« *Jetzt habe ich ohnehin schon mit dem Lügen angefangen, also warum nicht gleich aufs Ganze gehen?*

»Wieso das denn? Geht sie etwa weg?« Er sieht so erschrocken aus, dass ich ein richtig schlechtes Gewissen kriege. *Aber es ist ja nur zu seinem Besten ...*

»Nein, aber ... unter uns gesagt: Die Chefetage hat schon einige Beschwerden von Studiomitgliedern erhalten, die sich davon eingeschüchtert fühlen, dass du Britta während ihrer Arbeitszeit nicht von

112

der Seite weichst. Ich meine, du siehst ja auch wirklich eindrucksvoll aus mit deiner Größe und deinen riesigen Muskeln.« *Ein bisschen Honig ums Maul schmieren hat bislang noch bei jedem Mann geholfen.* »Jedenfalls überlegen sie, Britta zu feuern. Und ich denke nicht, dass das Britta sehr für dich eingenommen machen würde.«

»Verdammt. Du hast recht, da wäre sie bestimmt sauer auf mich«, antwortet er ganz geknickt.

»Also ich an eurer Stelle würde einfach Beruf und Privatleben klar trennen. Im Klartext: Außerhalb des Studios kannst du ihr auf die Pelle rücken, aber hier drin solltest du Abstand zu ihr halten!« Nach kurzer Überlegung füge ich sicherheitshalber hinzu: »Also mindestens eine halbe Studiolänge sollte zwischen euch Platz sein.«

Thilo seufzt schwer. »Das ist zwar ganz schön hart ... aber für Britta würde ich alles tun.«

Wow, ich bin gut! »Na siehst du, und das wird sie zu schätzen wissen, da bin ich mir sicher.«

Wie ich es befürchtet hatte, werden die drei Kisten Wasser, die wir hochgeschleppt haben, von den Thekenkräften alles andere als begeistert empfangen, was Thilo ziemlich irritiert, jedoch meine Laune nicht trübt. Ich bin stolz auf mich. *Vielleicht sollte ich Beziehungscoach werden oder warum nicht gleich Lebensberater?* Beschwingt begebe ich mich unter die Dusche.

Wieder zu Hause angekommen, mache ich mir ein spätes Mittagessen, suche dann meine Inliner-Ausrüstung zusammen und klingle wie verabredet bei Gabby.

Gabby ohne ihre Batikröcke zu sehen, ist immer ein ungewohnter Anblick und dabei stehen ihr die schwarzen Shorts, die sie jetzt trägt, so gut und bringen ihre wohlgeformten Beine schön zur Geltung. Zum Glück scheint sie sich wieder einigermaßen gefangen zu haben. Wir laufen in Socken die Treppe runter und schlüpfen erst unten in unsere Inlineskates.

Die ersten paar Meter sind ungewohnt und ich fahre breitbeinig und wackelnd erst einmal ein paar Proberunden um die Bänke, die mitten auf dem Hof um eine Linde herum gruppiert sind.

Auch ich trage kurze, enge Shorts und ein Trägertop, doch im Gegensatz zu Gabby, die es bei den Inlinern belässt, lege ich die komplette Schutzausrüstung an inklusive Knie-, Ellenbogen- und Handschützer sowie Helm – schließlich kenne ich mein Unfallpotenzial!

Wir entschließen uns, die Strecke durch die Felder Richtung Ladenburg einzuschlagen. Nach einigen Metern Fahrt gewinne ich an Sicherheit und Schnelligkeit. Wir fahren am Tiergarten-Schwimmbad vorbei und biegen schließlich in die Feldwege ein, deren Asphalt leider sehr bröckelig und löchrig ist. Aber solange ich mich gut auf den Weg konzentriere und Schlaglöcher umfahre, komme auch ich als nicht allzu geübte Skaterin damit klar.

Wenigstens muss man sich hier nicht vor Autos in Acht nehmen.

Wir fahren an einem Gehöft vorbei, in dessen Garten eine Schar Gänse vor sich hin schnattert. Wenig später passieren wir ein mediterran wirkendes Gebäude. Im Hof steht ein kitschiger Springbrunnen, in dessen Schale kleine weiße Putten sich umarmen.

»Ohhhhh, wie süüüüüß!«

Ich sehe Gabby verwirrt an: *Sie meint doch wohl nicht diesen scheußlichen Brunnen!*

Doch Gabby deutet auf das Eingangstor. Dort steht in großen Lettern: ›Hundepension‹.

»Hundepension – ach du liebes bisschen. Vermutlich kriegen die kleinen Wadenbeißer dort ihre Pediküre, während Frauchen in Saint-Tropez ihre Massage genießt.«

Gabby guckt mich verständnislos an. »Das ist doch total klasse! Also ich würde da gerne arbeiten. Stell dir nur mal vor: Den ganzen Tag mit süßen, kleinen Hunden spielen!«

»Ich glaube nicht, dass die Hunde in solch einer Pension besonders

klein oder besonders süß sind. Das sind bestimmt riesige Scheußlichkeiten, die dich umschmeißen, wenn sie an dir hochspringen und ungefähr einen Liter Sabber auf deiner Kleidung hinterlassen.«

»Ach Quatsch. Und selbst wenn: Mit den richtig großen kann man doch sogar noch viel mehr Spaß haben.«

Mich schüttelt es innerlich. Beim besten Willen kann ich keine Verbindung herstellen zwischen den Worten ›Spaß‹ und ›große Hunde‹.

Gabby kann meine Skepsis gegenüber allem, was kläfft, bellt, beißt und hinter einem her rennt, absolut nicht verstehen. Aber Gabby ist schließlich auch nicht als Kind beim Himbeeren pflücken von einer Horde aus sechs Hunden quer durch den Wald gejagt worden. Wobei es mich gar nicht mal verwundert, dass von all den Menschen, die dort Himbeeren gepflückt haben, ausgerechnet ich durch den Wald gejagt wurde. Das gehört bei mir ja zum Standardprogramm ... Nein, was mich an dieser Geschichte bis heute aufregt, ist die Tatsache, dass sich das Frauchen die ganze Zeit über schön im Hintergrund gehalten und nicht eingegriffen hat. Seitdem bin ich auf eine bestimmte Sorte von Hundehaltern nicht sonderlich gut zu sprechen und bewundere Hunde lieber aus der Ferne; denn sobald ein Hund – er mag noch so lieb sein und ich mag ihn noch so gut kennen – auf mich zuläuft, kann ich vor Angst nicht mehr klar denken, kriege Schweißausbrüche, fange an zu zittern, schreie los und verspüre den alles überwältigenden Drang, wegzulaufen.

»Aber damit kann man bestimmt richtig gut verdienen!«

Hmmm, vielleicht ist es doch keine so schlechte Idee ... Es gibt bestimmt massig gut betuchte Leute, die gerne dafür zahlen, mal zwei Wochen lang eine Auszeit von Fiffi zu haben.

»Also falls es mit meinem Wissenschaftsjournalismus nichts wird und auch meine Karriere als Lebensberaterin danebengeht ...« Gabby guckt mich merkwürdig an. *Verflixt, das ist mir so rausgerutscht!* Ich beeile mich, weiterzureden, bevor sie auf die Idee kommt, nach-

115

zufragen, wieso ausgerechnet ich mich für eine Lebensberaterin halte: »… machen wir einfach eine Hundepension auf. Du erledigst den praktischen Teil und hältst mir die Viecher vom Leib und ich kümmere mich um Haus, Hof und Verwaltung.« *Man sollte ja immer Alternativen parat haben …*

Der Tag ist gut gewählt für unsere Tour. Die Sonne lacht, die Mohnblumen blühen am Wegesrand und der Blick über die sacht wogenden Felder ist herrlich. Ab und an müssen wir einem Traktor Platz machen. Immer mal wieder überholen uns andere Skater. Radfahrer kommen uns entgegen und auch Jogger und Spaziergänger sind unterwegs. Zum Teil sind es Familien, vorwiegend aber Studenten. Hier ein Grüppchen von jungen Frauen, da ein paar vereinzelte Männer. Ich kann nicht umhin, die gut gebaute Figur einiger der Skater zu bewundern, die uns rasend schnell entgegenkommen.

Der Trupp besteht aus drei jungen Männern in lässiger Haltung mit nach vorn gebeugtem Oberkörper und auf dem Rücken übereinandergelegten Händen. Sie gleiten auf professionellen Speedskates in einer Reihe hintereinander fahrend dahin. Der Vordermann trägt eine eng anliegende, kurze Sporthose aus einem synthetischen Material, die vermutlich den Windwiderstand reduzieren soll, meinen Blick aber vor allem auf seine muskulösen Oberschenkel lenkt. Meine Augen wandern weiter nach oben auf ein ebenfalls eng anliegendes, aber knapp über den Schultern endendes Shirt. *Wow, das nenn´ ich mal durchtrainierte Oberarme!*

Neben mir lässt Gabby leise ein anerkennendes Pfeifen ertönen.

Nun sind sie nur noch knapp zehn Meter entfernt und ich kann unter dem tief sitzenden, windschnittigen Helm das Gesicht erkennen.

Moment mal! Das kann nicht sein!! Ich kneife die Augen zusammen, um besser zu sehen und –

Scheiße!!!

Ich spüre nur noch, wie ich plötzlich mit dem linken Inliner ir-

gendwo hängen bleibe, während der rechte vom Boden abhebt und durch den Schwung der linke doch noch hinterher gezogen wird. Mit einem Mal befinden sich meine beiden Füße auf Augenhöhe irgendwo vor mir, ich segele durch die Luft und krache schließlich mit voller Wucht auf mein Steißbein.

Ufff ...

Der Aufprall hat mir sämtliche Luft aus den Lungen gepresst und während ich hilflos nach Sauerstoff ringe, schießen mir ob der Schmerzen in meinem Steißbein die Tränen in die Augen.

Nach einer Ewigkeit, wie mir scheint, kann ich wieder atmen und öffne meine immer noch tränenden Augen. *Oh nein!* Offenbar hat der Sturz mein Sehvermögen in Mitleidenschaft gezogen, denn hinter flimmernden Lichtpunkten erscheint – *aber das kann sich nur um eine Halluzination handeln!* – das Gesicht dieses schrecklichen Polizisten.

»Hey, können Sie mich hören? Sehen Sie mich?«

Oh Gott, es ist doch keine Halluzination, jetzt höre ich ihn auch noch – der Typ mit den muskulösen Oberarmen ist mein Polizist.

»Tobi, hast du dein Handy dabei? Ruf die 112.«

Ich versuche meine Gedanken zu fokussieren. *Was ist denn eine 112?*

Die Erkenntnis lässt mich schlagartig wieder zu vollem Bewusstsein kommen: »NEIN! Keinen Krankenwagen!«

Ich setze mich stöhnend auf und sehe jetzt erst, dass sich um mich herum eine Menschentraube versammelt hat. *Oh Gott, wie peinlich. Und als ob das nicht schon schlimm genug wäre, passiert mir das auch noch vor den Augen dieses grässlichen Menschen.*

»Lena«, meldet sich nun auch Gabby. »Du bist gerade echt übel gestürzt. Klar brauchst du einen Krankenwagen.«

»Es ... geht ... mir gut ... nicht so ... schlimm«, artikuliere ich mühsam. *Alles, nur nicht vor diesem Typ in den Krankenwagen verladen werden.*

Der widerspricht ungeduldig: »So ein Blödsinn. Tobi hat schon angerufen. Der Krankenwagen wird gleich hier sein und Sie mitnehmen.«

»Nicht! … Nötig!« *Ich will hier weg.*

Zitternd greife ich an meine Inliner, löse die Schnallen und streife die Schuhe ab. Ich bin total verwirrt, habe Schmerzen, die ganze Situation ist mir unendlich peinlich und plötzlich kriege ich auch noch Panik beim Gedanken daran, was der Krankenwageneinsatz mich vielleicht kosten könnte. *Oh Gott, ich habe mal gehört, dass ein unnötig ausgelöster Feuerwehreinsatz jemanden tausend Euro gekostet hat. Mir wird schlecht. Was, wenn der Krankenwagen kommt und es dann heißt, dass ich nicht ernsthaft genug verletzt bin, um seinen Einsatz zu rechtfertigen? So viel Geld habe ich nicht. Verdammt, ich muss hier weg! Ich habe den Krankenwagen schließlich nicht gerufen. Soll doch Tobi ihn bezahlen oder wie der Kerl mit dem Handy heißt.*

»Was soll das werden?«, herrscht mich der Polizist an, als ich mich, vor Schmerzen das Gesicht verziehend, über die Seite auf die Knie rolle.

»Ich … gehe ... nach Hause.«

Er seufzt, hebt beschwichtigend die Hände und sagt so langsam und beruhigend, als ob er es mit einer Wahnsinnigen zu tun hätte, die jederzeit ausrasten könnte: »Hören Sie, Sie hatten gerade einen Unfall und werden jetzt hier auf den Krankenwagen warten.«

Ich ignoriere ihn und versuche, das Gewicht von meinem Knie auf meinen linken Fuß zu verlagern.

»Lena, bist du sicher, dass du das schaffst?«

Ich ignoriere auch Gabby, belaste vorsichtig meinen Fuß und richte mich langsam auf. Allmählich löst sich die Menge auf, nur die drei Speedskater und Gabby bleiben bei mir zurück.

Humpelnd setze ich einen Fuß vor den anderen und Gabby folgt mir kopfschüttelnd.

Ich höre den Polizisten hinter mir zu seinen Kollegen sagen: »Wie

kann man nur so stur sein? Die hat sie doch nicht mehr alle! Fahrt ohne mich weiter, Jungs, wir sehen uns morgen.«

Du arrogantes Arschloch. Wir werden ja sehen! Der soll bloß nicht auf die Idee kommen, mir nachzufahren. Doch genau das tut er leider.

»Was machen Sie da?«, frage ich unwillig.

»Ich bin Polizist …«, knurrt er, »… und werde mich hier definitiv nicht der unterlassenen Hilfeleistung schuldig machen, indem ich Sie, die offensichtlich nicht bei Verstand geschweige denn in der Lage ist, selbst nach Hause zu gehen, hier zurücklasse.«

Verdammter Besserwisser! Für einen Moment dachte ich schon, er könnte aus Nächstenliebe oder einem anderen menschlichen Motiv heraus so handeln, dabei geht es ihm wieder nur um irgendwelche blöden Paragrafen in seinem blöden Gesetz.

Gabby mischt sich ein, bevor ich ihm eine gepfefferte Antwort geben kann. »Vielen Dank. Das ist echt nett von Ihnen! Ich heiße übrigens Gabby.«

»Hallo. Ich bin Adrian. Ich tue nur meine Pflicht. Falls diese eigensinnige Person uns hier demnächst zusammenklappt, bin ich wenigstens in Erster Hilfe ausgebildet.«

Leise äffe ich ihn nach: »Ich tue nur meine Pflicht. Ich bin ja ach so toll und kann Erste Hilfe und Karate und Kung Fu. Schließlich bin ich ja Polizist und bilde mir was auf meine Paragrafen ein.«

»Ist die immer so anstrengend?«, fragt Adrian.

Anstrengend? Ich? »Ich bin zufälligerweise anwesend, also hören Sie auf, über mich zu reden, als wäre ich nicht da.«

Gabby flüstert ihm zu: »Normalerweise ist sie die umgänglichste Person der Welt. Das muss an dem Sturz liegen. Sie hat wahrscheinlich einen Schock oder so erlitten.«

»Ich bin auf den Hintern gefallen, Gabby, nicht auf meine Ohren!«

»Muss aber ein großer Schock sein«, kommentiert er trocken.

»Vermutlich leidet sie öfter mal unter solchen Zuständen.«

Gabby kann mit dieser Aussage nichts anfangen und schaut verwirrt drein. Ich jedoch weiß genau, worauf er anspielt. Da mir aber auf die Schnelle keine passende Antwort einfallen will, beschließe ich, über solchen Kindereien zu stehen und schnaube einfach laut aus, während ich weiter hoheitsvoll nach vorn schaue.

So komme ich mit meiner seltsamen Eskorte aus Gabby an der Spitze und hinterher rollendem Adrian etwa hundert Meter weit, als ich in der Ferne eine Sirene höre.

Neinneineineineinein. Ich verdopple das Tempo meiner Hinkerei, kann jedoch nicht vermeiden, dass nur ein paar Minuten später der Krankenwagen uns erreicht.

Gabby und Adrian bleiben stehen, doch ich versuche, diese Tatsache zu ignorieren und humple weiter, während der Krankenwagen hinter mir her rollt.

Adrian seufzt hörbar. »Lena, hören Sie, das ist doch absolut lächerlich. Jetzt bleiben Sie doch stehen!«

»Hören Sie gefälligst auf, mich herumzukommandieren!«, schimpfe ich, doch nach einigen Minuten wird auch mir klar, dass es extrem dämlich aussehen muss, wie ich da im Schritttempo von einem Krankenwagen verfolgt werde, und so bleibe ich ebenfalls stehen.

Der Fahrer kurbelt das Fenster herunter und fragt, ob ich die Person bin, die Hilfe braucht. Anklagend zeige ich auf Adrian: »Ich habe Sie nicht gerufen. Das war er! Ich wollte das gar nicht.«

»Undankbares Gör!«, kommt es von Adrian zurück.

»Hallo? Habe ich Sie vielleicht darum *gebeten*, anzuhalten?«, pflaume ich ihn an.

»Keine Sorge, diesen Fehler werde ich bei Ihnen sicherlich nicht noch einmal machen!«, stößt er wütend aus. »Und nun, da meine Hilfe offensichtlich nicht mehr vonnöten ist, kann ich ja nun endlich nach Hause fahren und mein Wochenende so genießen, wie ich es tat, bevor Sie mir schon wieder unter die Augen gekommen sind.«

Immer noch schimpfend setzt er sich in Bewegung.

Ich schnaufe empört und suche händeringend nach einer passenden Antwort. Doch bevor mir etwas einfallen will, ist er schon außer Hörweite und der Sanitäter macht wieder auf sich aufmerksam: »Jetzt beruhigen Sie sich doch! Was ist denn überhaupt passiert?«

Gabby kommt mir zuvor und erzählt ihm alles, woraufhin die beiden Sanitäter mich fragen, wo genau ich Schmerzen hätte.

Als ich mit »Steißbein« antworte, schnalzt einer der beiden missbilligend mit der Zunge und sagt kopfschüttelnd: »Tja, das ist jetzt allerdings ein Problem. Egal, ob Sie sich das Steißbein nur geprellt haben oder ob da Schlimmeres passiert ist: Man könnte in beiden Fällen rein gar nichts tun. Das Steißbein kann ja nicht eingegipst werden oder so. Ich fürchte fast, dass wir Ihnen nicht helfen können. Sie müssen sich darauf einstellen, lange Zeit Schmerzen zu haben. Wenn es zu arg wird, können Sie ein Schmerzgel verwenden. Das kriegen sie verschreibungsfrei in jeder Apotheke.«

Na bitte, also war es total für die Katz´, den Krankenwagen zu rufen!

»Wenn Sie wollen, nehmen wir Sie aber mit ins Krankenhaus. Dort kann man Sie dann vorsichtshalber röntgen.«

Ich wehre entschieden ab. Nach dem ganzen Theater lasse ich mich jetzt nicht doch noch wie eine Schwerverletzte ins Krankenhaus transportieren.

»Nun gut. Kommen Sie denn nach Hause?«

»Ja, es ist nicht mehr weit.«

»Dann wünschen wir Ihnen gute Besserung. Einfach nur um Gewissheit zu haben, sollten Sie aber doch mal bei Gelegenheit zum Arzt gehen und das Steißbein röntgen lassen.«

»Alles klar, vielen Dank.«

Der Krankenwagen wendet und ich atme erleichtert wieder aus. Bis zur letzten Minute hatte ich befürchtet, dass nun die Frage gestellt würde, wer denn jetzt den Einsatz bezahlt.

Ich nehme meine Humpelei wieder auf.

Gabby meldet sich kopfschüttelnd zu Wort: »Was ist da eigentlich vorhin in dich gefahren? So ein hilfsbereiter Mensch, und du motzt ihn nur an!«

»Gabby, das war doch dieser ätzende Polizist!«

»NEIN!« Gabbys Augen werden kugelrund.

»Doch!«

Sie kaut nachdenklich auf ihrer Unterlippe und sagt dann: »Komisch, ich hatte ihn mir nicht so gut aussehend vorgestellt …«

»So gut sieht der doch gar nicht aus«, murmle ich beleidigt, weiß aber selbst, dass sich das nicht wirklich überzeugend anhört.

Irgendwie kommen wir schließlich irgendwann endlich im Wohnheim an, und nachdem ich mich die Treppen hochgequält habe, setze ich mich – extrem vorsichtig – auf ein Kühlpad und beschließe, mich die nächsten drei Wochen nicht davon wegzubewegen.

Den Rest dieses Wochenendes kann ich nichts weiter tun, als im Bett zu liegen oder mein Steißbein zu kühlen. Zwischendurch telefoniere ich noch mit ein paar Kolleginnen aus dem Sportgarten, um eine Vertretung für meine Vertretung der Sonntagsschicht zu suchen. Zum Glück sagt gerade noch rechtzeitig Andrea zu und im Tausch erkläre ich mich bereit, ihre kommende Freitagsschicht zu übernehmen.

Am späten Sonntagnachmittag bin ich dann der Meinung, dass ich ja, anstatt drinnen herumzusitzen, mich ebenso gut draußen auf der Wiese vor den Wohnheimen sonnen könne. Also schnappe ich mir mein Sinnesphysiologie-Skript und ein Handtuch und humple vorsichtig die Treppe hinunter und den Weg zwischen den Wohnheimen entlang. Auf der großen Wiese, die die Wohnheime von den Parkplätzen trennt, breite ich mein Handtuch aus, knie mich vorsichtig hin und lege mich dann bäuchlings darauf. Gerade als ich mein Skript aufgeschlagen habe, öffnet sich über mir das Fenster im vierten Stock. Ein paar Minuten später wundere ich mich über die Staubflocken, die auf mich herabrieseln.

»Hey, hast du keine Augen im Kopf?«, schreie ich erbost hoch.

Ungerührt wird oben weiter ein Teppich ausgeschüttelt.

»Verdammt noch mal!« Mühsam erhebe ich mich erst wieder auf die Knie, dann ganz, um dem Blindfisch dort oben meine Meinung über ihn entgegen zu schleudern, doch bevor ich noch richtig stehe, wird das Fenster bereits wieder geschlossen.

Entnervt ziehe ich mein Handtuch ein paar Meter weiter nach links und beginne erneut meine mühsame Prozedur des Mich-Hinlegens. Endlich ist es geschafft, und ich schlage von neuem mein Vorlesungsskript auf. *Merkwürdig ...* Irgendwie habe ich das Gefühl, dass es hier unangenehm riecht. *Bin ich schon so verschwitzt?* Unauffällig schnüffele ich an mir. *Ach Quatsch, vermutlich sind meine Nerven einfach immer noch überreizt!* Erneut versuche ich, mich in mein Vorlesungsskript zu vertiefen.

Nachdem ich eine halbe Seite weit gekommen bin, beschleicht mich plötzlich das Gefühl, beobachtet zu werden. Ich blicke auf und sehe tatsächlich einige Meter entfernt auf dem Weg, der vom Parkplatz über die Wiese führt, ein Pärchen vorbeilaufen und mich ungeniert anstarren. *Haben die nichts Besseres zu tun?* Missmutig starre ich zurück, bis die beiden hinter der Hausecke verschwunden sind. *Blödes Volk!* Ich drehe mich auf die andere Seite. *Wo war ich stehen geblieben ...?* Erneut lese ich denselben Absatz, doch kaum an dessen Ende angekommen, reißt mich das Kichern zweier Mädels, die über die Wiese laufen, aus meiner Konzentration. Ich blicke hinter mich, ob sich ihr Kichern auf jemand anderen beziehen könnte, doch sie scheinen definitiv über mich zu lachen, auch wenn sie das hinter vorgehaltener Hand zu verstecken suchen.

»Is' was?« herrsche ich sie an.

Die beiden brechen in Lachen aus und schlendern tuschelnd ins nächste Wohnheim. *Also langsam wird es mir zu blöd! Ist vielleicht mein Hosenstall offen oder meine Bluse oder so?* Ein vorsichtiger Kontroll-

blick bestätigt mir, dass alles, was geschlossen sein soll, auch wirklich geschlossen ist. Ich schüttle den Kopf über die seltsamen Leute, die heute unterwegs sind. *Es ist doch wohl nichts Ungewöhnliches daran, sich auf eine Wiese zu legen!* Seufzend wende ich mich zum dritten Mal demselben Absatz in meinem Skript zu, jedoch immer noch ohne eigentlich zu registrieren, was ich da lese, denn der Wind trägt erneut diesen penetranten Geruch an meine Nase heran. Um mich schauend, entdecke ich auf der anderen Seite des Gehweges ein paar große Mülltonnen. *Alles klar, da kommt der Geruch her!* Ich rümpfe die Nase, beschließe aber, mich dadurch nicht vertreiben zu lassen und stattdessen endlich den Absatz so zu lesen, dass zur Abwechslung mal etwas davon in meinem Kopf hängen bleibt.

Um höchste Konzentration bemüht beuge ich mich vor, die Augen fest auf die Buchstaben gerichtet, bereit, mein Hirn mit Weisheit zu füllen. Da öffnet sich erneut ein Fenster, dieses Mal im ersten Stock, und ein Typ mit haufenweise Sommersprossen im Gesicht beugt sich heraus: »Du, an deiner Stelle würde ich mich da nicht hinlegen, da hat bei der letzten Party einer hingekotzt.«

Arrrgh! Scheiße! Die Schmerzen ignorierend springe ich auf und hüpfe wild umher bei dem Versuch, nicht mitten in die Kotze zu treten, die ich nun erst sehe. Verzweifelt schreie ich: »Welt, was hast du nur gegen mich?!«

»Dann leg dich halt wieder hin, dämliche Nuss!« Beleidigt schließt der Sommersprossige sein Fenster. Das letzte, was ich höre, ist: »So eine Bekloppte! Da will man nur helfen und dann so was …«

Ich gebe auf, packe meine Sachen wieder ein und humpele nach Hause, dabei meine Hand, die das Badetuch hält, weit von mir gestreckt. Angeekelt rümpfe ich die Nase, denn das Tuch stinkt tatsächlich nach Erbrochenem! *Ich hätte mich wohl doch nicht von meinem Kühlpack wegbewegen sollen!*

Kapitel 5

Wenn einem das Wasser bis zum Hals steht,
sollte man den Kopf nicht hängen lassen
Glückskeksweisheit Nr. 332

Am Montag stört es mich nicht mehr weiter, dass ich momentan kein Fahrrad habe, da ich jetzt ohnehin nicht darauf fahren könnte. In der Uni schleppe ich, allen irritierten Blicken zum Trotz, ein blau-gelb gestreiftes Kissen mit mir herum. *Wer ist eigentlich dafür verantwortlich, dass diese blöden Holz-Klappstühle in den Hörsälen so hart sind? Ich muss unbedingt mal ans Studentenwerk schreiben und sie von diesem Missstand in Kenntnis setzen.*

Marius bemitleidet mich den ganzen Tag über so gebührend, dass ich ihm seine Überschreitung der Grenze zwischen Kumpel und Verehrer von neulich schnell verziehen habe.

Als ich abends fix und fertig wieder nach Hause komme, stehe ich ganz erstaunt in einer halb leer geräumten Wohnung, wobei sich ›leer‹ erfreulicherweise auf Magdas Krempel bezieht. *Bedeutet das das, was ich denke, dass es bedeutet?* Vor Freude will ich einen Luftsprung machen, als mich ein stechender Schmerz in meinem Allerwertesten daran erinnert, dass das vielleicht keine ganz so gute Idee ist …

Dann rufe ich Gabby an, um ihr die frohe Kunde von Magdas Auszug mitzuteilen.

»Das muss gefeiert werden!«

»Stimmt, aber Ausgehen kommt wegen meines blöden Hinterns

nicht in Frage.«

»Kein Problem. Wir kommen zu dir.«

Wer ist ›wir‹? Doch Gabby hat schon aufgelegt, bevor ich dazu komme, sie zu fragen. Fünf Minuten später kenne ich die Antwort: Als an meiner Tür Sturm geklingelt wird, öffne ich – offenbar zu voreilig, denn nun drängen ein gutes Dutzend Jungs und Mädels lachend und grölend an mir vorbei. Total perplex lasse ich es zu, dass mir einige der Ersteren, Bierkästen tragend, zum Auszug gratulieren, während mich Nachfolgende zum Einzug beglückwünschen und gar die Schlusslichter mir mit einem gesungenen *Happy Birthday* um den Hals fallen.

Bis endlich Gabby auftaucht, ist jeder Quadratzentimeter meiner Wohnung mit Menschen bedeckt. Sie quatschen, trinken, lachen oder knutschen herum. Selbst auf dem Klodeckel hockt jemand.

Fassungslos starre ich Gabby an, doch alles, was ich herausbringen kann, ist: »Was um alles in der Welt …«

Sie drückt mir ein Bier in die Hand. »Hey Lena, super, dass du angerufen hast! Kam genau zum richtigen Zeitpunkt. Wir wollten nämlich grad bei Tim drüben seine bestandene Prüfung feiern, aber sein Mitbewohner hat uns rausgeschmissen. Ultracool, dass du jetzt die Wohnung für dich hast!«

Seufzend füge ich mich meinem Schicksal. *Da nun offensichtlich in meiner Wohnung eine Party stattfindet, kann ich genauso gut auch mitfeiern …* Ich nehme einen Schluck von dem Bier, verziehe jedoch gleich das Gesicht. *Bier ist einfach nicht mein Fall.* Zum Glück jedoch stellt sich heraus, dass die Jungs noch andere Sachen in ihren Kästen haben. Einer aus der Truppe scheint ambitionierter Barkeeper zu sein, und je weiter der Abend voranschreitet, umso ausgefallener werden die Cocktails. Ein Typ wird von allen Django genannt. Den Grund erahne ich, als er ankündigt, auf meinem Küchentisch einen Handstand mit Salto rückwärts machen zu wollen. Leider klopft es in

diesem Moment an der Tür und meine versammelte Nachbarschaft bittet mich, die Musik leiser zu stellen, weil sie schlafen möchte. Daraufhin nimmt Gabby die Sache in die Hand – ich bin dazu nicht mehr in der Lage – und beendet die Party:»Also, Leute, ihr habt es gehört: Aufbruch ist angesagt!«

Ich schiebe schmollend meine Unterlippe vor und artikuliere mühsam:»Och nöööö. Tom wollte mir doch gerade einen eigenen Cocktail krea… kreo…« Ich schüttele den Kopf und wage einen letzten Versuch:»… kreierierieren.«

»Nix da. Du hattest wirklich schon genug Cocktails und das, obwohl einer für dich schon zu viel ist. Du gehst jetzt schlafen. Und alle anderen auch.«

Tatsächlich fallen mir schon fast die Augen zu und ich gähne ungeniert, während meine Wohnung sich langsam leert.»Na gut. Aber morgen will ich unbedingt sehen, wie Django von meinem Tisch springt!«

Gabby lacht:»Geht klar, ich werde es ihm ausrichten, sobald er wieder nüchtern ist. Gute Nacht, Lena.«

Kaum habe ich die Tür geschlossen, schlurfe ich zu meinem Bett und schaffe es gerade noch, meinen Wecker für morgen früh – besser gesagt heute früh *(jedoch definitiv nicht zu früh, denn wer braucht schon eine Vorlesung, die um acht beginnt?)* – zu stellen, bevor ich, ohne mich vorher auszuziehen, sofort in Tiefschlaf verfalle.

Leider jedoch werde ich am Dienstagmorgen von Stimmen geweckt; eine davon scheint dem Hausmeister zu gehören. Und dann erkenne ich auch Magdas nervtötendes Organ:»… einfach nur eine Zumutung! Es ist mir absolut unmöglich, hier weiterhin mit dieser Wahnsinnigen zusammenzuwohnen. Diese Person stellt eine Gefahr für die Allgemeinheit dar. Die hätte mir genauso gut die Nase brechen können, als sie mir die Tür einfach ins Gesicht geknallt hat.

Gott sei Dank rettet mich ja nun Johann aus dieser unerträglichen Situation. Sie müssen nämlich wissen: Er wohnt in einem wunderschönen Penthouse mit Schlossblick.«

Na toll. Wohnungsbegehung wegen Magdas Auszug. Muss das ausgerechnet heute Morgen sein? Schlaftrunken lausche ich und höre, wie meine Wohnungstür aufgeschlossen wird und mehrere Personen eintreten.

Plötzlich ertönt ein spitzer Schrei.

Ich schieße hoch. Gestern Nacht. Die Party. Meine Wohnung. Ich renne mit verwuschelten Haaren, zerlaufener Schminke und meiner Bibliothekarinnen-Brille auf der Nase in die Küche, wobei ich über die Bierkiste stolpere, die vor meiner Zimmertür steht. Beim Versuch, mein Gleichgewicht zu wahren, halte ich mich am Jackenhaken fest, der daraufhin prompt abreißt, so dass alle Jacken herunterfallen und mehrere auf dem Boden verteilte Bierflaschen anstoßen, die wie in Zeitlupe zu schwanken beginnen, sich schließlich fürs Umfallen entscheiden und langsam auf das Trio in meiner Küche zurollen.

Wie gebannt starren wir alle die Flaschen an, als wären sie hochexplosiv. Schließlich kommen sie zur Ruhe und während Johann weiterhin mit offenem Mund da steht und der Hausmeister mich leicht amüsiert mustert, findet Magda ihre Fassung wieder und schreit: »Sehen Sie?! Sehen Sie?! Was habe ich gesagt? Eine Wahnsinnige! Und eine Alkoholikerin noch dazu!«

»Jetzt beruhigen Sie sich erst mal! Ich glaube kaum, dass die junge Dame das alles allein ausgetrunken hat.«

»Umso schlimmer! Die hat hier eine Orgie veranstaltet!«

Endlich bahnt sich meine Wut auf Magda ihren Weg: »Ach von wegen Orgie. Hör doch auf solch einen Blödsinn zu labern! Wir haben nur ein bisschen gefeiert.«

Giftig schießt sie zurück: »Ach ja? Was, bitteschön, hat ein Loser wie du denn zu feiern?«

»Na, allem voran den Auszug dieser Hexe, mit der ich das letzte Jahr über zusammenleben musste!«

Das verschlägt Magda für einen Moment die Sprache und der Hausmeister nutzt die Gelegenheit: »Aber, aber, meine Damen. Jetzt beruhigen Sie sich bitte beide und benehmen sie sich wie zivilisierte Menschen.«

Magda schlägt den Arm des Hausmeisters nieder, den er beschwichtigend erhoben hatte: »Zivilisiert? Die da? Die weiß doch nicht mal, was das ist!«

»Wenigstens bin ich zivilisiert genug, um nicht wie ein Holzfäller zu schnarchen!«

»Waaaaas? Ich schnarche nicht!«, kreischt Magda.

»Johann, du solltest dir lieber einen Jahresvorrat extragroßer Ohropax anschaffen!«

Mit einem Aufschrei macht Magda Anstalten, sich auf mich zu stürzen, doch der Hausmeister hält sie fest und brüllt: »Schluss jetzt!!! Das reicht!!! Für Sie beide! Ich will kein Wort mehr hören! Sonst rufe ich das Ordnungsamt!«

Magda und ich werfen uns giftige Blicke zu, sind jedoch nun beide still.

In ruhigerem Tonfall spricht der Hausmeister mit Magda weiter: »So! Ich sehe mir jetzt Ihr Zimmer an und danach gehen Sie mit Ihrem Freund in dessen Wohnung und die Sache hier hat sich erledigt!«

Mit zusammengepressten Lippen geht Magda dem Hausmeister voran an mir vorbei zu ihrer Zimmertür und schließt sie auf. Der Hausmeister geht hinein, um das Zimmer auf Schäden zu überprüfen, während sie im Bad verschwindet.

Ich stehe mit verschränkten Armen im Türrahmen und Johann tritt mit offensichtlichem Unbehagen von einem Fuß auf den anderen. Als der Hausmeister gerade am Ende seiner Liste angekommen

ist, ertönt ein markerschütternder Schrei aus dem Bad und Magda kommt mit aufgerissenen Augen herausgestürzt. »Da liegt einer!!! Unter der Dusche liegt ein Toter!!!« Sie zittert am ganzen Körper und mir wird vor Schreck ganz kalt. *Kann es sein, dass die Party gestern tatsächlich aus dem Ruder gelaufen ist? Habe ich jetzt eine Leiche in meinem Bad?*

Der Hausmeister fasst sich als erster wieder und späht vorsichtig ins Bad. Ich schließe mich ihm an. *Verdammt! Unter dem Duschvorhang schaut tatsächlich ein Fuß hervor.*

Magda fängt wieder an zu kreischen.

Da ertönt hinter dem Vorhang eine Stimme: »Ey Leute! Stellt mal den Lärm ab. Mein Kopf platzt!«

Der Hausmeister bedenkt mich mit einem vorwurfsvollen Blick. »Von wegen ›keine Orgie‹, wie?«

Mit hochrotem Kopf trete ich ins Bad und reiße den Duschvorhang ruckartig zurück. Während sich in der Dusche Django aufgrund der plötzlichen Helligkeit mit einem Aufstöhnen den Arm vor die Augen hält, zische ich ihn an: »Was machst du in meiner Dusche? Raus hier, aber dalli!«

Stöhnend rappelt er sich auf und wankt, während Magda wieder aufschreit, als wäre er tatsächlich eine wandelnde Leiche, an ihr vorbei aus meiner Wohnung.

»Jetzt hören Sie doch auf zu flennen!«, schaltet sich der Hausmeister wieder ein. »Das Zimmer ist soweit in Ordnung. Geben Sie mir noch den Schlüssel und unterschreiben Sie hier!« Magda gehorcht ohne Widerrede und der Hausmeister wendet sich an den hilflos dastehenden Johann: »Und jetzt bringen Sie sie endlich hier weg!«

Froh, etwas zu tun zu haben, legt Johann den Arm um Magda und führt sie aus der Wohnung. Dann dreht sich der Hausmeister zu mir um und ich ziehe schuldbewusst den Kopf ein: »Und nun zu Ihnen: Es ist Ihnen doch hoffentlich klar, dass unser Wohnheim

eine Unterkunft für Studierende ist und keine Disco oder Bar. Nur aufgrund der Tatsache, dass Sie hier schon so lange wohnen, ohne dass es Beschwerden gegen Sie gab, lasse ich Sie so glimpflich davonkommen. Doch den nächsten Vorfall dieser Art werde ich dem Studentenwerk melden und dann sind Sie Ihre Wohnung los! Haben wir uns verstanden?«

Kleinlaut nicke ich, doch kaum ist der Hausmeister aus der Tür gegangen, muss ich grinsen bei der Erinnerung an eine vollkommen fassungslose Magda, die beim Anblick des aus dem Bad torkelnden Django zu kreischen anfängt. *Allein dafür hat sich die Party gestern gelohnt!*

Eigentlich bin ich davon ausgegangen, dass ich nun mindestens eine Woche lang sturmfreie Bude haben würde, bevor mir eine neue Mitbewohnerin zugeteilt würde, doch als ich am nächsten Tag heimkomme, sitzt eine winzige Asiatin in meiner Küche und trinkt Tee. Überrascht bleibe ich stehen:»Oh! Hi. Hallo. Ich bin Lena. Ich wohne hier … Wie heißt du denn?«

Mein Gegenüber sieht mich lächelnd an und nickt.

Ich starre sie an, bis mir dämmert, dass sie mich nicht versteht.

»Ähhh. Do you speak english?«

Wieder ein Lächeln und ein Nicken.

Heißt das jetzt, dass sie mich versteht, aber nicht antworten kann oder hat sie mich gar nicht verstanden? Ratlos sehe ich sie an, was sie wiederum als Aufforderung versteht, zu nicken und zu lächeln.

Tja, mehr Sprachen habe ich leider nicht zur Auswahl. Mist. Ich muss wirklich dringend mit Französisch anfangen. Und Chinesisch am besten gleich mit. Kann ja nicht schaden. Schließlich bestehen bestimmt fünfundzwanzig Prozent der Menschheitsbevölkerung aus Chinesen, da muss die Wahrscheinlichkeit, auf Chinesen zu treffen, ja recht hoch sein … Okay, versuchen wir es mal à la Tarzan und Jane. Ich zeige

auf mich und sage langsam und deutlich »Lena«, dann zeige ich auf sie und hebe fragend die Schultern, Arme und vorsichtshalber auch noch die Augenbrauen.

Zwei Minuten später fand ich die Ausgangssituation doch besser; nun bin ich einem auf mich einprasselnden und von stetem Lächeln und wildem Nicken begleiteten Redeschwall irgendeiner asiatischen Sprache ausgesetzt.

Ich nicke und lächle hilflos.

Sie hört auf zu reden, nickt und lächelt.

In Ermangelung anderer Ideen nicke und lächle auch ich wieder.

Daraufhin läuft sie in ihr Zimmer, kommt mit einer Tasse zurück und hält sie mir hin, mit der anderen Hand auf die Teekanne auf dem Küchentisch deutend. Also nehme ich – wie immer seit Samstag – sehr vorsichtig Platz. Die nächsten zehn Minuten sitzen wir uns am Tisch schweigend gegenüber, nicken und lächeln fortwährend und nippen am Tee, der übrigens wirklich lecker ist, was ich durch eifriges Reiben meines Bauches und lang gezogene mmmh-Geräusche deutlich zu machen versuche. *Völkerverständigung mal anders.*

»Ja, und dann?«, fragt Gabby, als wir am Donnerstag zusammen in der Straßenbahn sitzen. Sie will mir dabei helfen, ein gebrauchtes Fahrrad auszusuchen. Der Orthopäde hat am Dienstag zum Glück außer einem geprellten Steißbein nichts Schlimmes finden können, so dass er mir sein Okay dafür gegeben hat, wieder Fahrrad zu fahren, auch wenn er mich vor den Schmerzen gewarnt hat.

»Naja, dann habe ich irgendwann erst auf mich gezeigt, dann auf mein Zimmer und danach die Hände so gehalten, als ob ich ein Buch lesen würde. Sie hat wieder genickt und gelächelt. Ich habe auch genickt und gelächelt und bin in mein Zimmer gegangen.«

»Und du weißt nicht, wie sie heißt?«

»Hab nicht den blassesten Schimmer.«

Gabby verzieht abwägend den Mund. »Hm. Könnte auf Dauer ein

klein wenig kompliziert werden.«

Ich lache. »Ist mir aber immer noch tausendmal lieber als wieder solch eine streitsüchtige Zicke.«

Dann wage ich einen Themenwechsel und frage sie vorsichtig nach Aljosha. Sofort verfinstert sich ihre Miene: »Kommt wahrscheinlich wegen der Tussi nicht mehr aus dem Bett raus, hab ihn seitdem jedenfalls nicht mehr gesehen.« Wütend knetet sie ihre unvermeidliche Jutetasche. Ich gebe ein mitfühlendes Schnauben von mir und belasse es dabei, um sie nicht unnötig aufzuregen.

Beim Bahnhof steigen wir aus der Straßenbahn aus und laufen durch die gegenüberliegende Einkaufspassage, hinter der sich ein kleiner Hinterhofladen befindet. Dort habe ich schon öfter mein Fahrrad reparieren lassen und dabei die ganzen gebrauchten Räder gesehen, die zum Verkauf stehen.

Zu meiner großen Freude finden wir ein recht günstiges, aber gut erhaltenes, weißes Damenrad. Als der Besitzer des Ladens – ein sympathischer, trotz seines grauen Haares jung gebliebener Mitvierziger – sich wundert, warum Gabby das Fahrrad für mich Probe fährt und ich ihm daraufhin mein Problem erkläre, sucht er mir noch einen extrabreiten Sattel samt Gel-gepolstertem und superweichem High-Tech-Sattelbezug heraus. *Eine Erfindung, für die ich glatt den Nobelpreis verleihen würde!*

Mit dem Erfolg unserer Mission sehr zufrieden, fahren wir vorsichtig mit meiner neuen Errungenschaft heim. *Hurra! Endlich kann ich wieder kommen und gehen, wann ich will und nicht, wann der Busfahrplan es mir vorschreibt.* Ich genieße meine wiedergewonnene Freiheit auf meiner Luxusausführung von Sattel, Gabby auf dem – leider weniger bequemen – Gepäckträger.

Immer noch beschwingt radle ich am nächsten Tag nach der Uni zum *Sportgarten*, um für die Kollegin einzuspringen, die mich am Sonntag vertreten hat. Leider stelle ich in der Umkleide fest, dass

ich aufgrund des Durcheinanders der letzten Woche schon wieder vergessen habe, meine Mitarbeiter-Shirts zu waschen und mitzubringen. *Super, jetzt habe ich nur das mit dem Marmeladenfleck über der Brust.* Von einer weiblichen Mitarbeiterin, von der ich mir noch einmal eines ausleihen könnte, ist leider auch weit und breit nichts zu sehen. Dann muss ich wohl in den sauren Apfel beißen und das schmutzige Shirt anziehen. Wenigstens finde ich ganz unten in meinem Spind ein schon lange verloren geglaubtes Ungetüm von Herbstschal, das mir meine Mutter letztes Jahr geschenkt hat, und lege es mir, den Fleck kaschierend, um den Hals. *Besser als Nichts.*

Auf dem Weg zur Theke treffen mich verwunderte Blicke. Auch Martin, der Kollege, der mit mir zusammen heute im Tresenbereich eingesetzt ist, hebt fragend die Augenbraue.

Etwaigen blöden Bemerkungen zuvorkommend, deute ich auf meinen Hals: »Halsschmerzen«

»Ahhh … jaaa … aber wenn es so schlimm ist, hättest du vielleicht lieber zu Hause bleiben sollen.«

»Neenee, geht schon wieder besser.« Schnell mache ich mich daran, die Spülmaschine mit lautem Klappern zu entladen, bevor er weitere Fragen stellen kann.

Als ich wieder hinter der Theke auftauche, sehe ich zwei Männer die Treppe zum Studio emporsteigen und traue meinen Augen nicht. *Verfolgt der Kerl mich etwa? Scheiße, ich muss hier weg!* Ich versuche, mich unauffällig in die Umkleide zu verdrücken, komme jedoch gerade mal bis zu einem der Tischchen, die neben der Theke stehen, als die beiden schon das Studio betreten. Da sie in ein Gespräch vertieft sind, haben sie mich noch nicht entdeckt. Verzweifelt sehe ich mich um und stelle mich schließlich in Ermangelung eines besseren Verstecks einfach hinter die neben der Theke stehende Palme.

Doch anstatt wie erwartet durch das Drehkreuz einzutreten und dann in der Herrenumkleide zu verschwinden, steuern die beiden

die Theke an und bleiben davor stehen. Die Theke ist unbesetzt.

»Das darf doch nicht wahr sein. Wo ist denn Martin ausgerechnet jetzt abgeblieben?« murmle ich leise vor mich hin.

»Ähhm, Fräulein?« *Oh nein, jetzt quatscht mich auch noch die alte Schachtel vom Tisch neben mir an.*

Ich betrachte so eindringlich die Blätter der Palme, als hätte ich im Leben noch nichts Faszinierenderes gesehen.

»Fräulein, ich hätte gerne noch einen Kaffee!« Die Alte in dem schweinchenrosa Ganzkörperanzug hätte als Presswurst durchgehen können.

Aus den Mundwinkeln zische ich ihr zu: »Bitte warten Sie einen Moment. Ich bin gleich bei Ihnen.«

Dann schimpfe ich weiter leise vor mich hin: »Was wollen die denn da vorne? Wieso gehen die nicht endlich rein? Ich drehe noch durch.«

»Ähhm, sagen Sie mal, sprechen Sie mit der Pflanze?«

Schon wieder die Olle. Hat die denn nichts anderes zu tun?!

»Ja, tue ich.« *Hauptsache, sie gibt endlich Ruhe!*

»Ah, na das dachte ich mir schon. Das mache ich nämlich auch immer. Vor allem mein Kaktus liebt das ja. Meine Orchideen hingegen sprechen mehr auf Lieder an. Sie tragen dann doppelt so viele Blüten. Haben Sie das schon mal versucht?«

»Wie? Was?« Verwirrt schaue ich sie an. *Was will die von mir?*

Unbeirrt quatscht sie weiter: »Also ich singe zum Beispiel ›Er gehört zu mir‹. Kennen Sie das? Das geht so …«

Entsetzt reiße ich die Augen auf, als sie tatsächlich zu singen anfängt: »Er gehört zu mir, wie mein Name an der Tür …«

Hoffentlich kriegen die das nicht mit, denke ich flehentlich und sehe wieder zu Adrian und seinem Kollegen. Doch es ist zu spät: Adrians Blick fällt auf mich und seine Gesichtszüge entgleiten ihm völlig.

Mantraartig murmle ich: »*Er meint nicht mich, er meint nicht mich.*

Er sieht mich gar nicht. Er schaut nur die Verrückte neben mir an.«

Etliche Atemzüge lang verharre ich stocksteif, doch dann muss ich mir eingestehen, dass die blöde Palme leider wirklich nicht viel Schutz bietet und Adrian tatsächlich mich völlig entgeistert anstarrt. So trete ich denn mit glühenden Wangen hinter meiner Palme hervor und begebe mich wieder hinter die Theke.

Schließlich bricht Adrian das peinliche Schweigen und fragt fassungslos: »Was machen Sie denn hier?«

Dämliche Frage. Wonach sieht es denn aus? Allerdings bin ich mir im selben Moment, in dem ich das denke, selbst nicht ganz sicher, wonach das aussieht.

Der Typ neben Adrian sieht ihn verständnislos an und sagt: »Isch glaube, *Mademoiselle* arrbeitet ierr«

Oh mein Gott! Schlagartig vergesse ich Adrian und die ganze fürchterliche Situation hier und richte meine Aufmerksamkeit zum ersten Mal auf den Typen neben Adrian. *Hat der tatsächlich einen französischen Akzent?* Ich nehme ihn genauer in Augenschein und bin entzückt. Er sieht genauso aus, wie er aussehen soll. Er könnte meinen Träumen entsprungen sein: groß, blond, leicht gebräunte Haut. Markige Gesichtszüge und – ich schmelze dahin – blaue Augen. Wenn er spricht, funkeln strahlend weiße Zähne. *Das Abbild eines griechischen Gottes.* Unwillkürlich stelle ich ihn mir als Unterwäsche-Model vor. *Lieber Himmel!*

Der französische Akzent spricht weiter und ich muss unwillkürlich seufzen.

»*Mademoiselle*, es tut mirr leid, wenn isch innen Umstände bereite, aberr isch bin noch nischt in diese Studio ongemäldet. Meine Kollegge irr at misch eute irrer mitgenommen und gesagt, isch kann zur Prrobe trrainieren. Wäre das möglich?« Er lächelt mich strahlend an und mir wird ganz schummrig im Kopf. *Alles, was du willst! Hauptsache, du redest weiter mit dieser wunderschönen Stimme in*

diesem wunderschönen Akzent.

Schließlich reißt mich Adrians Räuspern aus meiner Anbetung: »Kann er nun oder nicht?«

»Häh? Ach so, ähhh, Probetraining. Jaja, natürlich. Hier entlang, ich öffne Ihnen das Drehkreuz. Ziehen Sie sich schon einmal um und ich rufe Ihnen einen Kollegen, der Sie dann beraten und einweisen wird.« *Schade, dass ich das nicht selbst kann.*

»Isch eiße übrrigens Pierre. Wie lautet Irr besauberrnderr Namä?« *Wie lautet mein bezaubernder Name doch gleich noch? Fing, glaube ich, mit L an ...* »Lena«, hauche ich.

»Abben Sie viele Dank, *Mademoiselle* Lena.« Noch einmal strahlt er mich mit der Intensität einer Tausend-Watt-Birne an und zwinkert mir dann zu.

»Gern geschehen. Jederzeit wieder«, hauche ich.

Die beiden setzen sich in Richtung Umkleide in Bewegung. Adrian geht kopfschüttelnd voran, doch kurz bevor er in der Kabine verschwindet, dreht er sich noch einmal um, kommt zu mir zurück und fragt: »Okay, ich fürchte zwar, dass ich die Antwort nicht ertragen werde, aber ... Haben Sie etwa gerade eben einer Palme etwas vorgesungen?«

»Ach Conny, Pierre ist so unglaublich! Ich weiß jetzt, wie du dich gefühlt haben musst, als du Tjore zum ersten Mal gesehen hast.«

Conny lacht so heftig, dass ihr Bild auf dem PC sofort verpixelt: »Also, ehrlich gesagt, habe ich gedacht: ›Aua, Mensch, zieh bloß die Kanüle aus meinem Arm, so kann man doch kein Blut abnehmen!‹« Kichernd fährt sie fort: »Aber verrate mich bloß nicht. Tjore denkt nämlich, dass mich seine erstaunlichen medizinischen Fähigkeiten auf ihn aufmerksam gemacht hätten.«

Etwas enttäuscht frage ich nach: »Hat dich nicht seine Stimme umgehauen? Oder sein Aussehen?« *Obwohl – naja, nichts für ungut, aber*

*sein Aussehen war es wohl eher nicht. Tjore ist nämlich dunkelhaarig
und gedrungen, mit leichtem Bauchansatz. Absolut nicht mein Typ!*

»Ach Lena, wovon träumst du denn? Natürlich fand ich ihn jetzt
nicht hässlich – ganz im Gegenteil. Aber verliebt habe ich mich doch
aufgrund seines Charakters in ihn, nachdem wir über mehrere Wochen hinweg Partner im Labor waren.« Sie gerät ins Schwärmen: »Er
war so unheimlich witzig und zuvorkommend und …«

Ich unterbreche sie: »Ja, okay, den Rest kenne ich zur Genüge.«
Ich sammele mich kurz, um wieder in meine Verzückung hinein-
zufinden und fahre dann fort: »Aber Pierre ist auch unheimlich
zuvorkommend. Du hättest mal sehen sollen, wie er mir jedes Mal
den Vortritt gewährt hat, wenn wir uns zufälligerweise im Studio
über den Weg gelaufen sind.« Was rein zufälligerweise sehr häufig
passiert ist, da ich rein zufälligerweise ständig in seiner Nähe zu tun
hatte. Martin war zwar anschließend ziemlich sauer auf mich, weil
ich ihn an der Theke allein gelassen hatte, aber es gibt eben Dinge im
Leben, die wichtiger sind als Thekendienst.

»Ganz im Gegensatz zu diesem grässlichen Adrian. Zwischendurch
standen wir mal nebeneinander herum, während mein Kollege mit
Pierre die Formalitäten klärte, und da sagte dieser taktlose Mensch
doch allen Ernstes: ›Und? Was macht Ihr Hintern?‹«

Als Conny missbilligend mit der Zunge schnalzt, fahre ich fort:
»Ich hab erst mal gar nicht kapiert, was er meinte und wollte ihm
schon eine scheuern, als mir klar wurde, dass er von meinem Sturz
sprach. Da habe ich dann natürlich von oben herab geantwortet:
›Danke der Nachfrage, aber meinem *Steißbein* geht es gut.‹ Damit
habe ich mich umgedreht und ihn stehen gelassen.«

»Unglaublich, dass du ausgerechnet ihm ständig über den Weg
läufst«, meint Conny kopfschüttelnd.

»Also es verhält sich doch wohl genau andersherum. Gabby hat
schon die Vermutung geäußert, dass er vielleicht ein Stalker ist. Und

langsam bin ich der gleichen Ansicht. Conny, ich sage dir: Der Kerl ist nicht nur unverschämt, sondern auch ein Lustmolch.«

»Bitte was?« Zu meiner Empörung bricht Conny erneut in Gelächter aus.

»Doch, ernsthaft! Während Martin Pierre die Geräte gezeigt hat, hat Adrian mir doch tatsächlich auf die Brüste gestarrt!«

Zwar habe ich erst nachher gemerkt, dass mein Schal verrutscht war und ich daher die ganze Zeit mit Marmeladenfleck auf meiner Brust herumgelaufen bin, doch das erwähne ich jetzt nicht.

Das ist nämlich trotzdem keine Entschuldigung dafür, dass der Typ mir auf die Brust geglotzt hat! Natürlich habe ich das Dilemma sofort behoben, bevor ich Pierre wieder zufällig über den Weg laufen konnte.

Wenigstens habe ich dieses Mal daran gedacht, das schmutzige Shirt mit nach Hause zu nehmen und im Gegenzug gleich die sauberen in meine Sporttasche zu legen. Unter keinen Umständen sollte es mir noch einmal passieren, dass ich Pierre mit Monster-Schal über den Weg laufen muss.

»Also da hast du natürlich recht. So etwas geht gar nicht.«

»Eben, und im Gegensatz dazu ist Pierre solch ein Gentleman und – Conny, ich will ja nicht zu viel hineininterpretieren, aber, er hat mich die ganze Zeit über immer wieder angeflirtet. Und als er ging, hat er mir sogar einen Handkuss gegeben. Oh Conny, ich habe noch nie einen Handkuss bekommen … Das war so … französisch.« Ich seufze tief und lächele in Erinnerung daran vor mich hin.

Als ich ein paar Stunden später über meinen Mikrobiologiebüchern brüte und dabei kurz aus dem Fenster sehe, erblicke ich draußen Gabby, die gerade ihr Fahrrad abschließt. Schnell schnappe ich mir meinen Schlüssel, renne ein Stockwerk runter und falle ihr um den Hals, noch bevor sie in ihrer Wohnung angelangt ist.

»Hee, halt, Lena, wow. Ich freue mich ja auch, dich zu sehen …«

»Oh Gabby, ich habe ihn heute getroffen. Endlich.«

»Wen?« Gabby sieht mich ratlos an.

»Na IHN. Meinen Traummann!«

Sie reißt die Augen auf. »Nicht im Ernst. Komm schnell rein und erzähl mir alles. Ich will jedes Detail wissen. Möchtest du einen Tee?«

»Nein danke. Mein tägliches Nicken-Lächeln-Tee-Trinken-Ritual habe ich schon hinter mir. Zumindest habe ich jetzt über den Hausmeister rausgekriegt, dass meine Mitbewohnerin Thailänderin ist. Er hat mir auch ihren Namen genannt, aber ich muss zu meiner Schande gestehen, dass ich ihn mir nicht merken konnte. Er war ziemlich lang. Ich muss demnächst noch einmal hingehen und ihn mir aufschreiben … Aber einen Kaffee würde ich nehmen.«

Wir lassen uns in ihrem Zimmer aufs Bett fallen, während in der Küche der Wasserkocher seine Arbeit aufnimmt.

Plötzlich fällt mir ein, dass Gabby heute Nachmittag ja auf der Gesundheitsmesse war. Ich kriege ein ganz schlechtes Gewissen, weil ich den ganzen Tag über zu berauscht von Pierre war, um an sie zu denken, daher beeile ich mich nun, das wieder auszubügeln: »Aber sag doch vorher noch, wie es heute bei dir lief«

»War okay«, antwortet sie wenig begeistert.

»Habt ihr mit eurem Stand viel unter die Leute bringen können?«

»Geht so.«

Okay, letzter Versuch. Ich wage mich auf das dünne Eis vor: »War Aljosha auch da?«

»Ja.«

»Und?«

Sie zuckt mit den Schultern. »Keine Ahnung. Ich habe nicht mit ihm gesprochen.«

»Wie, du hast nicht mit ihm gesprochen? Ihr habt doch gemeinsam den Stand betreut.«

»Ja.«

Ich sehe ein, dass ich sie nicht aus ihrer Einsilbigkeit hervorlo-

cken kann.

Na gut, wenn sie nicht darüber reden will … dann reden wir eben über mich.

Gabby hängt mir förmlich an den Lippen, während ich sie auf den neuesten Kenntnisstand bringe. Als ich fertig bin, stößt sie den angehaltenen Atem aus: »Wow!«

Ich strahle sie an. Das ist genau die Reaktion, auf die ich gehofft habe. *Auf Gabby ist doch immer Verlass!*

»Aber … ist er denn auch Polizist?«

»Hmm. Keine Ahnung, das habe ich ehrlich gesagt, nicht so genau verstanden. Er hat ja von Adrian als von einem Kollegen gesprochen, also könnte das schon sein.«

»Aber auf deiner Liste waren doch Männer in Uniformen ein Tabu!«

»Ja schon, aber bei ihm würde ich da eine Ausnahme machen.«

»Außerdem …«, fällt Gabby ein, »… zählt die Uniform in seinem Falle eh nicht richtig, weil er ja offensichtlich ein französischer Polizist ist.«

»Stimmt!« Ich atme erleichtert auf. »Meine Liste bezieht sich natürlich nur auf deutsche Männer in Uniform.«

»Dann bleibt nur noch zu klären, ob er die restlichen Punkte deiner Liste erfüllt. Dass er französisch sprechen kann, ist ja wohl klar, aber wie sieht es mit dem Tanzen aus?«

»Keine Ahnung.«

»Und versteht er etwas von Philosophie und Literatur?«

»Gabby! Ich habe ihn heute zum ersten Mal gesehen. Da konnte ich mich schlecht mit meiner Liste vor ihn stellen und ihm Löcher in den Bauch fragen. Ich werde das schon alles mit der Zeit rauskriegen, aber ich bin sowieso fest davon überzeugt, dass er alle Kriterien erfüllen wird.«

»Du weißt hoffentlich wenigstens, wann du ihn wiedersehen wirst.«

Gabby sieht mich skeptisch an.

»Ja klar, ich bin schließlich nicht vom Mond! Ich habe mir natürlich heimlich den Trainingsplan angesehen, den mein Kollege für Pierre erstellt hat, und weiß daher genau, an welchen Tagen er im Studio sein wird. Die Uhrzeit ist mir zwar nicht bekannt, aber da er berufstätig ist, kann es sich ja jeweils nur um die Feierabende handeln.«

»Perfekt, Mr Holmes.«

»Danke, Dr. Watson.«

In diesem Moment klopft es an Gabbys Wohnungstür. Gabby sieht mich bestürzt an. »Oh verflixt. Ich hatte ganz vergessen, dass Leticia von gegenüber heute Abend auf einen Tee vorbeikommen wollte. Fändest du es schlimm, wenn ich sie hereinbitte?«

So ganz recht ist es mir zwar nicht, ich hätte lieber weiter allein mit Gabby von meinem Traumprinzen geschwärmt, aber das kann ich schließlich nicht sagen, also zucke ich mit den Schultern und sage: »Nein, ist kein Problem«

Die Tür öffnet sich und ich höre ein enthusiastisches »*Olá, menina bonita*. Entschuldige, dass ich erst jetzt komme, aber ich musste erst Manuel loswerden.« Leticia lacht laut und kehlig. Sie ist generell sehr laut, aber von einer fröhlichen Art. *Naja, wenn man aus einem Land wie Brasilien stammt und dort definitiv nicht zur reichen Oberschicht gehörte, bleibt einem vermutlich nichts anderes übrig, als das Leben mit Humor zu nehmen.*

Zu ihrem Glück ist Leticia sehr intelligent und hat ein Stipendium erhalten, mit dem sie hier Medizin studiert. Sie ist scheinbar immer gut gelaunt und sieht extrem gepflegt aus. Obwohl sie ein bisschen zu klein ist, zu breite Hüften hat, um als Schönheit bezeichnet zu werden, und ihre Nase ziemlich groß ist, laufen ihr die Männer in Scharen hinterher.

Bis die beiden, gefüllte Kaffeetassen, Kekse, Löffel und Zuckerdose balancierend, in Gabbys Zimmer angekommen sind, hat Gabby sie

schon darüber in Kenntnis gesetzt, dass ich heute meinen Traummann getroffen habe und schnellstmöglich wiedersehen will.

Obwohl ich Leticia eigentlich nur vom Sehen her kenne, fällt ihre Begrüßung mit Umarmung und Küsschen so stürmisch aus, dass sie ziemlich viel Kaffee verschüttet. Eine der beiden Tassen, die sie trägt, drückt sie mir in die Hand.

»Was höre ich da? Du willst dir deinen Prinzen schnappen?«

Ich nicke etwas befangen und nehme einen Schluck aus meiner Tasse – selbstverständlich *Fairtrade*-Kaffee, immerhin sind wir hier in Gabbys Wohnung.

»Dann brauchst du jetzt einen Schlachtplan.«

»Häh?«

»Na, du brauchst eine gute Taktik für deine künftige Vorgehensweise, damit ihn dir keine andere wegschnappt. Wenn er wirklich so ein Sahneschnittchen ist, wie Gabby sagt, wird er ja schließlich nicht unbeachtet bleiben.«

»Oh.« Mir wird ganz anders vor Schreck. Daran habe ich ja noch gar nicht gedacht. Eher hatte ich mir schon mein Hochzeitskleid vorgestellt und mich gefragt, zu welcher Musik wir den Eröffnungswalzer tanzen würden. *Gedankliche Notiz: Dringend Walzer lernen!*

»Als erstes einmal musst du immer, wenn du ihn triffst, atemberaubend gut aussehen.«

Das leuchtet ein. Ich nicke stumm.

Leticia nimmt einen Block zur Hand und schreibt oben hin: ›Lenas Schlachtplan‹ und darunter ›Erstens: Unwiderstehlich aussehen!‹

»Gabby, am besten schreibst du mit.«

Brav nimmt Gabby Block und Stift in Empfang und Leticia legt los: »Also, ab sofort gehst du nicht mehr ohne frisch gewaschene Haare aus dem Haus!« Gabby notiert leise vor sich hinmurmelnd: »Nie ohne frisch gewaschene Haare aus dem Haus.«

Leticia mustert mein Gesicht: »… Hmmm.«

Das macht mir Angst. *Habe ich etwa einen fetten Pickel auf der Stirn? Was bedeutet ›hmmm‹?*

Sie nimmt einen großen Schluck Kaffee und sagt dann bedeutungsvoll: »Deine Augenbrauen musst du unbedingt professionell zupfen lassen! Eine brasilianische Freundin von mir ist Stylistin. Ich rufe sie schnell an und bitte sie für morgen her. Dann kann sie auch gleich deine Haare in Form bringen. Du hast ja null Frisur.« Gabby schreibt fleißig mit.

Bevor ich protestieren kann, ist Leticia aufgestanden, hat ihr Handy gezückt und schon ist das Zimmer erfüllt von lautem, lachenden Brasilianisch. *Oder ist es Spanisch? Nee, hört sich irgendwie anders an. Portugiesisch? Ich muss dringend nachschlagen, was in Brasilien gesprochen wird.* Während Leticia wild gestikulierend auf ihr Handy einredet, neige ich mich zu Gabby rüber und flüstere: »Was soll das alles? Ich will das doch gar nicht.«

Gabby flüstert zurück: »Vertrau ihr. Sie mag zwar ziemlich herrisch rüberkommen, aber was Männer angeht, weiß sie echt Bescheid. Immerhin ist sie Brasilianerin. Denen wird das schon in die Wiege gelegt!«

In diesem Moment legt Leticia auf und strahlt mich an: »Leider ist Joy die kommenden zwei Wochen nicht da.«

Ich seufze heimlich erleichtert auf.

»Daher werde *ICH* dir morgen früh die Augenbrauen zupfen.«

WAS?!

»Und sobald Joy wieder da ist, ruft sie mich an und wir machen wegen deiner Frisur einen Termin bei ihr aus.«

Ich fühle mich total überfahren und hole Luft, um einen Einwand vorzubringen, doch Leticia ignoriert meinen vorsichtig erhobenen Zeigefinger einfach.

»Gleich am Montag solltest du dir Wimpern verlängernde Mascara und eine Wimpernzange kaufen. Ich verstehe gar nicht, warum

deutsche Frauen keine Wimpernzangen haben. Bei uns kriegen die Mädchen den Umgang damit doch schon im Kindergarten beigebracht. Und wenn du schon mal im Laden bist, vergiss nicht, einen Lippenstift in Rot mitzunehmen. Diese ganzen komischen matten und traurigen Farben sind doch für die Katz. Wenn du sinnlich aussehen willst, dann geht nichts über rote Lippen!«

Wieso nur komme ich mir plötzlich hässlich und unwissend vor, frage ich mich in stummer Ironie.

»Und deine letzte Maniküre scheint schon eine Weile her zu sein.«

Ich wage nicht, ihr zu sagen, dass ich noch nie bei der Maniküre war.

»Zeig mal deine Beine her!«

Eingeschüchtert strecke ich sie ihr entgegen.

»Hm. Ab sofort wirst du deine Beine jeden Tag rasieren. Besser wäre allerdings, sie gleich richtig zu epilieren. Dass du auch deine Achseln epilieren musst, versteht sich von selbst.«

»Aber epilieren tut doch so saumäßig weh!«

»Liebes, wenn du jetzt schon jammerst, was willst du dann erst machen, wenn es mit deinem Liebsten in die heiße Phase geht und du zum Brazilian Waxing musst?«

Muss ich???

Dann mustert sie mich von oben bis unten, nimmt erneut den Block zur Hand, dessen letzter Eintrag bis jetzt ›Brazilian Waxing‹ lautet und schreibt hin: 2. Outfit. Sie reicht den Block wieder an Gabby zurück.

»Was stimmt denn mit meinem Outfit nicht?«

Leticia sieht mich nur mitleidig an.

Ich zeige auf Gabby und sage herausfordernd: »Wenn mein Outfit nicht in Ordnung ist, was ist denn dann bitteschön mit ihrem?«

»Mein Outfit ist ein Statement. Ein äußeres Zeichen meiner inneren Lebenseinstellung«, verkündet Gabby herablassend.

»Meins auch!«, begehre ich auf.

Leticia sieht mich kopfschüttelnd an: »Meine liebe Lena, dein Outfit ist Zeichen von rein gar nichts, außer davon, dass du gerne günstig einkaufst ... Da du deinen Traummann jedoch, wenn ich das richtig verstanden habe, erst einmal nur beim Sport sehen wirst, genügt es meinetwegen fürs erste, wenn du dir ein richtig schickes und scharfes Sportoutfit besorgst.«

Eine Stunde später schleppe ich mich mit meiner langen Liste von Verschönerungen, die anscheinend dringend an mir vorzunehmen sind, die Stufen zu meiner Wohnung hoch.

Gegen Leticias Kasernenhofton war nicht anzukommen und so habe ich mich irgendwann in mein Schicksal ergeben; doch jetzt dröhnt mir der Kopf.

Irgendwie hatte ich mir Romantik bislang immer weniger anstrengend vorgestellt ...

Am nächsten Morgen sitze ich schicksalsergeben in Leticias Wohnung und versuche, nicht zu stark zusammenzuzucken, während sie mir mit schmerzhafter Begeisterung die Augenbrauen rupft ... *ääääähhh zupft* und mir währenddessen ihre gesammelten Weisheiten zum Umgang mit Männern präsentiert.

»Du musst unnahbar sein, fast unerreichbar – natürlich nur fast, denn ab und zu muss man den Männern eine Brotkrume hinwerfen, damit sie am Ball bleiben. Aber mach es ihnen nicht zu leicht, nur dann scheint sich für sie die Mühe zu lohnen. Denn es ist doch überall auf der Welt so: Was man zu leicht haben kann, hat keinen Wert und wird schlecht behandelt. Also, beweise Stil und Geschmack und verkaufe dich bestmöglich. Zeige: Ich bin es wert, dass um mich gekämpft wird! Ich gebe mich nicht mit allem und jedem zufrieden! Deshalb ist es auch so wichtig, dass eine Frau auf sich achtet: auf ihr Aussehen und ihre Kleidung. Denn nur, wenn du dich selbst wertschätzt und das nach außen hin zeigst, tun das auch die anderen. Und das Allerwichtigste: Mache nie zu viele Zu-

geständnisse auf einmal. Lass ihn für jedes Zugeständnis arbeiten, nur dann weiß er es auch zu schätzen …«

Endlich ist die Quälerei beendet, und ich muss zugeben, dass das Ergebnis meine Erwartungen übertrifft. Die Frau, die mich aus dem Spiegel heraus anschaut, hat perfekt geschwungene Augenbrauen. So habe ich das noch nie hingekriegt. Und obwohl ich normalerweise bis auf meine Mascara komplett ungeschminkt zum Sport gehe, lasse ich zu, dass Leticia sich mit Puder, Rouge, Lidschatten, Eyeliner und Lippenstift in meinem Gesicht austobt.

Als ich erneut in den Spiegel schaue, bin ich absolut begeistert. Mein Anblick versöhnt mich mit Leticias bestimmender Art. »Richtiggehend schade, dass ich nur zum Sport gehe. Eigentlich müsste ich jetzt ins Theater oder so.«

Leticia sieht mich missbilligend an: »Querida, in Brasilien gehen wir niemals aus dem Haus, ohne uns so hübsch wie möglich zu machen. Selbst wenn wir nur die Post aus dem Briefkasten holen.«

Meine Güte … bleibt ihnen da überhaupt noch Zeit für andere Dinge?

Meine gepackte Sporttasche habe ich dabei, schließlich muss ich heute zum letzten Mal Sonja beim Spinning vertreten, die ja immer noch im Urlaub ist. Wenigstens besteht an diesem Tag nicht die Chance, Pierre über den Weg zu laufen, da in seinem Trainingsplan der morgige Montag als erster Trainingstag vermerkt war. Insofern ist es nicht schlimm, dass ich bis auf die gezupften Augenbrauen noch keinen Punkt von Leticias Liste erfüllt habe. Mir ist allerdings etwas mulmig zumute, weil das mein erster sportlicher Einsatz seit meinem Sturz ist und es sich dann auch gleich noch um einen Spinningkurs handelt. *Wenn's nicht geht, fahre ich halt nicht mit, sondern kommandiere nur rum – vielleicht sollte ich Leticia fragen, ob sie den Kurs leiten will. Den Befehlston hat sie jedenfalls voll drauf.*

Im *Sportgarten* angekommen, ist es mir erst richtig unangenehm, dass ich so offen angestarrt werde, doch dann beginnt es mir Spaß zu machen. Ich fühle mich mondän und sexy.

Beim Einchecken treffe ich auf Britta, die mir praktisch um den Hals fällt. »Oh Lena, du bist die Beste. Es war ja so wundervoll und ohne dich wäre das nie passiert. Das ist einfach ...«

»Stopp, stopp, stopp. Wovon redest du?"

»Na hör mal ...«, sie sieht mich vorwurfsvoll an, »... von meinem Date mit Thilo natürlich.«

Ah. Klar. Wie konnte ich das nur vergessen – die Geschichtsbücher müssen einen neuen Eintrag erhalten!

»Na, dann erzähl mal.«

»Ach Lena, du hattest ja so recht. Ich habe mich tatsächlich vollkommen in ihm getäuscht. Er ist gar nicht so ein Macho, wie er immer tut. Im Gegenteil! Weißt du, eigentlich wollte ich mich mit ihm ja nur auf einen Kaffee am Nachmittag treffen, aber irgendwie sind wir dann erst nach Mitternacht wieder auseinandergegangen. Erst waren wir im *Rossi*, und er hat sich wie ein vollendeter Gentlemen verhalten: Hat mir die Jacke abgenommen und den Stuhl herangezogen und die Rechnung bezahlt. Ich habe noch nie einen deutschen Mann erlebt, der die Rechnung übernommen hat.«

Da muss ich ihr leider zustimmen. In meiner Erinnerung tauchen die Bilder meines ersten richtigen Dates zu Beginn meines Studiums auf, bei dem ich – naiv wie ich damals war – tatsächlich erwartet hatte, der Herr würde die Rechnung für uns beide übernehmen, und daher zu wenig Geld dabei hatte. Seine essigsaure Miene, als er meinen Drink bezahlen musste, führte dazu, dass die Romantik sehr schnell verschwand, ich meinen Traumprinzen trotz des Alkohols in meinem Blut plötzlich sehr nüchtern betrachtete und wir den Abend relativ zügig beendeten.

In der Folgezeit hatte ich auch relativ bald die Vorstellung ad acta

gelegt, dass der Herr bei einem Date die Dame seines Herzens abholt oder gar heimbringt. Und wenn mir mal ein Drink spendiert wurde, dann immer nur von Unbekannten, die mich abschleppen wollten.

Die einzige Ausnahme machten da – zumindest was die Dating-Phase anging (weiter kam ich mit denen dann aus unterschiedlichsten Gründen auch nicht) – die Südländer. Seien es nun Spanier oder Italiener, Türken oder Mazedonier. Oder eben – wie ich zwar nicht aus eigener Erfahrung weiß, mir aber von verschiedenen Stellen zugetragen wurde – Franzosen. *Vermutlich hat mich meine Enttäuschung über deutsche Männer so auf Franzosen geprägt.*

Ich wende meine Aufmerksamkeit wieder Britta zu, die immer noch, scheinbar ohne Luft zu holen, von ihrem Date mit Thilo schwärmt.

»… mir doch tatsächlich eine Tulpe überreicht. Ist das nicht unglaublich?«

»Die Tulpe war unglaublich?«

»Ach Lena, du Scherzkeks … nein, ich habe doch erzählt, dass ich irgendwann einmal zu jemandem gesagt hatte, dass Tulpen meine Lieblingsblumen seien, und er hatte es gehört und sich gemerkt. Ist das nicht absolut umwerfend?«

»Doch. Und wie!« Ich bin ehrlich überrascht. *Da habe ich mich ja mal selbst übertroffen, als ich ihr Thilo schmackhaft gemacht habe.*

»Wow. Ich freue mich für dich. Das heißt also, dass das Date ein voller Erfolg war?« Ich nehme sie erfreut in die Arme.

»Naja … vielleicht nicht ganz …?« Britta schaut zur Seite und fährt dann etwas unsicher fort. »Ich glaube, ich habe das Ende versaut.«

»Das kann ich mir nicht vorstellen. Was hast du denn gemacht?«

»Naja …«, fährt sie kleinlaut fort, »… er hatte mich nach Hause gebracht und dann vor der Tür, da wollte er mich küssen und … ich fürchte, ich habe irgendwie Panik bekommen und …«

»Was und?«, frage ich alarmiert.

»… ihm die Tür vor der Nase zugeknallt.« Sie sieht mich schuldbewusst an.

Ich kann mir ein Grinsen nicht verkneifen. *Die Aktion hätte glatt von mir sein können!* Schließlich reiße ich mich zusammen und sage: »Ach, jetzt mach dir mal keinen Kopf. Der ganze Teil davor war doch anscheinend perfekt, und Thilo rennt dir hinterher, seit du hier angefangen hast. Da glaube ich nicht, dass er sich von solch einer Kleinigkeit abschrecken lässt. Und beim nächsten Mal versuch einfach, ein bisschen lockerer zu sein. Thilo hat sich doch als richtiger Gentleman herausgestellt. Es gibt also keinen Grund ängstlich zu sein. Gönn dir doch einfach mal ein bisschen Spaß.«

In diesem Moment kommt eine Kollegin in die Umkleide und teilt Bettina mit, dass draußen schon jemand warte, der für die Rückentrainigsberatung angemeldet sei.

»Mist, ich muss gehen. Danke, Lena, für deine Unterstützung. Du hast recht, ich habe mich wie ein ängstliches Huhn verhalten. Das werde ich nächstes Mal sicherlich nicht mehr tun. Bis dann. Viel Spaß in deinem Kurs.«

Sie geht zur Gerätefläche, während ich mich in der Umkleide schnell umziehe, mir mein Getränk und mein Handtuch schnappe und mich zum Spinningraum begebe.

Ich bin früh dran und es sind erst zwei Teilnehmer da. Nach einem kurzen Small Talk richte ich in Ruhe meine CDs, bereite mein Spinningrad vor und gehe schließlich zur Theke, um mir ein Headset auszuleihen. Dort ist Mike gerade am Telefon: »Ja natürlich, wir bieten verschiedene Yoga-Kurse an. Auf unserer Homepage finden Sie einen Wochenplan mit verschiedenen Kursen. Aber am besten kommen Sie einfach mal vorbei und wir können Sie vor Ort beraten, welche Trainingsform zu Ihnen passt.«

Ich winke Mike zu und flüstere: »Hey Mike, kannst du mir ein Mikro geben? Nach dem letzten Spinningkurs vor zwei Wochen hatte ich

Halsschmerzen, weil ich versucht hatte, gegen die Musikanlage anzuschreien.« Er bedeckt die Muschel des Hörers mit der Hand und sagt: »Ach deshalb dieses Ungeheuer von Schal neulich.«

»Jaaaa, genau deshalb«, antworte ich mit verkniffenem Gesichtsausdruck.

»Alles klar, hier ist ein Headset ... Ja, natürlich haben wir hier ausgebildete Physiotherapeuten, die Ihnen auch ein Rückentraining zusammenstellen können.« Schon ist er wieder in das Telefongespräch vertieft.

Ich winke ihm kurz zu und marschiere dann mit dem Headset auf dem Kopf wieder Richtung Spinningraum. Der hat sich bereits gefüllt. Auf halber Strecke jedoch erstarre ich. *Ich werd verrückt! Das kann nicht sein Ernst sein!* Da sitzt doch auf einem der Spinningräder tatsächlich mein größter Albtraum. *Was will dieser arrogante Adrian in meinem Kurs? Okay, eigentlich ist es Sonjas Kurs, aber trotzdem! Ich spähe weiter in den Raum, doch von Pierre ist keine Spur zu sehen. Puuhhh. Zum Glück. Ich bin doch noch gar nicht ausreichend auf die Begegnung mit ihm vorbereitet, schließlich kann ich mich erst morgen daran machen, Leticias Liste abzuarbeiten. Aber wie soll ich einen Kurs geben, wenn dieser fürchterliche Mensch teilnimmt?*

Ich muss in Ruhe nachdenken und suche dafür die Toilette auf. Zum Glück ist sie komplett leer. Ich atme tief ein und wieder aus: »Phhhhhhh. Ogottogott. Phhhhhhh. Ogottogottogottogottogott. Phhhhh. Ojeojeoje. Phhh. Oioioioioi. Ojemine. Was mache ich jetzt nur?« Ich drehe den Wasserhahn auf und spritze mir eine Handvoll Wasser ins Gesicht. Gleich darauf quietsche ich entsetzt los: »Iiiiieek. Scheiße!« Ich hab total vergessen, dass ich geschminkt bin. Ich sehe mir das Dilemma im Spiegel an, reiße ein paar Papiertücher aus dem Spender und versuche notdürftig, die gröbste Schmiererei zu beseitigen. Meinen mondänen Auftritt kann ich mir jetzt abschminken. »Super. Ich sehe aus als käme ich vom Strich!« Es muss alles wieder

ab. »Wenn der Idiot deswegen auch nur einen blöden Spruch loslässt, dann …« Ich weiß zwar selbst nicht, was dann passieren würde, aber allein die Drohung auszusprechen, tut schon gut. »Überheblicher Kerl!« Ich äffe ihn nach – meine Lieblingsbeschäftigung, was diesen Adrian angeht. »Dann erleidet sie wohl öfter mal solche Schocks … Haha, sehr lustig. Der sollte sich lieber selbst mal ´ne anständige Arbeit suchen. Als Clown!« *Nicht zu fassen, dass der mich jedes Mal so aus der Fassung bringt!* Doch es hilft alles nichts: Ich muss wieder in den Kurs zurück.

Seufzend schleppe ich mich zum Spinning zurück. Mein Herz schlägt wild, ich traue mich kaum die Tür zu öffnen. »Ach das ist doch lächerlich!«, spreche ich mir selbst Mut zu und betrete den Raum.

Sofort drehen sich alle Köpfe zu mir um. Ich setze ein bemüht fröhliches Gesicht auf, während ich durch die Reihen nach vorn zu meinem Rad gehe und es krampfhaft vermeide, in Adrians Richtung zu schauen.

»Hallo ihr Lieben.« *Verflixt, meine Stimme klingt viel zu hoch und piepsig. Wieso bin ich so aufgeregt? Durchatmen.* Eine Oktave tiefer setze ich erneut an. »Wie ihr wisst, ist Sonja immer noch im Urlaub, daher mache ich heute die Vertretung. Also verlieren wir keine Zeit mehr: Los geht's!«

»Hmhm. Entschuldigung, aber ich bin heute das erste Mal dabei.«

Ich muss für einen Moment die Augen schließen und durchatmen. *Das war ja so was von sonnenklar! Ausgerechnet Adrian. Ich glaube, mir wird schlecht.* »Okay, ich komme und helfe Ihnen. Ihr anderen könnt euch schon mal einfahren.« Ich schalte die Musik ein und während ich mich in Adrians Richtung durch die Reihen bewege, werde ich das Gefühl nicht los, dass mich alle ganz merkwürdig ansehen. *Na toll, meine Abschminkversuche mit Papierhandtüchern sind offensichtlich so komplett in die Hose gegangen, dass es allen auffällt,*

wie seltsam ich aussehe. Ich fühle mich tierisch unwohl in meiner Haut.

Ich stehe neben Adrians Rad und rattere die Kurzversion meiner normalerweise ziemlich ausführlichen Erklärungen runter, ohne ihn anzusehen. Zum Glück hat er bereits eine Pulsuhr an.

»Sie müssen darauf achten, dass ihr Puls nicht unter oder über den Bereich fällt oder steigt, den ich zwischendurch ansage. Wir fahren viel im Stehen. Wenn es zu anstrengend wird, bleiben Sie sitzen, aber treten Sie weiter. Achten Sie darauf, viel zu trinken. Und ihre Knie sollten im Sitzen im 90-Grad-Winkel gebeugt sein, sonst machen Sie sich die Gelenke kaputt.« *Mist, sein Sattel ist viel zu hoch eingestellt.* Ich gebe ihm zu verstehen, dass er sich in den Pedalen stehend aufrichten soll, damit ich seinen Sattel regulieren kann. Noch nie war es mir dermaßen unangenehm, einem Teilnehmer das Trainingsgerät einzurichten. Adrians Hintern schwebt links von meinem Gesicht, und obwohl ich es unbedingt vermeiden wollte, taxiere ich doch aus den Augenwinkeln seine Pobacken. *Also, wenn das Pierres Hintern wäre, hätte ich gesagt: Wow, knackig. Aber das ist Adrians Hintern, weshalb es mir gar nicht in den Kram passt, dass er so … tja … knackig ist.* Als ich fertig bin und mich wieder nach vorn drehe, begegnet mein Blick im großen Spiegel dem von Adrian. Er lächelt süffisant.

Scheiße. Er hat es gesehen. Er hat gesehen, dass ich ihm auf den Hintern gestarrt habe.

Ich laufe rot an und sehe zu, dass ich mich endlich auf mein Rad schwinge. Nur um sofort vor Schmerz aufzujaulen, was sämtliche Teilnehmer dazu bewegt, die Köpfe hochzureißen.

»Ähhh, Tschuldigung. Mein Hintern tut weh.« *Habe ich das grad eben tatsächlich gesagt? Großer Gott, dämlicher geht's ja wohl kaum.* Ich versuche, Adrians breites Grinsen zu ignorieren und zu retten, was zu retten ist, indem ich der Allgemeinheit erkläre:»Ich bin letzte Woche aufs Steißbein gestürzt.«

Zwar sehe ich einige Gesichter verständnisvoll nicken, doch irgendwie bleibt die Stimmung merkwürdig. Ich fühle mich die ganze Zeit über total befangen und mir fallen weder lustige noch lockere Sprüche ein. Ich quäle mich und die Teilnehmer durch die Stunde und als die Takte des letzten Musikstückes das Ende einläuten, bin ich fix und fertig. Ich fühle mich wortwörtlich so, als hätte mir jemand Feuer unterm Hintern gemacht; außerdem konnte ich bis zum Schluss das unbehagliche Gefühl nicht abschütteln, von allen merkwürdig angestarrt worden zu sein.

Oh Mann, das war die mit Abstand schlechteste Stunde, die ich je gegeben habe. Adrian muss mich für einen vollkommen unfähigen Trottel halten. Okay, tut er ohnehin ... Moment mal! Was ist denn in mich gefahren? Warum mache ich mir überhaupt Gedanken darüber, was er von mir hält?

Endlich ist die Tortur überstanden und alle Anwesenden klatschen brav, wenn auch nicht besonders überzeugend.

Ich nehme das Headset vom Kopf und will das Mikro ausschalten, als mich plötzlich das Gefühl überkommt, jemand hätte mir einen Eimer eiskaltes Wasser über den Kopf geschüttet. Ich kann mich nicht erinnern, das Mikro eingeschaltet zu haben, aber während des Kurses hat man mich laut und deutlich gehört. *Bedeutet das etwa ...? Oh mein Gott.* Mit einem Mal wird mir klar, warum mich alle so komisch angestarrt haben: Mike muss das Mikro gleich eingeschaltet haben, als er mir das Headset in die Hand gedrückt hat – ES WAR DIE GANZE ZEIT AN! AUCH ALS ICH AUF DEM KLO WAR!!!

Ich versuche mich daran zu erinnern, was ich auf der Toilette alles von mir gegeben habe. Jede Menge Gestöhne und Geschnaufe und Gejammer ... *Wie peinlich!!! Und dann noch, dass ich furchtbar aussehe. Toll, kann der Tag noch schlimmer werden? ... Was noch?* Ich schnappe erschrocken nach Luft. *Oh verdammt – ich habe Adrian nachgeäfft und ... oh nein, habe ich tatsächlich gesagt, dass er sich eine*

Arbeit als Clown suchen soll? Lieber Himmel, bitte mach, dass sich irgendwo ein Erdloch auftut, in dem ich mich verstecken kann! Am besten für die nächsten dreißig Jahre!

Da jedoch nichts dergleichen passiert, bin ich gezwungen, mich mit hochrotem Gesicht zu all den anderen Teilnehmern zu gesellen, die in der Schlange bei den Desinfektionsmitteln anstehen, um damit die Räder zu säubern. *Gabby hat gut reden mit ihren Weisheiten. Sie hätte jetzt garantiert so etwas gesagt wie: Wenn einem das Wasser bis zum Hals steht, sollte man den Kopf nicht hängen lassen! Aber was macht man, wenn einem das Wasser etwa zehn Meter über dem Kopf zusammenschlägt?*

Fluchtartig verlasse ich kurz darauf den Raum. *Wohin jetzt? Umkleidekabine? Nee, da befindet sich jetzt die eine Hälfte der Teilnehmerinnen aus meinem Kurs und lacht sich vermutlich halb tot über mich. Theke auch nicht, da holt sich die andere Hälfte gerade etwas zu trinken.* So marschiere ich in die von all dem am weitesten entfernte Ecke des Studios. Das einzige freie Gerät dort ist leider die Innenoberschenkelpresse, auf der ich mir immer vorkomme wie auf dem Behandlungsstuhl meines Gynäkologen. Ich nehme darauf Platz, schließe – ein Bein in jeder der beiden Schienen der Maschine – die Augen und verfluche mein Pech. Wieder einmal.

Ein dezentes Hüsteln lässt mich aufschrecken. Da steht direkt vor meinen gespreizten Beinen Adrian. Peinlich berührt will ich schnell die Beine schließen, doch scheint jemand achtzig Kilo aufgelegt zu haben und ich schaffe es nicht, meine Beine auch nur einen Millimeter weit zusammenzupressen. So wurstle ich sie umständlich aus den Schienen heraus und hocke mich etwas unbequem auf den Rand der Sitzfläche.

Adrian hat diese Aktion ohne erkennbare Regung verfolgt und nun starren wir uns schweigend an.

Der erwartet doch wohl nicht, dass ich mich bei ihm entschuldige?!

Hah! Eher fangen Schweine an zu fliegen, als dass ich ihn um Verzeihung bitte!

Adrian hüstelt noch einmal, dann sagt er: »Ich scheine Sie mit meiner Bemerkung über Studenten im Allgemeinen und Sie im Besonderen, die ich an jenem Abend unserer ersten ... Begegnung ... von mir gab, gekränkt zu haben.«

Na der soll sich bloß nicht einbilden, dass es mich kratzt, was er sagt oder denkt. Ich frage also vollkommen unbeteiligt und emotionslos: »Nein, wie kommen Sie denn darauf?«

Er zieht eine Augenbraue hoch: »Nur so ein vages Gefühl.« Mir fällt ein, dass ich es ihm – und dem Rest des Kurses – ja vorhin auf dem Klo per Lautsprecher selbst mitgeteilt habe. *Na super, will er jetzt noch darauf herumreiten und mich vollkommen fertig machen? Genügt es ihm nicht, dass ich mich ohnehin schon bis auf die Knochen blamiert habe?*

Er fährt fort: »Nun gut, nur für den – selbstverständlich höchst unwahrscheinlichen, aber möglicherweise doch eingetretenen – Fall, dass ich Sie mit meiner Aussage verletzt haben könnte, möchte ich mich dafür entschuldigen. Sie war höchst unangemessen und unhöflich.«

Habe ich mich gerade verhört?

Während ich noch sprachlos dasitze, nickt er mir abgehackt zu, dreht sich um und geht wieder.

Was war das denn eben für eine Aktion?

Immer noch verwirrt komme ich eine Stunde später zu Hause an und nicke und lächle geistesabwesend meiner Thailänderin zu, die, wie an jedem Nachmittag, mit kindlicher Begeisterung japanische Manga-Zeichentrickfilme guckt.

Schließlich klingelt es und Gabby steht vor der Tür: »Hey, sexy Hexy, rate, was ich dabei habe?« Ohne eine Antwort abzuwarten,

zieht sie ihre Hände, die sie bislang hinter ihrem Rücken verborgen hatte, hervor. Sie sind beladen mit Frauenzeitschriften. »Tadaaa! Phase zwei unseres Schlachtplanes: Wie angele ich mir meinen Traumprinzen?«

Als ich nicht reagiere, winkt sie mit den Zeitschriften. »Huhu! Es sind auch jede Menge Persönlichkeitstests dabei.« Sie bemerkt meine mangelnde Begeisterung und stutzt. »Lena? Ist alles okay bei dir?«

»Ich bin mir nicht sicher.« Wir setzen uns in die Küche und ich erzähle ihr von meiner selbst verursachten Abhöraktion.

»Ach du Scheiße, ist das peinlich.«

»Was du nicht sagst, da wäre ich nie von selbst drauf gekommen«, gebe ich bissig zurück.

»Ich meinte doch nur … ach egal …«, bremst sich Gabby selbst, »… und wie ging es weiter?«

»Dann kam er zu mir und hat sich entschuldigt.«

Fassungslos schaut Gaby mich an: »Er hat *sich* entschuldigt?«

Ich nicke hilflos.

Gabby holt Luft: »Das ist … krass … ich meine … einfach nur krass …«

»Ja … krass …«

Wir schweigen eine Weile in Gedanken versunken.

Dann fragt Gabby vorsichtig: »Aber obwohl Adrian vielleicht doch kein ganz so großes Arschloch ist, wie wir dachten, und obwohl er – wie du jetzt vielleicht geneigter bist zuzugeben – sehr gut aussieht, bist du doch immer noch in Pierre verknallt, oder?«

»Was für eine blöde Frage. Natürlich. Pierre ist mein Traummann. Nur weil dieser arrogante Kerl sich für eine seiner vielen Unverschämtheiten entschuldigt hat, heißt das noch lange nicht, dass ich ihn mögen muss«

Gabby seufzt erleichtert auf. »Gott sei Dank! Na, dann sollten wir uns wieder auf deinen Schlachtplan konzentrieren. Ich meine, Leticias Tipps in allen Ehren, aber unabhängig von Körperpflege,

Styling, Outfit und Co sollten wir uns auch mental auf den Nahkampf vorbereiten. Immerhin ist das hier die Chance deines Lebens. Das darf keinesfalls in die Hose gehen!«

»Ay Ay, Captain.«

»Okay, also erst einmal sollten wir deine Persönlichkeit analysieren und herausfinden, was für ein Flirttyp du bist, damit wir dann die besten Tipps suchen können, um deine Flirttechnik zu optimieren.«

Ihre Begeisterung färbt auf mich ab, und ich bin wirklich Feuer und Flamme herauszufinden, wer oder was hinter der Person namens Lena Weber steckt.

Gabby schlägt die erste Zeitschrift auf und liest vor: »›Welcher Flirttyp sind Sie?‹ Ich denke, damit fangen wir an.«

Sie liest weiter vor: »Erste Frage:

Welche der folgenden Eigenschaften sollte Ihr Traummann besitzen?

A) Er muss gut zuhören können.

B) Er muss unterhaltsam sein und nicht schüchtern.

C) Ich habe keine bestimmten Vorlieben.
    Es muss einfach passen.«

Ich überlege: »Ich bin mir nicht sicher, am liebsten wäre mir alles drei zusammen … aber wenn das nicht geht … nehme ich die erste Möglichkeit.«

»Nächste Frage:

Wo und wie lernen Sie in der Regel Männer kennen?

A) Ich habe keine spezielle Taktik und auch keinen
bestimmten Ort. Das fände ich auch zu übertrieben!

B) Immer, wenn ich es nicht erwarte, sprechen die
Männer mich an.

C) Ich gehe sehr geplant auf Partnersuche, überlege
mir vorher Ort und Zeit sehr gut.«

»Also, ich weiß nicht. Ich meine, eigentlich passt zwar B, weil ich
immer dann Männer kennengelernt habe, wenn ich es nicht erwartet habe, aber trotzdem ging es nie von den Männern aus.«
»Wie meinst du das?«
»Naja, denk mal an Jaden!«
Gabby überlegt kurz, dann hat sie den Namen offensichtlich einge-
ordnet, da sie zu kichern anfängt. »Du meinst den Typen, an dem du
dich einfach festgekrallt hast?«
Ich nicke grinsend. So gut wie jedes Jahr fahre ich im Sommer bei
Heidelberg on Skates mit, einer Veranstaltung, bei der Polizeieskor-
ten voraus fahren und den Weg für Hunderte von Inline-Skatern
freimachen, die dann zu super Musik die Straßen entlang heizen.
Nur bei solchen Events ist es möglich, auf einer komplett autofreien,
zweispurigen Straße wunderschöne Strecken abzufahren, die zum
Teil sogar mitten durch Heidelberg führen. Und genau da liegt dann
auch mein Problem; denn immer wieder verlaufen hier in die Fahr-
bahn eingelassene Straßenbahnschienen, und ich habe eine tierische
Panik davor, in denen hängenzubleiben und auf die Nase zu fallen.
Daher schreie ich jedes Mal kurz bevor ich über die Schienen muss:
› 'Tschuldigung, ich hab ein Problem mit den Schienen! Darf ich mal
eben?‹ und kralle mich am erstbesten Mann fest, der gerade in greif-
barer Nähe fährt. Die Männer sind daraufhin so verwirrt, dass sie

willenlos mit mir als Anhängsel über die Schienen holpern. Sobald ich das überlebt habe, versuche ich ihnen zu erklären, was mich da gerade geritten hat. Merkwürdigerweise wird mein Vorgehen immer als Anmachversuch missverstanden – wenn auch vermutlich als die dämlichste Anmache der Welt. Doch noch skurriler ist die Tatsache, dass die Männer dann auch noch darauf anspringen. So bin ich zu Jaden gekommen … und auch zu Mark, wenn ich mich recht erinnere …, die sich jedoch beide – wie könnte es auch bei mir anders sein – als totale emotionale Flachzangen entpuppt haben.

Gabby schüttelt immer noch glucksend den Kopf.

»Okay, ich verstehe. Aber ich denke, wir nehmen trotzdem B. Nächste Frage:

Auf einer Party haben Sie Ihren Traummann entdeckt. Wie reagieren Sie?

A) Ich schnappe ihn mir, bevor ihn sich eine
    andere krallt.

B) Ich tanze ganz in seiner Nähe und warte darauf,
    dass er mich bemerkt.

C) Ich schlendere gelassen an ihm vorbei und
    schenke ihm einen kurzen verführerischen Blick,
    bevor ich mich seelenruhig an die Bar setze.«

Mit zur Seite gewandtem Blick antworte ich scheinheilig: »C«
»Ja klar!« Gabby sieht mich strafend an und setzt ihr Kreuz bei A.
»Ich wette, nicht mal die Erfinder dieser ganzen Tests beantworten sie absolut wahrheitsgetreu!«, maule ich.

Diesen Einwand ignoriert Gabby und fährt fort:

»Sie haben es geschafft und Ihren Traummann auf sich aufmerksam gemacht. Wie gestaltet sich das erste Gespräch?

A) Ich beuge mich vor, höre ihm gebannt zu
und schweige.
B) Ich versuche ihn mit lustigen Anekdoten aus
meiner Kindheit von den Socken zu hauen!
C) Ich lehne mich entspannt zurück, lasse ihn reden und
belohne zwischendurch seine Bemühungen immer
wieder mit einem geheimnisvollen Lächeln und
einem verführerischen Augenaufschlag.

Also ich kreuze dann mal ›B‹ an.«

»Hey, warum das denn?«, protestiere ich.

Sie sieht mich vielsagend an: »Wohnheimparty vor Weihnachten. Klingelt da was bei dir?«

»Das ist nicht fair. Der Typ hatte mir einen Drink spendiert und ich vertrage nun mal keinen Alkohol.«

»Dann hättest du ihn nicht trinken sollen.«

»Das wäre aber peinlich rübergekommen.«

»Ach, und das waren deine philosophischen Ergüsse darüber, wie du als Siebenjährige deinen Wackelzahn losgeworden bist, etwa nicht?«, gibt Gabby trocken zurück.

Ich rutsche im Stuhl etwas tiefer und schweige schuldbewusst.

»Weiter geht's:

Das erste Kennenlernen ist erfolgreich verlaufen. Ihr Traummann fragt Sie, ob sie sich morgen wieder tref fen wollen. Was antworten Sie?

A) Die nächsten Tage sind bei mir leider schon voll, aber
am Wochenende hätte ich Zeit.

B) Ja, natürlich. Ich habe zwar eigentlich schon einen
Termin, aber den verschiebe ich einfach. Wann und
wo soll ich auf dich warten?

C) Morgen geht es leider nicht, da bin ich schon verabredet.
Übermorgen habe ich leider ein wichtiges Meeting. Vielleicht
geht es nächste Woche, aber ich fürchte, dass ich erst einmal
zu Hause meinen Terminkalender zurate ziehen muss.
Ich rufe dich dann an.«

Vorsichtig linse ich zu Gabby rüber. Kreuzt sie ›B‹ an? *Ich habe ihr
doch hoffentlich nie von der peinlichen Aktion mit Anton erzählt, oder?*
Versuchsweise gebe ich bemüht selbstbewusst ›A‹ zu Protokoll. Wi-
derspruchslos wendet sich Gabby bereits dem nächsten Punkt zu.
Ich atme aus.

Zehn Minuten später haben wir die Punkte, die ich im ganzen Test
erreicht habe, zusammengezählt und kommen endlich zur Auswertung. Erwartungsvoll richte ich mich auf.

Gabby räuspert sich. »Also, hier steht: ›Weniger ist oft mehr!‹«

Ich runzle die Stirn, doch Gabby fährt schon fort: »Nehmen Sie
sich zurück, sonst verschrecken Sie die Männer. Halten Sie das Ob-
jekt Ihrer Begierde an der langen Leine, sonst läuft es Ihnen davon.
Steigern Sie Ihren Wert, indem Sie es dem Mann nicht zu leicht
machen. Gehen Sie dezent vor, nicht mit der Brechstange. Hier ein
Lächeln, da ein vielsagender Blick. Seien Sie geheimnisvoll! Seien Sie
verführerisch!«

»Hmpf.« Ich ziehe eine Schnute. »Ist doch eh alles Quatsch, was da

so drin steht.«

»Jaja, nur weil es dir nicht in den Kram passt.«

»Gib mal her.« Missmutig nehme ich eine andere Zeitschrift zur Hand. »Da muss es doch irgendwo bestimmt noch bessere Tests geben!« Ich blättere eine Weile. »Aha, hier haben wir schon einen: ›Testen Sie Ihren Sexappeal!‹ Zeig mal die Auswertung her.«

Gabby schaut ganz entsetzt drein. »Ohne erst die Fragen beantwortet zu haben?«

»Ich will doch nicht die falschen Antworten ankreuzen! Zumindest einen dezenten Hinweis will ich haben. Machst du das denn nie?«

»Ich glaube, du hast das Prinzip dieser Tests nicht so ganz verstanden!«

»Ach, was soll's. Dann eben nicht. Ich finde ohnehin, dass ich jetzt wirklich ausreichend vorbereitet bin: Ich weiß, wie ich mich schminken soll, weiß, was ich anziehen soll und auch, dass ich geheimnisvoll und verführerisch rüberkommen muss.«

Zweifelnd sieht Gabby mich an: »Na, wenn du meinst.«

Kapitel 6

Man sollte aufpassen, was man sich wünscht.
Man könnte es nämlich bekommen
Glückskeksweisheit Nr. 119

Meinen Schlachtplan im Gepäck nutze ich die nächstmögliche Mittagspause zum Einkaufen.

Leider hatte ich meine liebe Mühe damit, Marius davon abzuhalten, mitzukommen. Erst die nebulöse Andeutung, ich müsse mir ›Frauensachen‹ kaufen, brachte den erhofften Erfolg. Sein bemüht weltmännisches »Ahhh« zeigte mir, dass er eigentlich nicht die geringste Ahnung hatte, wovon ich sprach, und wohl irgendwas zwischen BH und Tampon vermutete, doch das war mir gerade recht.

Okay, womit fange ich an? Lippenstift! Ich freue mich schon riesig darauf, weil es lange her ist, dass ich in einer richtigen Parfümerie eingekauft habe. Normalerweise begnüge ich mich mit den günstigen Drogerieprodukten. Doch für meinen Traummann soll mir nichts zu teuer sein. So steuere ich also die nächste Parfümerie an und werde auch gleich von einer Verkäuferin Anfang Dreißig mit definitiv zu viel Puder im Gesicht mit Beschlag belegt. Laut Schildchen an ihrer Bluse heißt sie M. Berg. Gemeinhin ist es mir immer sehr unangenehm, wenn Verkäufer um mich herumspringen, solange ich noch absolut unentschlossen bin, doch heute bin ich für jede Beratung dankbar.

»Kann ich Ihnen behilflich sein?«

»Ja. Ich suche einen roten Lippenstift.« *Hört sich irgendwie dämlich*

an. Als ob ich farbenblind wäre. Ich versuche, etwas professioneller zu klingen. »Er sollte sehr …«, *wie hatte Leticia das doch gleich genannt?* »… sinnlich wirken.« Ich komme mir immer noch ziemlich blöd vor, doch Frau Berg lässt sich davon nicht beirren und führt mich zu den Lippenstift-Regalen. »Sollte er matt sein oder glänzend?«

»Ähh, ich bin mir nicht sicher«

»Bevorzugen Sie einen herkömmlichen Lippenstift oder die Variante, bei der erst die Farbe und anschließend ein langanhaltender Lack aufgetragen wird?«

Ich kratze mich unentschlossen am Arm. *Mein Gott, ich bin dreiundzwanzig, ich habe schon Hunderte von Lippenstiften benutzt, warum stelle ich mich so dumm an?* Zugegebenermaßen bin ich jemand, der, wenn er einmal ein Produkt gefunden hat, das ihm gefällt, so lange dabei bleibt, bis es nicht mehr hergestellt wird. Daher verwende ich seit Jahren ein- und denselben Lippenstift, Lidschatten und Mascara und variiere lediglich die Farbtöne. *Never change a running system!*

»Aber langanhaltend soll er vermutlich sein, nicht wahr?«, versucht es die Ärmste weiter.

Nun gut, das hört sich auf jeden Fall vernünftig an. Also nicke ich.

»Da hätten wir hier z.B. einen wundervollen Lippenstift von ›Saint Laurent‹ in einem sehr satten Rotton mit Silizium-Gel-Textur, so dass er einen matten Look erzeugt, ohne auszutrocknen. Außerdem beinhaltet er pflegende Öle, die Ihre Lippen sofort streichelzart zaubern.«

Hört sich gut an. Auch die Farbe aus dem Tester sieht, zumindest an meinem Handgelenk, hübsch aus. Ich schiele nach dem Preis und falle aus allen Wolken: *Zweiunddreißig Euro!!!*

Schluck. »Ähh, und was hätten Sie sonst noch so da?«

»Also, wundervoll glänzende Lippen können Sie mit ›Gerlion Rouge G Brillant‹ zaubern. Ebenfalls mit pflegenden Ölen, die Ihre

Lippen schon beim ersten Auftragen geschmeidig machen.«

Ich reiße die Augen auf, als ich den Preis sehe. »Wirklich sehr schön«, heuchele ich Begeisterung. *Oh mein Gott, wie komme ich aus dieser Nummer wieder heraus? Ich kann doch keine vierzig Euro für einen einzigen Lippenstift ausgeben!*

»Aber immer noch nicht das, was Sie suchen? Dann habe ich hier das absolute Nonplusultra von ›Sensual Colours‹. Diesen Lippenstift werden Sie lieben und alle werden Sie darum beneiden. Ihre Lippen wirken sofort sehr viel voller, und kleine Glitzerpartikel geben der Farbe einen glamourösen Touch. Damit erregen Sie überall Aufsehen! Und zudem enthält er …«

Ich unterbreche sie: »… pflegende Partikel, die meine Lippen schon beim ersten Auftrag geschmeidig machen, schon klar.« *Ups, ist mir so rausgerutscht vor lauter Panik angesichts des stolzen Preises von neunundvierzig Euro und fünfundneunzig Cent.*

Die Verkäuferin beendet beleidigt ihren Satz: »Aprikosenöl, das die Zellerneuerung aktiviert sowie ›Yuzu‹-Extrakt, durch welches Ihre Lippen jugendlich frisch wirken und außerdem ›Aqua Firming‹-Conditioner. Dieser erhöht den Feuchtigkeitsgehalt Ihrer Lippen und lässt sie voller erscheinen. Und dann, zu guter Letzt: ›Golden Silk Powder‹, welcher eine intensive Lichtreflexion bewirkt, durch die Ihre Lippen einen einzigartigen Schimmer erhalten.«

Sie sieht mich so stolz an als wäre es ihre höchsteigene Erfindung.

Ogottogottogott. Mir ist es peinlich, dass ich ihr so ins Wort gefallen bin und ich traue mich nicht, ihr mein begrenztes finanzielles Buget zu offenbaren. Außerdem befürchte ich, dass sie mir, wenn ich wieder »Nein« sage, einen Lippenstift für sechzig Euro holt.

Ich werde immer noch erwartungsvoll angestarrt.

»Ich nehme ihn.«

Oh Gott, war das meine Stimme? Habe ich das gerade eben wirklich gesagt? Ich gehöre doch in die Klapse! Verdammt. Aus genau diesem

Grund hasse ich es, wenn Verkäufer mich beraten: Ich fühle mich immer so gezwungen, sie für ihre Mühe zu belohnen.

Die Verkäuferin strahlt: »Oh wundervoll. Sie werden ihre Wahl niemals bereuen.«

Haben Sie eine Ahnung …

»Darf es denn sonst noch etwa sein?«

»NEIN!«, schreie ich los, räuspere mich jedoch, als ich ihr erschrockenes Gesicht sehe, und fahre dann bemüht ruhig fort: »Hmhm, Entschuldigung, ich meinte: nein.«

Sie sieht mich befremdet an, führt mich dann jedoch zur Kasse, wo ich schweren Herzens meine EC-Karte heraushole und noch einmal kräftig schlucken muss, als eine fette 49,95 Euro auf dem Kartenlesegerät leuchtet.

»Ihre PIN bitte«, fordert mich Frau Berg auf.

Vielleicht sollte ich behaupten, ich hätte meine PIN vergessen? Doch inzwischen haben sich schon weitere Kunden in der Schlange hinter mir eingereiht und ich traue mich einfach nicht, das Ganze jetzt abzubrechen.

So bringe ich es schnellstmöglich hinter mich und trete dann mit meinem fünfzig Euro teuren, winzig kleinen Schächtelchen wieder auf die Straße.

So einen Fehler will ich nicht noch einmal begehen, deshalb steuere ich wegen der vermaledeiten Wimpernzange eine einfache Drogerie an, in der mich unter Garantie keine Verkäuferin anquatscht.

Nach einigem Suchen habe ich tatsächlich etwas gefunden, dessen Verpackung eindeutig die Bezeichnung ›Wimpernzange‹ trägt. Doch muss es sich um einen Fehler handeln, denn der Inhalt ähnelt eher einem mittelalterlichen Folterwerkzeug der spanischen Inquisition als einem Schönheitsutensil. Aus dem Augenwinkel beobachte ich ein junges Mädchen, das ebenfalls zu einem dieser Päckchen gegriffen hat und es, nach kurzer Begutachtung, in ihren Einkaufswagen

legt. *Na gut, scheint also alles seine Richtigkeit zu haben. Vermutlich ist da drin irgendwo eine Gebrauchsanweisung.*

Ich schaue auf die Uhr. Das nächste Seminar fängt bald an. *Nie im Leben schaffe ich es bis dahin, die ganze Liste abzuarbeiten, also das Wichtigste zuerst.* Ich überfliege die Liste. *Ein sexy Sportoutfit. Ja, das muss definitiv noch vor heute Abend her.*

Ich renne zur *Sportarena* und fahre mit der Rolltreppe hoch; hier ist mir das Glück endlich einmal hold. Wie angewurzelt bleibe ich am Treppenabsatz stehen: *Die Schaufensterpuppe da drüben trägt den Sportdress meiner Träume. In Türkis. Ich liebe Türkis. Okay, Leticia hat zwar gesagt, es müsse rot sein, aber sie hat schließlich das da nicht gesehen.* ›Das da‹ besteht aus einem türkisfarbenen Bustier mit doppelreihigen Trägern. Darüber streift man dann ein locker fallendes lilafarbiges Shirt mit rotem Aufdruck – *Na bitte, auch rot ist dabei!* – und weitem Ausschnitt. Sofort suche ich den dazugehörigen Kleiderständer mit den verschiedenen Größen und schleppe meine Beute in die Umkleidekabine. *Wow!* Das Shirt rutscht lässig über eine Schulter, so dass das Bustier darunter sichtbar wird. Unter dem Shirt trage ich dazugehörige türkisfarbene Caprihose mit ebenfalls rotem Aufdruck, die Taille und Po wunderbar zur Geltung bringt.

Nur zögernd ziehe ich diesen Traum wieder aus, packe ihn dann jedoch schnell zusammen und marschiere zur Kasse. Die linke Kasse, an der ein junger Mann bedient, ist gerade belegt. So übergebe ich das künftige Sahnehäubchen meines gesamten Kleiderschrankes an die schwangere Kassiererin nebenan und zücke gleich meine Karte. Ich kann es kaum erwarten, dieses Outfit endlich mein eigen nennen zu dürfen. Nicht einmal der Preis von achtzig Euro lässt mich zurückschrecken. Ich zucke einfach mit den Schultern. *Hallo? Immerhin habe ich gerade fünfzig Euro für eine vier Zentimeter große Schachtel ausgegeben, im Vergleich dazu sind achtzig Euro für ein komplettes Outfit ja mal ein echtes Schnäppchen. Ich weiß zwar im*

Grunde genommen selbst, dass etwas an dieser Argumentation hakt, aber das versuche ich jetzt nach Kräften zu ignorieren.

Inzwischen hat die Kassiererin meine Sachen in eine Tüte gepackt und mir überreicht. »Hier ist ihr Beleg. Einen schönen Tag noch.«

Immer noch euphorisch will ich sie an meinem Glück teilhaben lassen: »Danke, Ihnen auch noch einen schönen Tag und alles Gute für das Kleine. Wissen Sie denn schon, was es wird?«

Erst schaut sie mich verblüfft an, dann versteinert ihr Gesicht plötzlich.

Ihr Kollege fängt an zu lachen: »Die ist nicht schwanger, die hat nur zu viel gefuttert!«

Völlig entgeistert starre ich erst ihn an und dann die Kassiererin, die mich mit zusammengekniffenem Mund anschnauft.

»Oh ... ähhh ... ich wollte nicht ... Ich dachte nur ...«, stottere ich, dann fange ich ihren vernichtenden Blick auf und verstumme. *Verdammt, dabei wollte ich nur freundlich sein!* Da mir keine passende Entschuldigung einfällt – ich kann ja schlecht sagen: Entschuldigen Sie, aber Sie sehen nun einmal aus, als wären sie im neunten Monat schwanger! – verlasse ich stattdessen fluchtartig den Laden. *Super, schon wieder ein Geschäft, um das ich künftig einen weiten Bogen schlagen muss. Wenn das so weitergeht, wird bald die ganze Stadt mein persönliches Sperrgebiet.*

Während der nächsten beiden Seminare kann ich mich kaum konzentrieren, muss ich doch immerzu daran denken, dass ich Pierre heute Abend wiedersehen werde. Im Geiste gehe ich wieder und wieder mein geplantes Outfit und Styling durch und was ich sagen könnte, wenn er mich anspricht. Zudem geht mir Marius auf den Keks, der sich ständig überfürsorglich nach meinem Steißbein erkundigt.

Letztendlich ist auch das überstanden. Ich schließe meine Wohnungstür auf, höre das inzwischen vertraute Geräusch japanischer

Zeichentrickfilme durch die geschlossene Tür meiner Mitbewohnerin und verschanze mich im Badezimmer. Los geht's! Ich habe schließlich keine Zeit mehr zu verlieren! Also schnell die Haare waschen und mit dem Handtuch hochbinden. Dann das Make-up, so wie Leticia es mir gezeigt hat, und nun zu meinen Einkäufen. Ich packe die Wimpernzange aus. Der Griff erinnert an eine Schere. Ich klappe ihn auf und zu. Ach du Schreck, das ist ja noch schlimmer als erwartet! Wie soll das denn funktionieren? Hilflos drehe und wende ich die Verpackung, doch außer dem vagen Hinweis, dass ich dieses Folterinstrument an das Augenlid anlegen und die Schere schließen soll, finde ich keine konkreten Benutzerhinweise. Ein paar Bilder wären nicht schlecht gewesen. Aber na gut, probieren wir es mal. Ich hebe das Ding hoch und führe es an mein linkes Auge heran. Ach herrjeh … Reflexartig kneife ich jedes Mal die Augen zu, wenn ich ihnen mit der Zange zu nahe komme. Nachdem ich mir auf diese Weise schon einige Wimpern ausgerissen und jedes Mal wie ein Bauarbeiter geflucht habe, will ich mich fast geschlagen geben, wage aber noch einen letzten Versuch. Mit aller Gewalt zwinge ich mich, die Augen starr geöffnet zu halten. AUTSCH!!! Verdammter Mist! Ich habe Haut erwischt. Hektisch reibe ich mein gerötetes Auge. Wer hat sich nur solch einen dämlichen Schwachsinn ausgedacht? Das waren doch nie im Leben Frauen! Doch jetzt fühle ich mich bei meiner Ehre gepackt. Es kann doch nicht sein, dass irgendwelche Teenies, die nicht mal wissen, wo Amerika liegt, das hinkriegen und ich nicht! Aber es ist wie verhext. Nun habe ich erst recht Angst, mich zu verletzen.

Ich fühle mich daran erinnert, wie ich mit Vierzehn zum ersten Mal Kontaktlinsen ausprobiert habe. Obwohl ich beim Augenarzt das Einsetzen und Herausnehmen geübt und – wenn auch nur mit großer Überwindung – geschafft hatte, stand ich zu Hause genauso hilflos vor dem Spiegel wie jetzt und bekam sie nicht mehr heraus.

Wieder und wieder versuchte ich, mit Daumen und Zeigefinger die Kontaktlinsen zu erwischen. Doch nichts da. Ich brachte es einfach nicht über mich, mir ins Auge zu fassen. Das ging eine geschlagene Stunde lang so. Jammernd saß ich vor dem Kosmetikspiegel in meinem Zimmer und wusste nicht mehr weiter. Auch die tatkräftige Hilfe meiner Eltern blieb erfolglos. Zwei Stunden später – inzwischen war es acht Uhr abends und schon lange kein Augenarzt oder Optiker mehr erreichbar – sprach mein Vater ein Machtwort, schnappte mich und fuhr mit mir in die Notaufnahme.

Da saß ich dann zwischen gebrochenen Beinen und blutenden Platzwunden und wurde gefragt, was ich denn hätte.

»Ähh, Kontaktlinsen im Auge«.

Alle starrten mich erst mit großen Augen an und kicherten dann, in der Annahme, ich hätte einen Witz gemacht. Erst als klar wurde, dass ich tatsächlich in der Notaufnahme saß, weil ich meine Kontaktlinsen nicht mehr herausbekam, brachen sie in schallendes Gelächter aus. Nach drei Stunden Wartezeit war ich endlich an der Reihe. Als ich dem behandelnden Arzt mein Problem schilderte, bekam dieser einen solchen Lachkrampf, dass er sich verschluckte und seine Arzthelferin ihm heftig auf den Rücken klopfen musste. Dann besann er sich aber doch noch auf seine Aufgabe, holte eine Art winzigen Saugnapf am Stiel und binnen einer Sekunde waren die Kontaktlinsen draußen. Welch eine Erleichterung! Bevor ich es das nächste Mal wagte, die Dinger einzusetzen, legte ich noch etliche Übungseinheiten beim Optiker ein.

Nun jedoch stehe ich mit einem ähnlichen Problem vor dem Spiegel, die Zeit drängt und ich bin schon kurz davor, die elende Wimpernzange einfach in den Mülleimer zu pfeffern, als ich mir noch einen letzten Ruck gebe und meine Bemühungen endlich von Erfolg gekrönt werden. Hurra! Ich fühle mich wie ein Olympiasieger – bis mir einfällt, dass ich ja noch ein zweites Auge habe. Verdammt!

Wenn ich hier im gleichen Tempo weitermache, komme ich niemals rechtzeitig zum Sport. Also was nun? Ach, den Unterschied wird schon keiner merken ... Ich lasse also das zweite Auge, wie es ist, und versuche stattdessen mit tonnenweise Mascara zu kaschieren, dass hier die Wimpern viel gerader sind als beim linken Auge.

Dann wende ich mich meinen Haaren zu. Normalerweise trage ich beim Sport praktischerweise einen Pferdeschwanz, doch Leticia hat darauf bestanden, nur offene Haare wären sexy. Also versuche ich, meine Naturkrause beim Kopfüberföhnen in große, verführerische Locken zu verwandeln. Als ich den Kopf wieder hebe und in den Spiegel schaue, schrecke ich zurück. Verflixt, ich sehe aus, als hätte ich versucht, mir in Eigenregie einen Afro zu verpassen. Mist! Also wieder nass machen und einfach an der Luft trocknen lassen. Dann habe ich zwar wieder meine Naturkrause, aber sehe wenigstens nicht aus, als hätte ich in die Steckdose gefasst. Immerhin trage ich die Haare offen und darauf kommt es ja wohl an.

Inzwischen ist es schon achtzehn Uhr und ich muss mich wirklich ranhalten, wenn ich Pierre heute überhaupt noch zu Gesicht kriegen will. So renne ich in mein Zimmer, suche die kürzeste Sporthose, die ich finden kann, und schnappe mir ein schwarzes, tief ausgeschnittenes Trägertop. Das neue Sportoutfit kann ich zu meinem größten Bedauern nicht tragen, da es noch nach Kaufhaus riecht. Gleich heute Abend werde ich es in die Waschmaschine schmeißen und nötigenfalls die gesamte Waschzeit über vor der Maschine hocken bleiben, damit es bloß nicht auf geheimnisvolle Weise verschwindet. Bevor ich die Wohnung verlasse, packe ich zu guter Letzt noch meinen Wunderlippenstift aus und ziehe sorgfältig meine Lippen nach. Rot sind sie jetzt auf jeden Fall, und ich versuche mir – allein schon des Preises wegen – einzureden, dass sie auch sehr viel voller und sinnlicher aussehen.

Endlich im Sportgarten angekommen, halte ich sofort unauffällig

Ausschau nach Pierre. Und tatsächlich – mein Herz macht einen Luftsprung – steht er neben der Beinpresse und unterhält sich – *So ein Mist!* – mit Adrian. *Hält der sich für Pierres Mama oder was? Egal! Davon werde ich mir jetzt nicht die Laune verderben lassen!*

Am liebsten würde ich direkt auf Pierre zusteuern, kann mich jedoch im letzten Moment davon abhalten, als Leticias Stimme in meinem Hinterkopf ertönt: »Aber das Wichtigste von allem, Lena: Laufe *niemals*, hörst du, *niemals* dem Typen hinterher. Das ist der größte Fehler, den eine Frau begehen kann.« Während sie das sagte, hatte Leticia mich fast drohend angesehen. Dann fügte sie hinzu: »Sei abweisend. Sei geheimnisvoll. Sei verführerisch … Je länger die Leine ist, an der du den Mann hältst, umso wertvoller erscheinst du ihm und umso mehr legt er sich ins Zeug, um dich zu erobern. Machst du es ihm zu einfach, verliert er schnell das Interesse an dir.«

Irgendwie habe ich Beziehungen noch nie aus einem solch taktischen Blickwinkel heraus betrachtet und bin mir auch ziemlich sicher, dass das ohnehin alles nicht für die große Liebe gilt, aber ich will bei Pierre kein unnötiges Risiko eingehen. Also schlendere ich möglichst geheimnisvoll in einiger Entfernung an ihm vorbei, darum bemüht, ihn keines Blickes zu würdigen und stattdessen eingehend das Geschehen im Aerobic-Kursraum zu verfolgen. Leider zu eingehend, wie mir kurz darauf klar wird, als ich über den Ausleger eines Trainingsgerätes stolpere und prompt der Länge nach hinschlage. *Egal, hat sicher niemand mitgekriegt!*

»Alles in Ordnung bei Ihnen?« Gleich zwei Personen stürzen zu mir und strecken mir die Hand entgegen, um mir hoch zu helfen.

Schnell rapple ich mich wieder auf und versuche möglichst unbeteiligt dreinzuschauen »Ja, natürlich.« Vorsichtig schiele ich zu Pierre rüber. *Oh Gott, er kommt her! Geheimnisvoll wirken! Geheimnisvoll wirken! Mist, nicht gerade leicht, wenn einem die Haare vor den Augen hängen.* Schnell klemme ich sie mir hinters Ohr.

»Allo. Abben Sie sisch verrletzt?«

»Oh, äh, nein, nein. Es war nur ein kleine … Unaufmerksamkeit.«

»Dann bin isch ja berruigt. Aberr sagen Sie, kennen wirr uns nischt?«

Mir fällt die Kinnlade runter. *Der Lippenstift ist ja tatsächlich der Wahnsinn! Er erkennt mich nicht mal mehr.*

»Doch … äh …« *Ich bin diejenige, die vorgestern mit der Palme geredet hat. Nee, auf gar keinen Fall. Ich bin diejenige, mit der Sie vorgestern die ganze Zeit geflirtet haben. Geht auch nicht, klingt zu arrogant. Verdammt, was sage ich jetzt?*

»Oh«, er schlägt sich mit der Hand vor die Stirn. »Verrseien sie mirr. Aber natürrlich! Sie sind die *Mademoiselle* von die Kasse.«

Naja, so hätte ich mich zwar nicht unbedingt bezeichnet, aber schließlich ist Deutsch ja nicht seine Muttersprache.

»Wie warr doch gleisch Irre besauberrnde Name? Nein, nischt verraten.« Er hält sich mit geschlossenen Augen zwei Finger an die Stirn. »Luisa! Wie konnte isch das nurr verrgessen.« Er lächelt mich strahlend an.

Wieso nur heiße ich nicht Luisa? Wie um alles in der Welt kamen meine Eltern nur ausgerechnet auf Lena?

»Ähh, fast«, lächele ich entschuldigend. »Lena«

»Aber natürrlich.« Kopfschüttelnd schlägt er sich an die Stirn. Seine Zerknirschung lässt mich dahin schmelzen. »Wie kann isch meinen *Fauxpax* nurr je widder gut machen?«

»Oh … ähh …« *Mein Gott, Lena, wenn du nicht langsam mal etwas geistreicher antwortest, hält er dich noch für zurückgeblieben.*

»Fast wagge isch garr nischt su frraggen, abberr vielleischt darrf isch Innen einen Drink spendirren?«

Ich bin erst einmal sprachlos. *Wow! Ich scheine echt gut zu sein als geheimnisvolle Schöne.* Schon will ich begeistert ›Ja‹ sagen, als mir einfällt, dass mich der Persönlichkeitstest genau davor gewarnt hat.

Verdammt! Dabei möchte ich doch so gerne, dass er mir einen Drink spendiert. Und zwar jetzt sofort! Lange Leine! Lange Leine! Lange Leine! Schweren Herzens setze ich eine unbeteiligte Miene auf und antworte: »Vielen Dank für Ihr reizendes Angebot, aber heute geht es leider nicht.« *Oh mein Gott, oh mein Gott, was habe ich getan? So eine Gelegenheit kommt doch nie wieder!!!!*

»Isch bin untrröstlisch. Das können Sie doch mit mirr nischt maschen. Immerrin stehe isch in Irrer Schuld.« Wieder dieses unwiderstehliche Siegerlächeln. Doch ich halte mich eisern an meinen Schlachtplan und antworte scheinbar gelangweilt:

»Nun ja, ein anderes Mal vielleicht.«

»Abber, wann sind Sie denn widder ier?«

»Das weiß ich nicht genau. In den nächsten Tagen möglicherweise.«

»Was fürr ein Sufall. Isch auch. Vielleischt abben Sie ja morrgen Abbend Seit für einen Drrink?« Er zwinkert mir zu.

»Mal sehen … bis dann.« Ich gestatte mir ein winzig kleines Lächeln und gehe dann hoch erhobenen Hauptes weiter. *Sieht er mir hinterher? Er sieht mir hinterher, das weiß ich einfach! Mein Nacken kribbelt. Nicht umdrehen, Lena, weitergehen!* Unwillkürlich halte ich die Luft an. Erst als ich um die Ecke der Damenumkleide gebogen bin, lehne ich mich an die Wand und atme aus.

Obwohl mich die Reinigungskraft, die bereits bei meinem Eintreffen vor zehn Minuten am Putzen war, in Anbetracht meines frühen Aufbruchs etwas verstört anschaut, ziehe ich mich um, schnappe mir meine Sachen und schaue aus der Umkleide raus, ob die Luft rein ist. Da ich Pierre nirgends sehen kann, laufe ich schnell zum Drehkreuz und aus dem Studio raus. *Jetzt nach Hause flitzen und dringend Botanik pauken – und dabei bin ich jetzt schon total erledigt von diesem Tag. Mein Schlachtplan verlangt mir langsam physische und psychische Höchstleistungen ab.*

Am nächsten Morgen bin ich völlig übermüdet, weil ich bis zwei

Uhr nachts Botanik gelernt habe. Da ich jedoch Marius nur ungern nach seinen Vorlesungsnotizen fragen möchte, zwinge ich mich, im Hörsaal nicht in meine Tarnschlaf-Stellung zu verfallen, sondern nach Möglichkeit aufzupassen und mitzuschreiben. Wirklich viel kriege ich allerdings nicht mit. Ich bin mit meinen Gedanken immer noch beim gestrigen Abend und träume auch schon von der nächsten Begegnung mit Pierre. Immerhin würde ich heute meinen Trumpf präsentieren können: mein neues Sportoutfit. Doch mittags in der Mensa kann ich erst im letzten Moment verhindern, dass ich vor lauter Müdigkeit mit dem Gesicht im Suppenteller lande.

Nach der letzten Veranstaltung für heute, dem mikrobiologischen Praktikum, schwinge ich mich aufs Rad und strample, was das Zeug hält, nach Hause. Schon auf dem Weg ins Badezimmer verschlinge ich noch schnell mein Abendbrot. Anschließend folgt dasselbe Prozedere wie gestern, nur dass ich dieses Mal auf die blöde Wimpernzange verzichte, was mir einen halbstündigen Vorsprung zu gestern einräumt.

Punkt neunzehn Uhr entschwebe ich der Umkleidekabine des Sportgarten als Vision in Türkis und Lila. Ein schneller Blick in die Runde verrät mir jedoch, dass Pierre nicht da ist. Ich sacke innerlich zusammen. *Soll etwa die ganze Mühe umsonst gewesen sein?* Enttäuscht marschiere ich Richtung Theke, um mir etwas zu trinken zu holen. Auf halbem Weg holt mich Britta ein. »Hey, Lena, hallo.«

»Oh, hi Britta.«

»Wow, was ist denn mit dir passiert? Du siehst heute so … äääh … bunt aus.«

Doch ich habe keine Lust, mein Dilemma aller Welt mitzuteilen, und lenke schnell vom Thema ab.

»Wie läuft´s mit Thilo? Habt ihr euch noch mal auf einen Kaffee getroffen?«

Ihre Augen leuchten, als sie sich nach einem kurzen Blick nach rechts und links zu mir beugt und leise sagt: »Haben wir. Und es blieb nicht beim Kaffee …« Vielsagend lächelt sie mich an.

Erst nach einer ganzen Weile finde ich meine Sprache wieder und flüstere zurück: »Meinst du das, was ich denke, dass du meinst? Jetzt ernsthaft? Gleich beim zweiten Date?«

»Naja, ich habe mir eben deinen Rat zu Herzen genommen.«

Häh? »Welchen Rat denn?«

»Naja, du hast doch gesagt, ich solle lockerer werden und das Leben genießen und so weiter.« Sie schaut mich verwundert an.

»Ja, klar«, gebe ich heftig zurück. »Aber damit habe ich gemeint, dass du dich zu einem Kuss hinreißen lassen sollst, doch nicht, dass du gleich mit ihm in die Kiste hüpfen musst.«

Zu meiner Bestürzung füllen sich ihre Augen mit Tränen. *Oh Verdammt.* Ich nehme sie in den Arm und sage: »Tut mir leid. War nicht so gemeint. Ich habe nur grad schlechte Laune und das hast jetzt blöderweise ausgerechnet du abgekriegt. Sorry … Ich freue mich natürlich für euch beide, dass ihr euch gefunden habt, und schließlich seid ihr zwei erwachsene Menschen. Und jetzt halte ich einfach meine Klappe, bevor ich noch mehr dumme Weisheiten loslasse.« Ich lächele ihr selbstironisch zu. »Alles wieder okay?«

Sie schnieft kurz, nickt dann aber.

»Na gut, dann wünsche ich euch beiden noch viel Spaß und gehe mal los, um meinen Kummer in einem Glas Mineralwasser mit wenig Kohlensäure zu ertränken.«

Ich grinse ihr aufmunternd zu und drücke ihren Arm. Sie lächelt zaghaft zurück. Also setze ich meinen Weg zur Theke fort und frage dort Martin nach einem Glas Wasser. Er schaut mich mit großen Augen an: »Ach du grüne Neune! In welchen Farbtopf bist du denn gefallen?«

»Was soll das bitte heißen?«

»Naja, ich bin ja kein Experte auf dem Gebiet, aber die Farben in deinem Outfit ... irgendwie beißen die sich ganz schön. Oder bist du vielleicht farbenblind?«

Angefressen schicke ich ihm einen Blick aus zusammengekniffenen Augen: »Du hast recht, du bist kein Experte, also reich mir bitte einfach das Mineralwasser rüber und sei still, okay?«

Er zuckt die Schultern und gibt mir das Wasser.

Ich nippe an meinem Getränk und bemitleide mich gerade innig, als ich Adrian zur Tür hereinkommen sehe. *Dann wird Pierre nicht weit sein ...* In mir keimt erneute Hoffnung auf und schnell streiche ich mir die offenen Haare aus dem Gesicht. Adrian hebt gerade seine Sporttasche über das Drehkreuz, als sein Blick auf mich fällt. »Ach du Scheiße ...«, entfährt es ihm.

Ich setze mich kerzengerade auf. *Was soll das denn bitteschön? Ist er so entsetzt, mich zu sehen? Und dabei hatte er sich doch am Sonntag noch so nett entschuldigt. So ein Schauspieler. Und ich bin darauf hereingefallen!*

Ihm muss bewusst geworden sein, dass ich seine Äußerung gehört habe, denn er kommt zu mir und sagt betont freundlich: »Hallo Lena. Ich freue mich, Sie zu sehen.«

»Kann ich von Ihnen nicht behaupten«, nuschele ich immer noch beleidigt vor mich hin.

Er räuspert sich. »Sie warten nicht zufällig auf Pierre?«

Ich ziehe die Augenbrauen hoch und sage in meinem herablassendsten Tonfall: »Wie kommen Sie denn bitte darauf?«

Er blickt zur Decke und entgegnet. »Ach, ist nur so eine vage Vermutung ... Also, falls Sie ... unter Umständen ... doch mit seinem Erscheinen heute gerechnet haben, dann muss ich Ihnen leider sagen, dass er ... verhindert ist.«

Blöderweise fällt mir vor Enttäuschung keine Entgegnung ein, so dass ich einfach stumm mein Wasserglas taxiere.

Er setzt sich neben mich und mustert verstohlen meinen Aufzug. »Sagen Sie … ich glaube wir hatten einfach einen schlechten Start. Sollten wir nicht langsam mal einen Strich drunter ziehen und einen Neuanfang wagen? Vielleicht, indem wir endlich mal dazu übergehen, uns zu duzen? Immerhin ist das in Fitnessstudios so üblich, und wir sind uns ja nun schon oft genug über den Weg gelaufen.«

Abweisend antworte ich: »Meinetwegen. Ist mir egal.«

»Japp, ähmm … okay. Also dann wäre das geklärt.« Er erhebt sich, zögert und setzt sich dann doch wieder. »Da wäre noch etwas … Ich weiß nicht so recht, wie ich es dir sagen soll, aber … Pierre … Pierre ist nichts für dich … glaub mir. Du …«

Entrüstet unterbreche ich ihn. »Ich fasse es nicht. Was bildest du dir eigentlich ein?« Mehr bringe ich in meiner Aufregung nicht heraus, lasse ihn stattdessen stehen und stürme wutschnaubend in die Umkleidekabine.

Zu Hause angekommen klingele ich bei Gabby, doch sie ist nicht da. Dann versuche ich über Skype Conny anzurufen, doch auch da geht niemand ran. *Hmpf.* Ich pfeffere mein buntes Sportoutfit frustriert in den Wäschekorb und öffne mein Mailprogramm, um meinem Ärger in einer Email an Conny freien Lauf zu lassen:

Von le.ni@googlemail.de
An conny.ytterdal@googlemail.no
Gesendet am 02.06.2013 um 22:20 Uhr
Betreff: impertinenter Polizist

Hi Conny,
du wirst es nicht glauben, aber gerade eben, im Fitnessstudio, hat mir dieser widerwärtige Polizist doch allen Ernstes zu verstehen gegeben, dass ich die Finger von Pierre lassen

soll. Ist der noch ganz sauber im Kopf? Offensichtlich waren sein freundliches Getue und seine Entschuldigung neulich nur Show. Der wollte nur Schönwetter bei mir machen, damit ich ihm überhaupt zuhöre und er mir dann so eine Unverschämtheit an den Kopf knallen kann.

An dieser Stelle kann ich erst einmal nicht weiterschreiben, weil ich mit solcher Wut in die Tasten gehauen habe, dass das ›n‹ stecken geblieben ist. Ich stochere mit einer Schere unter der Taste herum, bis ich sie plötzlich ganz in der Hand halte. *Na, super!* Entnervt tippe ich ohne ›n‹-Taste weiter, nehme stattdessen das ›m‹ – Conny wird schon kapieren, was ich meine:

Wie absolut bodemlos frech ist der eigemtlich? Hält er mich micht für gut gemug für seimem Kumpel oder was? Ich hätte ihm am liebstem eime gescheuert! Wieso mur ist mir keime passemde Entgegmumg eimgefallen? Ich hasse diesem Typem wie die Pest!

Dann drücke ich, immer noch wütend, auf ›senden‹ und lasse mich erschöpft auf meinem Stuhl zurücksinken. *Mist, ich habe nicht mal ›Liebe Grüße‹ oder so drunter geschrieben. Egal, sie wird schon verstehen, dass ich gerade keine Nerven für höfliche Floskeln übrig habe.* Ich lasse, nun etwas ruhiger, den heutigen Abend Revue passieren. *Weshalb bin ich eigentlich so enttäuscht? Es ist ja, objektiv betrachtet, absolut gar nichts passiert. Okay, mein Outfit ist vielleicht doch nicht so toll wie ich dachte, aber Pierre hat mich schließlich nicht versetzt – weil er ja gar nicht wusste, dass ich heute da sein würde. Dem bescheuerten Psychotest sei Dank! Hätte ich mal nicht darauf gehört, sondern klipp und klar einen Tag und eine Uhrzeit für ein Wiedersehen vereinbart, wäre mir das erspart geblieben. Ab morgen*

werde ich das Ganze definitiv offensiver angehen. Ich habe da auch schon eine Idee …

Am folgenden Abend tauche ich statt in meinem neuen Outfit mit Gabby an meiner Seite im Sportgarten auf. Ich trage ultrakurze, schwarze Shorts und ein samtschwarzes, tief ausgeschnittenes Trägertop mit Spitze am Ausschnitt, das ich natürlich mit meinem besten Push-Up-BH ausgepolstert habe. Make-up, Haare und insbesondere mein sauteurer Lippenstift wurden von Gabby abgesegnet. Vorsichtshalber jedoch haben wir noch bei der Jungs-Vierer-WG von gegenüber geklingelt und sie um ihre Meinung zu meinem Outfit gebeten. Nach einem kurzen Moment, in dem sie mich mit offenem Mund und kugelrunden Augen anstarrten, fielen sie allesamt beinahe aus dem Türrahmen, als sie sich darum schlugen, als erster bei mir zu sein, um mir zu beteuern, wie wundervoll ich aussähe. Die Reaktion stellte mich zufrieden. Ich wünschte ihnen noch einen schönen Abend und ging mit Gabby die Treppe runter, während acht Augenpaare an meiner Figur kleben blieben.

Als Gabby und ich aus der Umkleide treten, ist Pierre bereits da – Adrian im Schlepptau. *Kotz! Würg! Aber das ist mir egal, ich lasse mich doch nicht von so einem falschen Fuffziger unterkriegen!* Also holen wir uns erst einmal an der Theke etwas zu trinken – Martin fallen fast die Augen heraus und sein Blick springt zwischen meinem Dekolleté und meinen Beinen hin und her. Dann schlendern wir Arm in Arm an Pierre und Adrian vorbei zur Schmetterlingspresse in ihrer Nähe und beginnen, scheinbar ohne sie bemerkt zu haben, mit dem Training. Ich weiß aber, dass sie uns gesehen haben, da ihr Gespräch urplötzlich verstummt. Ich nicke Gabby kurz zu, sie lächelt verschwörerisch und holt tief Luft: »Von wem ist eigentlich der riesige Blumenstrauß in deinem Zimmer?«

»Ach, der ist von Tom.«

»Der Tom, mit dem du gestern Abend ein Date hattest?«

»Ja genau.«

»Aber ich dachte, du wolltest ihm sagen, dass du kein Interesse an ihm hast.«

»Ach.« Ich seufze theatralisch. »Das stimmt, aber er hat es einfach nicht akzeptiert. Er wollte unbedingt, dass ich ihm noch eine Chance gebe.« Ich schiele in Richtung Pierre. Er ist still. Adrian auch. Die beiden hören zu, da bin ich mir absolut sicher. Noch eine Spur enthusiastischer fahre ich fort. »Er hat mich natürlich abgeholt.«

»Ach, mit seinem schicken Sport-Zweisitzer?«, wirft Gabby schnell ein.

Stimmt, das hatte ich vergessen! Dankbar nicke ich ihr zu.

»Ja genau, und dann hat er mich zum Essen in das ›Mogul‹ ausgeführt. Er war natürlich sehr zuvorkommend und hat an wirklich alles gedacht, aber als er mich anschließend zu einer romantischen Bootsfahrt einladen wollte, musste ich ihm einfach sagen, dass das keinen Sinn hat und ich meine Meinung nicht ändern werde.«

»Der Ärmste. Deshalb wirkte er so vollkommen am Boden zerstört, als ihr wieder heimkamt.« Gabbys Gesichtsausdruck erweckt den Eindruck, dass sie es sei, die am Boden zerstört ist. Sie nimmt ihre Rolle echt ernst.

»Ja, und dabei habe ich wirklich versucht, es ihm so schonend wie möglich beizubringen.«

»Ein Jammer, dass es bei dir einfach nicht gefunkt hat, obwohl er doch so gut aussieht und auch noch außerordentlich klug und belesen ist und …«

Moment mal, das stand nicht im Drehbuch! Ich versuche ihr mit Lippenbewegungen mitzuteilen, dass sie aufhören soll, doch sie ist so in ihr eigenes Schauspiel vertieft, dass sie gar nicht hersieht und stattdessen weiter mit geschlossenen Augen deklamiert: »*… sich für Literatur und Philosophie interessiert …*«

Endlich reißt mein lautes Räuspern sie aus ihrer Rolle, sie öffnet die Augen und stottert erschrocken: »… ähh … aaaber das ist ja auch egal, denn du hast ja nun mit ihm Schluss gemacht und so und …«

Ich schicke ihr mit zusammengekniffenem Mund einen beschwörenden Blick, dass sie jetzt endlich die Klappe halten möge, und stehe auf.

Gabby folgt mir: »… und … deshalb … wollte ich dich fragen, ob du nicht … ähh … am Samstag zu unserer Seminarparty mitkommen willst.«

Also das war zwar auch nicht abgesprochen, aber zumindest gut improvisiert. »Klar, gerne«, antworte ich, während ich gelassen mit Gabby zum nächsten Übungsgerät schlendere, ohne Pierre auch nur eines Blickes zu würdigen. Dort widmen wir uns einigen unverfänglichen Themen rund um die Uni und lachen ausnehmend oft, wobei ich darauf achte, mit dem Rücken zu Pierre zu sitzen. Endlich hebt Gabby die Hand und scheint den Sitz ihres Ohrrings überprüfen zu wollen – unser verabredetes Zeichen dafür, dass der Fisch angebissen hat und auf dem Weg zu uns ist. *Leticia hatte recht. Männer sind wie Kinder, sie wollen immer das, was die anderen wollen. Vermutlich wird dann eine Art steinzeitlicher Jagdinstinkt oder so geweckt.* Schnell baue ich noch ein geziertes Lachen ein und werfe mein Haar – auf, wie ich hoffe, verführerische Weise – nach hinten. Dann steht Pierre schon neben mir.

»Allo.« Sein Raubtierlächeln nimmt mir fast den Atem. »Isch offe, Sie aben misch nischt verrgessen?«

»Oh, hallo. Ich habe Sie ja gar nicht gesehen. Darf ich vorstellen: Gabby, das hier ist … ähh … Piero, richtig?« Diese Retourkutsche konnte ich mir nicht verkneifen. »Piero, das hier ist meine Freundin Gabby.«

Ein winzigen Moment lang stutzt er, dann verbeugt er sich formvollendet und sagt: »Aus Irre besaubernde Mund örrt sisch jedde

Namme wie eine Gedischt an, doch muss isch gestehen, dass isch bedauerrnswerterrweise leider Pierre eiße.«

Gabby starrt ihn wie eine Erscheinung mit offenem Mund an, während die Intensität seines Blickes mich fast dahinschmelzen lässt. Ich biete all meinem Willen auf, um mich zusammenzureißen und zu antworten: »Dann entschuldige ich mich natürlich für meinen Fauxpax, womit wir wohl quitt wären.«

In gespieltem Entsetzen sieht er mich an: »Quitt? Oh non. Das heißt, Sie wollen mirr keine Gelegeneit merr geben, Sie su eine Drink einzuladden? No, no, das können Sie mirr nischt antun!«

»Ich neige nun einmal nicht dazu, mit Wildfremden auszugehen.«

»Aha, oho, Prroblem errkannt, Prroblem gebannt. Wirr müssen also nurr dafürr sorrgen, dass isch Innen nischt merr frremd bin. *Alors!* Was wollen Sie von mirr wissen?«

»Nun … vielleicht … wie lange Sie schon bei der Polizei sind?«

Zu meiner Überraschung fängt er an zu lachen. »Isch? Ein Polizist? Oh no, no, isch bin nisch dafür gemacht, su tun, was andere befellen. Isch, *Mademoiselle* Lena, bin eine, wie sagt irr? Eine freie Geist, eine frreie Denkerr. Isch liebe die Poesie und die Natürr und was läge da näherr als die Fotogrrafie?«

»Sie lieben die Poesie?« Ich bin noch etwas mitgenommen von dieser Enthüllung.

»Er liebt die Poesie«, wiederholt Gabby ehrfürchtig.

»Ähh … und was fotografieren Sie?«

»Das einzige, das zu fotografieren sisch lohnt, das einzige, das Poesie und Philosophie eint.« Er legt eine Pause ein, während Gabby mich bedeutungsvoll anschaut und stumm mit den Lippen das Wort »Philosophie« formt.

Im nächsten Moment hebt Pierre die Hand zum Herzen und sagt mit seelenvollem Augenaufschlag: »Schöneit!«

Gabby und ich seufzen synchron.

Er fährt fort: »Denn es ist so, wie derr Dichterr sagt: Poesie ist Warreit, die in Schöneit verborrgen ist.«

Ich versuche unter Aufbietung aller Willenskraft, nicht einfach nur seinen Worten zu lauschen und in seinen Augen zu versinken, sondern stattdessen zu fragen: »Stammt dieses Zitat von einem französischen Dichter?«

»*No.* Von eine schottische. Rroberrt Gilfillan.«

»Es steckt viel Weisheit in diesen Worten, auch wenn Schiller da etwas anderer Meinung ist.« Ich schicke ein Stoßgebet als Dankeschön für das Seminar in den Himmel, in dem ich letztes Semester diese grässliche Hausarbeit über Schiller schreiben musste, und zitiere: »Die Wahrheit ist vorhanden für den Weisen, Schönheit nur für ein fühlendes Herz.«

Ich sehe so etwas wie Respekt in seinen Augen aufleuchten.

»Touché, Mademoiselle. Isch muss gestehen, dass isch erst vorr kurrzem die deutsche Dischterr und Denkerr entdeckt abbe – unserr Nationalstolz steht uns Frranzosen viel su oft im Weg – und mirr noch vieles unklar ist. Darf isch diesbesüglisch mit Irre Ilfe reschnen?«

»Nun …« Zwar hätte ich ihm am liebsten zugesagt, was auch immer er will, doch in meinem Kopf geistert Leticia herum, die mit strengem Blick daran erinnert, nicht zu früh zu viele Zugeständnisse zu machen. *Männer wollen erobern!* »Ich muss mir das noch gut überlegen. Vielleicht.«

»Dann offe isch doch, dass sie wederr die Dischter und Philosophen noch meine fühlende Errz enttäuschen und sisch berreiterrklären, mit mir aussugehen.«

Ich gebe mich unschlüssig: »Ich weiß nicht recht. Ich fürchte, dass ich die ganze Woche über schon vollkommen ausgebucht bin, nicht wahr, Gabby?« Auffordernd blicke ich zu ihr, warte jedoch vergebens auf ihren Einsatz. Sie ist völlig versunken in Pierres Anblick. Ein Tritt

vor das Schienenbein ist jetzt leider nicht möglich, das würde Pierre mitkriegen, daher wiederhole ich, die Stimme leicht erhoben: »Nicht wahr, Gabby?« Sie zuckt zusammen, sieht sich verwirrt um und beeilt sich dann zu sagen: »Aber Lena, natürlich hätten wir dich am Freitag liebend gerne auf unserer Party mit dabei und werden dich alle schmerzlich vermissen, aber wir würden es verstehen, wenn du stattdessen mit Pierre etwas trinken gehst.«

Aus dem Augenwinkel sehe ich, wie Adrian mit den Augen rollt und fürchte schon, dass Gabby zu dick aufgetragen hat, doch im selben Moment sagt Pierre: »Also, dann will isch mirr diese Gelegeneit nischt entgehen lassen und Sie mit derr Errlaubnis Irrer überraus rreizenden Frreundin gerrne am Frreitag ausführren.«

Zu meiner Belustigung errötet Gabby zutiefst. Scheinbar widerstrebend antworte ich nach einer kleinen Pause: »Nun ja, da ich offensichtlich überstimmt bin, bleibt mir wohl nichts anderes übrig.«

»In der Tat«, stimmt er mir zu und fixiert meinen Blick auf eine Weise, dass sich mir vor Aufregung meine Nackenhärchen aufstellen. »Isch freue mich, Sie näer kennensulernen. Wo darf isch Sie abolen?«

Gute Frage ... Ich muss an Johanns angewidertes Gehabe in meiner kleinen Wohnung denken und habe irgendwie plötzlich Hemmungen, Pierre zu sagen, dass ich im Studentenwohnheim wohne.

»Ich muss am Freitagabend ohnehin noch zu Freunden, die in der Stadt wohnen, daher können wir uns gleich dort treffen. Sagen wir um einundzwanzig Uhr im *Café Regie*, neben dem Kino am Uniplatz.«

»Isch werrde da sein und auf die aufrregendste Frrau warrten, die Heidelberg su bieten at.«

Um nicht Gefahr zu laufen, innerhalb der nächsten Minuten vor Verzückung in Ohnmacht zu fallen, stehe ich auf und sage so gelassen, wie es mir in diesem Moment möglich ist: »Tja, also, es hat mich

186

gefreut, aber wir müssen jetzt leider los, unser Kurs fängt gleich an. Wir sehen uns dann Freitagabend.«

Er ergreift meine Hand und drückt mir einen zarten Kuss darauf: »Isch frreue misch, *au revoir*«

Meine Hand fühlt sich an, als würde sie gleich Funken sprühen und ein Kribbeln läuft meinen Arm hinauf.

Mit dem letzten Rest an Selbstbeherrschung lächele ich ihn kurz an, drehe mich um und schwebe mit Gabby Richtung Kursraum. Leider müssen wir an Adrian vorbei, der verächtlich den Kopf schüttelt und leise murmelt: »Was für eine Komödie.« Ich schaue weg, kann aber nicht verhindern, dass ich mich auf unangenehme Weise plötzlich nackt fühle.

Im Kursraum angekommen stellen wir fest, dass erstens sämtliche Kursteilnehmer grau- bis weißhaarige Damen und Herren sind und zweitens der Kurs wohl schon seit einer ganzen Weile läuft.

Alle Köpfe drehen sich zu uns um.

»Wo sind wir hier?«, fragt mich Gabby mit unbewegtem Gesicht leise aus dem Mundwinkel heraus.

»Keine Ahnung, vermutlich ›Rücken ab sechzig‹ oder so«, flüstere ich ebenfalls aus dem Mundwinkel zurück.

Schon ertönt die Stimme der Kursleiterin: »Kommt herein, kommt herein, wir freuen uns über jedes neue Gesicht.«

»Danke, nein ... ähh ... wir haben uns wohl in der Tür geirrt«, beeile ich mich zu antworten.

»Schade«, ertönt es aus vollem Herzen von einem Opi mit mächtigem Bierbauch, woraufhin ihn die Frau neben ihm böse ansieht und vernehmlich »Norbert!« zischt.

Wir drehen um und ich spähe vorsichtig durch die Tür nach draußen, ob die Luft rein ist. Weder von Pierre noch von Adrian ist etwas zu sehen.

»Los jetzt!«, gebe ich das Kommando und wir eilen möglichst

unauffällig in die Umkleidekabine, wo wir uns auf die Bank fallen lassen.

Nach einer Verschnaufpause nickt Gabby anerkennend mit dem Kopf. »Wow, also ich muss schon sagen: Der Typ ist ja noch viel heißer als du gesagt hast.«

»Jaaa!«

Beglückt schließe ich die Augen und erinnere mich an das Gefühl seiner Lippen auf meiner Hand.

Gabby kaut nachdenklich auf ihrer Unterlippe. »Aber wieso hast du ihm dann nicht gesagt, dass er dich im Wohnheim abholen soll?«

Oh Mann, Gabby hat ein echtes Talent dafür, den wunden Punkt zu finden. »Keine Ahnung, nur so.«

»Schämst du dich etwa dafür, nur eine Studentin zu sein?«

»Quatsch! Es ist eine reine Vorsichtsmaßnahme. Ich will nicht beim ersten Date gleich einen falschen Eindruck erwecken«, antworte ich, ihren Blick meidend.

»Ach, und ein falscher Eindruck wäre also der, dass du eine Studentin bist, die weder reiche Eltern hat noch sich sonst wie von irgendjemandem aushalten lässt, sondern im Wohnheim lebt?«

Ihre offene Missbilligung trifft mich und ich bemühe mich, sie zu widerlegen, während wir auf die Straße treten: »Ich möchte mich einfach bei der ersten Verabredung auf neutralem Boden mit ihm treffen. Nur damit er nicht weiß, wo ich wohne, falls es mit uns nichts werden sollte.«

Wir schlängeln uns durch die Passanten zu den Fahrradständern und ich beginne nach meinem Schlüssel zu kramen. In diesem Moment kommt ein brauner Schemen angeschossen, der sich bei genauem Hinsehen als einer dieser Minihunde entpuppt, die aussehen wie zu groß geratene Ratten. Ohne abzubremsen rast er auf mich zu, und sofort setzt mein Verstand aus und meine Alarmglocken beginnen zu schrillen. Binnen des Bruchteils einer Sekunde

bricht mir der Angstschweiß aus, und ohne Nachzudenken springe ich panisch hinter den nächsten Passanten. »Scheiße, scheiße, scheiße, scheiße!« Während ich mich hinter dem Rücken des Mannes verstecke, versuche ich den kläffenden Hund zu verscheuchen: »Kschhhh, kschhhh. Weg! Geh schon! Hau ab! Lass mich in Ruhe! Weg!« Doch weit entfernt davon, meinen Worten Folge zu leisten, versucht dieser, nach meinem Fuß zu schnappen, so dass er und ich, die den offensichtlich perplexen Passanten wie einen Schutzschild vor sich hält, wild umeinander herumtänzeln. Ich schimpfe und schreie, der Passant beginnt sich zu wehren und Gabby macht das Chaos perfekt, indem auch sie versucht, den Hund zu fassen zu kriegen. Zu keinem klaren Gedanken mehr fähig, sehe ich mein letztes Stündlein kommen, als plötzlich ein durchdringender Pfiff ertönt, der Hund die Ohren spitzt und in der nächsten Sekunde davonrast. Erleichtert lasse ich den durchgeschüttelten und völlig konfusen Mann los, der daraufhin erst einmal ein paar torkelnde Schritte macht, bevor er sein Gleichgewicht wiederfindet, sich empört strafft, sein Jackett abklopft und einige Male den Mund öffnet und schließt, ohne ein Wort hervorbringen zu können.

»Es tut mir so leid, bitte entschuldigen Sie. Das war keine Absicht. Es ist nur so, dass ich totale Panik kriege, wenn ein Hund auf mich zuläuft. Wirklich, Sie müssen mir glauben. Es tut mir schrecklich leid ...« Mitten in meiner Tirade stößt der Mann wutschnaubend ein »Unverschämt!« aus, dreht sich um und geht kopfschüttelnd ohne ein weiteres Wort davon.

Ich atme aus und sehe zu Gabby, die mich mit großen Augen anschaut und dann trocken bemerkt: »Also, eine Hundepension kommt bei dir definitiv nicht in Frage!«

»Sehe ich genauso!«

Jetzt erst komme ich dazu, mich nach dem Verbleib des Hundes umzuschauen und schnappe nach Luft, als ich ihn vor dem Eingang des

Sportstudios entdecke, wo er schwanzwedelnd vor einem amüsiert dreinblickenden Adrian hockt und von diesem in aller Seelenruhe gekrault wird.

Ich platze fast vor Wut, als ich zu Adrian stapfe: »Das war ja so was von klar, dass dieses Mistviech dir gehört! Kannst du deine Ratte nicht besser unter Kontrolle halten? Was denkst du dir eigentlich dabei, so ein gemeingefährliches Vieh frei herumlaufen zu lassen? Eigentlich sollte ich dich anzeigen. Jawohl! Anzeigen! Das war ja klar, dass ihr Polizisten für euch selbst mal wieder von allem eine Ausnahme macht. Leinenpflicht? Was soll das denn bitte sein? Aufsichtspflicht? Noch nie gehört!« Ich hole erbost Luft, als plötzlich ein dünnes Stimmchen ertönt: »Pupsilein? Pupsilein! Da bist du ja! Was denkst du dir denn nur dabei, dein Mamichen allein zu lassen?«

Die zu groß geratene Ratte dreht sich einmal um sich selbst, trippelt dann zu einer kleinen, stark geschminkten Frau um die sechzig und springt schwanzwedelnd an ihr hoch. »Du böses kleines Hundchen, du … Mach Mami nicht noch einmal solche Angst, sonst gibt es kein Schokolädchen mehr für dich.«

Ich bin so perplex, dass mir meine anklagenden Worte im Hals stecken bleiben und ich die Frau mit ihrem Pupsilein in der Handtasche ohne weiteren Kommentar ihres Weges gehen lasse.

Dann erst wird mir bewusst, dass ich ja nicht allein bin und ich drehe mich langsam zu Adrian um, der immer noch auf der Treppe zum Studio sitzt und selbstgefällig grinst.

Verlegen suche ich nach Worten: »Hmm. Das war wohl gar nicht dein Hund, oder?«

»Gut erkannt.«

»Aber du hast ihn weggepfiffen?«

»In der Tat.«

»Aha … Na dann … was soll ich dazu sagen?«

»Wie wäre es mit ›Entschuldige, dass ich dich zu Unrecht angeschrien

habe, und das, obwohl du mich schon zwei Mal gerettet hast?‹«

»Wie bitte?!? Welche zwei Male denn?«

»Denk mal scharf nach!«

»Also, falls du auf die Sache mit dem Krankenwagen anspielst: Vergiss es! Die Sanitäter konnten rein gar nichts machen! Du hast den Krankenwagen völlig umsonst gerufen!« Triumphierend blicke ich ihn an.

»Alles klar, dann werde ich dir also in Zukunft weder einen Krankenwagen rufen noch für dich die Hunde zurückpfeifen!« Er steht auf und klopft sich den Staub von der Hose.

Jetzt habe ich doch ein schlechtes Gewissen, immerhin war das mit dem Hund schon eine tolle Aktion. *Warum nur fällt es mir so schwer, mich bei ihm zu bedanken?* Ich schaue zur Seite und nuschele: »Dankeschön.«

Er hält sich die Hand ans Ohr: »Wie bitte?«

Ich presse die Lippen zusammen. *Was soll das, macht der jetzt einen auf Oberlehrer oder was?* Einfach nur, um dieser peinlichen Szene hier endlich ein Ende zu setzen, sage ich entnervt etwas lauter: »Dankeschön.«

Adrian grinst süffisant: »Kannst mich ja rufen, wenn du dich mal wieder von winzigen Handtaschenhündchen bedroht fühlst!«

Böse funkele ich ihn an, drehe mich dann auf dem Absatz um und gehe zu Gabby. *Das hat man davon, wenn man zu den Kerlen nett ist! Jetzt habe ich mich schon überwunden und mich bei ihm bedankt, und der Blödmann macht sich über mich lustig.*

Von conny.ytterdal@googlemail.no
An le.ni@googlemail.de
Gesendet am 02.06.2013 um 23:10 Uhr
Betreff: RE: impertinenter Polizist

Liebe Leni,
hab leider nicht viel Zeit. Bin immer noch in der Klinik, wird wieder eine lange Nacht. Daher nur kurz: Halte dich bloß fern von diesem Verrückten. Scheint ja ein wirklich furchtbarer Mensch zu sein. Halte mich auf dem Laufenden bzgl. Pierre.
Ich drücke dich,
Conny

P.S.: Gruß auch von Tjore, der mir grad über die Schulter linst. Er sagt, du sollst den armen Männern nicht zu sehr den Kopf verdrehen ;-)

Von le.ni@googlemail.de
An conny.ytterdal@googlemail.no
Gesendet am: 03.06.2013 um 22:34 Uhr
Betreff: Verliebt

Liebe Conny,
ich glaube, ich war in meinem Leben noch nie glücklicher: Ich werde mit Pierre am Freitagabend ausgehen!!!! ☺☺☺☺ Ich kann es kaum glauben. Er ist absolut perfekt!
Es ist einfach unglaublich, wie gut wir zueinander passen. Er interessiert sich für Literatur UND Philosophie UND ist noch dazu ungeheuer charmant!

Nicht zu fassen, dass jemand wie er zu allem Überfluss auch noch so verdammt gut aussieht und sportlich ist und, und, und … Conny, ich könnte dir die ganze Nacht von ihm vorschwärmen.

Gabby meinte sogar, es wäre schon unheimlich, wie viele Kriterien meiner Liste er bereits jetzt erfüllt. Doch ich habe geantwortet, dass

das nicht unheimlich, sondern Schicksal ist. Er ist der passende De-
ckel zu meinem Topf. Wir sind füreinander bestimmt!
Und das Beste daran ist: Stell dir vor, er ist gar kein Polizist!!! Er ist
FOTOGRAF!!!! Ich konnte ihn mir ohnehin nie als Polizisten vor-
stellen. Hätte mir von Anfang an klar sein müssen, dass jemand,
der so höflich und charmant ist wie er, niemals Polizist sein kann.
Ich habe zwar vor Überraschung ganz vergessen zu fragen, woher
er dann diesen furchtbaren Kerl kennt, aber das ist ja auch egal.
Hole ich irgendwann nach.
Jedenfalls kann ich es kaum erwarten, bis ich ihn endlich Freitag-
abend wiedersehe. Ich konnte mich heute den ganzen Tag in der
Uni nicht konzentrieren und bin rumgerannt wie ein Zombie.

☺ Am liebsten würde ich morgen Abend wieder zum Sport gehen,
um ihn zu sehen, doch blöderweise muss ich echt einiges für die
Uni nachholen ☹ Bin ja die letzten Abende über kaum zum Lernen
gekommen. Seufz.

Drück mir die Daumen für Freitag.
Deine überglückliche, megaverliebte
und auf Wolke sieben schwebende
Leni

Von conny.ytterdal@googlemail.no
An le.ni@googlemail.de
Gesendet: am 04.06.2013 um 05:20 Uhr
Betreff: Re: Re: Verliebt

Meine liebe Leni,
ich freue mich natürlich wahnsinnig für dich und hoffe, dass dein
Glück anhält. Ich will auch wirklich keine Spielverderberin sein, aber

meinst Du nicht, dass Du Dich da ein bisschen zu sehr hineinsteigerst? Immerhin kennst du Pierre kaum. Ich möchte Dir einfach nur den Rat geben, es langsam angehen zu lassen.
Lass uns bald mal wieder skypen. Diese Woche ist zwar schlecht, aber nächste habe ich mehr Zeit.
Ich drücke dir für morgen Abend die Daumen,
Conny

Enttäuscht fahre ich den Computer herunter. *Zum Glück habe ich die Mail erst heute gelesen und nicht schon gestern, sonst hätte ich vor lauter Ärger mit Sicherheit nicht mal halb so viel für die Uni geschafft. Diese alte Schwarzmalerin. Was soll das denn? Kann es etwa nicht sein, dass auch die tollpatschige Lena mal einen Glücksgriff landet? Steht das von Rechts wegen nur der ach so perfekten Conny zu oder was? Warum kann sie sich nicht einfach nur für mich freuen, anstatt sich hier als meine Mutti aufzuspielen?* Ich seufze. *Egal, davon will ich mir die Vorfreude auf mein Date nicht vermiesen lassen. Außerdem habe ich jetzt sowieso keine Zeit, mir um Connys besserwisserische Anwandlungen Gedanken zu machen, immerhin kommt gleich diese Freundin von Leticia, um mir die Haare zu machen. Ich glaube zwar nicht, dass man aus meinen Haaren eine Frisur zaubern kann, doch es soll ja noch Zeichen und Wunder geben.*

Ich schnappe meinen Hausschlüssel, hole Gabby ab, die unbedingt dabei sein wollte, und wir klingeln ihr gegenüber bei Leticia. Schon durch die geschlossene Tür hindurch hören wir lautes Lachen und ein Gewirr aus Sprachen und Stimmen. Dann wird mit Schwung die Tür aufgerissen und Leticia zieht uns in ihre Arme: »Olà! Kommt herein, kommt herein, Joy ist auch schon da.«
Joy stellt sich als brasilianische Variante von Wagners Walküre heraus. Alles an ihr ist einfach nur mächtig, ihr Körperbau ebenso wie

ihre Stimme und ihr Auftreten. »*Olà!* Ich bin Joy. Leticia sagte mir, dass eine von euch beiden Süßen meine Hilfe braucht. Und da ich für meine liebe Leticia absolut alles tun würde …«, sie lacht vergnügt mit wogendem Busen, »… habe ich natürlich alles in Bewegung gesetzt, um herzukommen.«

»Tja, also ich schätze mal, ich bin hier die Hilfsbedürftige«, antworte ich mit schiefem Lächeln.

Sie fordert mich mit an die Lippen gelegtem Zeigefinger auf zu schweigen, tritt einen Schritt zurück, kneift die Augen zusammen und mustert mich kritisch etliche Sekunden lang. Dann sagt sie: »Hmm, das wird ein hartes Stück Arbeit.«

Das hört sich gar nicht gut an. Ich schrumpfe innerlich zusammen, doch Joy lacht schon wieder, während ihre gesamte Körperfülle mitlacht, und fügt hinzu: »Aber ich liebe die Herausforderung! Wir machen aus diesem kleinen Pudel eine verführerische sexy *chica.*«

Das mit dem Pudel kränkt mich zwar, aber ich sage nichts; immerhin bin ich auf sie angewiesen und will sie nicht verärgern.

Sie geht in die Wohnküche der Vierer-WG und klopft einladend auf den offensichtlich bereits vorbereiteten Stuhl in der Mitte. Gehorsam setze ich mich und sie fährt mit den Fingern durch meine Haare, wendet sie hin und her, zupft sie nach vorn, legt sie nach hinten und erklärt schließlich, während sie weiterhin in meinem Haar wühlt: »Du hast ziemlich lange Haare, was man auf den ersten Blick gar nicht merkt, weil deine Krause sie so stark hochzieht. Ich werde sie daher weitestgehend glätten. Hinten werde ich sie ein wenig kürzen, um mehr Pepp und Volumen reinzukriegen. Ansonsten beschränke ich mich darauf, den Spliss wegzuschneiden und die Haare auf eine einheitliche Länge zu kriegen. Den Ansatz glätten wir, aber die Spitzen werden wir in großen sanften Locken ausklingen lassen. Den Scheitel setzen wir ziemlich weit links und lassen den Pony in Wellen schräg über das Auge fallen. Hört sich das gut an?«

»Ähh, jaaa?« So recht kann ich mir noch kein Bild von dem machen, was sie vorhat, aber da ich keine bessere Idee habe, lasse ich sie gewähren.

Also legt sie mir einen Umhang um und macht sich, mit Kämmen und Scheren bewaffnet, ans Werk, während Gabby und Leticia gesprächig um uns herumwuseln und alle paar Minuten andere Leute ihren Kopf aus einer der Zimmertüren stecken, sich etwas zu essen holen, die Wohnung verlassen oder gerade reingehen. Alle werden von Leticia mit großem Hallo begrüßt und erst einmal in ein lautes und gestenreiches Gespräch verstrickt. Da ich beim Zählen auf mehr als neun verschiedene Personen komme, müssen wohl einige davon Partner oder Freunde der Mitbewohner sein. Fast alle drehen anschließend mit kritischem Blick eine Runde um mich und geben wohlmeinende Ratschläge ab, so dass ich mir wie ein exotisches Tier vorkomme. Zum Glück jedoch lässt sich Joy von keinerlei Kommentaren aus der Ruhe bringen und arbeitet so konzentriert vor sich hin, dass schon bald geschnitten wurde, was geschnitten werden musste, um mich anschließend zum Haarewaschen in Leticias Bad zu schleppen. Nach dem Trockenföhnen zieht sie meine Haare erst durch ein Glätteisen, dann nimmt sie nochmals den Föhn zur Hand, dreht Strähne um Strähne mit der Rundbürste ein und zieht während des Föhnens behutsam die Bürste wieder heraus.

Nach einigen Spritzern hiervon und davon sagt sie schließlich »*Et voilà*, Kleopatra höchstpersönlich.« Sie nimmt mir den Umhang ab. Ich springe auf und will sofort ins Bad zum Spiegel laufen, doch Leticia drückt mich wieder auf den Stuhl: »Warte, das Make-up fehlt doch noch.« Sie holt die mir bereits bekannten Utensilien inklusive der gefürchteten Wimpernzange hervor und legt so zielstrebig und routiniert los, dass meine Wimpern gekrümmt sind, bevor ich überhaupt daran denke, Angst zu haben. Schließlich verteilt sie noch ein wenig Rouge auf meinen Wangen und sagt: »Jetzt bist du fertig.«

Gabby klatscht vor Begeisterung in die Hände: »Lena, du sieht fantastisch aus.« Auch ich kann es nun kaum mehr erwarten, laufe ins Bad und bin vor Erstaunen erst einmal ganz stumm. Aus dem Spiegel heraus starrt mich mit großen Augen ein Filmstar an oder ein Model, aber niemals Lena Weber.

Angesichts meiner nicht vorhandenen Jubelschreie höre ich Gabby mit ängstlicher Stimme aus der Wohnküche rufen: »Lena, ist alles in Ordnung bei dir? Findest du die Frisur etwa nicht gut?«

Ich gehe stumm zu den Mädels zurück und falle ihnen dankbar in die Arme. Fassungslos frage ich, wie ich das wieder gut machen kann.

Sichtlich erleichtert drückt mich Joy noch einmal an ihren enormen Busen und antwortet: »Meine Liebe, beschaff mir einfach haufenweise Kunden für den Salon, den ich in drei Monaten eröffnen werde.«

»Das mache ich!!!«

Leticia fügt laut lachend hinzu: »Mir genügt es, an einem weiteren Sieg über das männliche Geschlecht teilgehabt zu haben. Schnapp ihn dir, *querida*!«

»Auch das werde ich!!!«, strahle ich siegessicher in die Runde.

Zurück in meinem Zimmer ziehe ich mir, um weder Frisur noch Make-up zu ruinieren, mit Gabbys Hilfe möglichst vorsichtig mein bestes – und eigentlich auch einzig wirklich schickes – Kleid an. Ich hatte es für Connys Hochzeit gekauft und darin fürchterlich gefroren, weil mich niemand darauf vorbereitet hatte, dass der norwegische Sommer nicht unbedingt sommerlich sein muss. Es ist ein mitternachtsblaues, hautenges Spitzenkleid, am Körper durch ein eingearbeitetes Unterkleid blickdicht, doch an den Armen verführerisch durchsichtig. Am Nacken schmiegt sich die Spitze wie ein Kragen um meinen Hals, während das Kleid vorne tief dekolletiert und zwischen den Brüsten elegant gerafft ist. Dazu nachtblaue Stilettos – ebenfalls von Connys Hochzeit (die Stilettos traute ich mir

damals nur zu, weil ich ohnehin nicht tanzen kann. Deshalb bestand also keine Gefahr, sich oder anderen etwas zu brechen, zu prellen oder zu verstauchen … Leider hatte ich nicht mit den Wunden gerechnet, die ein Stilettoabsatz im Fuß des Tischnachbarn hinterlässt, wenn man plötzlich von Freude überwältigt aufspringt und der Braut Beifall klatscht). Eine brieftaschengroße, dunkelblaue Clutch komplettiert mein Outfit.

Gabby steht staunend vor mir: »Mein lieber Schwan, Lena, also wenn der dich nicht vom Fleck weg heiratet, hat er keine Augen im Kopf.«

Ich beiße mir auf die Lippe und denke an Connys Email. »Jetzt mal langsam mit den Pferden, Gabby, erst einmal wollen wir einfach nur einen netten Abend zusammen verbringen.«

»Na, dann leg mal los!«

Fünf Minuten später ist das bestellte Taxi da und ich fahre nervös zu meinem ersten Date mit meinem Traummann.

Pünktlich um einundzwanzig Uhr sitze ich im *Café Regie*. Trotz der eigentlich für Nachtschwärmer noch recht frühen Uhrzeit ist es hier bereits recht voll, doch ich ergattere noch einen Fensterplatz. Das Café trägt seinen Namen, weil es – passenderweise gegenüber dem Kino gelegen – mit alten Filmplakaten von *Casablanca* bis hin zu *Star Wars* dekoriert ist und alle Cocktails sich mit Namen oder Zitaten auf Filme beziehen.

Eine Viertelstunde später ist immer noch nichts von Pierre zu sehen und mir wird langsam mulmig. Der Kellner kommt zum zweiten Mal vorbei, doch ich winke wieder ab. »Ich warte noch auf jemanden.« Langsam wird es mir peinlich, in einer rappelvollen Bar an einem leeren Tisch zu sitzen und alle zwei Minuten einen ebenfalls leeren Stuhl gegen andere Gäste verteidigen zu müssen. Ich werde zunehmend nervös, sehe aus dem Fenster und schlage mir schließlich mit der Hand vor den Kopf. *Ich bin ja so dumm. Wieso habe ich*

mir seine Nummer nicht geben lassen? Ich war so gefangen von seiner Erscheinung, dass ich an das Grundlegendste nicht mal ansatzweise gedacht habe, und da ich mich an den blöden Rat dieser dämlichen Zeitschriften halten wollte, habe ich ihm meine auch nicht gegeben. Was ist, wenn er jetzt aus irgendeinem Grunde verhindert ist? Dann war alles für die Katz´. Was mache ich denn jetzt? Warten oder gehen?
Ich entscheide mich dafür, noch eine Viertelstunde zu warten.

Um Viertel vor Zehn macht sich in mir die enttäuschende Erkenntnis breit, dass ich sitzengelassen wurde und ich begebe mich zur Tür. Giftige Blicke folgen mir von allen Seiten, immerhin habe ich seit einer Ewigkeit sinnlos Tisch und Stühle blockiert. Beschämt schaue ich zu Boden, öffne die Tür und wäre fast in jemanden hineingerannt. »Oppla. *Excusez-moi, Madame!*"
Ich schaue verdutzt hoch und mein Gegenüber blickt mich nicht minder erstaunt an: »Lena? Sind sie es? ... Isch abbe Sie gar nisch errkannt ... Sie ... Sie sehen absolut besaubernd aus.«
Einen Moment lang weiß ich nicht, ob ich das als Kompliment auffassen soll oder eher als Gegenteil davon. Ich bin immer noch sehr aufgebracht darüber, so lange hier alleine gesessen zu haben.
Pierre bemerkt meine mangelnde Begeisterung über seinen Anblick und fasst nach meinen beiden Händen. »Lena, es tut mirr so leid, isch bin untrröstlisch. Isch bin aufgealten worden und abbe misch etwas verspätet und das ist nischt su entschuldigen, aber Adrian ...«
Ich höre wohl nicht recht! »Etwas verspätet?!? Wir waren um Neun verabredet, jetzt ist es kurz vor Zehn!« Dann erst dringt mir ins Bewusstsein, dass er eben Adrian erwähnt hat, und meine Alarmglocken beginnen zu schellen.
»Abberr in Frrankrreisch wirr leben nach anderer Seit, wissen Sie? In Frrankrreisch sagt eine Frrau acht Uhr und meint alb Neun. Es tut mirr

so leid.« Er sieht so geknickt aus und schaut mich aus seinen blauen Augen so treuherzig an, dass ich ihm fast nicht mehr böse sein kann.

Irgendwie ist es ja auch meine Schuld. Erstens hätte ich nach seiner Nummer fragen müssen und zweitens hätte ich ja wirklich daran denken können, dass in den ganzen Südländern die Uhren anders ticken.

Ich kaue unschlüssig auf der Innenseite meiner Wange herum. »Und was hat Adrian damit zu tun?«

Er winkt ab. »Unwischtig … Lena, darrf isch es widder gut machen?« Immer noch hält er meine Hände in seinen und ich spüre, wie ich schwach werde. »Darf isch Sie sum Essen einladden? Woin auch immerr sie möschten!«

Ich atme tief ein und aus. »Na gut.«

»Oh Lena, Sie machen misch überrglücklisch. Saggen Sie mirr, woin sollen wirr geen?« Er reibt sich die Hände und freut sich wie ein Schuljunge über einen gelungenen Streich. Dem kann ich einfach nicht widerstehen und muss schmunzeln, was er zum Anlass nimmt, mir in spielerisch-galanter Weise den Arm anzubieten.

Nach kurzem Zögern ergreife ich ihn und lege meine Hand darum.

»Isch werrde es widder gut machen, isch verrsprresche es Innen. Woin wollen Sie geen?«

Das Mogul wäre toll, aber bei so einem Edel-Inder kriegen wir, ohne drei Tage im Voraus reserviert zu haben, nie im Leben an einem Freitagabend einen Tisch. Wohin also? In welcher Richtung liegt das nächste, einigermaßen schicke Restaurant?

»Also gut, hier lang. Wir gehen indisch essen.«

»Oui, irr Wunsch ist mirr Befell. Wie aufregend. Isch warr noch nie indisch essen.«

»Also so was. Und dabei habe ich erst neulich einen Landsmann von Ihnen kennengelernt, der mich indisch bekocht hat«, antworte ich neckisch, wobei ich geflissentlich die näheren Umstände verschweige.

»*Olala,* isch kann es meinem Landsmann nischt verrdenken, dass err fürr Sie gekocht at. Wirr Frranzosen aben nun einmal ein Auge fürr Schöneit.« Er lächelt mir, offensichtlich in Erinnerung an unser Gespräch vorgestern, verschwörerisch zu.

Geschmeichelt lächele ich zurück. *Das ist doch eine tolle Geschichte für unsere Kinder: Mama und Papa haben sich kennengelernt, indem sie über Schönheit philosophierten. Hach!*

»Aber eine Frage muss ich unbedingt noch los werden.«

»Frragen Sie misch, was Sie wollen, und Sie können in meine Errz lesen wie in eine offene Buch!«

»Woher kennen Sie diesen Polizisten? Ich hielt Sie ebenfalls für einen Polizisten, weil Sie immer mit ihm zusammen aufgekreuzt sind.«

Er sieht mich forschend an. »Sie mögen Adrian nischt besonders?«

Ich blicke zur Seite. »Ich mag generell keine Männer, die nur Befehlen folgen und den Verstand vor das Gefühl setzen.«

Er bleibt stehen und sieht mir in die Augen: »Oh Lena, Sie sprreschen mir aus der Seele. Die Menschen sollten merr nach irren Gefüllen leben, wenigerr nach irre Kopf!«

Ich fühle mich wie berauscht und fürchte, dass ich dämlich vor mich hin grinse, daher gebe ich mir einen Ruck und zeige in die Querstraße. »Hier müssen wir rein.«

Elegant verbeugt er sich vor mir. »Nach Innen, verrerrte Prrinzessin.«

Nach ein paar Metern sagt er: »Um die Warreit su sagen: Adrrian at misch aufgealten.«

Wie angewurzelt bleibe ich stehen. Dann drehe ich mich langsam zu Pierre um und frage mit kalter Stimme: »Und was hat er gesagt?«

Doch Pierre zieht mich weiter. »Lassen Sie uns nischt den Abend verrderrben!«

Ich stemme mich gegen ihn und beharre: »Nein, bitte sagen Sie mir,

was Adrian wollte.«

»Lena, das ist doch unwischtisch. Wischtisch ist, dass wirr ierr sind. Sie und isch.«

»Sie müssen gar nichts mehr sagen. Ich kann es mir schon denken: Er hat versucht, Sie zu überreden, sich nicht mit mir zu treffen, nicht wahr?«

Überrascht sieht er mich an. »Woerr wissen Sie –?«

Wütend unterbreche ich ihn. »So ein Mistkerl! Was bildet der sich eigentlich ein? Hat der kein eigenes Leben? Muss er sich ständig in das Leben anderer einmischen? Stellen Sie sich vor, mit mir hat er nämlich auch schon gesprochen und versucht, mir ein Treffen mit Ihnen auszureden.«

Pierre sieht mich erstaunt an und zu meiner Überraschung fällt er plötzlich vor mir auf die Knie: »Lena! Sie sind anbetungswürrdisch!«

Völlig aus dem Konzept gebracht fange ich an zu stottern und weiß nicht mehr, was ich eigentlich gerade sagen wollte.

»Isch bin überrglücklich, dass Sie sich offensichtlisch nischt einschüschterrn lassen! Nischt alle Frrauen rreagieren so. In *ma belle Frrankrreisch* ja, aber nischt ierr, in diese schrecklisch biederre und sugeknöpfte Deutschland.« Er drückt mir einen Kuss auf die Hand, steht wieder auf und zieht mich weiter mit sich.

Immer noch sprachlos folge ich ihm. Ich habe nicht die Hälfte von dem verstanden, was er gerade gesagt hat. *Aber er hat gemeint, dass ich anbetungswürdig bin. Das genügt mir vorerst, der Rest wird sich schon irgendwann klären.*

Zwei Häuser weiter macht ein orange beleuchtetes Schild auf den *Delhi Palace* aufmerksam. Das Lokal hat erst vor einer Woche eröffnet, und ich bin noch nicht dazu gekommen, es auszuprobieren.

Im Inneren empfängt uns mit Begeisterung ein kleiner, weißhaariger Inder, dessen Freude über unser Erscheinen angesichts der so gut wie unbesetzten Tische verständlich wird. Er führt uns zu ei-

nem Tischchen, das halb hinter einem Paravent verborgen ist und dadurch eine heimelige, romantische Atmosphäre verströmt. Dann reicht der Kellner uns mit einer Verbeugung die Speisekarten. Ich schlage sie auf und bin entzückt über die Vielfalt darin und die Tatsache, dass ich nun doch mit meinem weltmännischen Wissen punkten kann. Immerhin habe ich mir gemerkt, wie die Gerichte hießen, die Jérôme uns aufgetischt hat und die so sagenhaft lecker waren.

Da Pierre die Wahl der Gerichte mir überlässt und selbst nur den Wein aussucht – zum Glück, da ich davon absolut nicht die leiseste Ahnung habe – bestelle ich also mit stolzgeschwellter Brust für uns beide *Kochuri, Dahi, Haryali Malai Kabab, Mango Lassi* und ein Gemüsecurry.

Eifrig notiert sich der kleine Inder meine Bestellung. »Vielen Dank. Ihre Gerichte werden sofort bei Ihnen sein.« Dann eilt er beflissen davon.

Endlich sitzen Pierre und ich uns allein in dem kleinen Separee gegenüber und mein Magen fühlt sich ganz kribbelig an. Einige Minuten lang schweigen wir, dann sieht Pierre mir tief in die Augen. »Lena, es tut mirr leid, wenn isch Innen damit su nae trrete, doch isch muss Innen einfach sage, dass Sie eute Abend unglaublisch verrfürrerrisch ausseen.«

Ich erröte unwillkürlich und schlage die Augen nieder, doch ausgerechnet in diesem Moment taucht schon der kleine Kellner mit dem Wein auf. *Meine Güte, hat der nichts Besseres zu tun?*

Endlich ist er wieder weg und Pierre und ich prosten uns mit erhobenen Weingläsern zu, während wir uns über deren Rand hinweg tief in die Augen sehen.

Schließlich ergreift Pierre wieder das Wort: »Isch abbe errnst gemeint, was isch überr meine Leidenschaft gesagt abbe.«

Ach du Schande, das ging aber schnell. Vielleicht hat Gabby doch recht damit, dass ich heute noch einen Heiratsantrag erhalte ... Ich bin

zwar selbst ziemlich überrascht, aber schließlich haben Leticia und Joy sich richtig ins Zeug gelegt.

Schon fährt er fort:

»Isch wagge kaum, disch su frragen …«

Oh mein Gott, ich werde gleich ohnmächtig!

»… aber da isch nurr das Schöne fotogrrafierre …«

Oh, denke ich ernüchtert, er spricht von seiner Leidenschaft zur Fotografie. Ich bin etwas enttäuscht.

»… und du das Schönste bist, was isch mirr vorstellen kann …«

Oder spricht er doch nicht über die Fotografie?

»… würrde isch disch gerrne fotogrrafierren!«

Doch Fotografie … Häh? Moment mal, was hat er gerade gesagt? Er will mich fotografieren? Oh … das ist ja … so romantisch …

»Ja, ich will!«, hauche ich. Dann schüttele ich den Kopf, um wieder bei klarem Verstand zu sein. »Äh, ich meine natürlich: ja klar, gerne, warum nicht?«

Erfreut strahlt er mich an und drückt meine Hände. »Lena, du bist eine errstaunlische Frau.«

Erst jetzt fällt mir auf, dass er mich duzt. *Wie wundervoll vertraut sich das aus seinem Munde anhört.*

Leider kommt in diesem Moment – höchst ungelegen, wie ich finde – unser Kellner wieder, so dass Pierre seine wundervollen Komplimente unterbrechen muss.

Der kleine Mann entzündet die Teelichter der Warmhalteplatten, stellt die flachen Schüsseln mit den einzelnen Gerichten darauf und wünscht uns – sich verbeugend – einen guten Appetit.

Erwartungsvoll hebt Pierre die Deckel der ersten beiden Schalen, woraufhin sich sein Gesicht enttäuscht verzieht.

»Was ist los?«, frage ich erschrocken.

»Oh nischts, keine Prroblem. Isch bin nurr allerrgisch gegen Kokosmilsch … und Ünschen«

Oh!
Dann hebt er den Deckel der zweiten Schale und beißt sich auf die Lippe:»Und leiderr auch gegen Brrokkoli ...«

Eine Schale ist noch übrig. *Bitte sei nicht gegen Erbsen allergisch!* Er hebt auch hier den Deckel an und schüttelt den Kopf.

»Du bist auch gegen Erbsen allergisch?«, frage ich fassungslos.

»Nein, aberr gegen Meel.«

Ach so, klar, wer ist das denn nicht ... Na toll. Ich fühle mich hundsmiserabel und schuldig, weil ich ihn nicht vorher gefragt habe. *Jetzt wollte ich die große Dame von Welt mimen und indisch bestellen und nun so was.*

»Dann bestellen wir dir gleich etwas anderes. Ich rufe den Kellner noch mal.«

»Nein, nein«, wehrt er ab.»Isch abbe ohnein keinen Ungerr.«

»Aber das ist doch albern. Ich werde ja wohl hier nicht alleine sitzen und essen, während du mir dabei zusiehst.«

Er greift nach meiner zum Kellner hin erhobenen Hand, senkt sie langsam wieder und sagt mit tiefer Stimme»*Ma chérie*, ich würrde nichts lieberr tun, als dirr beim Essen sususeen.«

Dagegen komme ich nicht an. Halbherzig sage ich:»Na gut«, obwohl ich es hasse, wenn man mich beim Essen beobachtet.

Er bemerkt mein Unbehagen.»Wenn es dirr besserr damit geht, dann werrde isch den Rreis essen.«

Na super. Ich stopfe leckere indische Gerichte in mich hinein und mein Begleiter futtert Reis. Irgendwie habe ich mir das anders vorgestellt. Nun gut, mach das Beste draus! Wie war das nochmal bei ›9 ½ Wochen‹? Auch essen kann sexy sein!

Also versuche ich anmutig einen Löffel von meinem Curry zu nehmen – gar nicht so einfach, wenn der blöde Brokkoli ständig vom Löffel fällt – und langsam zum Mund zu führen, um lasziv den Löffel abzulecken. *Scheiße! Heiß! Heiß! Heiß!* Ich stürze das Glas Wein hin-

unter wie ein Verdurstender.

Pierre macht große Augen ob meines seltsamen Essverhaltens. »Du gehst abber rischtisch rran … das gefällt mir …«

Ich versuche, ihn unter halb geschlossenen Augenlidern hervor verführerisch anzulächeln. *Alles okay. Alles bestens.*

Zweiter Versuch. Jetzt bin ich vorgewarnt und puste erst einmal kräftig auf das Curry auf meinen Löffel. *Mist, ich glaube, es gilt nicht als besonders sexy, wenn Soßenspritzer auf dem Tischtuch landen. Warum auch muss er mich die ganze Zeit über so anstarren? Dabei kann man ja nur nervös werden. Egal, einfach so tun, als wäre nichts gewesen!*

Ich führe den Löffel zum Mund und ziehe ihn langsam wieder zwischen meinen Lippen heraus. *Also in dem Tempo sitze ich noch morgen Abend hier. Irgendwie ist das auch nicht so ganz das Wahre.* Da mein Magen inzwischen hörbar knurrt, beschließe ich, dass mir ›9 ½ Wochen‹ gestohlen bleiben kann. Vor Hunger ist es mir inzwischen auch egal, dass Pierre mir beim Essen zusieht: Ich lange richtig zu. Nun erst schaffe ich es, mich auf den Geschmack meines Currys zu konzentrieren und bin prompt etwas irritiert. *Merkwürdig sauer* … Auch die nächsten Bissen werden nicht besser. Ich versuche es mit dem *Kochuri* und habe alle Mühe damit, den Bissen nicht sofort wieder herauszuwürgen – es ist total versalzen. Langsam erahne ich, warum das Lokal so leer ist. *Okay, nur nichts anmerken lassen. Ich will mich nicht damit blamieren, dass das, was ich so großspurig bestellt habe, dermaßen grausam schmeckt. War wohl ein Wink des Schicksals, dass Pierre gegen alles Mögliche allergisch ist.* Der Reis scheint in Ordnung zu sein, zumindest isst er ihn brav. Leider sind weder Rosinen noch diese komischen gelben Stückchen drin, die es bei Jérôme gab. *Naja, zumindest gibt es dann weniger Möglichkeiten, etwas falsch zu machen. Hoffe ich zumindest.*

Pierre hat offensichtlich nichts von meinem Kampf mit meinen

Geschmacksnerven mitbekommen, denn er nimmt einen Löffel voll von meinem Curry und sagt:»Lass misch disch fütterrn.«

Och nee! Was jetzt? Ich kann ihm ja wohl kaum sagen, dass das Essen furchtbar schmeckt. Außerdem habe ich keine Lust mehr auf dieses dämliche Essen-ist-sexy-Ding, ich hab einfach nur noch Hunger. Doch da ich nicht weiß, wie ich ihm das beibringen soll, ohne die zwischen uns aufkeimende Romantik zu zerstören, nicke ich ergeben.

Prompt beugt er sich mit dem Löffel vor, und da die Damen in diversen Pizzawerbungen an dieser Stelle stets die Augen schließen, tue ich das auch. Ich gebe einen genießerischen Laut von mir, während ich überlege, wie ich das saure Zeug hinunterschlucken soll.

»Ohh Lena, du bist so besauberrnd.« Schon kommt der nächste Löffel angeschwebt. Ich sehe ihn beklommen an und hole tief Luft.

»Isch abbe von Anfang an gewusst, dass du eine Genießerrin bist.« Sein Blick hält meinen gefangen und wieder spüre ich dieses heiße Kribbeln im Magen. Von seinem Blick gebannt, schlucke ich den Inhalt des Löffels brav hinunter. *Hoffentlich erwartet er nicht irgendeine Antwort von mir!*

»Sofort als isch disch das errste Mal sah, ast du eine so unge´eure Anziehungskrraft auf mich ausgeübt.«

Hah. Wusst´ ich´s doch!

Noch ein Löffel. *Wieso wird mir so heiß?*

»Deine blauen Augen errinnerrn misch an die Blumen vor meine Aus in Frrankrreisch.« Wieder ein Löffel.

… und schwindlig …

»Deine Mund macht misch verrückt.« Er beugt sich vor.

… und kribbelig im Magen …

Sein Gesicht nähert sich dem meinen.

… jetzt scheint in mir etwas zu explodieren …

Sein Mund berührt fast den meinen.

… mein Gesicht fängt an zu glühen …

Dann fühle ich, wie mir jegliches Blut aus dem Gesicht weicht. »Ich glaube, mir wird schlecht!« Ich schlage die Hände vor meinen Mund, renne zur Toilette und schaffe es gerade noch bis zur Schüssel, als das gesamte Curry sich seinen Weg nach draußen bahnt.

Von conny.ytterdal@googlemail.no
An le.ni@google5ail.de
Gesendet am 05.06.2013 um 22:10 Uhr
Betreff: RE: impertinenter Polizist

Liebe Leni,
wie war dein Date?
LG,
Conny

Von le.ni@google5ail.de
An conny.ytterdal@googlemail.no
Gesendet am 06.06.2013 um 00:10 Uhr
Betreff: RE: impertinenter Polizist

Hi Conny,
Date war FANTASTISCH! Wir gehen morgen, ach Moment mal, es ist ja schon morgen, wieder aus.
Demnächst mehr, muss jetzt schlafen.

LG,
Leni

Ich zögere etwas, diese Email wirklich abzuschicken, aber andererseits ertrage ich es nach diesem katastrophalen Abend echt nicht,

mir von ihr ein *Ich-hab's-dir-doch-gesagt* abzuholen.

Und schließlich haben Pierre und ich uns ja für heute Abend noch einmal verabredet. *Da können wir alles wieder ausbügeln, was gestern schief gelaufen ist. Und dann kann ich Conny morgen guten Gewissens von unserem traumhaft verlaufenen Date erzählen. Beziehungsweise davon, wie traumhaft wir uns auf der Party amüsiert haben, zu der wir heute gehen werden.* Zum Glück fiel mir das in letzter Minute noch ein, als er mich mit seinem Wagen vor dem Wohnheim abgesetzt hatte. Denn nach dem Desaster im indischen Restaurant wollte ich nur noch nach Hause, da war mir dann auch egal, was er von meiner Unterkunft hält. *Außerdem habe ich ihn ja gar nicht mit hochgenommen, so dass er keine Ahnung hat, wie klein meine Wohnung ist ...* Jedenfalls standen wir etwas unschlüssig vor dem Wohnheim herum. Pierres Leidenschaft schien deutlich abgekühlt. Nach weiteren Küssen war auch mir nicht zumute, immerhin hatte ich mich vor Kurzem übergeben. So war ich froh, als mir Gabbys Seminarparty einfiel. Dieses Mal jedoch war ich schlauer, ließ mir Pierres Handynummer geben und machte aus, dass er mich um zwanzig Uhr – NACH DEUTSCHER ZEIT!!! – hier abholen solle. Dann gingen wir, leider ohne weitere Worte, auseinander: ich nach oben und er zurück zu seinem Wagen.

Ich schlafe lange am Samstagmorgen und selbst als ich schon wach bin, habe ich nicht die leiseste Absicht aufzustehen, wälze mich stattdessen von einer Seite auf die andere, darum bemüht, die Bilder des gestrigen Desasters zu verscheuchen.

Doch dann klingelt es an meiner Tür. Missmutig schlurfe ich zum Eingang, ungeachtet der Tatsache, dass ich noch meinen Häschen-Pyjama trage. Als ich sie öffne, steht Marius davor.

»Oh, hi Marius. Was machst du denn hier?«

»Ich muss mit dir reden, Lena!«

»Jetzt?!«

»Ja!«

Das hört sich irgendwie gar nicht gut an. »Tja, na gut, dann komm mal rein.« Ich schließe die Tür hinter ihm. »Also … äh … möchtest du einen Tee?«

Er nickt geistesabwesend.

»Okay, dann setz dich mal.«

Brav leistet er meiner Aufforderung Folge, springt jedoch im nächsten Moment wieder auf.

»Lena, ich habe dich gestern gesehen.«

»Jaaa? … Und?« Verwirrt streiche ich mir die Haare aus dem Gesicht. »Wir sehen uns doch jeden Tag.«

»Ich meine, ich habe dich *mit ihm* gesehen.«

Oh. Langsam ahne ich, in welche Richtung dieses Gespräch laufen wird. »Marius, ich –«

»Nein, Lena«, unterbricht er mich. »Lass mich erst etwas loswerden.« Unruhig tigert er hin und her, da jedoch meine winzig kleine Küche dafür nicht viel Raum bietet, muss er jedes Mal schon nach zwei Schritten wieder umdrehen. »Lena, es ist ganz allein meine Schuld … Ich hätte mich schon längst deutlicher erklären müssen. Du konntest es ja nicht wissen, aber … Lena …« Er schaut mich an, nach Worten ringend.

Ich fühle mich schrecklich unwohl in meiner Haut. Ich muss das schnellstmöglich beenden, bevor es zu peinlich wird: »Marius, ich –«

»Lena, nein! Bitte hör mir zu! Als ich euch gestern gesehen habe, da wurde mir plötzlich klar, dass es vielleicht schon zu spät sein könnte, aber ich will trotzdem jede Chance nutzen und dir sagen, dass ich … dass wir … Ich meine, wir beide kennen uns doch nun schon seit einiger Zeit und wir hatten immer viel Spaß miteinander … und seit … ich denke einfach, dass … wir mehr daraus machen sollten … ich meine, wir passen doch perfekt zueinander und … ich muss dir einfach sagen … dass ich dich … dass ich dich liebe.« Bei seinen

letzten Worten ist er vor mir stehengeblieben und schaut mich flehentlich an.

Oh Gott, nun ist es passiert. Ich Idiotin. Ich hätte auf Gabby hören und ihm schon längst reinen Wein einschenken sollen.

»Marius ... «, beginne ich vorsichtig, »... ich bin wirklich ... sehr ... geehrt darüber, dass du glaubst, in mich verliebt zu sein –«

Er unterbricht mich und stößt heftig aus: »Lena, ich glaube es nicht einfach. Ich bin es!«

»Okay, dann bin ich eben sehr geehrt darüber, dass du mich liebst, aber glaub mir, das ist keine gute Idee ... denn ...«, verzweifelt suche ich nach Gegenargumenten, »... überleg doch mal ... Immerhin sammele ich jedes Fettnäpfchen in der Umgebung von zehn Kilometern ein und bin auch keine besonders brillante Studentin, während du eine Karriere als Professor vor dir hast.«

Er schaut mich verdutzt an: »Was redest du denn da? Was hat das denn damit zu tun, dass ich dich liebe?«

»Naja, denk doch mal weiter. Ich würde dich ja bei deinem Doktorvater oder bei anderen Professoren permanent in Verlegenheit bringen, und das wäre deiner Karriere nicht gerade förderlich.«

»Lena, so ein Unsinn!«

Verdammt, es führt wohl kein Weg an der knallharten Wahrheit vorbei. »Marius –«

Doch er predigt salbungsvoll weiter: »Denk doch mal daran, wie schön es mit uns wäre. Wir würden uns eine gemeinsame Wohnung suchen. Ich würde dir jeden Morgen Frühstück ans Bett bringen. Glaub mir, ich würde dir jeden Wunsch erfüllen. Nach dem Examen könnten wir dann heiraten. Zwei Kinder wären toll. Ein Mädchen und ein Junge. Vielleicht noch einen Hund –«

»Ich will keinen Hund!«

»Ach stimmt, mit Hunden hast du es ja nicht so. Na dann eben eine Katze. Die perfekte Familie.«

Ich fühle mich total erschlagen. *Das ist doch absurd! Wenn er weitermacht, breche ich noch in hysterisches Gekicher aus.* »Ich will auch keine Katze!«

Mein Protest kratzt nicht einen Deut an seiner Selbstsicherheit. »Na, dann halt Wellensittiche oder Zwergkaninchen oder so. Wir finden schon ein Haustier, das dir gefällt.«

»Marius! Hör auf! Ich will keinen Hund und keine Katze, auch keine Vögel, Eichhörnchen, Zwergwale oder Schimpansen … Ich meine, vielleicht will ich das ja doch, aber das weiß ich jetzt doch noch nicht.«

»Was? Du willst vielleicht einen Schimpansen?« Für einen Moment scheint er die Fassung zu verlieren. »Ich glaube nicht, dass das legal ist.«

Verwirrt schaue ich ihn an. »Häh? Nein, natürlich will ich keinen Schimpansen! Ich meine doch nur, dass ich jetzt noch nicht weiß, was ich irgendwann einmal für ein Haustier haben will oder ob ich überhaupt eines haben will.«

Verflixt, irgendwie habe ich den Faden verloren. Ich schüttele den Kopf, um wieder Klarheit in meine Gedanken zu bringen. »Darum geht es doch auch gar nicht. Ich will damit nur sagen, dass …« Angesichts des Dackelblicks, mit dem Marius mich anhimmelt, komme ich mir abgrundtief schlecht vor und verstumme. Doch es wird Zeit, endlich Klartext zu reden. »Marius, du bist ein sehr guter Freund für mich. Aber mehr geht einfach nicht. Wenn ich es mir aussuchen könnte, dann würde ich sagen: Ja, super! Lass uns zusammenziehen und den ganzen Rest. Aber es geht einfach nicht. Du kannst für mich nicht mehr sein als ein Freund.« *Jetzt ist es raus!*

Einen Moment lang schweigt Marius mit gerunzelter Stirn und seine Kiefer arbeiten. Dann prophezeit er verächtlich: »Wenn es wegen dieses schwülstigen Franzosen ist, kann ich warten. Das hat ohnehin keine Zukunft.«

»Nein, es ist nicht wegen dieses schwülst… – ich meine, es ist nicht

wegen Pierre. Auch ohne Pierre oder irgendjemanden sonst bist und bleibst du mir ein guter Freund.«

Er sieht mich einen Moment tief verletzt an und sagt schließlich: »Gut, Lena, da du momentan zu geblendet bist, um die Wahrheit zu erkennen, will ich es damit auf sich beruhen lassen. Aber ich werde nicht aufgeben. Ich liebe dich und werde es dir beweisen. Und ich möchte, dass du weißt, dass du dich immer auf mich verlassen kannst!«

Obwohl ich in meinem ganzen Leben noch nie eine dermaßen kitschige Ansprache gehört habe, bin ich trotzdem kurz davor in Tränen auszubrechen und antworte mit zitternder Stimme:

»Ja, Marius. Das weiß ich. Danke.«

»Gut. Also dann. Einen schönen Tag noch, Lena.« Aufrecht und festen Schrittes verlässt er meine Wohnung und ich bleibe erschüttert zurück.

Der Tag vergeht irgendwie. Ich bin zu nichts zu gebrauchen. Egal, was ich mache – sei es Geschirr abwaschen, Zimmer aufräumen oder für die Uni lernen – ich breche es nach wenigen Minuten ab und wende mich einer anderen Tätigkeit zu. So schaffe ich es, innerhalb der nächsten Stunden drei Kaffeetassen zu spülen, fünf Biobücher in meinem Regal nach Farben zu sortieren, im Badezimmer nach einer Rolle Zahnseide zu suchen, sie aber eine halbe Stunde später unter dem Bett zu finden, als ich gerade zu der Erkenntnis gekommen bin, dass es jetzt absolute Priorität hat, dort Staub zu saugen. Das Staubsaugen unterbreche ich jedoch natürlich sofort, als ich die Zahnseide finde und entdecke, dass sich abgesehen von der Zahnseide noch ein Fotoalbum unter dem Bett befindet, welches ich mir sofort anschauen muss …

Kurz nach Mittag läutet es Sturm und ich befürchte schon, dass es wieder Marius ist, doch vor der Tür stehen Gabby und Leticia. *Mist!*

Da wäre mir, glaube ich, sogar Marius lieber gewesen.

Sogleich werde ich bestürmt: »Und? Wie war´s? Erzähl doch! Wir haben schon den ganzen Morgen darauf gewartet, dass du endlich bei uns klingelst. Wie kannst du uns nur so auf die Folter spannen?«

»Ich … bin so spät nach Hause gekommen, dass ich heute Morgen erst einmal ausschlafen musste«, flunkere ich.

Gabby und Leticia sehen sich grinsend an und stoßen sich vielsagend in die Seiten. Dann zieht sich Leticia einen Küchenstuhl heran, setzt sich und klopft einladend auf den danebenstehenden Stuhl. »Na komm schon, erzähl doch.« Und Gabby ergänzt: »Hat er dir Blumen mitgebracht? Seid ihr auf dem Schloss gewesen?« Erwartungsvoll sehen die beiden mich an.

Na toll, die beiden haben sich mit mir so viel Mühe gegeben. Ich bringe es einfach nicht übers Herz, sie zu enttäuschen.

Also setze ich mich und fange zögerlich an: »Nein, Blumen hat er mir nicht mitgebracht.«

»Wäre ja auch übertrieben beim ersten Date«, beeilt sich Leticia mir zu Hilfe zu kommen.

»Ja natürlich, ihr habt recht«, stimmt Gabby zu.

Ich fahre fort: »Aber wir waren im ›Regie‹.« *Zumindest standen wir gemeinsam in der Tür.*

»Dann haben wir uns aber für einen Spaziergang durch die Stadt entschieden.«

Notgedrungen.

»Hach, wie romantisch«, seufzt Gabby.

»Und er hat mir am laufenden Band Komplimente gemacht.« *Zumindest das stimmt hundertprozentig.*

»Details, bitte!«, hakt Leticia begierig nach.

»Naja, er hat gesagt, dass ich bezaubernd aussehe und …« Ich stutze und muss nachdenken. Irgendwie fällt mir nichts mehr ein. »Sorry, Mädels, ich glaube, ich bin noch ein wenig verkatert vom Wein.«

214

»Ui, stimmt ja, als Franzose ist er natürlich auch ein Weinkenner.«
Gabby kriegt ganz runde Augen. »Wart ihr bei einer Weinprobe?«

Ich überlege. *Zwar habe ich das Glas Wein hinuntergestürzt, doch Pierre hat es vorsichtig gekostet, also kann man wohl im weitesten Sinne von einer Weinprobe sprechen.*

Ich nicke und versuche schnell das Thema zu wechseln.

»Außerdem hat er mich zum Essen in ein ganz neues Restaurant ausgeführt.«

»Sicherlich ein total schickes, mondänes, bei dem man vorher einen Tisch reserviert, nicht wahr?«

Na ja, dass man es nicht tun musste, heißt ja nicht, dass man es nicht hätte tun können. Ich nicke und wechsele wieder eilig das Thema: »Wir saßen in einem romantisch abgetrennten Separee ganz für uns allein.« *Unwichtig, dass wir in diesem Lokal überall allein gewesen wären, egal wo wir gesessen hätten.* »Und während des Essens hat er mich gefüttert.« *Naja, eigentlich eine Erfahrung, die ich nicht so bald wieder machen möchte.*

»Ohhh, wie süß«, seufzen beide synchron.

Das ist zwar nicht unbedingt das Wort, das ich dafür verwendet hätte, aber Hauptsache, die beiden sind zufriedengestellt.

»Ja aber, das Wichtigste ist doch wohl: Habt ihr Euch geküsst?«, reißt Leticia das Ruder wieder an sich.

Ich schaue in ihre gespannten Gesichter. »Aaaalso, als wir in dieser romantischen Ecke saßen, hat er sich tatsächlich langsam vorgebeugt ...«

»Und?«, Gabby reißt die Augen auf.

»... und gefragt, ob er mich küssen darf ...«

»UND?«, Gabby ist kurz vor dem Platzen.

»... und ich habe aber an deinen Rat gedacht, Leticia, also daran, dass er sich jede Belohnung erst erarbeiten muss, und daher habe ich mir die Sache mit dem Kuss für heute Abend aufgehoben.

»Ooh«, Gabby ist enttäuscht.

»Das ist mein Mädchen!«, ruft hingegen Leticia stolz. »Man muss die Kerle an der langen Leine halten. Richtig so!«

»Aber … das heißt ja, dass ihr euch heute nochmal trefft«, sagt Gabby hoffnungsvoll.

»Ja!« Nun bin ich diejenige, die so stolz in die Runde blickt, als sei ihr die Spaltung eines Atoms gelungen. »Und zwar gehen wir – gemeinsam – zu deiner Seminarparty!« Ich strahle Gabby an und Gabby klatscht vor Freude in die Hände. »So richtig als festes Paar?«

»Ja.« *Ich hoffe zumindest, dass der Abend dazu führen wird.*

»Super! Genial!«

»*Querida,* dann müssen wir dich nachher unbedingt wieder so schick zurechtmachen. Zum Glück sitzen deine Haare noch ganz gut, da reicht es, wenn ich sie auf Vordermann bringe. Um dein Make-up kümmere ich mich sowieso.«

Es ist mir furchtbar unangenehm, ihr schon wieder so viel Mühe zu machen, doch sie lässt keinen Widerspruch zu.

»Wir Mädels müssen doch zusammenhalten, sonst werden wir von den Typen nur über den Tisch gezogen! Außerdem macht es mir einen Heidenspaß. Wenn es mit dem Medizinstudium nicht klappt, werde ich Visagistin.« Sie lacht. Wir wissen alle, dass das ein Witz ist, denn natürlich wird sie das Medizinstudium mit Auszeichnung bestehen, so klug wie sie ist.

Eine halbe Stunde später habe ich die beiden endlich hinauskomplimentiert und lasse mich erschöpft auf mein Bett fallen. Meine Mitbewohnerin kommt aus ihrem Zimmer.

Da ich letzte Woche nach dem Wäschewaschen auch gleich beim Hausmeister vorbeigeschaut und mir dieses Mal ihren Namen notiert hatte, sind wir inzwischen, zumindest was die Vornamen angeht, einen Schritt weitergekommen. Sie ist zwar in unbändiges Kichern ausgebrochen, als ich versucht hatte, ihren Namen - Phak-Phimon-

phan Charoenrasamee - vom Papier abzulesen. Mehrfach führte sie mir die richtige Aussprache vor und kugelte sich jedes Mal vor Lachen, wenn ich versuchte, es nachzusprechen. Schließlich hatte sie Erbarmen mit mir und sagte etwas, dass sich wie ›Fan‹ anhörte, während sie auf sich zeigte. Dankbar nenne ich sie seitdem Fan.

Als sie mich so frustriert auf dem Bett liegen sieht, sagt sie etwas auf Thai zu mir und blickt mich fragend an. Sie tut, als würde sie etwas zum Mund führen: »Hamham«. Dann reibt sie sich den Bauch. Ich bin immer noch nicht schlauer. Sie winkt mir mitzukommen, und ich folge ihr in die Küche. Sie deutet auf die Pfanne, zeigt auf sich und rührt etwas Imaginäres in der Pfanne um. Dann deutet sie auf mich, sagt wieder »hamham« und reibt sich den Bauch.

Endlich geht mir ein Licht auf. *Wie lieb ist das denn? Sie will mich aufheitern, indem sie mir was kocht.* Ich bin gerührt und versuche ihr mit Gesten meine Hilfe anzubieten, indem ich auf mich deute und eine Bewegung des Zwiebelhackens vollziehe.

Fan lacht und nickt. Dann holt sie aus unserem Vorratsregal, das die der Küchenzeile gegenüberliegende Wandseite einnimmt, verschiedene Dosen und aus dem Kühlschrank Hühnchen und Frühlingszwiebeln.

Sie wäscht einen Bund der Zwiebeln und demonstriert mir, wie ich sie schneiden soll. Als ich dafür mein kleines Apfelmesser aus der Schublade hole, fängt sie wieder an zu lachen und stößt einen Schwall thailändischer Worte aus. Sie gibt mir zu verstehen, dass ich warten soll, geht in ihr Zimmer und kommt mit einer Kiste zurück. Als sie sie öffnet, springe ich vor Schreck fast einen halben Meter zurück. Der Kisteninhalt besteht aus riesigen Macheten. *Vielleicht sollte ich in Zukunft mein Zimmer nachts lieber abschließen?*

Fan greift sich eines dieser Mordinstrumente, das den Anschein erweckt, halb so groß wie sie selbst zu sein, und hat innerhalb einer Sekunde den Bund Frühlingszwiebeln mit einer fließenden Be-

wegung, wie ich sie bislang nur bei Fernsehköchen gesehen habe, zerkleinert. Dann hält sie mir die Machete hin.

Zögerlich nehme ich sie und versuche, unter Fans fortwährendem Gekicher, es ihr mit dem zweiten Bund Frühlingszwiebeln gleich zu tun. Deutlich langsamer und holpriger mühe ich mich ab, während sie schon mit geübten Bewegungen das Hühnerfleisch in Streifen säbelt. Wieder geht sie in ihr Zimmer und holt eine Art alten, eckigen Kochtopf mit Deckel und Stromkabel heraus. Irritiert betrachte ich das Ding. Erst als sie Reis hineinfüllt, wird mir klar, dass es sich wohl um einen Reiskocher handeln muss.

Ich darf die Dosen öffnen. Sie enthalten Bambussprossen, die ich abtropfen lasse. Fan holt eine ebenfalls riesige Pfanne aus ihrem Zimmer – *Mein Gott, hat sie etwa nur Geschirr in ihren Koffern gehabt?* – und erhitzt darin Öl aus einer Flasche mit thailändischer Beschriftung. Aus einem Glas mit dunkelroter Paste entnimmt sie mehrere Löffel und röstet sie in der Pfanne an. Ich darf die Kokosmilch darüber schütten – sofort duftet es in unserer Küche herrlich nach Urlaub. Anschließend zeigt sie mir an, dass ich das Hühnchenfleisch sowie die Bambussprossen in die Pfanne werfen soll, und gießt selbst etwas Sauce aus einem Fläschchen mit wiederum thailändischen Schriftzeichen dazu. Es folgen Zucker und Zitronensaft und nach einigen Minuten auch die Frühlingszwiebeln. Sie gibt noch ein paar Kräuter dazu und so langsam kann ich es nicht mehr erwarten, das Gericht zu kosten. Es duftet wirklich herrlich.

Endlich sitzen wir am Tisch und schaufeln uns Reis und die Sauce aus der Pfanne auf unsere Teller. Fan reicht mir Essstäbchen, doch nachdem von dem Reis, den ich damit zu essen versuche, nichts in meinem Mund, sondern vielmehr alles auf meiner Hose landet, gebe ich ihr, ihr ungläubiges Kopfschütteln ignorierend, die Stäbchen dankend zurück und hole mir Messer, Löffel und Gabel.

Endlich kann ich von unserem Werk kosten. Ich schiebe mir den

ersten Löffel in den Mund und reiße die Augen auf. *Himmel, das ist ja höllisch scharf.* Ich hechele wie wild mit offenem Mund und versuche mit der Hand Luft reinzuwedeln, was jedoch rein gar nichts hilft, weshalb ich panisch nach meinem Wasserglas greife und dessen Inhalt in einem Zug hinunterstürze. *Oh mein Gott, oh mein Gott, jetzt brennt es ja noch schlimmer!* Panisch springe ich auf. Fan kugelt sich vor Lachen, rennt dann jedoch zum Kühlschrank und schenkt mir ein Glas Milch ein. Tatsächlich scheint das den größten Brand zu löschen. »Uff!« Erleichtert lasse ich mich auf den Stuhl zurückfallen.

Auch Fan setzt sich, immer noch kichernd, wieder hin und isst munter weiter. Ungläubig sehe ich ihr zu, wie sie das Essen, ohne einen Mucks von sich zu geben, verschlingt. Ich fasse es nicht. *Wie macht sie das bloß?*

Mein Mund brennt zwar immer noch, doch ich schaffe es, weiterzuessen, indem ich nach jedem winzigen Bissen einen großen Schluck Milch nehme, was wiederum eine Welle der Heiterkeit bei Fan auslöst. So langsam bringt mich die Schärfe des Essens sogar richtig ins Schwitzen. Ich zeige auf die Schweißtropfen auf meiner Stirn, dann auf Fans staubtrockenes Gesicht und zucke fragend mit den Schultern. Fan fängt wieder an zu lachen und antwortet ausführlich auf Thai. Ihre Fröhlichkeit ist so ansteckend, dass auch ich über mich lachen muss. Abgesehen von der unheimlichen Schärfe schmeckt das Gericht wirklich lecker.

So vergeht der Nachmittag und als wir – unser tägliches Teeritual eingeschlossen – das Geschirr endlich abgespült und die Küche aufgeräumt haben, ist es schon Zeit, mich für die Party fertig zu machen.

Wie verabredet begebe ich mich dafür zu Leticia, wo auch schon Gabby sitzt und von ihr bearbeitet wird. Leticia hat sie offenbar ebenfalls überreden können, sich von ihr schminken zu lassen. Gabby trägt einen naturfarbenen, wallenden Wickelrock aus etwas

knitterigem Leinenstoff und ein weißes Top mit dem Flower-Power-Zeichen als Aufdruck. Um ihre Stirn hat sie sich zur Feier des Tages einen Schal geschlungen, dessen Enden hinten unter ihrem Haar nach unten hängen.

Da ich schlecht dasselbe Kleid wie gestern Abend tragen kann, aber keine weiteren ähnlich schicken Kleider besitze, habe ich mich für knallenge Jeans entschieden, kombiniert mit den Stilettos von gestern Abend und einem engen, roten Glitzertop mit nur einem Träger, der asymmetrisch von der linken Brust über die rechte Schulter verläuft. Leticia bringt meine Haare wieder in Form, so dass nur ein geringer Unterschied zu gestern besteht, und schminkt mich mit dem mir bereits bekannten Prozedere.

»Wow! Leticia, du bist echt einmalig. Vielen, vielen Dank!« Mein Anblick im Spiegel haut mich einmal mehr um: Meine Haut wirkt sanft getönt und ebenmäßig, ohne den kleinsten Makel. Mit Rouge und Puder hat Leticia meine Wangenknochen hervorgehoben – *mir war zuvor nicht mal bewusst, dass ich überhaupt welche besitze* – und mein Mund leuchtet voll und rot. Umrandet von einem langen, tiefschwarzen Wimpernkranz, scheinen meine Augen richtiggehend zu funkeln.

Keinen Moment zu früh werden wir fertig, wie ich feststelle, als ich auf die Uhr sehe. Mit ihrem typischen »So, ihr Hübschen. Zeigt's den Kerlen!«, entlässt Leticia uns und wir eilen lachend und voller Vorfreude die Treppe hinunter.

Ein bisschen mulmig ist mir jedoch auch: *Wird Pierre auch wirklich rechtzeitig da sein – oder überhaupt kommen?* Doch bevor ich mich noch an den Schrecken des letzten Gedankens gewöhnen kann, sehe ich ihn schon durch die Glastür draußen stehen. Eine Welle der Erleichterung durchströmt mich. *Wow! Im hellen Tageslicht betrachtet sieht er sogar noch besser aus, als ich es von gestern Abend her in Erinnerung hatte.*

Wir treten vor die Tür und sofort eilt Pierre herbei und begrüßt mich mit einem Wangenkuss. Dann tritt er einen Schritt zurück und sagt: »*Oh là là*, Lena, du darrfst mir keine Moment von die Seite weischen, sonst muss isch eiferrsüschtisch werrden.«

Ich werde rot wie ein kleines Mädchen.

Dann dreht er sich zu Gabby um. »Und irr abben wirr die besauberrnde Mademoiselle Gabiee. Isch frreue misch außerrorrdentlisch, Sie widderrsuseen. Immerin abbe isch Innen die Grrund für meine Trreffen mit Lena su verrdanken.«

Es wundert mich nicht, dass auch Gabby angesichts dieser Charmeoffensive rot anläuft.

»Isch offe doch, dass isch misch rrevanchieren und Sie ebenfalls mitnemmen darrf?«

»Oh … nun ja …« Unsicher blickt Gabby mich an, doch ich nicke ihr heftig zu. Ehrlich gesagt bin ich recht froh, dass ich nicht sofort mit Pierre allein sein werde, da ich mir nicht ganz im Klaren darüber bin, wie er über den Verlauf des gestrigen Abends denkt.

»Nun, dann haben Sie vielen Dank. Gerne.«

Wir laufen zu Pierres Wagen und steigen ein. Ich vorne, Gabby hinten. Die Fahrt in die Stadt verläuft in angenehmer Plauderei, bei der Pierre Gabby über ihr Studienfach ausfragt.

Wir dirigieren Pierre zu einem Parkhaus in der Friedrich-Ebert-Anlage und laufen zu Fuß zur Akademiestraße. Da es langsam dunkel wird und ich mich auf hohen Schuhen immer recht unsicher fühle, bin ich froh, mich bei Pierre einhängen zu können. Gabby läuft neben uns – von ihrer linken Schulter baumelt die unvermeidliche Jutetasche. Die Party soll im Gebäude des Seminars für Bildungswissenschaften stattfinden. Schon aus einiger Entfernung schlägt uns ein Gewirr aus Musik und Stimmen entgegen. In den Fenstern tanzen bunte Lichter und Schatten. Es scheint bereits recht voll zu sein. Überall auf dem mit Lichterketten und Lampions dekorierten

Innenhof stehen junge Menschen mit Getränken in der Hand beisammen. Ich sehe mich um. *Also, um meine Garderobe hätte ich mir mal keine Sorgen machen müssen.* Obwohl ich bei weitem nicht so schick gekleidet bin wie gestern Abend, bin ich immer noch ziemlich overdressed. Wallende Gewänder und Dreadlocks herrschen vor, doch bei genauerem Hinsehen entdecke ich dazwischen auch immer wieder die typischen Partytussen, die man überall findet, mit tief dekolletierten Spaghettiträgertops, knallengen Jeans oder kurzen Röcken und High-Heels. Ich sehe an mir hinunter. *Verflixt, so sehe ich ja auch aus! Egal, das ist trotzdem etwas ganz anderes, denn ich bin nicht hier, um Typen aufzureißen, sondern bringe meinen Freund, na ja zumindest Fast-Freund, gleich mit!*

Eine dieser Partytussen steuert uns gleich an und entpuppt sich beim Näherkommen ausgerechnet als Cecilia, die mir mit großem Hallo um den Hals fällt, die Augen dabei jedoch nur auf Pierre gerichtet hat: »Mensch, Lena, toll, dass du auch da bist. Willst du mich nicht deinem Begleiter vorstellen?«

Eigentlich will ich das ganz und gar nicht! Meine Antwort fällt sehr kurz aus »Hi. Das ist Pierre. Und wir müssen jetzt wirklich weiter.«

Doch für Cecilia bin ich bereits reine Nebensache. »Oh. Du heißt Pierre?«

Verdammt, was fällt ihr ein, ihn zu duzen?

»Oui.«

Cecilia verfällt prompt ins Französische, und auch wenn ich kein Wort verstehen kann, ist es offensichtlich, dass sie mit Pierre flirtet. Ich kaue auf meiner Lippe und weiß nicht recht, wie ich reagieren soll.

Pierre lacht schallend und antwortet ihr – ebenfalls auf Französisch.

Na toll, ich komme mir komplett ausgeschlossen vor …

Warum lacht die Tussi so geziert? Sie frisst ihn ja förmlich auf mit ihren Glubschaugen!

Pierre sagt erneut etwas und einen Augenblick lang guckt Cecilia

ein wenig irritiert. Dann fängt auch sie an zu lachen.

Er lächelt sie mit seinem 1000 Volt-Blick an! Warum lächelt er sie mit seinem 1000 Volt-Blick an? Das gefällt mir gar nicht.

Während der Wortwechsel der beiden zunehmend lebhafter wird, werde ich immer unruhiger.

Jetzt gibt Pierre ihr auch noch einen Handkuss! Das reicht! Es ist ja nicht zu ertragen, wie sie ihn anbaggert! »Pierre, ich möchte gerne etwas trinken. Kommst du?« Besitzergreifend lege ich meine Hand um seinen Arm. Endlich scheint Cecilia einzusehen, dass Pierre nicht mehr zu haben ist und zuckt, nach einem abschätzigen Blick auf mich, ihre Schultern. Nach einem letzten Augenaufschlag in Richtung Pierre verabschiedet sie sich mit Wangenküsschen von ihm, die meiner Ansicht nach definitiv zu lange dauern! Pierre ruft ihr etwas hinterher und sie kichert. *Sie kichert! Das ist ja wohl total lächerlich! Wir sind doch keine Schulmädchen!*

Ich ziehe Pierre weiter und erst nach einigen Metern fällt mir auf, dass Gabby nicht mehr bei uns ist. Ich drehe mich um und sehe sie bereits im Gespräch mit etlichen anderen Studenten.

Wir versuchen, uns durch das Gewühl zum Getränkestand zu kämpfen, doch mit meinen Stöckelschuhen fällt es mir auf dem Kopfsteinpflaster schwer, Halt zu finden. Schließlich greift Pierre ein: »Lena, warrte ierr. Isch ole dirr etwas. Was möchtest du trrinken?«

Eigentlich habe ich gar keinen Durst. Ich wollte ihn ja nur von Cecilia wegkriegen, was ich aber keinesfalls zugeben kann, also antworte ich wenig einfallsreich: »Apfelschorle.«

Er nickt und wendet sich wieder der Schlange vor dem Stand zu.

»Hey, da bist du ja.« Gabby schließt von hinten auf. »Ihr wart so schnell weg.« Ihr Gesicht ist vor Aufregung etwas gerötet. »Ist das nicht klasse hier?«

Na ja, meine Begeisterung hält sich bislang in Grenzen. Da sehe ich plötzlich jemanden auf uns zusteuern. »Gabby! Was macht Marius

denn hier?«

Sie sieht mich erstaunt an:»Na, ich habe ihn natürlich auch eingeladen! Hast du ein Problem damit?«

Eine Antwort erübrigt sich, da Marius uns bereits erreicht hat.

»Hey Gabby, coole Party.« Er umarmt sie zur Begrüßung. Dann dreht er sich zu mir und sagt etwas steif:»Hallo, Lena.«

Ich fühle mich unwohl und weiß nicht, wie ich mich verhalten soll. Ihn umarmen oder nicht? Aber da er auch keine Anstalten dazu unternimmt, bleibe ich wie angenagelt stehen und sage lediglich: »Hallo, Marius.«

Gabby schaut verständnislos von mir zu ihm und zurück.

»Hmm, ich glaube, ich gehe dann mal, ich sehe da drüben gerade Freunde von mir.« Und weg ist sie.

Na toll. Unbehaglich stehe ich neben Marius.

»Lena, können wir kurz reden?«

»Solange es nicht über Pierre ist, gerne.«

Marius kneift die Lippen zu einem schmalen Strich zusammen, fragt dann aber:»Wo ist er überhaupt, dein scharwenzelnder Franzose?«

Ich entschließe mich, seine Stichelei zu ignorieren und antworte gelassen:»Er holt mir etwas zu trinken.«

»Tja, ich wette, er weiß nicht, dass ›Virgin Mary‹ dein Lieblingsgetränk ist.«

»Marius …«

»Oder dass du deinen Kaffee immer mit einem Drittel Kaffee und zwei Dritteln Milch trinkst.«

Ich seufze.»Wir hatten doch darüber gesprochen … Ich dachte, das Thema Pierre wäre jetzt geklärt.«

»Für mich nicht!«

In diesem Moment kehrt Pierre mit meiner Apfelschorle zurück. »Irr, ma cherie.«

»Danke.«

Sein Blick wandert von Marius zu mir und er hebt fragend die Brauen.

»Oh, äh, Pierre, das ist Marius, ein guter Freund von mir.«

»Allo!« Pierre streckt ihm breit lächelnd seine Hand entgegen. »Jede Frreund von Lena ist eine Frreund von mirr.«

Doch Marius guckt ihn nur feindselig an, dreht sich dann um und geht weg. Für einen Moment bin ich beeindruckt. *Das hätte ich ihm nicht zugetraut, immerhin ist er einen Kopf kleiner als Pierre.*

Pierre runzelt die Stirn, doch ich will jetzt nicht über Marius reden und versuche, Pierre abzulenken: »Komm, wir schauen uns mal drinnen um.«

Wir bahnen uns einen Weg durch das Gewühl und quetschen uns an der Tür zwischen etlichen anderen heraus- oder hineindrängenden Leuten hindurch. Im ersten Raum ist es so voll, das wir nicht stehen bleiben können und uns weiter zum nächsten durchkämpfen, wo wir von solch lauter Musik empfangen werden, dass ich schreien muss, um mich Pierre verständlich zu machen. Einige offensichtlich bereits angetrunkene Jungs mit Rastazöpfen zappeln sich mit Bierglas in der Hand ohne Rücksicht auf Verluste einen ab. Pierre betrachtet das Geschehen mit verächtlichem Gesichtsausdruck. Mir ist das Ganze furchtbar peinlich. Mein Gott, es war eine dämliche Idee, ihn hierher mitzuschleppen. *Wir hätten uns lieber für einen romantischen Spaziergang auf dem Schloss oder so verabreden sollen.*

In diesem Moment sehe ich jemanden am anderen Ende des Raumes stehen. »Was macht der denn hier?«

»Was?«, schreit Pierre. Weil ich nicht zurückschreien will, zeige ich nur in die Richtung. Adrian steht dort an eine Wand gelehnt, die Arme vor der Brust gekreuzt, und starrt uns an. Pierre folgt meinem Blick und scheint auch wenig erfreut, Adrian hier zu sehen. Er zeigt mir, dass ich warten soll und durchquert den Raum. Ich recke und stre-

cke mich, um durch die Menschenmenge hindurch sehen zu können, was da drüben jetzt passiert. Zwischen sich hin und her bewegenden Köpfen, Schultern und Armen sehe ich, wie Pierre und Adrian wild gestikulierend auf einander einreden. Dann kehrt Pierre mit finsterem Gesichtsausdruck zurück. »Was ist los?«, frage ich irritiert.

Anstelle einer Antwort schüttelt er nur unwillig den Kopf und ich traue mich nicht, weiter nachzufragen.

Ich sehe zu Adrian zurück. Auch er steht mit verkniffenem Gesichtsausdruck da und schaut Pierre hinterher.

Seltsam, ich dachte, die beiden wären befreundet ...

Jetzt sieht Adrian mir direkt ins Gesicht und ich werde irgendwie nervös.

In diesem Moment verliert einer der herumhüpfenden Rastas das Gleichgewicht und stößt gegen mich, so dass ich meine Apfelschorle über mein Glitzertop kippe. *Scheiße!*

Pierre fährt sofort herum und will sich den Kerl greifen, doch ich halte ihn fest und schüttle den Kopf, denn ich möchte jetzt und hier keine Auseinandersetzung mit ein paar Besoffenen haben. Stattdessen ziehe ich Pierre in Richtung des nächsten Zimmers. *Es muss hier doch irgendwo eine Toilette geben, wo ich nach Möglichkeit mein T-Shirt wieder trockenföhnen kann!* Ich werfe einen Blick zu der Wand, an der Adrian stand, doch ist von ihm nichts mehr zu sehen.

So kämpfe ich mich mit Pierre im Schlepptau durch die nächste Tür, werde dabei von allen Seiten geschubst und gedrückt und bin heilfroh, als wir endlich den Flur erreichen. Auch wenn es hier nicht weniger voll ist, ist es zumindest leiser. Ich frage das nächstbeste vorüberlaufende Mädel nach der Toilette: »Eigentlich gleich hier den Gang runter. Die würde ich dir aber nicht empfehlen, da hat grad jemand hin gekotzt. Und die WCs oben werden gerade renoviert und sind deshalb abgeschlossen. Aber über den Innenhof, im Gebäude links neben dem Getränkestand, sind auch Toiletten.«

Na super. Wieder durch das ganze Gewühl und den ganzen Lärm hindurch. Pierre trägt mittlerweile eine eindeutig genervte Miene zur Schau und ich verfluche zum hundertsten Mal die saublöde Idee, mit ihm hierher zu kommen.

Wir machen kehrt und zwängen uns erneut durch die wabernde Masse, werden mal nach links, mal nach rechts gedrängt.

Inzwischen wurden Nebelwerfer eingeschaltet und die Luft ist ziemlich schlecht, zumal etliche der Partygäste das Rauchverbot hier drinnen fröhlich ignorieren. *Wenn ich nicht bald nach draußen komme, kippe ich noch um.*

Ununterbrochen erhalte ich Ellenbogenstöße in die Rippen und schließlich habe ich keine Hemmungen mehr, selbst meine Ellenbogen einzusetzen. Von da an kommen wir wesentlich schneller voran, auch wenn mir etliche giftige Blicke und böse Kommentare folgen.

Endlich haben wir uns durch die letzte Tür gequetscht und ich kann wieder Luft holen. Mich am Treppengeländer festhaltend, stehe ich da und atme tief ein und aus.

Herrlich ruhig ist es hier draußen verglichen mit dem Krach dort drin. In meinen Ohren summt es immer noch.

Ich schlage mich bis zum Getränkestand durch. Pierre folgt mir eindeutig schlecht gelaunt.

»Wartest du hier auf mich? Ich bin gleich wieder da, will nur schnell auf der Toilette meine Sachen trocknen.«

»Oui«, gibt er unfreundlich und kurz angebunden zurück.

Ich beiße mir auf die Lippe und fühle mich total schuldig. *Ich werde jetzt einfach schnell mein Shirt trocknen, dann mit Pierre von dieser fürchterlichen Veranstaltung verschwinden und einen romantischen Spaziergang am Neckarufer mit ihm unternehmen. Ja, genau!* Von dieser Vorstellung beflügelt, eile ich zu dem Gebäude, das das Mädel mir vorhin genannt hat. Tatsächlich entdecke ich gerade das WC-Schild, als mich jemand am Arm festhält. Erschrocken drehe ich

mich um und sehe in Aljoshas Gesicht.

»Lena, kann ich kurz mit dir reden?«

Na, der hat Nerven, mich einfach anzuquatschen, nach allem, was er bei Gabby abgezogen hat. »Ähh, ist grad ein bisschen schlecht.« Ich will schon wieder weiter, doch er hält mich fest.

»Bitte, es ist dringend!«

Ich seufze. *Ade, Toilette, ade, trockenes T-Shirt.*

»Okay, was gibt's denn?« Langsam werde ich doch neugierig, was er mir so Wichtiges mitzuteilen hat.

»Also, es ist wegen Gabby!«

»Ja, das habe ich mir schon gedacht!«, antworte ich schnippisch.

»Wieso? Hat sie dir irgendetwas gesagt?«

»Oh ja, so einiges!«, gebe ich herablassend bekannt.

Er guckt mich verwirrt an. »Kannst du mir dann erklären, warum sie neuerdings nicht mehr mit mir redet? Sie verhält sich so kalt und abweisend mir gegenüber, und jedes Mal, wenn ich sie fragen will, was los ist, dreht sie sich um und geht weg.«

Also da haut's doch den stärksten Bullen um! Ist der Typ dreist oder ist der Typ dreist?

»Du willst doch wohl nicht ernsthaft eine Antwort von mir darauf haben?«

»Aber … aber … natürlich! Sonst würde ich dich doch nicht fragen!«

Seine hilflose Miene macht mich stutzig. *Also entweder ist der Kerl ein begnadeter Schauspieler oder er weiß wirklich nicht, dass ein Verhalten wie seines jede normale Frau tief verletzen würde?* Spitz sage ich: »Ach, du findest es also normal, einer Frau erst wochenlang hinterherzurennen und sie glauben zu machen, dir läge etwas an ihr, um ihr dann von deiner heimlichen Freundin IM SPITZENNEGLI-GEE die Tür weisen zu lassen?«

Er guckt mich mit großen Augen an. »Hast du was getrunken?«

Jetzt glotze ich ihn an: »Was? Nein, natürlich nicht!« Dann fange ich mich wieder: »Und außerdem geht es hier ja nicht um mein Verhalten, sondern um deins!«

Er sieht mich verzweifelt an: »Aber was denn für ein Verhalten?«

»Willst du mich veräppeln? Gabby hat doch bei dir geklingelt und da stand eine Tussi im Negligee und hat gesagt, du wärst nicht da!«

»Aber ich war doch nicht da!!!«

Oh.

»Irrelevant. Fakt ist, dass die Tussi im Negligee nicht deine Schwester gewesen sein kann, weil – mal abgesehen davon, dass das irgendwie abartig wäre – du gar keine Geschwister hast!« Triumphierend richte ich mich zu voller Größe auf. *Dieser Beweislast muss er sich geschlagen geben.*

»Seit einigen Wochen wohnt eine Studentin zur Zwischenmiete bei mir. Sie war für ein Jahr im Ausland und sucht nun wieder nach einer Wohnung. Bis sie eine gefunden hat, habe ich ihr eine Unterkunft angeboten.«

»Aha, und die spaziert dann in Spitzenunterwäsche vor dir in deiner Wohnung herum und dich lässt das eiskalt, oder was?«, höhne ich.

»Verdammt noch mal, ich habe doch gesagt, dass ich nicht da war! Ich bin übers Wochenende nach Hause gefahren, weil meine Oma im Krankenhaus liegt.«

»Und das soll ich dir jetzt glauben?« Doch irgendwie kann ich mich nicht mehr in meine Wut hineinsteigern.

Er sieht mich nur stumm an, dann weiten sich plötzlich seine Augen und er sagt: »Oh Gott, ich muss Gabby finden.« Schon dreht er sich um und rennt davon.

»Jaja, lauf nur, sie wird dir diesen Schmarrn eh nicht abkaufen … Hmpf … Männer!«

Endlich schaffe ich es auf die Toilette, doch natürlich gibt es dort

keinen elektrischen Händetrockner, unter dem ich mein Oberteil hätte trocken pusten lassen können. *Verdammt! Verdammt! Verdammt! Was ist das nur für ein beschissener Abend!* Ich reibe mit den Papierhandtüchern auf dem nassen Fleck herum, doch es bringt rein gar nichts und entnervt werfe ich sie in den Papierkorb. Als ich wieder rausgehen will, kriege ich beinahe die Tür ins Gesicht geknallt. »Pass doch auf!«, motze ich wütend. Doch dann stocke ich: »Oh, Gabby, du bist es.«

»Was ist denn mit dir passiert?« Sie zeigt auf mein nasses Oberteil.

»Ach, frag besser nicht.« Dann antworte ich aber doch: »Stell dir vor, dieser verrückte Polizist ist auch hier!«

»Nicht dein Ernst! Und deswegen ist dein T-Shirt nass?«

»Irgendwie schon … ja … Ich verstehe nicht, was der hier zu suchen hat. Kann er nicht anderswo anderen Leuten den Spaß verderben? Ich meine, ich weiß zwar, dass Männer in Uniform immer herumlaufen, als ob sie einen Stock verschluckt hätten, aber der Typ schafft das auch ohne Uniform!«

Gabby fängt an zu lachen. »Du hast recht. So steif wie der immer rumsteht, und so verkniffen, wie er immer aus der Wäsche schaut, muss er ein besonders großes Exemplar von Stock erwischt haben.«

»Ja …« Es tut gut, seinem Unmut Luft zu machen und den ganzen Ärger der letzten beiden Abende abzulassen. »Und vermutlich schläft er nachts mit dem Gesetzbuch im Arm, so wie der auf seinen Paragraphen herumreitet.« Das Stichwort »schlafen« erinnert mich plötzlich an Aljosha. »Übrigens, ich hab gerade mit Aljosha gesprochen.«

Sofort erstirbt Gabbys Lachen: »Was? Wo? Wann? Was hat er gesagt?«

»Na ja, ach, er wollte mir irgend so eine absurde Story auftischen, von wegen, er wäre an dem fraglichen Wochenende gar nicht daheim gewesen, sondern im Krankenhaus bei seiner Oma und die

Tussi wäre seine Untermieterin oder so was.«

»Was?!? Wann war das? Wo hast du ihn getroffen???« Hektisch sieht sich Gabby um.

»Na ja, gerade eben vor fünf Minuten, gleich hier vorn vor der Treppe … Aber du willst ihm diesen Blödsinn doch nicht etwa abkaufen?« Den letzten Teil muss ich ihr hinterherrufen, weil sie schon losgerannt ist.

Ich schüttele den Kopf, verlasse die Toilette und gehe den Gang entlang zum Ausgang. Als ich wieder nach draußen trete und die Treppe hinuntereile, stellt sich mir plötzlich jemand in den Weg. Ich schaue hoch: Es ist Adrian.

»Na super, gibt es hier irgendwo einen Ausverkauf an Verrückten, oder was?«

»Dir auch einen guten Abend, Lena!«, antwortet er und neigt kurz seinen Kopf. »Ich muss …«

»Ja, ja, ich kann es mir schon denken: Du musst kurz mit mir reden. Warum will heute alle Welt kurz mit mir reden?!? Ich will doch einfach nur einen netten Abend verbringen!« Erbost stemme ich die Arme in die Hüften. »Warum bist du hier?«

»Bestimmt nicht aus Spaß an dieser grässlichen Veranstaltung«, begehrt er auf.

Auch wenn ich diese Veranstaltung mindestens ebenso grässlich finde, kann ich das aus seinem Munde dann doch nicht hinnehmen und sage höhnisch: »Ach, ist sie dir zu studentisch und damit mal wieder unter deiner Würde oder was?«

Er lässt sich von meinem Seitenhieb nicht aus der Ruhe bringen: »Es geht um Pierre.«

Das legt bei mir einen Schalter um und mir fällt ein, was Pierre gestern zu mir über Adrian gesagt hat. Sofort bin ich wieder stinksauer. »Also erstens mal habe ich absolut keinen Bock, mit dir über irgendjemanden zu reden und über Pierre schon mal gar nicht, und

zweitens, verdammt noch mal, was fällt dir eigentlich ein, ihm zu sagen, dass er sich nicht mit mir treffen darf?«

Irritiert sieht er mich an: »Pierre hat dir erzählt, was ich mit ihm besprochen habe?«

»Ja! Zufälligerweise hat er keine Geheimnisse vor mir!«

Zweifelnd sieht er mich an »Und du triffst dich weiterhin mit ihm?«

»Ja, natürlich. Denkst du etwa, ich lasse mich von dir einschüchtern?«

Ein paar Sekunden lang starrt er mich mit regloser Miene an, dann strafft er sich und sagt in abweisendem Tonfall: »Nun, dann ist es wohl mein Fehler. Ich habe mich offensichtlich in dir geirrt ... dich ganz falsch eingeschätzt. Es tut mir leid, dich gestört zu haben. Ich wünsche dir mit Pierre alles Gute.« Im nächsten Moment hat er sich, ohne eine Antwort abzuwarten, umgedreht und ist gegangen.

Verwirrt sehe ich ihm hinterher. *Muss der Typ unbedingt so kryptisch daherreden? Sind hier alle irgendwie durchgedreht oder was?* Langsam habe ich die Schnauze voll. Ich will endlich hier weg und mit Pierre romantisch spazieren gehen.

In diesem Moment donnert es. Ich schaue zum Himmel, doch da es mittlerweile stockdunkel ist, kann ich nichts erkennen. *Wenn es gleich zu regnen anfängt, kriege ich einen hysterischen Anfall! Ich lasse die Schultern hängen. Was um alles in der Welt habe ich dem Schicksal bloß getan? Andererseits ... aneinandergeschmiegt vor dem Regen in einen Hauseingang flüchten und sich dort innig küssen ... vielleicht wird ja doch noch was aus unserem romantischen Abend ...*

Ein Aufschrei reißt mich aus meiner Träumerei. Neugierig gehe ich in die Richtung, aus der er kam. Ein Kreis aus Schaulustigen hat sich um ein Pärchen gebildet. Ich strecke mich und erbleiche: Es sind Pierre und Cecilia! Wild um mich stoßend, boxe ich mich durch die ganzen Gaffer hindurch und komme gerade rechtzeitig hinzu, um zu sehen, wie Cecilia Pierre eine schallende Ohrfeige verpasst.

Schockiert erstarre ich mitten in der Bewegung. Dann jedoch ren-

ne ich dazwischen und schreie sie an:»Sag mal, hast du sie noch alle? Hör gefälligst auf, meinen Freund anzubaggern!«

Dass es nicht unbedingt zu den erfolgreichen Anbaggermethoden gehört, jemandem eine Ohrfeige zu verpassen, wird mir im selben Moment klar, in dem ich das gesagt habe. Ich versuche die Kurve zu kriegen:»Und was fällt dir überhaupt ein, ihm eine zu scheuern?«

Mindestens genauso wütend schreit sie zurück:»Dann sag deinem ›Freund‹ …« – sie setzt das Wort mit ihren Händen in Anführungszeichen –»… dass er mich gefälligst mit seinen widerlichen Angeboten verschonen soll.«

Was? Häh? Verwirrt drehe ich mich zu Pierre um:»Wovon redet sie?«

»Isch weiß auch nicht. Isch abbe sie nurr gefrragt, ob isch sie fotogrrafierren darrf!«

Ich schließe die Augen und schlucke. *Was soll das? Wieso fragt er eine wildfremde Frau, ob er sie fotografieren darf? Aber das ist jetzt egal! Dazu wird er mir später Rede und Antwort stehen müssen. Jetzt will ich hier erst einmal nur unsere Ehre retten!*

»Trotzdem«, setze ich wieder an, während alle Augen auf uns gerichtet sind.»Das ist ja wohl kein Grund auszuticken und handgreiflich zu werden. Du solltest dich eher geehrt fühlen, dass er dich überhaupt gefragt hat.«

»Wie bitte?« Ihre Stimme wird noch lauter.»Spinnst du? Wenn du das mit dir machen lässt, bitte schön, dein Problem! Aber ich werde mich garantiert nicht geehrt fühlen, wenn so ein Kerl Nacktfotos von mir machen will!«

Vor mir tut sich ein Abgrund auf. Mir wird schwindlig.

»Pierre … was soll das heißen?« Ich sehe ihn hilflos an.»Wovon redet sie da?«

»Aber *ma cherie* … ich verrstehe disch nischt. Du hast doch gesagt, dass es dirr nischts ausmacht!«

»Was soll mir nichts ausmachen?« Meine Stimme überschlägt sich. *Das ist ja wohl ein absoluter Albtraum! Kann mich bitte endlich jemand wecken? Das kann doch nicht wahr sein!*

»Na, dass isch Aktfotogrraf bin natürrlisch. Isch abbe doch gesagt, dass isch Schöneit fotogrrafierre und es gibt nun einmal nichts Schönerres als die weiblische Körrperr!«

Als er meine fassungslose Miene sieht, fügt er beleidigt hinzu: »Isch dachte, du wärrest locker. Du ast doch gesagt, Adrian hätte mit dirr gerredet, aber du ast disch nischt von ihm einschüschterrn lassen. Isch dachte, du wärrest auch ein Freigeist so wie isch! Isch abbe dir doch gesagt, dass isch disch fotogrrafirren möschte! Was ist jetzt plötzlisch los mit dirr?«

Langsam gehe ich rückwärts. Mein Kopf ist leer und ich weiß nicht mehr, was ich sagen oder denken soll. Ich will einfach nur hier weg. Durch die gaffende Menge boxe, schubse und drängele ich mich, bis ich endlich aus dem Innenhof hinaus auf die offene Straße gelange. Hinter der Mauer bleibe ich stehen, lehne mich an sie und fühle mich so hundeelend wie in meinem ganzen Leben noch nicht.

Da höre ich das schnappende Geräusch von Birkenstocklatschen auf Kopfsteinpflaster. Gabby kommt mit ihrer Jutetasche um die Ecke gekeucht, Aljosha im Schlepptau.

Oh … denke ich ohne Gefühlsregung … offensichtlich hat sie es ihm doch abgekauft.

»Lena, oh Lena, es tut mir ja so schrecklich leid. Ich habe die furchtbare Szene gerade eben mitbekommen und weiß gar nicht, was ich sagen soll. Das ist ja einfach nur schrecklich! So ein Mistkerl! So ein widerlicher, verdammter Schleimscheißer! Und du bist auch noch auf sein blümerantes Gerede reingefallen. Du Ärmste! Wie willst du nur jemals darüber hinwegkommen? Komm, wir bringen dich nach Hause und ich koche dir einen Tee!«

Stumm schüttele ich den Kopf. Ich habe weder die Lust noch die

Kraft, etwas zu sagen. Schon gar nicht nach dieser wenig aufbauenden Rede.

»Dann eben keinen Tee. Komm, gehen wir nach Hause! Wir nehmen den Bus! Aljosha wird uns zur Bushaltestelle begleiten.«

Wieder schüttele ich den Kopf.

»Aber ich kann dich doch so nicht hier stehen lassen.«

Ich hebe die Hand, um sie zum Schweigen zu bringen. »Bitte, Gabby, ich will jetzt einfach mal kurz alleine sein!«

Sie sieht mich zweifelnd an, schaut dann zu Aljosha, der unsicher mit den Schultern zuckt, und sagt schließlich: »Na gut, hast du dein Handy dabei?«

Ich nicke.

»Wenn irgendwas sein sollte, rufst du mich bitte sofort an. Ich werde es die ganze Nacht laut gestellt neben meinem Kissen liegen lassen. Versprichst du mir, dass du anrufst? Hast du genügend Geld für den Bus oder ein Taxi?«

Wieder nicke ich.

»Und du rufst mich wirklich an, wenn es dir nicht gut gehen sollte?«

Als ob es mir jetzt gut gehen würde ... Aber damit sie endlich Ruhe gibt und geht, nicke ich.

»Lena ... ich weiß wirklich nicht, ob das eine gute Idee ...«

»Jetzt geh doch endlich. Bitte!«

Sie seufzt: »Na gut, dann gehe ich jetzt heim. Bis morgen.« Sie umarmt mich fest und nur mit Mühe kann ich die Tränen zurückhalten. So bleibe ich also an die Mauer gelehnt stehen und sehe den beiden nach, wie sie händchenhaltend die Straße entlang gehen. *Na wenigstens gibt es hier für eine Person ein Happy End.*

Als die beiden am Ende der Straße hinter einer Hausecke verschwinden, seufze ich und setze mich langsam Richtung Bushaltestelle in Bewegung. Ich habe noch keine zwei Schritte getan, als es wieder krachend donnert und dann urplötzlich wie aus Kübeln zu

schütten beginnt.

»Neiiiiiin!«, kreische ich. *Verdammt! Verdammt! Verdammt! Was habe ich denn nur getan, um so bestraft zu werden?!?!?*

Im ersten Moment will ich loslaufen. Doch da ich ohnehin klitschnass sein werde, bis ich an der Bushaltestelle ankomme, ist es egal, ob ich renne oder gehe. *Wenn ich gehe, ist zumindest die Wahrscheinlichkeit höher, ohne gebrochene Beine dort anzukommen.* Also stöhne ich auf und setze mich im strömenden Regen wieder in Bewegung. *Vielleicht sollte ich mir doch so eine Jutetasche anschaffen? Ich bin sicher, Gabby hält sie sich jetzt als Regenschutz über den Kopf.*

Nach ein paar Metern höre ich Schritte hinter mir und drehe mich um, halb in der Erwartung, Pierre zu sehen. Doch es ist Marius, der mir mit einem Schirm in der Hand nachläuft. Oh nein, ein *Siehst-du-ich-habs-dir-doch-gleich-gesagt* kann ich jetzt wirklich nicht ertragen. Ich überlege kurz, einfach weiterzugehen, doch das wäre unfair gegenüber Marius; außerdem regnet es in Strömen.

Jetzt hat er mich erreicht und hält seinen Schirm über uns beide. Kopfschüttelnd sagt er:

»Lena, ich hab mitbekommen, was dieses Schwein getan hat. Es tut mir so leid. Ich hätte dich davor beschützen müssen.«

Was? Er macht sich tatsächlich Vorwürfe?! Verunsichert sehe ich ihn an.

Er nimmt meine Hand und sagt langsam: »Ich habe ernst gemeint, was ich damals gesagt habe. Ich werde nicht aufhören dich zu lieben, und immer für dich da sein.«

Ich betrachte meine Hand in seiner und weiß nicht, ob ich lachen oder weinen soll. *Habe ich vielleicht tatsächlich nach Luftschlössern gesucht, während die Burg vor meinen Augen stand? Ist Marius am Ende doch der Richtige für mich? Er liebt mich, ist fürsorglich, außerordentlich klug, fleißig, kinderlieb. Er wäre der perfekte Freund und vielleicht auch der perfekte Ehemann.*

»Lena …«, haucht er, und seine Hand umfasst sanft mein Kinn,

während er sich langsam vorbeugt. Ich schließe die Augen und unsere Lippen treffen sich. Der Regen plätschert auf den Schirm über unseren Köpfen. Ich horche in mich hinein … und löse mich vorsichtig wieder von ihm. Er sieht mich fragend an, doch ich kann seinem Blick nicht standhalten und schaue zu Boden.

Nach einer Weile sagt er traurig: »Gut, ich verstehe … Ich werde nichts mehr sagen oder tun, was dich in Verlegenheit bringen könnte, aber lieben werde ich dich trotzdem und darauf warten, dass du erkennst, wie viel das wert ist.«

Unter normalen Umständen hätte ich seine Ansprache so kitschig gefunden, dass ich zu lachen angefangen hätte, doch merkwürdigerweise ist mir gerade überhaupt nicht nach Lachen zumute.

Beide schweigen wir und schauen dem Regen zu. Dann fragt er: »Darf ich dich trotzdem nach Hause bringen?«

»Danke, Marius. Aber ich glaube es ist besser, wenn ich alleine gehe.«

»Dann nimm wenigstens meinen Schirm mit.«

Ich muss mit Tränen in den Augen lachen: »Du bist unverbesserlich … Vielen Dank.«

Er deutet eine mittelalterliche Verbeugung an und rennt durch den Regen wieder zurück ins Haus, während ich mit Schirm in der Hand langsam Richtung Bushaltestelle gehe.

Da höre ich erneut Schritte näher kommen und will schon rufen, dass ich wirklich gut ohne Begleitung auskomme; doch im Schein der Laterne hinter mir taucht nicht Marius auf, sondern Adrian.

Na super. Gibt es eigentlich irgendeine Person auf dieser Welt, die meine Demütigung nicht mitbekommen hat?!?

»Was willst du?«, fauche ich ihn an. »Mir sagen, dass du recht hattest? Schön! Dann hattest du halt recht! Super! Schreib´s dir auf und kleb es an deinen Kühlschrank, dann kannst du dich jeden Tag darin sonnen.«

»Tja, auf diese Idee bin ich ehrlich gesagt noch gar nicht gekommen, aber ich werde sie mir durch den Kopf gehen lassen. Sie hat einiges für sich.«

Idiot. Wieso muss er sich jetzt über mich lustig machen? »Also, was willst du dann?«

»Nur sichergehen, dass du wohlbehalten zu Hause ankommst.«

»Und wie kommst du auf die Idee, dass dem nicht so sein könnte?«

»Tja … lass mal nachdenken … Du neigst dazu, dich mit Autoritäten anzulegen, an allen möglichen Orten bei allen möglichen Gelegenheiten zu stürzen, erzählst gerne wildfremden Leuten per Lautsprecher dein Seelenleben, fällst auf flirtlustige Franzosen rein und rennst bei strömendem Regen ohne Schirm aus dem Haus … Das halte ich insgesamt besehen für keine guten Voraussetzungen, um mitten in der Nacht wohlbehalten zu Hause anzukommen.«

»Ach, und mit Autorität meinst du wohl dich, ja?«

»Klaro. Die Polizei, dein Freund und Helfer. Zu deinen Diensten!«

»Und wenn ich deine Hilfe nicht will?«

»Dann werde ich dich beschatten müssen, bis du zu Hause eintriffst, und morgen mit einer Riesenerkältung aufwachen, weil ich total durchnässt bei mir daheim angekommen bin. Es sei denn, ich darf jetzt endlich mal unter deinen Schirm.«

»Bring dir gefälligst deinen eigenen mit!«

»Tja … das ist das Problem an der ganzen Sache: Ich habe keinen mitgenommen.«

»Im Gegensatz zu mir.«

»Beziehungsweise im Gegensatz zu dem jungen Mann gerade eben, den du so zartfühlend abgewiesen hast.«

Ich laufe rot an und bin froh, dass er es in der Dunkelheit nicht sehen kann. »Hast du mir etwa nachspioniert?«, herrsche ich ihn an.

»Na hör mal, du rennst mitten in der Nacht in die Dunkelheit hinaus und kurze Zeit später schleicht dir jemand hinterher. Das hat

meinen Polizeiinstinkt geweckt.«

»Also, Marius ist mir ja wohl kaum nachgeschlichen!«, stelle ich klar.

»Ah, so heißt also der arme Junge …«

»Soll das jetzt ein Verhör werden?«

»Wenn du mir nicht gestattest, dich nach Hause zu bringen, muss ich dich vielleicht wirklich mit auf die Polizeiwache nehmen und dort verhören.«

»Wie bitte?!« *Hat der sie noch alle?* »Und mit welcher Begründung?«

»Mir wird schon etwas einfallen, schließlich schlafe ich doch mit dem Gesetzbuch unterm Arm.« Er grinst süffisant.

Erschrocken bleibe ich stehen. *Hat er etwa alles gehört, was ich zu Gabby gesagt habe?*

Als ob er meine Gedanken lesen kann, sagt er: »Mit Mayo und Ketchup schmeckt so ein Stock gar nicht schlecht.« Er grinst.

Wie kann er jetzt noch grinsen, nachdem ich ihn so beleidigt habe?

»Aber …«, ich bin fassungslos. »Was willst du dann jetzt hier?«

»Wie ich schon sagte: sichergehen, dass du heil nach Hause kommst.«

Ich verstehe das einfach nicht. Dem einen laufe ich hinterher und kriege eine Abfuhr, den anderen beleidige ich und er will mich nach Hause bringen. Leticia hatte wohl recht mit ihrer Einschätzung der Männerwelt.

»Und wie willst du mich nach Hause bringen? Etwa mit Blaulicht?«

Er lacht: »Keine Sorge! Entgegen der landläufigen Meinung haben Polizisten auch ein Privatleben und daher auch einen Privatwagen. Komm schon, er steht da drüben.«

Zögerlich lasse ich mich von ihm zu seinem Auto führen. Es handelt sich um einen VW Polo. Merkwürdigerweise fühle ich mich tatsächlich sicherer, jetzt wo Adrian bei mir ist. *Muss wohl daran liegen, dass er nun einmal Polizist ist.* »Also ich hätte ja zumindest einen 3er BMW erwartet«, stichele ich, während ich einsteige.

Amüsiert schaut er zu mir rüber: »Wieso?«

»Na, weil das eine Angeberkarre zum Frauenaufreißen ist«, gebe ich fies zurück.

»Und du meinst, das bräuchte ich?« Er sieht mich gelassen von der Seite an und macht keinerlei Anstalten, den Motor zu starten. Sein Blick beunruhigt mich und ich versuche das Gespräch wieder auf die Ebene der Kabbelei zu bringen.

»Irgendwie müsst ihr euer Selbstwertgefühl ja am Leben erhalten, nachdem ihr Ärmsten den ganzen Tag in eurer Verkleidung herumrennt.«

»Bislang bin ich immer davon ausgegangen, dass Frauen auf Uniformen stehen«, sagt er grinsend, startet den Motor und legt den Rückwärtsgang ein.

»Da kennst du meine Liste nicht«, rutscht es mir heraus.

Er schnaubt belustigt. »Du hast eine Liste von Dingen, auf die du stehst?«

Verflixt! Warum muss er so schnell von Begriff sein?

»Eher von Dingen, auf die ich nicht stehe!«, korrigiere ich. »Und ganz oben steht auf dieser Liste: Männer in Uniform.« *Hah, jetzt hab ich es dir aber gezeigt!*

»Kann ich nachvollziehen, wir sind ja auch lange nicht so amüsant wie abgedroschene Phrasen vortragende Weiberhelden.«

Ich schlucke. Das ganze Drama dieses Abends steigt plötzlich in mir hoch. Um das Schluchzen zu bekämpfen, muss ich mich ablenken, also klappe ich den Spiegel hinter der Beifahrerblende auf. Mein Anblick trägt jedoch nicht zu meiner Aufheiterung bei. Die mit viel Mühe geformte Frisur mit den sexy Wellen ist durch den Regen aufgeweicht und hat meiner Naturkrause Platz gemacht, die nun aufgesprungen ist und mich aussehen lässt wie Struwwelpeter höchstpersönlich. Das ist zu viel. Urplötzlich fange ich an zu heulen, als die ganze Enttäuschung in mir aufwallt.

Sichtlich erschrocken reißt Adrian das Lenkrad herum und fährt

an die Seite: »Was ist los? Was ist passiert?«

Ich kann nicht antworten, nur heulen.

Er sieht mich mit mahlenden Kiefern an, dann langt er an mir vorbei ins Handschuhfach, holt eine Packung Taschentücher heraus und reicht sie mir: »Entschuldige, ich hätte das nicht sagen dürfen. Pierre ist ein Mistkerl in Bezug auf Frauen. Er war mal ein ganz netter Junge und lustiger Kumpel und wir hatten früher viel Spaß zusammen. Leider hat er sich nicht zum Guten verändert.«

Ich heule immer noch und er sieht mich zerknirscht an. »Es ist meine Schuld. Ich hätte es dir viel früher klarmachen sollen.«

Dankenswerterweise erwähnt er nicht, dass ich ihn nie anhören wollte. *Ich bin so eine Idiotin ...* Ich kann das Schluchzen einfach nicht abstellen.

»Lena, er ist es nicht wert, dass du seinetwegen weinst.« Langsam hört er sich ein wenig verzweifelt an.

»Es ist nicht wegen Pierre ... Meine Haaaaaaaare sehen furchtbar auuuus und dabei habe ich so lange gebraucht, bis sie endlich so schön glatt wareeeeen.«

Er sieht mich komisch an und fängt dann an zu lachen: »Lena, also wenn das deine allergrößte Sorge ist, dann lass dir gesagt sein, dass du wunderschön bist und zwar genau so, wie du in diesem Moment aussiehst.«

Vor Überraschung höre ich auf zu weinen und schaue ihn groß an. Er lacht immer noch, blickt dann über die Schulter nach hinten und reiht sich wieder in den Verkehr ein.

Eine Weile fahren wir schweigend, während meine Schluchzer langsam nachlassen. Ich seufze: »Oh Mann, jetzt muss ich meiner Schwester auch noch beichten, dass sie Recht hatte.«

Adrian wirft mir einen fragenden Blick zu und ich erkläre: »Sie ist der Meinung, dass ich – mal wieder – zu überstürzt und impulsiv handeln würde, weil ich mich so in diese Geschichte mit Pierre ver-

rannt habe.«

»Womit sie ja nicht so ganz unrecht hat.«

»Ja, aber genau das ist ja das Problem! Sie hat immer Recht. Es ist einfach nur nervig. Versteh mich nicht falsch: Ich liebe meine Schwester über alles – zumindest seit wir nicht mehr in derselben Stadt wohnen – aber sie hat einfach immer mit allem Glück und Recht und ich permanent Pech und Unrecht.« Ich seufze wieder: »Mein Leben ist die reinste Katastrophe.«

»Ach komm, jetzt übertreib mal nicht.«

Ich gucke resigniert zu, wie sich die Scheibenwischer hin und her bewegen. »Bist *du* etwa schon mal mit deiner Clique in Hotpants und kurzem Tanktop mit dem Zug unterwegs zu einer Raverparty gewesen und musstest unterwegs aufs Klo, doch im Zug waren sämtliche Klos defekt?«

»Naja, so was kann jedem mal passieren …« Dann fügt er grinsend hinzu: »Also abgesehen von der Sache mit den Hotpants und dem Tanktop, denn das trage ich für gewöhnlich nicht!«

»Und bist *du* dann etwa am nächsten Bahnhof, an dem der Zug länger halten sollte, ausgestiegen und aufs Bahnhofsklo gerannt, nur um im Nachhinein festzustellen, dass die Klotür klemmte und nicht mehr aufging?«

»Ich beginne zu verstehen, was du meinst.«

»Und hast *du* dann etwa schon mal zwanzig Minuten in diesem stinkenden Klohäuschen gehockt, bis endlich jemand deine Hilferufe gehört und einen Bahnmitarbeiter gerufen hat, der dann jedoch erst einen Handwerker holen musste, um die Tür aufzubrechen?«

»Okay, das stelle ich mir in der Tat recht unangenehm vor …«

»Und war dann etwa, bis *du* wieder am Zug warst, dieser gerade abgefahren, samt deiner ganzen Sachen?«

»Ach du Schande! Aber hat von deiner Gruppe niemand dein Fehlen bemerkt?«

»Die waren leider zu dem Zeitpunkt alle schon mehr als angeheitert, wie sich nachher heraus stellte.«

»Und wie ging es weiter?«

»Tja, wie wohl: Ich musste nach einer Mitfahrgelegenheit suchen. Etwas schwierig ohne Ausweis oder Portemonnaie und nur mit ein bisschen Kleingeld für die Toilette in der Tasche …«

»Warum hast du dich nicht bei der Bahn gemeldet?«

»Schlaumeier! Klar hab ich das! Aber die haben mir nicht geglaubt, hielten mich für eine Ausreißerin oder so und wollten die Polizei rufen, also bin ich da in einer Kurzschlussreaktion wieder rausgelaufen. Schließlich fand ich einen Busfahrer, der in die richtige Richtung fuhr, Mitleid hatte und mich mitnahm.«

»Also ein Happy End.«

»Ja, wenn man mal davon absieht, dass der Bus mit einem Haufen Omas und Opas auf großer Kulturfahrt belegt war. Dank meines Outfits hielten die mich für ein leichtes Mädchen und versuchten die ganze Fahrt über – also sage und schreibe drei Stunden lang – mich wieder auf den richtigen Weg zu bringen.«

Adrian schmunzelt: »Okay, langsam entdecke ich ein gewisses System dahinter. Aber wie wolltest du denn mit dieser Aktion wieder an deine Sachen kommen? Du hättest doch deine Truppe auf einer Raverparty nie im Leben wiederfinden können.«

»Nein, aber ich wusste, in welcher Jugendherberge wir nach der Party unterkommen wollten, so dass ich also die gesamte Nacht hindurch dort gewartet habe, bis diese Trantüten um sechs Uhr morgens endlich eintrudelten.«

In aufmunterndem Tonfall fügt er hinzu: »Also ich verstehe jetzt, dass du dich etwas vom Pech verfolgt fühlst, aber so deprimiert musst du deshalb doch noch lange nicht sein. Ich meine, schließlich hast du doch gute Freunde, die dich sehr schätzen. Das zeichnet dich doch als Menschen aus. Zum Beispiel diese merkwürdige Kleine mit

den zotteligen Haaren, mit der du dieses Theaterstück im Studio abgezogen hast.«

Ich bin froh, dass die Dunkelheit mein glühendes Gesicht verbirgt.

»Oder diesen Muskelprotz, der jedem, der es hören oder nicht hören will, in den höchsten Tönen von dir vorschwärmt. Wenn ich ihn richtig verstanden habe, hast du ihm wohl in einer überaus wichtigen Angelegenheit geholfen.«

Super Beispiel. Schließlich habe ich ihm unabsichtlich geholfen, seine Britta ins Bett zu kriegen. Kein Wunder, dass er von mir schwärmt.

Wir stehen an einer roten Ampel, als mir plötzlich einfällt, dass ich Adrian doch eigentlich den Weg weisen muss. »Die nächste musst du rechts abbiegen.«

»Ich weiß«

»Wieso weißt du, wo ich wohne?« Doch im selben Moment, indem er grinst, fällt mir die Antwort ein: *Er hatte ja meine Daten alle aufgeschrieben, als ich den Fahrraddiebstahl gemeldet hatte. Und er hat es sich gemerkt? Oder hat er in der Zwischenzeit nachgesehen?* Irgendwie ist das Gefühl merkwürdig, dass er so viel über mich weiß und ich über ihn gar nichts – abgesehen von der Tatsache, dass er Polizist ist. Seltsamerweise lässt dieser Gedanke winzig kleine Sterne in meinem Magen explodieren.

»Wie kommt es dann aber, dass du immer mit ihm zusammen zum Sport gegangen bist?«, schniefe ich.

Er sieht mich von der Seite an: »Willst du jetzt wirklich über Pierre reden?«

»Ja, ich will jetzt wissen, was dahintersteckt.«

»Versprichst du mir, dass du nicht wieder zu heulen anfängst?«

»Ja.«

»Na gut. Also: Mein Vater und Pierres Vater sind alte Schulfreunde. In den Ferien haben unsere Familien sich gegenseitig besucht und es war immer sehr lustig. Pierre und ich hatten uns großartig verstan-

den, viel Scheiß gemeinsam gebaut. So Sachen, die halbwüchsige Jungs halt machen. Dann wurden wir älter, begannen unsere Ausbildungen, lebten unser eigenes Leben. Unsere Väter telefonierten zwar noch miteinander und trafen sich, soviel ich weiß, auch alle paar Jahre mal, doch Pierre und ich hatten viele Jahre lang keinen Kontakt mehr. Dann rief mich mein Vater an und sagte mir, Pierres Vater hätte ihn um Hilfe gebeten, weil Pierre in Frankreich in Schwierigkeiten stecke oder – besser gesagt – aus den Schwierigkeiten gar nicht mehr herauskäme. Pierres lockerer Lebensstil und sein …« Er nimmt die Hände kurz vom Lenkrad, um Gänsefüßchen anzudeuten, »… ›Beruf‹ … machten seinem alten Herrn Sorgen. Pierre hatte sich zu einem regelrechten Schürzenjäger entwickelt und schon des Öfteren das eine oder andere blaue Auge von dem erbosten Partner eines seiner Fotoobjekte kassiert. Zuletzt gab es wohl sogar Drohungen, ihn um die Ecke zu bringen. Vermutlich nur im Zorn von einem gehörnten Ehemann ausgestoßen, doch Pierres Vater zog die Reißleine und schickte Pierre nach Deutschland. Weil Pierre finanziell von seinem Vater abhängig ist und alleine nicht über die Runden kommt, blieb ihm nichts anderes übrig, als sich zu fügen.«

»Und was hast du damit zu tun?«

»Tja, ich Ärmster wurde nun über meinen Vater von Pierres Vater gebeten, ein Auge auf ihn zu haben und zu verhindern, dass es ihm hier so ergeht wie in Frankreich. Pierres Vater hoffte wohl, dass ich aufgrund unserer früheren Freundschaft mäßigend auf Pierre einwirken könnte und er sich vom Saulus zum Paulus wandeln würde; doch ich fürchte, dazu reicht mein Einfluss nicht aus.«

Ich schweige und lasse das Gehörte auf mich wirken. Irgendwie ergibt jetzt alles einen Sinn. »Das heißt dann wohl, dass du, als du bei ihm warst und er deshalb zu spät zu unserem Date kam …« Ich lasse den Satz unvollendet und Adrian übernimmt es, ihn zu vervollständigen.

»Als ich bei ihm war, habe ich ihm gesagt, dass er die Finger von dir lassen soll, sonst würde er es mit der Polizei zu tun bekommen!«

»Aber ... warum?«

»Na hör mal, ich kann doch nicht dulden, dass er hier die öffentliche Ordnung stört.«

Oh ... es läuft also mal wieder alles nur auf sein blödes Gesetzbuch hinaus. Seltsamerweise trifft mich dieser Gedanke härter als Pierres Verrat. Ich wundere mich über mich selbst, dass ich die ganze Fahrt über nicht einmal mit jenem Herzschmerz konfrontiert worden bin, auf den ich mich gefasst gemacht habe, seit ich vom Schauplatz meiner Demütigung geflohen bin.

Endlich sehe ich die Lichter aus den Fenstern der Studentensiedlung vor mir auftauchen. Da klingelt plötzlich mein Handy und als ich rangehe, kreischt Gabby mir mit panischer Stimme entgegen: »Sie kommen!!! Oh mein Gott, sie kommen!!!«

Erschrocken schreie ich zurück: »Gabby, was ist passiert? Wer kommt?«

»Oh, das überlebe ich nicht. Ich überlebe das einfach nicht. Was soll ich jetzt machen?!«

»Gabby, wo bist du?«

»Zu Hause, aber sie kommen!!!«

»Gabby, bleib, wo du bist, wir stehen schon vor dem Haus. Ich bin in zwei Minuten bei dir!«

Adrian schaut mich ernst an: »Einbrecher?«

»Im Studentenwohnheim? Mit Sicherheit nicht, aber sie war total panisch. Ich muss nachsehen, was los ist.«

»Ich komme mit!« Er stellt den Wagen einfach auf dem Gehweg ab und rennt mit mir zur Haustür.

Ich weise ihn nicht ab, bin ganz im Gegenteil sehr froh, dass er mitkommt, weil mir die Vorstellung, dass vielleicht doch irgendwelche Einbrecher sich an Gabbys Fenster zu schaffen machen, eine

Gänsehaut beschert. Auch wenn ich mir beim besten Willen nicht vorstellen kann, was Einbrecher in einem Studentenwohnheim klauen könnten – geschweige denn in Gabbys Wohnung. *Ihre Jutetaschensammlung mit Sicherheit nicht.*

Die Haustür steht offen und so stürmen wir direkt die Treppen hoch bis zu ihrer Wohnungstür.

Adrian bedeutet mir mit Gesten, mich hinter ihn zu stellen, lauscht an der Tür, stellt sich dann daneben an die Wand und klopft probeweise an die Tür. Als ich schon fürchte, dass er gleich eine Waffe ziehen könnte – zwar sieht er nicht so aus, als ob er eine in seinem Strumpf versteckt hätte, aber in diesen ganzen Filmen haben die Polizisten ja immer und überall eine Waffe dabei – wird die Tür von Gabby aufgerissen. »Sie kommen!«

Ich fasse sie an die Schultern: »Gabby, wer kommt?«

»Meine Eltern!«

Adrians Gesichtszüge entgleisen ihm. Wenn ich nicht um den Ernst der Lage gewusst hätte, hätte ich laut losgelacht. »Okay, *wann* kommen sie?«

»Morgen!«

»Verdammt! Wann genau?«

»Mittags!«

»Scheiße! Das ist echt übel. Uns bleibt zu wenig Zeit.«

»Äh, entschuldigt bitte, aber was ist denn los?« Verständnislos starrt Adrian von mir zu Gabby und zurück.

Jetzt erst wird Gabby bewusst, wer mein Begleiter ist und diese Erkenntnis reißt sie endlich aus ihrem Schockzustand.

Verdattert sieht sie Adrian an: »Aber das ist doch …«

Ich drehe sie wieder zu mir. »Ich erklär dir alles später. Jetzt haben wir keine Zeit dafür. Wir brauchen schnellstmöglich einen Plan!«

»ICH WILL JETZT AUF DER STELLE WISSEN, WAS HIER LOS IST!«

Gabby und ich sehen Adrian entgeistert an, dann seufze ich und sage:»Komm rein, ich erklär´s dir.«

Er folgt uns in die Wohnung und wir schließen die Tür.

»Also …«, fange ich an. »Es ist leider so, dass Gabbys Eltern nicht wissen, dass Gabby Soziologie studiert. Sie glauben, Gabby hätte immer noch BWL belegt. Ihre Eltern sind wahnsinnig konservativ und furchtbar streng und es ist leider ein bisschen wie bei Pierre: Gabby ist finanziell von ihnen abhängig, weil sie kein Bafög kriegt und ihre Eltern ihr das Studium und das Wohnheim finanzieren.«

»Wenn die das rauskriegen, reißen die mir den Kopf ab oder streichen mir die Kohle oder – schlimmer noch – zwingen mich, wieder BWL zu studieren!«, stimmt Gabby jammernd ein.

»Zum Glück«, fahre ich fort, »kommen Gabbys Eltern sehr selten zu Besuch und kündigen sich normalerweise mindestens eine Woche vorher an, so dass Gabby sich vorher entsprechend herrichten kann. Ich meine, sieh dir nur mal ihre Haare an! So sieht ja keine BWL-Studentin aus! Allein *das* einigermaßen hinzukriegen braucht schon einen halben Tag Vorbereitung!«

»Und dann noch meine Wohnung … So wie die gerade ausschaut, streichen meine Eltern mir gleich die Kohle! Oh Gott, und meine Mitbewohner sind auch noch alles Männer! Das ist die totale Vollkatastrophe. Meine Eltern werden mich ins Kloster stecken!«

Adrian ist eindeutig verwirrt. »Wie hast du das dann früher mit deinen Mitbewohnern gemacht?«

»Na, ich habe mich mit meinen Eltern nur außerhalb des Wohnheims getroffen. Im Café oder Restaurant oder in ihrem Hotel. Aber jetzt bestehen sie darauf, hierher zu kommen!«

Ich sehe Gabby irritiert an:»Wieso überhaupt sagen die so megakurzfristig Bescheid?«

»Aus dem schlimmsten aller Gründe: Sie schleppen einen BWLer an, mit dem sie mich verkuppeln wollen!!!« Gabby ist am Boden

zerstört.

»Tja, Aljosha ist wohl nicht so ganz der Typ Mann, den sich deine Mama als Schwiegersohn vorgestellt hat.«

»Definitiv nicht. Aber das ist doch gar nicht das Problem! Von Aljosha müssen die ja gar nichts wissen. Lena, das Problem ist doch: Was mache ich, wenn der Typ mich mit irgendwelchem wirtschaftlichen Kram vollsülzt? Ich habe doch keinen Schimmer davon. Das wird doch auffliegen! Ade, du schönes Leben! Das war's dann wohl.«

Ich suche verzweifelt nach eine Lösung: »Naja, also wegen deiner Haare kann sich vielleicht Leticia irgendetwas einfallen lassen. Beim Putzen deiner Wohnung kann ich dir morgen den ganzen Vormittag über helfen. Ich könnte auch als deine Mitbewohnerin einspringen. Aber wohin mit deinen echten Mitbewohnern?«

»Die schmeiße ich raus. Und wer von denen es morgen wagen sollte, auch nur seine Nasenspitze durch die Tür zu stecken, verliert sie!«

»Tja, bleibt aber nach wie vor das Problem mit dem BWL-Typen. Kennst du nicht irgendjemanden, der das studiert und uns helfen kann?«

Adrian räuspert sich.

Gabby seufzt: »Leider nicht.«

Adrian räuspert sich wieder.

Ich sacke enttäuscht in mich zusammen. »Tja, dann weiß ich auch nicht weiter.«

Gabby nickt traurig. »Es war eine schöne Zeit mit dir, Lena … Ich werde dich sehr vermissen.«

Deprimiert lasse ich den Kopf hängen.

»Hmm, hmm, hmmm.« Schon wieder Adrian.

»Brauchst du ein Hustenbonbon oder so?«, fragt ihn Gabby.

Er räuspert sich wieder: »Also vielleicht kann ich euch ja helfen … wenn ihr wollt.«

Häh?

»Echt nett von dir, dass du uns beim Aufräumen helfen willst«, murmelt Gabby mit gesenktem Blick. »Aber das wird alles nichts bringen, wenn auffliegt, dass ich kein Wort von dem verstehe, was der Typ sagt.«

»Ich würde mich als dein Alibi-Freund zur Verfügung stellen und das Reden übernehmen.«

Ich hör wohl nicht recht!

Wir starren ihn mit offenem Mund an.

Dann erhellt sich Gabbys Gesicht. Sie scheint bereit, nach jedem Strohhalm zu greifen. Doch ich habe meine Zweifel, ob das der richtige Strohhalm ist: »Ja aber … verstehst du denn was davon? Von BWL meine ich?«

»Natürlich habe ich das nicht studiert. Aber ich kann mir nicht vorstellen, dass der Typ Gabby hier einer Prüfung unterziehen will und zumindest kann ich die Aufmerksamkeit von ihr ablenken. Wenn sich dann jemand durch Unkenntnis blamiert, bin es zumindest ich und nicht Gabby.«

Gabby strahlt mich an: »Das ist doch eine prima Idee!«

Ich schaue Adrian immer noch unsicher an: »Warum willst du das tun?«

»Ist doch egal!«, meldet sich Gabby panisch zu Wort, die wohl ihre Felle davonschwimmen sieht.

Doch Adrian betrachtet mich gelassen und sagt: »Selbst Polizisten haben ein Herz, und ich kann doch jetzt nicht einfach gehen, wo ich von Gabbys … Notlage … weiß.«

Ich betrachte ihn aus zusammengekniffenen Augen und werde mir einfach nicht klar darüber, ob er ernst meint, was er da sagt oder sich gerade mächtig über uns lustig macht. Doch da mir keine Alternative einfällt, nicke ich schließlich, obwohl mir die ganze Sache Bauchschmerzen bereitet.

Wir verabreden daher, dass er morgen gegen zehn Uhr hier sein soll. Anschließend verabschiedet er sich mit einem Grinsen, und

Gabby und ich bleiben allein in der Küche zurück.

Gabby schaut mich an: »Lena, du übernachtest heute bei mir. Du bist mir eine Erklärung schuldig. Und dass du mir ja kein Detail auslässt, hörst du?«

Da ich ohnehin das Gefühl habe, zu platzen, wenn ich mir nicht endlich alles mal von der Seele rede, was in den letzten beiden Tagen passiert ist, gehe ich gleich auf ihren Vorschlag ein und wir schleppen gemeinsam meine Matratze von meiner Wohnung in ihr Zimmer. Dann machen wir noch einen Abstecher zu Leticia. Dem fröhlichen Stimmengewirr nach zu urteilen, das aus ihrer Wohnung dringt, müssen wir nicht fürchten, jemanden zu wecken, doch vorsichtshalber klopfen wir nur an die Tür anstatt zu klingeln. Nach einer Weile wird uns von einem jungen Mann mit südländischem Einschlag und aufgeknöpftem Hemd geöffnet, den ich weder bei meiner ersten noch bei meiner zweiten Frisurensession gesehen habe.

»Hi, ist Leticia da?«

Ohne Vorwarnung brüllt er ins Wohnungsinnere gewandt los: »*Leticia, alguien quiere hablar contigo!*« und geht ohne weiteren Kommentar ins Badezimmer.

Eine Minute später kommt sie aus ihrem Zimmer, böse Blicke Richtung Badezimmer werfend: »*Burro!*« Dann wendet sie sich uns zu: »Hi Mädels, was gibt's?«

»Wer war das denn grad?«, fragt Gabby ohne jegliches Gefühl für Privatsphäre.

Leticia seufzt: »Der neue Freund von Carmen, einer meiner Mitbewohnerinnen. Ich glaube, ihr habt sie vorgestern kennengelernt. Leider besitzt der Kerl keinerlei Manieren.« Dann senkt sie die Stimme und zwinkert uns zu: »Aber glaubt mir. Nach spätestens zwei Wochen habe ich den so lammfromm gemacht, dass er euch auf Händen in die Wohnung trägt!« Sie wendet sich erwartungsvoll mir zu. »Aber jetzt erzähl doch mal, wie es lief!«

»Ohh, ähh, gerne, aber ein andermal, wir haben nämlich gerade ein dringendes Problem.«

Gabby schildert in kurzen Worten ihr Dilemma.

Kritisch nimmt Leticia Gabbys Haare in Augenschein:»Also, ich bin echt keine Expertin, was Dreadlocks und so angeht, aber ...« Sie kaut nachdenklich auf der Lippe.»Leider ist ja morgen Sonntag. Sonst hätte ich dir geraten, die Haare ganz abzuschneiden und dir eine Perücke zu besorgen ...«

Gabby sieht aus, als stünde sie kurz vor einem Schlaganfall:»Ich kann mir doch jetzt keine Glatze scheren! Meine Mutter steht morgen Mittag vor der Tür!!!«

Ungerührt fährt Leticia fort:»Tja, Schätzchen, das hättest du dir überlegen müssen, bevor du dich für solch eine ausgefallene Frisur entschieden hast. Ich kann zwar versuchen, Joy noch mal herzubekommen, aber ich würde mir nicht allzu viele Hoffnungen machen, dass sie so kurzfristig kommt, immerhin ist es Sonntagvormittag. Naja, wir werden schon eine Lösung finden. Kommt morgen früh einfach mal her.«

Gabby verzieht ihr Gesicht, als hätte sie Schmerzen und ich nehme schon an, dass sie einen Rückzieher machen will; stattdessen nickt sie schließlich mit zusammengekniffenen Augen.

Die beiden verabreden sich für morgen früh, wir verabschieden uns und gehen wieder in Gabbys Zimmer, wo ich ihr alles erzähle, was sich seit Freitag zugetragen hat. Gegen ein Uhr nachts ermahnen wir uns gegenseitig, dass wir morgen viel vorhaben und jetzt endlich schlafen müssen. Vermutlich hätten wir sonst wohl die ganze Nacht durchgequatscht.

Trotzdem wälze ich mich noch eine ganze Weile unruhig hin und her, als aus Gabbys Bett schon längst nur noch tiefes, ruhiges Atmen zu hören ist.

Mir geht so vieles im Kopf umher, dass ich einfach nicht einschlafen

kann. Seltsamerweise hat jedoch das meiste davon gar nicht mit Pierre, sondern mit Adrian zu tun. *Ich werde einfach nicht schlau aus ihm ...*

Irgendwie muss ich wohl doch eingeschlafen sein, denn als ich plötzlich hochschrecke, falle ich glatt von der Matratze und bin im ersten Moment total orientierungslos. Erst nach ein paar Minuten wird mir klar, dass ich nicht in meinem Zimmer liege, sondern bei Gabby bin. Und als ich mich gerade frage, was mich geweckt hat, ertönt das Geräusch schon wieder: Boom bomm bomm boom boom bombababom bomm boom boom. Dumpfes, rhythmisches Pochen und Stampfen, immer wieder unterbrochen von kurzem Klatschen.

Ich halte die Luft an. *Was um alles in der Welt ist das?*

Verzweifelt krame ich nach meinem Handy. Das Licht des aktivierten Displays blendet meine müden Augen und ich kneife sie zusammen: drei Uhr und sechs Minuten. *WER ZUR HÖLLE MACHT UM DREI UHR NACHTS SOLCH EINEN LÄRM?!*

Gabby rührt sich nicht.

Boomboombababababa boomboom bomm bomm bommm booom babababababa boom boom bommm bababa bommm.

Wie kann die nur bei diesem Krach schlafen? Wütend strampele ich meine Decke von mir, rappele mich hoch und taste mich – ohne meine Kontaktlinsen eh halb blind – mit vor Müdigkeit fast geschlossenen Augen im dunklen Zimmer zur Tür. Vorsichtig öffne ich sie und sehe im ersten Moment im diffusen Licht des Mondes, der durch das winzige Fenster scheint, nur sechs winzige weiße Schemen in der Luft schweben.

Die Geräusche ersterben mit einem Schlag. Dann wird mir bewusst, dass die hellen Punkte sechs leuchtend weiße Augen sind, die mich erschrocken anstarren.

Ebenso erschrocken starre ich zurück: In der Mitte der Wohnküche sitzen auf dem Boden in völliger Dunkelheit Gabbys drei tiefschwarze kongolesische Mitbewohner, ein jeder mit verschieden großen

Trommeln ausgestattet.

Perplex glotze ich sie an.

Sie rühren sich nicht.

Ich rühre mich nicht.

Schließlich hebt der mittlere vorsichtig die Hand und winkt mir schüchtern zu.

Reflexartig winke ich, immer noch fassungslos, zurück, drehe mich dann um, schließe die Tür wieder hinter mir und taste mich todmüde zu meiner Matratze zurück. Es herrscht absolute Stille. *Ich muss wohl träumen*, ist mein letzter Gedanke, bevor ich wieder in Tiefschlaf falle.

Doch kaum bin ich eingeschlafen, klingelt auch schon der Wecker und Gabby tastet schimpfend nach ihm.

»Lena«, klingt es schlaftrunken von ihr. »Wir müssen aufstehen. Es ist sieben Uhr.«

»Du bist ja verrückt!«, nuschele ich unter meiner Decke und kuschele mich fester ins Kissen.

Auch Gabby zieht sich ihre Decke wieder hoch.

Ich bin gerade wieder am Einschlafen, als sich auf fiese Weise mein Handy meldet, das wir in weiser Voraussicht gestern Abend ebenfalls gestellt haben.

»Verdammt«, maule ich und schaue zu Gabby. »Wessen blöde Idee war das alles eigentlich noch mal?«

»Häh?«

»Ich sagte: Wessen blöde Idee war das?«

»Was? – Oh, warte mal! Sorry, hab ich ganz vergessen.« Ich sehe, wie Gabby sich in den Ohren herumfummelt und dicke, rosafarbene Ohropax herauszieht.

Entgeistert frage ich: »Wieso schläfst du mit Ohropax?«

»Na, weil ich sonst wegen der nächtlichen Trommelsessions der Jungs nicht schlafen kann.«

Ich starre sie sprachlos an.

Nach einiger Zeit wird ihr bewusst, was sie gerade gesagt hat und angesichts meines Gesichtsausdruckes fällt bei ihr endlich der Groschen. »Oh …, sag bloß, die haben heute Nacht wieder getrommelt?« Als ich daraufhin keinen Ton von mir gebe, fragt Gabby ängstlich: »Lena, ist alles in Ordnung?«

»Ja, ich habe nur gerade überlegt, ob mir die näheren Umstände vor Gericht wohl als mildernd ausgelegt werden würden …«

Abwehrend hebt Gabby beide Hände: »Auf gar keinen Fall! Sämtliche Geschworene wären auf meiner Seite. Immerhin bin ich unbewaffnet und würde das unschuldige Opfer eines tätlichen Angriffs werden.«

In bissigem Tonfall hake ich nach: »Unschuldig?!?«

Gabby sieht mich zerknirscht an und antwortet kleinlaut: »Naja, vielleicht habe ich ein klitzekleines bisschen Mitschuld, aber ich mache es mit einem super-genialen Frühstück wieder gut. Komm schon!«

Die Aussicht auf ein reichhaltiges Verwöhn-Frühstück belebt mich und ich seufze resigniert: »Na schön, ausnahmsweise nehme ich davon Abstand, die Zorro-Maske hervorzuholen!«

»Aber ist Zorro nicht der Rächer der Enterbten oder so?«

»Häh? Keine Ahnung. In meinem Fall wohl eher der Rächer der um ihren Schlaf Gebrachten!« Ich seufze tief und reibe mir die Augen. Garantiert sehe ich aus wie ein Pandabär.

Als Gabby aus dem Badezimmer kommt und ich hineingehe, erkenne ich, dass uns verdammt viel Arbeit bevorsteht: Aus irgendeinem sich mir nicht erschließenden Grund stehen in den Zahnputzbechern circa zwanzig Zahnbürsten herum, während es Seife nur in Bruchstücken gibt, die sich dafür aber über die gesamte Ablage verteilen. Dass die zementartigen Kalkablagerungen um die Waschbeckenar-

maturen herum sich überhaupt noch entfernen lassen, wage ich zu bezweifeln. Der Duschvorhang ist dermaßen stockfleckig, dass ich aufs Duschen verzichte. Und auf die Toilettenbrille lasse ich mich gar nicht erst nieder, sondern hocke mich wie eine Skispringerin darüber. *Wie um alles in der Welt kann man nur als Frau freiwillig in einer Männer-WG leben? Das ist mir echt ein Rätsel ...* Ich greife zur Klopapierrolle, doch nach drei Blättchen ist sie leer. Suchend blicke ich mich nach weiteren Rollen um, kann jedoch unter dem Waschbecken außer einer Apfelkiste mit zerfledderten Zeitschriften und einer anderen, die diverse bis zum Platzen gefüllte Kulturbeutel beinhaltet, nichts entdecken. Auch links und rechts neben der Toilette Fehlanzeige. Nur haufenweise leere Lufterfrischersprays, die, als ich sie in die Hand nehmen will, der Reihe nach wie Kegel mit lautem Scheppern hinfallen und durchs Zimmer rollen. »Gaaabbbyyyy! Wo habt ihr euer Klopapier?!?«

»Wieso?«, tönt es von draußen. »Die Jungs sollten doch gestern welches kaufen.«

»Hier ist aber nichts!!!«

»Mist, dann musst du Taschentücher nehmen. Ich glaube, in einer der Kisten unterm Waschbecken sind welche.«

Kopfschüttelnd durchwühle ich die Kiste. *Ich muss wahnsinnig sein, dass ich mich darauf überhaupt eingelassen habe!*

Endlich bin ich einigermaßen hergerichtet und verlasse das Bad.

Gabby steckt bis zu den Schultern im Kühlschrank und sucht offenbar nach etwas Essbarem.

»Tja, also ich hätte zwei Scheiben Käse, eine Scheibe Wurst, ein halbes Glas Erdbeermarmelade, deren Verfallsdatum allerdings ein klein wenig überschritten ist – sie sieht aber noch super aus! – und Butter da.« Sie strahlt mich an. »Willst du dazu Knäckebrot haben?«

»Was wäre denn die Alternative?«

Gabby steckt ihren Kopf wieder in den Kühlschrank. »Naja, ehrlich

gesagt gibt es keine.«

Also frühstücke ich resigniert Knäckebrot mit Butter.

»Gabby?«

»Ja?«

»Erinnere mich bitte daran, nie wieder bei dir zu frühstücken, schon gar nicht, wenn du mir als Wiedergutmachung ein – ich zitiere – ›Super-Frühstück‹ in Aussicht stellst!«

»Geht klar!«, antwortet Gabby gut gelaunt, nicht im Mindesten durch meine Worte betrübt.

Während ich also an meinem Knäckebrot knabbere, betrachte ich neugierig die Trommeln, die immer noch in der Mitte des Zimmers aufgebaut sind. Es juckt mich unheimlich in den Fingern, mal auszuprobieren, wie sich so eine Trommel anfühlt und welche Geräusche ich ihr entlocken kann. Doch ohne Erlaubnis möchte ich nicht an das Eigentum fremder Menschen gehen, daher begnüge ich mich mit dem Betrachten.

Danach teilen wir uns die Arbeit ein. Gabby übernimmt das Bad und ihr Zimmer, ich die Wohnküche. Angesichts der steinharten Essensreste auf den sich offensichtlich seit Wochen stapelnden Tellern neben der Spüle bin ich zwar kurzzeitig bereit, doch lieber das Bad zu putzen, doch da es dort vermutlich noch mehr Silberfischchen gibt als hier, bleibe ich lieber in der Küche. Silberfischchen gehören leider zur Standardausrüstung aller Studentenwohnheime hier und sind einfach nicht wegzukriegen; doch in einer WG wie dieser feiern sie natürlich Feste. Immerhin noch die harmlosere Variante, verglichen mit den Kakerlaken, von denen einige der Wohnheime ebenfalls befallen sein sollen. *Wuaaah.* Es schüttelt mich.

Wir wischen, waschen, spülen, saugen, putzen, fegen, räumen, rücken und verstecken wie die Wahnsinnigen.

Fünf riesige, gefüllte Mülltüten später klingelt es und Adrian steht vor der Tür.

Ich schaue erschrocken auf die Uhr. »Mein Gott, Gabby, es ist schon zehn! Du musst zu Leticia, beeil dich! Ich mach alleine hier weiter.«

»Alles klar, bis später!«

Sie schlüpft dankbar lächelnd an Adrian vorbei und er betritt die Wohnung. Ich betrachte ihn von oben bis unten: Er trägt unter einem dunkelblauen Anzug ein hellblaues Hemd mit smaragdgrün schimmernder Seidenkrawatte. Beides hebt seine grünblauen Augen hervor, und angesichts seines eleganten Erscheinungsbildes fühle ich mich plötzlich äußerst schmutzig und ungepflegt. Schnell zupfe ich mir ein paar Spinnweben aus dem Haar, doch er beachtet mich gar nicht und sieht sich stattdessen neugierig in der Wohnung um.

»So sieht also eine Studenten-WG aus. Ist ja sogar richtig nett. Ich hätte es mir chaotischer und unordentlicher vorgestellt.«

Ich schließe erleichtert die Augen und schlage im Geiste drei Kreuze dafür, dass er nicht schon vor einer Stunde gekommen ist. Dann hätte er nämlich vermutlich sämtliche seiner Vorurteile über Studenten bestätigt gefunden oder gleich ganz auf dem Absatz wieder kehrt gemacht.

Adrian hat seinen Kopf inzwischen ins Badezimmer gesteckt und streckt dann die Hand nach einer der Zimmertüren aus. Diese öffnet sich im gleichen Moment wie von selbst und Adrian steht einem Kongolesen im Schlafanzug gegenüber.

Ich schlage mir mit der Hand vor die Stirn. *Scheiße! Wie konnten wir die nur vergessen!* Aber es war den ganzen Morgen so still, dass ich unterbewusst irgendwie der Meinung war, die wären nach meinem Auftauchen heute Nacht weitergezogen.

Oh mein Gott, was mache ich denn jetzt? Hoffentlich versteht der überhaupt ein Wort Deutsch!

Adrian und er stehen immer noch regungslos voreinander und wissen offenbar beide nicht so recht, wie sie reagieren sollen, also ergreife ich das Wort und formuliere langsam und deutlich:

»Hi … ääähm … ich bin eine Freundin von Gabby … Äääh. Ich glaube, wir haben uns heute Nacht schon einmal gesehen. Und … ähm, na ja, wir haben ein Problem: Gabbys Eltern kommen hier in zwei Stunden an und wissen aber nicht, dass Gabby in einer WG mit Männern zusammen wohnt. Ihre Eltern werden darüber sehr böse sein. Deshalb wollten wir fragen, ob es vielleicht möglich wäre, dass deine Freunde und du so lange woandershin gehen könntet. Ähh, vielleicht könnt ihr ja bei Freunden trommeln oder so.«

Der Kongolese schaut mich schweigend an.

Verdammt, der hat kein Wort verstanden. Was jetzt? Okay, vielleicht auf Englisch. Ich hole gerade Luft, als er den Mund öffnet: »Nun ja, erst einmal möchte ich mich dafür entschuldigen, dass meine Freunde und ich heute offenbar Ihre Nachtruhe gestört haben. Das lag nicht in unserer Absicht. Wir wussten leider nichts von Ihrem Besuch, sonst hätten wir von unserer Übung Abstand genommen. Dementsprechend möchten wir natürlich alles daran setzen, dies wiedergutzumachen und werden uns heute ganztägig außer Haus aufhalten, wenn das Ihr Wunsch ist. Ich werde nur eben meine Freunde wecken und ihnen den Sachverhalt mitteilen.«

Endlich schaffe ich es, meinen Mund wieder zu schließen und laufe bis über beide Ohren rot an.

Beschämt nuschele ich: »Vielen Dank, sehr freundlich von euch.« und flüchte in Gabbys Zimmer.

Ich höre, wie der Kongolese und Adrian sich formvollendet voneinander verabschieden; dann steht ein grinsender Adrian neben mir.

Ich warte auf einen bissigen Kommentar, doch statt dessen sieht Adrian sich im Zimmer um und meint plötzlich: »Sagt mal, findet ihr es nicht ein bisschen seltsam, dass Gabby angeblich BWL studiert, aber in ihrem Zimmer sich kein einziges entsprechendes Buch befindet?«

Ich folge seinem Blick. *Mist! Er hat Recht! Nur soziologische Werke und Vorlesungsskripte. Scheiße!* »Wie hast du das sofort …?«

Achselzuckend antwortet er: »Kriminaltechnisch geschultes Auge, schätze ich.«

»Aber es ist unmöglich, jetzt noch irgendwo BWL-Zeug herzukriegen!«

»Dann bleibt nur die Möglichkeit, sämtliche Bücher verschwinden zu lassen.«

»Okay, aber wohin damit?«

Wir schauen uns suchend um.

»Vielleicht unters Bett in den Bettkasten?«, schlägt Adrian vor.

»Äh, schlecht. Da habe ich schon sämtliche Fotoalben, Alkoholika, Partyandenken und Mitbringsel diverser Rockkonzerte verstaut.«

Unser Blick fällt auf den Kleiderschrank. Wir sehen uns an. Adrian zieht sein Jackett aus und hängt es über den Stuhl. »Dann mal los!«

Als wir fertig sind und mit Mühe die Tür des Kleiderschrankes zudrücken, sieht Gabbys Zimmer zwar merkwürdig kahl, aber zumindest neutral aus.

Ich drehe mich um und lehne mich gegen die Schranktür. »Uff, geschafft! Ich hoffe nur, dass Gabbys Mutter nicht auf die Idee kommt, in den Schrank zu schauen.« Sie würde nämlich unweigerlich unter einem Berg von Ordnern, Büchern und Skripten begraben werden.

Adrian lässt sich aufs Bett fallen. »So, was jetzt?«

»Naja, ich muss mich auch noch umziehen und zurechtmachen und wollte dann mit Dekorieren anfangen. Zumindest ein paar frische Pflanzen sollte ich wohl aus meiner Wohnung runterbringen.«

Die meisten der mit Spinnweben eingedeckten Pflanzen auf den Fensterbänken und dem Boden musste ich wegwerfen, weil sie total vertrocknet waren. Vermutlich Erbstücke, die seit mehreren Studentengenerationen weitergegeben worden sind.

Adrian steht auf. »Dann gib mir die Pflanzen, ich mache das. Und du ziehst dich in der Zeit um!«

Ich sehe ihn dankbar an, da ich nämlich inzwischen wirklich total

geschafft bin. Wir steigen also die Treppe zu meiner Wohnung hoch, ich hole meine Zimmerpflanzen, krame eine mit Spitze gesäumte Tischdecke aus meinem Schrank hervor – ein Geschenk meiner lieben Oma, die offensichtlich der Meinung war, ohne ein solches Utensil sei ein junges Mädchen, das von zu Hause auszieht, verloren – und treibe sogar noch ein paar schöne blaue Tischkerzen samt Halter sowie eine fast leere Packung blaue Servietten auf.

Beides entstammte den Anfängen meiner ersten Beziehung nach dem Auszug von Zuhause, als ich noch von romantischen selbstgekochten Dinners für Zwei bei Kerzenschein geträumt habe. Also bevor sich herausstellte, dass weder meine Kochkünste noch eine Studentenwohnheimküche besonders viel Romantik zulassen. Alles deponiere ich auf meinem Küchentisch und Adrian trägt es nacheinander brav hinunter, während ich im Badezimmer verschwinde und mich in Rekordtempo dusche, schminke und anziehe.

Als ich wieder in Gabbys Wohnung stehe, bin ich ganz erstaunt: Die Trommeln stehen nun nicht mehr in der Mitte des Raumes zwischen dem alten durchgesessenen Zweisitzer und dem abgewetzten Ohrensessel, sondern an der Wand, an der zuvor der Tisch stand. Der Zweisitzer ist wie ein Raumteiler mit Blick zum Fenster und Rücken zur Tür etwa zwei Meter vor die Eingangstür gerückt worden, so dass ein kleiner Flur entstanden ist. Vor dem Zweisitzer steht das winzige Couchtischchen (von Gabbys vorherigen Mitbewohnern vergessen oder – angesichts seines zerschrammten und wackeligen Zustandes – wohl eher absichtlich dagelassen), während der Ohrensessel seitlich vom Zweisitzer an die Wand gelehnt wurde. Der Tisch hingegen ist nun nicht mehr an die Wand gequetscht, sondern befindet sich in der Mitte des Raumes, mit ordentlich ausgebreiteter Tischdecke darauf, die Stühle sorgfältig um ihn herum angeordnet. Auf jedem Platz liegt ein Gedeck aus Unterteller, Teller, Gabel, Messer, Löffel und Tasse (leider ziert jede Tasse ein anderes Motiv,

261

vom Weihnachtsmann bis hin zu verblassten gelben Blümchen). Die blauen Servietten sind sorgsam gefaltet auf den Tellern drapiert, die Kerzenhalter in exaktem Abstand voneinander und von der Tischkante aufgebaut. In der Mitte des Tisches steht ein kleines, grünes Pflänzchen, die restlichen verteilen sich auf das Fensterbrett und den Boden links und rechts der Trommeln.

Adrian lehnt mit verschränkten Armen lässig an der Wand und grinst mich an.

»Tja, also ich muss gestehen, dass ich beeindruckt bin. Das hätte ich dir gar nicht zugetraut!« sage ich mit hochgezogenen Augenbrauen.

»Ach … Wie hast du mich denn eingeschätzt?«, fragt Adrian.

»Ich dachte, ihr seid mehr die Jungs fürs Grobe!«, gebe ich zu.

»Immer diese Vorurteile gegen uns arme Polizisten«, jammert er gespielt. Dann grinst er verschmitzt. »Zwar habe ich's auch ab und an ganz gern mal grob …« Er schaut mir direkt in die Augen und ich werde ärgerlicherweise wieder einmal rot. »Aber bei mir gibt es darüber hinaus auch noch jede Menge anderer verborgener Qualitäten zu entdecken.«

»WOW!!! Das sieht ja unglaublich aus!!! Das habt ihr ja richtig genial hingekriegt. Vielen, vielen Dank!!!« Gabby ist offenbar unbemerkt eingetreten und ihre Begeisterung enthebt mich einer Antwort an Adrian.

Ich drehe mich um und bin erst einmal etwas irritiert. Gabby trägt eine Baskenmütze, unter der rundherum ein paar kunstvoll hervor gezupfte Haarfransen herausschauen.

»Was um alles in der …?« stoße ich aus.

Sofort verdüstert sich Gabbys Gesichtsausdruck. »Die Haare mussten ab. Da war nichts zu machen. Aber ich hab sie nur bis auf Kinnlänge abschneiden lassen, zu mehr konnte ich mich nicht überwinden. Danach hat Joy einige der Dreads mit Ach und Krach öffnen können. Das sind die, deren Spitzen unter der Mütze rausschauen.

Glaub mir, du willst nicht wissen, wie viele Klammern ich im Haar habe, damit die alle unter der Mütze so sitzen, dass wirklich nur die paar Spitzen rausgucken!«

Ich betrachte sie eingehend.

Nachdem der erste Schock überwunden ist, finde ich eigentlich, dass es richtig goldig aussieht: »Also, ich find's süß. Doch ehrlich! Ich bin nur im ersten Moment erschrocken, weil du so anders aussiehst. Wenn man nicht weiß, dass die Haare abgeschnitten wurden, denkt man tatsächlich, dass du sie einfach nur unter die Mütze gestopft hast ... Außerdem gibt es jetzt ohnehin kein Zurück mehr, es ist nämlich schon kurz vor zwölf!«

»Was? Oh Gott, ich muss mich schnell umziehen.«

Sie läuft in ihr Zimmer und bevor ich noch richtig geschaltet habe, höre ich schon einen spitzen Schrei, dem ein Krachen, Poltern und Schimpfen folgt.

Adrian und ich stürzen hinzu und finden Gabby halb unter Ordnern begraben vor. Doch die Mütze sitzt. *Gott sei Dank!*

»Verdammt!!! Was soll das? Wolltet ihr mich etwa umbringen?!?«

»Entschuldige, wir wollten nur deine ganzen Bücher und Manuskripte verstecken, damit die nicht verraten, was du wirklich studierst.«

»Oh.«

»Komm, jetzt hol schnell deine Klamotten raus, und Adrian und ich packen das Zeug wieder in den Schrank.«

Ächzend wühlt sie sich unter den Ordnern hervor und ich ziehe sie hoch.

»Sagt mal ...«, meldet sich Adrian zu Wort. »Was wollt ihr eigentlich zu Essen anbieten?«

Ich schaue Gabby an. Sie schaut mich an. *Verdammt, daran hat offensichtlich keine von uns gedacht. Und mal ganz davon abgesehen, dass es um unsere Kochkünste ohnehin nicht so dolle bestellt ist, haben*

wir jetzt weder die Zeit noch die Zutaten, um irgendetwas außer Kartoffeln mit Reis und Nudeln auf den Tisch zu bringen.

»Hast du vielleicht irgendwo noch eine Dose Spaghettisauce?«, fragt mich Gabby hoffnungsvoll.

Ich schüttele den Kopf.

»Also, Mädels, dann würde ich vorschlagen, dass ich was vom Schnellimbiss hole. Was soll es denn sein?«

»Griechisch«, sagt Gabby.

»Asiatisch«, sage ich.

»Was denn nun?«, fragt Adrian.

»Am besten wäre eigentlich japanisch«, meldet sich Gabby erneut zu Wort.

Adrian stöhnt: »Wieso frage ich überhaupt?«

Ungerührt fährt Gabby fort: »In der Bergheimerstraße gibt es einen Japaner. Hier, beeil dich bitte!« Sie drückt ihm ihr komplettes Portemonnaie in die Hand, wendet sich wieder ihren Klamotten zu, und ich mache mich erneut daran, Bücher und Co in den Kleiderschrank zu stopfen.

Etwa fünfzehn Minuten, nachdem Adrian gegangen ist, hören wir erneutes Türenschlagen und befürchten schon, dass Gabbys Eltern durch eine offen gelassene Tür hereingekommen sein könnten; doch offenbar haben die Kongolesen gerade die WG verlassen. Keinen Moment zu früh! Ich habe gerade den Kleiderschrank wieder geschlossen und mit einem zwischen die Griffe gelegten Kleiderbügel verriegelt, da klingelt es an der Tür.

Gabby springt auf, die Bluse noch nicht ganz geschlossen. Wir schauen uns erschrocken an und ich stürze zur Türsprechanlage, während Gabby wild an ihrem Hosenrock zerrt.

»Hallo?«, frage ich vorsichtig.

»Hallo? Gabriele?«

»Ähh, ja hier wohnt Gabriele. Moment, ich mache Ihnen grad die Tür auf.« Ich drücke auf den Summer und rufe Gabby zu: »Los, los, los, beeil dich. Sie sind gleich da.«

Hektisch kommt sie aus dem Zimmer gerannt und schließt rasch die letzten Knöpfe ihrer Bluse.

Ich prüfe kritisch ihr Aussehen, zupfe noch schnell den Kragen zurecht und trete dann zur Seite, damit Gabby die Tür öffnen kann.

»Hallo Mama, hallo Papa, kommt rein.«

»Gabriele, meine Liebe. Schön dich zu sehen.« Mit einem zackigen Schritt ist Frau Apfelbaum im Raum und drückt Gabby mit spitzen Lippen ein Küsschen auf die Wange. Zwei weitere Schritte und sie ist in der Mitte des Zimmers, sieht sich langsam um und sagt bedeutungsschwer: »Hmm.« Nach einer langen Pause, in der ich sie fasziniert – Gabby eher leidend – ansehe, dreht sie sich schließlich wieder zur Tür und sagt: »Kommt rein.« Die beiden immer noch vor der Tür wartenden Männer folgen ihrem Befehl.

»Hallo Gabie, meine kleine Maus.« Papa Apfelbaum, ein hagerer Mann mit hängenden Mundwinkeln und ihn umschlotternden Kleidern, dessen blankpolierte Glatze im Rot eines kräftigen Sonnenbrandes schimmert, umarmt Gabby, doch schon ist Frau Apfelbaum wieder zur Stelle: »Gabriele. Das hier ist Jürgen. Ein neuer Nachbar von deinem Vater und mir. Wir haben ihm viel von dir erzählt und er hat den Wunsch geäußert, dich kennenlernen zu dürfen. Begrüße ihn!«

»Hallo« leistet Gabby ihrer Anweisung mit wenig Enthusiasmus Folge.

Der dickliche, kleine und etwas blasse junge Mann im dunkelbraunen Anzug hingegen lächelt sie liebenswürdig an. »Ihre Mutter hat mir in der Tat schon viel von Ihnen erzählt. Es ist mir eine große Freude, Sie endlich persönlich kennenzulernen.«

Nun erst wendet sich der Adlerblick von Gabbys Mutter mir zu. Dafür muss sie den Kopf in den Nacken legen. »Und wer ist das?«

So plötzlich ihrem durchdringenden Blick ausgesetzt stottere ich erschrocken: »Das ist … ähh … ich bin Lena, Gabbys Mitbewohnerin.« *Hilfe. Ich habe Angst vor einer Frau, die doppelt so alt und nur halb so groß ist wie ich!*

Ich werde einige Sekunden gemustert, bis sie schließlich ein erneutes »Hmm« von sich gibt und sich wieder Gabby zuwendet: »Wo können wir ablegen?«

»Wir haben leider keine allgemeine Garderobe …«

»Das sehe ich.«

»… aber in meinem Zimmer habe ich an meiner Tür einen Jackenhaken.«

»Hmm.« Gabbys Mutter wendet sich in die Richtung, in die Gabby gezeigt hat und alle scheinen dies für die Aufforderung zu halten, ihr nachzugehen.

Langsam beginne ich zu verstehen, welches Problem Gabby mit ihrer Mutter hat …

Inzwischen stehen wir alle in Gabbys Zimmer, was bedeutet, dass kein Fußbreit Boden mehr zu sehen ist. Dennoch schafft es Gabbys Mutter, sich zum Fensterbrett vorzuarbeiten. Prüfend fährt sie mit dem Finger darüber und ich halte die Luft an. *Hoffentlich hat Gabby Staub gewischt!* Doch Gabby scheint ihre Mutter gut zu kennen. Erleichtert atme ich wieder aus.

»Wieso steht hier ein leeres Regal, Gabriele?«

Gabby sieht mich hilfesuchend an.

»Naja … ähh …«, händeringend suche ich nach einer Erklärung. »Wir wollten morgen zu Ikea fahren und ein größeres Regal kaufen und deshalb haben wir dieses Regal hier schon mal ausgeräumt und die Bücher in meinem Zimmer untergebracht.« *Hoffentlich will sie nicht mein Zimmer sehen! Ich weiß ja nicht einmal, welches der drei restlichen Zimmer meines ist!*

Jürgen räuspert sich umständlich und sagt mit gewichtiger Stim-

me: »Sie haben ein schönes Zimmer, Gabriele.«

Na super. Etwas Originelleres ist ihm scheinbar nicht eingefallen. Zumindest lässt Gabbys Mutter nach diesem kleinen Einwurf von ihrer kritischen Analyse des Zimmers ab und fragt Gabby: »Wo sind die anderen Mieterinnen?«

»Die sind übers Wochenende nach Hause gefahren.«

»Woran du dir ein Bespiel nehmen solltest!«

»Mama, es sind sechshundertfünfzig Kilometer bis zu euch!«

»Wo ein Wille ist, ist auch ein Weg!«

Gabby gibt seufzend auf und ihre Mutter wendet sich nun dem Badezimmer zu, die Männer immer im Schlepptau, die dann auch prompt versuchen, sich hinter ihr ins Bad zu schieben, jedoch bald einsehen müssen, dass dies beim besten Willen nicht möglich ist.

In diesem Moment klingelt es wieder an der Tür. *Das muss Adrian sein!* »Entschuldigen Sie mich bitte!« Während die Männer sich zu mir umsehen und mich nickend entlassen, ist Frau Apfelbaum immer noch mit der Inspektion des Badezimmers beschäftigt.

Ich drücke den Türöffner und gehe gleichzeitig selbst vor die Tür. Beim Rausgehen höre ich Jürgen noch sagen: »Ein schönes Badezimmer haben Sie, Gabriele.«

Von der Brüstung aus sehe ich Adrian unten im Treppenhaus stehen und winke ihn hoch, wobei ich den Zeigefinger der anderen Hand vor den Mund lege, um ihm zu zeigen, dass er leise sein soll.

»Was hast du gefunden?«

»Türkisch.«

»Türkisch?!«

Er hebt die Schultern. »Was sollte ich denn machen? Das war nun mal der erste Imbiss, den ich finden konnte!«

»Hast du jetzt etwa allen Ernstes *Döner* mitgebracht?!«

»Hallo?! Nein, natürlich nicht. Rein zufällig hat die türkische Küche weitaus mehr zu bieten als nur Döner.«

»Na gut, komm mit. Wir dürfen das auf gar keinen Fall als Schnell-
limbiss-Futter präsentieren. Gabbys Mutter ist ein richtiger Drachen.«

So gehen wir zu meiner Wohnung hoch und ich packe die Speisen
aus den Alubehältern in meine Tupperware-Schüsseln um, mit denen wir wieder runtergehen.

Betont fröhlich betrete ich durch die nur angelehnte Tür Gabbys
Wohnung: »Essen ist fertig.«

Der Inspektionstrupp scheint mittlerweile die Wohnküche genauer
unter die Lupe zu nehmen. Als wir eintreten, richtet Frau Apfelbaum
sofort einen vernichtenden Blick auf Adrian:

»Gabriele, da steht ein Mann in deiner Wohnung. Wer ist das,
Gabriele?«

»Na ja, genau genommen stehen hier drei Männer«, rutscht es mir
heraus. Ihr stahlharter Blick richtet sich auf mich. *Verflixt. Wieso
kann ich nicht meine Klappe halten?*

Gabby rettet mich, indem sie zu stottern anfängt: »Das … ähh …
das …«

»Gabby, Liebling, hast du deinen Eltern etwa nichts von uns erzählt?«, fällt Adrian ihr ins Wort und will die Hände um ihre Taille
legen. Ein etwas schwieriges Unterfangen, da ihre Taille sich etwa
auf Höhe seiner Oberschenkel befindet.

Zum ersten Mal seit ihrer Ankunft erlebe ich Gabbys Mutter
fassungslos. Doch auch Herr Apfelbaum und Jürgen starren das
merkwürdige Paar mit offenem Mund an; immerhin ist Adrian noch
einen Kopf größer als ich.

Vor allem Jürgen scheint mit der Entwicklung der Situation etwa
überfordert zu sein: »Heißt das jetzt … äh … was heißt das jetzt?
Frau Apfelbaum, Sie haben doch gesagt – «

»Jetzt seien Sie endlich still!«, herrscht ihn Frau Apfelbaum an und
tritt mit zusammengekniffenen Augen näher an das ungleiche Paar.
»Sooo. Sie wollen also Gabrieles Freund sein? Warum weiß ich da-

von nichts, Gabriele?«

Adrian antwortet an ihrer Stelle:»Es ist alles noch sehr frisch und wir wollten es nicht gleich in die Welt hinausposaunen.«

»... hmpf ... Was studieren Sie denn?«

»Gar nichts.«

Entsetzt schnappt Gabbys Mutter nach Luft.

»Ich bin Polizist.«

»Also kein Akademiker!« Triumphierend blickt sich Frau Apfelbaum zu Jürgen um, der offenbar neuen Mut schöpft und prompt versucht, seinen nicht unerheblichen Bauch einzuziehen.

Ich versuche, die Situation zu entschärfen:»Wir sollten langsam mit dem Essen beginnen, bevor es kalt wird.«

»Was gibt es denn zu essen?«, fragt Gabbys Vater eifrig, was ihm einen strengen Blick seiner Gattin einträgt.

»Japanisch!«, ruft Gabby, während Adrian gleichzeitig »Türkisch« sagt.

Verwirrt guckt Herr Apfelbaum die beiden an:»Ja, was denn nun?«

Adrian drückt Gabby an sich und sagt:»Gabby, Schatz, wir essen heute türkisch.«

Sogleich meldet sich Frau Apfelbaum mit skeptisch hochgezogener Augenbraue:»Doch wohl nicht aus einem Imbiss?«

»Nein, natürlich nicht«, springe ich ein.»Wir wollten nur wegen Ihres Besuches keine Unordnung in unsere Küche hier bringen und da hat sich Adrian freundlicher Weise bereit erklärt, bei sich zu Hause für uns zu kochen.«

Adrians Augen werden groß.

»Ach, Sie kochen?« Herrn Apfelbaums Stimme klingt sehnsüchtig.

»Ääh ... ja.« Adrian sieht mich böse an.

Ich ignoriere ihn und verteile den Inhalt der Tupperdosen auf ein paar große Pizzateller, die ich in Gabbys Küchenschrank finde. Die stelle ich auf den Tisch, auf dem Adrian schon die ebenfalls mit-

gebrachten Wasserflaschen und Saftpackungen platziert hat, und bitte alle, Platz zu nehmen. Frau Apfelbaum setzt sich ans Kopfende. Herr Apfelbaum und Jürgen setzen sich nebeneinander an die linke Längsseite des Tisches. Gabby will automatisch gegenüber ihrer Mutter Platz nehmen, doch ich halte sie auf und drücke sie unauffällig auf den Platz neben Adrian – *Man, wenn die sich nicht ein bisschen mehr konzentriert, kauft ihr niemand ab, dass sie Adrians Freundin ist!* – und setze mich stattdessen selbst dem Drachen gegenüber hin.

»Was ist das denn alles, was Sie hier gekocht haben?«, fragt Frau Apfelbaum Adrian lauernd.

»Ähm, nun ja …«

Ich versuche Adrians Aufmerksamkeit zu wecken, damit er mir die richtigen Worte vom Mund abliest, doch er starrt auf die Gerichte wie das Kaninchen auf die Schlange.

»Ähh … ich kann mir die türkischen Namen nicht merken … aber hier haben wir etwas mit viel Gemüse … und da … ist auch viel Gemüse … und auf diesem Teller ist etwas mit Kartoffeln und Gemüse.«

»Das sieht für mich aber nach Fleisch aus!«, stellt Frau Apfelbaum fest.

»… und Fleisch! Wollte ich gerade sagen!«

»Hmpf. Und wie gehen Sie bei der Zubereitung vor?«

Ich will Adrian unter dem Tisch einen Tritt gegen das Schienbein verpassen, damit er endlich zu mir sieht, doch zu meiner Überraschung schreit Jürgen plötzlich auf.

»Oh, Verzeihung«, stottere ich. »Mein Fuß ist … ausgerutscht.« Schnell versuche ich diese Unterbrechung zu nutzen und von Adrian abzulenken: »Sie wissen doch, wie Männer sind! Adrian kann nur nach Rezept kochen. Gabby hat ihm nämlich vor Kurzem ein türkisches Kochbuch geschenkt.«

Ich sehe Gabby auffordernd an und sie beeilt sich zu nicken.

Ihre Mutter kneift die Lippen zusammen. »Hmm!« Plötzlich bemerkt sie, dass ihr Gatte während unseres Gespräches hingebungsvoll Essen in sich reingeschaufelt hat und stößt empört aus: »Herbert! Denk an dein Cholesterin!«

Herbert lässt enttäuscht den Löffel sinken.

Seine Frau wendet sich wieder ihrer Tochter zu. »Jetzt nimm doch endlich die Mütze ab, Gabriele! Was soll das denn? Wir sitzen schließlich am Tisch!« Schon greift sie über den Tisch, um ihrer Tochter etwas nachzuhelfen, als Adrian, Gabby und ich entsetzt aufschreien, woraufhin Frau Apfelbaum ihre Hand erschrocken wieder sinken lässt.

Gabby sieht mich hilflos an.

Verdammt! Warum immer ich? Verzweifelt suche ich nach einer Erklärung: »Gabby kann die Mütze leider nicht abnehmen, weil … sie … trägt die Mütze, weil … weil … sie zurzeit unter furchtbarem Haarausfall leidet!«

Gabbys Augen werden groß, Adrian hebt die Hand zum Mund, um sein Lachen zu verstecken und Jürgen verschluckt sich vor Schreck so sehr, dass er zu husten anfängt und kleine Bulgur-Krümelchen durch die Gegend fliegen. Frau Apfelbaum dreht sich mit angewidertem Blick von Jürgen weg, wendet sich dann aber wieder Gabby zu: »Du hast Haarausfall? Woher denn?«

Gabby und ich fangen gleichzeitig an zu sprechen: »Vitaminmangel«, sagt sie.

»Hormonumstellung«, sage ich.

Frau Apfelbaum zwinkert irritiert und ich beeile mich klarzustellen: »Der Arzt weiß es noch nicht genau. Sie untersuchen gerade noch Gabbys Blut. Aber es ist nichts Schlimmes. Gabby wird nur ein paar Vitaminpräparate bekommen und dann ist alles wieder gut.«

Etwas aus dem Konzept gebracht, wendet sich Frau Apfelbaum wieder ihrem Gatten zu: »Herbert, nimm weniger Fleisch und statt-

dessen mehr Gemüse!«

Langsam wird mir klar, warum Herberts Mundwinkel immer so traurig nach unten hängen.

Ich nutze die Unterbrechung, um kurz aufs Klo zu gehen und dort tief durchzuatmen. *Oh Mann, wenn dieser Besuch noch lange andauert, kriege ich einen Herzkasper!* Schließlich jedoch sehe ich ein, dass ich zurück zu der seltsamen Gesellschaft muss und werde dort sogleich von Gabbys Mutter mit den Worten empfangen: »Lena, Adrian sagte gerade, dass das Ihre Trommeln seien.«

Nun ist es an mir, ihn böse anzuschauen, der mich seinerseits schadenfroh angrinst.

»Vielleicht könnten Sie uns ja eine Kleinigkeit vorführen!«

Ihre Bitte hört sich eher wie ein Befehl an und so stottere ich: »Naja … ich … habe aber gerade erst damit begonnen.«

»Aber Adrian sagte doch, sie würden seit zwei Jahren Trommel spielen.«

Ich bringe ihn um!!! »Ja, richtig, aber das ist nicht besonders lang, um trommeln zu lernen.«

»Ach, jetzt zieren Sie sich doch nicht so!«

Also gehe ich zu der größten Trommel, setze mich so dahinter, wie ich es heute Nacht schemenhaft bei Gabbys Mitbewohnern erkennen konnte und schlage zögerlich mit der flachen Hand einmal darauf. *Nun gut, zumindest ist sie nicht explodiert.* Nun schon etwas mutiger nehme ich die andere Hand dazu. *Hey, gar nicht mal so schlecht. Das macht ja sogar richtig Spaß!* Dann fällt mir ein, dass man vermutlich mit irgendeinem Rhythmus klopfen muss, doch mir fällt nur der von *We will rock you* ein. Also trommele ich ba-ba-bamm, ba-ba-bamm, ba-ba-bamm, ba-ba-bamm, ba-ba-bamm, ba-ba-bamm, ba-ba-bamm, bis Gabbys Mutter plötzlich dazwischenruft: »Ist gut, ist gut, das reicht!«

Entgeistert erwache ich aus meiner Trance.

Frau Apfelbaum atmet tief ein und aus und fragt dann:»Und das ist alles, was Sie in zwei Jahren gelernt haben?«

»Nun ja … ich hatte leider nicht viel Zeit zum Üben!«

In diesem Moment räuspert sich Jürgen. Wir sehen ihn an. Er holt tief Luft und sagt dann:»Gabriele, Sie haben eine wirklich schöne Küche!«

Wir warten noch eine Minute, doch als nichts weiter folgt, drehen sich alle Gesichter wieder zu mir und meinen Trommeln.

»Nun ja, vermutlich gehört ein gewisses Talent dazu und man kann schließlich nicht von jedem Menschen erwarten, dass er talentiert ist.« Damit bin ich wohl entlassen, denn Frau Apfelbaum dreht sich wieder zum Tisch um.

Ich schaue zu Adrian, zeige auf ihn und mache dann die Geste des Halsabschneidens. *Das wirst du mir büßen!*, sagt mein Blick.

»Herbert, du brauchst nicht nachzusalzen!«

Herbert stellt den Salzstreuer wieder zurück.

Während ich mich wieder an den Tisch setze, fordert Frau Apfelbaum Jürgen auf:»Erzählen Sie doch mal, wie Sie mit Ihren Studien vorankommen!« Und in Richtung Adrian äußert sie:»Jürgen ist ein brillanter Student der Betriebswirtschaftslehre, müssen Sie wissen. Er entstammt einer Familie mit langer Akademikertradition. Sein Vater ist Professor in Marburg!« Während sie das sagt, kommt sie mir vor wie eine Katze, die sich genüsslich vor dem Kamin räkelt.

Gelassen kontert Adrian:»Ich gratuliere. Damit kann ich natürlich nicht mithalten. Wir halten es in unserer Familie eher mit der Polizistentradition.«

Zufrieden lehnt sich Frau Apfelbaum mit einem Blick auf Gabby zurück. Doch Adrian bleibt gelassen:»Sagen Sie, Jürgen, in welchem Semester sind Sie denn inzwischen?«

Jürgen unterbricht kurz seine Mampferei und antwortet mit vollem Mund, ohne den Blick vom Teller zu nehmen:»Im zwölften!«

Fast hätte ich mich an meinem Auflauf verschluckt. *Wie kann man denn sechs Jahre lang BWL studieren? Doch wohl nur, indem man permanent Party feiert - danach sieht mir Jürgen aber nicht aus - oder, indem man es nicht auf die Reihe kriegt. Dann hätte er aber schon längst durchfallen und rausfliegen müssen ... andererseits ist sein Vater angeblich Professor. Da kann er bestimmt das eine oder andere Schräubchen drehen, damit Sohnemann seine Hochschulkarriere fortsetzen kann.*

Offenbar nicht zufrieden mit dem Verlauf des Gesprächs, steht Frau Apfelbaum abrupt auf und geht zum Zweisitzer: »Wir sollten nun Kaffee trinken.«

Herbert, dessen Teller immer noch halbvoll ist, sieht diesen mit traurigem Blick an, steht dann aber auf, um seiner Frau auf die Couch zu folgen.

Nur Jürgen scheint das allgemeine Aufbruchskommando nicht begriffen zu haben. Er schaufelt gerade eine weitere Portion auf seinen Teller, als Frau Apfelbaums scharfer Tonfall ihn dann doch aufhorchen lässt: »*Wir* werden nun Kaffee trinken!«

Bedauernd schiebt Jürgen sich noch einen Löffel in den Mund und geht kauend zum Ohrensessel hinüber, in den er sich hineinplumpsen lässt, um dann genüsslich seinen kugelrunden Bauch zu streicheln.

Der Rest von uns zieht sich die Stühle als Sitzgelegenheit heran, dann machen Gabby und ich uns in der Küchenzeile zu schaffen, um den gewünschten Kaffee herbeizuzaubern. Gabby stellt noch schnell ein paar ›Fairtrade‹-Kekse auf den Couchtisch, bevor auch wir uns wieder zur Runde dazusetzen.

Währenddessen bohrt Adrian weiter nach: »Und was ist Ihr Spezialgebiet?«

Jürgen wirft sich in die Brust: »Die Restrukturierung von Ländern.«

Ich wickele einen der Kekse aus seiner packpapierähnlichen Um-

hüllung und stopfe das Papier in meine Hosentasche. *Nanu? Was habe ich denn da sonst noch in meiner Tasche?* Ich ziehe meine Hand heraus und halte einen verpackten Tampon in der Hand. *Ach du Schreck. Schnell wieder weg zurück in die Tasche damit.* Hektisch will ich ihn wieder verstauen, doch er springt mir von der Hand, fällt auf den Boden und rollt unter den Couchtisch. Erschrocken sehe ich hoch. *Hat das jemand gesehen?* Doch alle schauen auf Jürgen. Vorsichtig strecke ich meinen Fuß aus, um unter dem Tisch nach dem Tampon zu angeln.

Adrian setzt ein betont interessiertes Gesicht auf und sagt zu Jürgen gewandt: »Dann können Sie mir doch bestimmt ein wenig Nachhilfe erteilen! Ich kenne mich ja leider überhaupt nicht mit Wirtschaft aus. Doch wenn ich es richtig verstanden habe, sind ja zurzeit einige Länder stark in der Krise. Wie könnte man denn Ihrer Meinung nach z.B. Griechenland helfen?«

Ich taste mit der Fußspitze nach dem Tampon. *Ah! Da ist er. Ich hab' ihn.* Doch eine unglückliche Bewegung später rollt er weiter.

Jürgen holt tief Luft, offensichtlich sehr erfreut darüber, sich endlich in Szene setzen und seinen Nebenbuhler belehren zu können: »Nun … natürlich geht es darum, Krisenländer wieder produktiv und attraktiv zu machen, damit sie auf dem internationalen Markt wettbewerbsfähig sind.«

»Das hört sich aber sehr kompliziert an …«, sagt Adrian einschmeichelnd. »Wie würden Sie das denn angehen?«

Ich sehe mich um, doch alle Aufmerksamkeit scheint auf Adrian und Jürgen gerichtet. Also lasse ich mich vorsichtig zu Boden sinken, als ob ich meinen Schuh binden wollte. *Wo ist das blöde Ding nur hin gerollt?*

»Also ich würde zuallererst natürlich eine effiziente Businessplanung aufstellen, die so ausgerichtet ist, dass einerseits ›Quick wins‹ und andererseits langfristige Marktziele erreicht werden«, erklärt

Jürgen großspurig.

»Ach, helfen Sie mir doch schnell auf die Sprünge … Sie meinen damit also, Sie möchten schnell dauerhafte Erfolge erzielen?«

Herablassend betrachtet Jürgen Adrian: »So kann man das zwar ausdrücken, aber so einfach ist das natürlich nicht. Vielmehr erfordert es, dass man sich spezielle Marktsegmente anschaut und deren ›Return on Investment‹ überprüft!«

Ich stecke meinen Kopf unter den Tisch. *Es muss doch hier irgendwo sein!*

Adrians Stimme ertönt: »Herrjeh … das hört sich aber sehr schwierig an.«

Selbstgefällig antwortet Jürgen: »In der Tat! In der Tat! Das ist ein höchst komplexer Vorgang!«

»Also wenn ich das richtig verstehe, meinen Sie damit einfach, dass Sie so viel von einem Produkt verkaufen wollen, dass dessen Produktion sich lohnt.«

Ungnädig verzieht Jürgen das Gesicht. »So würde das nur ein Laie ausdrücken.«

Mit todernster Miene sagt Adrian: »Also wenn ich an Griechenland denke, fallen mir sofort Schafskäse und Zaziki ein. Da würde ich als Investor in Griechenland doch als erstes einmal dessen Export erhöhen.«

»Nun, das ist natürlich ein interessanter Gedanke. Aber Sie müssten sich zuvor selbstverständlich den genauen ›Return on Investment‹ ansehen.«

»Für Schafskäse oder für Zaziki?«

Etwas aus dem Konzept gebracht, runzelt Jürgen die Stirn: »Also, hmhm…«

Adrian wirft ein: »Vermutlich müsste man mit Schafskäse anfangen, weil auf die Gurkenernte ja nie Verlass ist.«

Dankbar nickt Jürgen: »In der Tat! In der Tat! War genau mein

Gedanke. Das hätte ich selbstverständlich in einer vorherigen Risikoanalyse betrachtet – ähm, Lena?«

»Ja? Au!!!« Mir den Kopf reibend, tauche ich unter der Tischplatte hervor. Alle starren mich irritiert an.

»Was machen Sie denn da?«

»Äh ... ich suche nur ... meine Kontaktlinse. Kümmert euch gar nicht um mich.« Immer noch skeptisch beäugt verschwinde ich wieder unter dem Tisch und dankenswerter Weise lenkt Adrian schnell von mir ab: »Man müsste also mit Schafskäse anfangen, ja?«

Aus der Fassung gebracht, sucht Jürgen nach dem Faden: »Ja ... ähm ... genau ... wo war ich stehen geblieben?«

»Sie sagten gerade, wir müssten den ›Return on Investment‹ für Schafskäse in Erfahrung bringen«, hilft Adrian ihm auf die Sprünge. Sein Tonfall scheint keinen Zweifel daran zuzulassen, dass er das Gesagte vollkommen ernst meint. »Vermutlich, um dann die Kosten für die Lieferanten in Betracht zu ziehen, nicht wahr?«

»Äääh, ja, genau, wobei ich hier vom ›Supply-Chain-Management‹ spreche. Dieser Prozess ist sehr komplex, denn das Management der Lieferantenketten erfordert eine Menge Erfahrung und betriebswirtschaftliches Know-How«, versucht Jürgen, wieder das Ruder in die Hand zu nehmen.

In absolut unbedarftem Tonfall fragt Adrian nach: »Sie müssen entschuldigen, dass ich so gar keine Ahnung von der Materie habe, aber bedeutet das nicht eigentlich im Klartext nur, dass ich mit meinem Lieferanten über den Preis verhandeln muss?«

Jürgen wirkt langsam etwas verunsichert darüber, dass sein angeblich absolut unwissender Gesprächspartner so scharfsinnige Anmerkungen macht, und holt noch einmal mit aller Kraft zu einem Gegenschlag aus: »Ja, das könnte man als Laie zwar so formulieren, aber Sie haben natürlich noch ›Compliance‹-Vorgaben, die beachtet werden müssen.«

Adrian entgegnet gelassen:»Da bin ich absolut Ihrer Meinung: Die bestehenden Gesetze müssen dabei natürlich befolgt werden.«

»Aber es geht ja schließlich nicht nur um Produktion, sondern auch darum, ein vernünftiges Marketing aufzubauen, um die Kunden und auch die entsprechenden ›Stakeholder‹ zu bedienen.« Jürgen hört sich merklich nervös an.

Ich sehe es! Na endlich! Verflixt, es liegt direkt hinter Frau Apfelbaums linkem Schuh!

»Nun … Werbung wäre doch bestimmt ein Mittel dafür, oder was denken Sie?«

Jürgen greift nach dem Rettungsring:»Ja, in der Tat! In der Tat! Gut organisierte und zielorientierte Promotion birgt immer großes Erfolgspotential in sich.«

»Was halten Sie dann davon, eine erfahrene *Sirtaki*-Tanzgruppe zu engagieren, die in den gewünschten Exportländern auftritt? Die Damen könnten Hüte tragen, die ähnlich denen der Schwarzwälder Tracht gestaltet sind, aber anstelle von Wollpompons große Schafskäse-Nachbildungen tragen?«

Langsam scheint es Jürgen zu dämmern, dass er zum Narren gehalten wird, doch ich kann mich nicht auf seine gestotterte Antwort konzentrieren, denn ich bin vollauf damit beschäftigt, vorsichtig um den Tisch herumzukrabbeln, dann den Arm auszustrecken und … und … und …

»ICH HAB ES!«

Freudestrahlend recke ich meine Hand hoch, blicke auf und begegne den erstarrten Gesichtern der Tischgesellschaft.

»Das … ist keine Kontaktlinse!«, stellt Frau Apfelbaum äußerst pikiert fest.

»Oh … äh … richtig … na so was aber auch … ich seh´ so schlecht ohne meine Kontaktlinse … äh, ich werde hinter dem Sofa weitersuchen. Sicher liegt sie dort.« Mit hochrotem Gesicht verschwinde

ich hinter dem Rücken der Couch. Fassungslose Blicke folgen mir, nur Adrian täuscht einen Hustenanfall vor, um sein Lachen zu verbergen. Auch wenn dies meine Demütigung noch verstärkt, lenkt es wenigstens Frau Apfelbaum von mir ab. Während ich mit einem gemurmelten »Ich habe meine Kontaktlinse gefunden« wieder hinter dem Sofa auftauche und auf meinem Stuhl Platz nehme, richtet sich ihr durchdringender Blick wieder auf Adrian.

Offensichtlich ist sie es leid, mitanzusehen, wie Jürgen sich hier blamiert, und daher fest entschlossen, das Ruder wieder selbst in die Hand zu nehmen. »Nun, und wo arbeiten Sie, Adrian?«

»Hier in Heidelberg.«

»Wohnen Sie auch hier? Herbert, pass mit dem Kaffee auf! Dein Blutdruck!«

Herbert nickt ergeben.

»Ja«, antwortet Adrian.

»Wohl auch in einem Wohnheim?«

Ihr abschätziger Tonfall schüchtert Adrian keineswegs ein. »Nein, ich wohne in einer Dachgeschosswohnung in der Altstadt.«

»Zur Miete, vermute ich. Ein Stück Zucker reicht wirklich, Herbert!«

»Nein, ich habe sie vor kurzem gekauft.«

»Mit Hilfe Ihrer Eltern, nicht wahr?«

»Nein.«

»Ach ... dazu reicht ein Polizistengehalt aus?«

»Nun ja, ein einfaches mit Sicherheit nicht, aber als Kriminalkommissar verdient man dann doch ein bisschen mehr als ein Verkehrspolizist.«

»Hmmm.« Zum ersten Mal sehe ich so etwas wie Respekt in Frau Apfelbaums Augen aufblitzen. Eine eigene Wohnung und ein sicheres Gehalt scheinen wesentliche Voraussetzungen für einen potentiellen Schwiegersohn zu sein.

»Sie scheinen mir aber noch ziemlich jung zu sein … Herbert, nimm doch nicht so viel Sahne!«

Gehorsam stellt Herbert das Sahnekännchen, in welchem sich aber eigentlich nur Milch befindet, weg.

Adrian fährt fort: »Das stimmt. Ich habe mich im Studium sehr rangehalten und mich stetig weitergebildet.«

»Also haben Sie ja doch studiert!«

»Aber nicht an einer Universität, sondern an der Polizeifachhochschule.«

Gabbys Mutter kaut eine Weile nachdenklich auf einem Keks herum. »Studium ist Studium!« Die neuartige Entwicklung der Dinge scheint sie mit Adrian als möglichem Schwiegersohn etwas zu versöhnen und sie taut merklich auf.

Auch ich bin ziemlich beeindruckt, wie ich mir eingestehen muss.

»Und welchen Dienstgrad bekleidet Ihr Vater?«

»Er ist Leiter der Landeskriminaldirektion in Frankfurt.«

Das scheint sogar ihr etwas zu sagen, denn ihre Augen werden groß. Geistesabwesend will sie nach einem weiteren Keks greifen, doch Jürgen hat sie zwischenzeitlich alle weggefuttert. Sie scheinen ihn mehr interessiert zu haben als das Gespräch zwischen Adrian und Frau Apfelbaum. Frau Apfelbaum hingegen sieht ziemlich verärgert aus angesichts des leeren Kekstellers und blickt Jürgen aus schmalen Augen strafend an. Der jedoch bemerkt es nicht einmal, gießt sich stattdessen erneut Kaffee ein und wirft unter Herberts neidischen Blicken gleich vier Stück Zucker rein. Jürgen sieht ohnehin aus, als könne ihn nichts aus der Bahn werfen.

Mit einer ruckartigen Bewegung steht Frau Apfelbaum so plötzlich auf, dass Jürgen, der gerade die Tasse an die Lippen führen wollte, einen Teil seines Kaffees auf seine Hose verschüttet und daraufhin das Gesicht schmerzhaft verzieht.

»Wir gehen jetzt. Wir haben noch einen weiten Weg vor uns. Onkel

Gustav wartet schließlich auch noch auf unseren Besuch.«

Der Ärmste zittert vermutlich jetzt schon …

»Und die beiden Turteltauben haben heute sicherlich noch etwas vor.«

Du meine Güte. Ich hätte nicht gedacht, dass solch ein Wort überhaupt in ihrem Vokabular auftaucht. Das scheint wohl auf Apfelbaum´sche Weise zu bedeuten, dass sie Adrian für akzeptabel befunden hat.

Folgsam stehen Herbert und – mit einiger Verzögerung – auch Jürgen auf. Uns restlichen Dreien steht die Erleichterung ins Gesicht geschrieben, als wir den Trupp zur Tür begleiten.

Jürgen gibt allen brav die Hand, dreht sich dann aber, schon im Türrahmen stehend, noch einmal um, holt tief Luft und sagt: »Sie haben eine sehr schöne Wohnung, Gabriele!«

Entnervt schnaubend schubst Frau Apfelbaum ihn endgültig durch die Tür, bevor sie Gabby mit spitzen Lippen sowohl links als auch rechts ein Küsschen auf die Wange gibt. Einen Moment lang sieht es so aus, als wolle sie auch Adrian ein Küsschen geben, doch angesichts seiner Größe nimmt sie davon Abstand und reicht ihm schlicht die Hand, während ich einfach komplett ignoriert werde.

Zuletzt kommt Gabbys Vater heran, schüttelt mir traurig lächelnd die Hand, ebenso Adrian, und umarmt dann Gabby: »Mach's gut, Gabie, meine kleine Maus.«

»Pass auf dich auf, Papa.« Er scheint etwas erwidern zu wollen, doch schon dröhnt es durchs Treppenhaus: »Nun trödle doch nicht so, Herbert!« Herbert seufzt schwer, winkt Gabby traurig zu und folgt seiner Göttergattin.

Durchs Treppenhaus dringt Jürgens Stimme leise zu uns: »Darf ich wieder vorne sitzen, Frau Apfelbaum?«

»NEIN!!!«

Dann fällt die Haustür ins Schloss und es herrscht Ruhe.

Wir drei sehen uns an, gehen wortlos zur Sitzecke und lassen uns

hineinfallen.

Etliche Minuten später ertönt es von Gabby:»Ich bin so k.o.«

»Was meinst du, wie es *mir* geht?« Nach einer Schweigeminute füge ich hinzu:»Zu deiner Hochzeit mit Adrian werde ich wohl nicht eingeladen. Bei deiner Mutter gelte ich scheinbar ab sofort als *persona non grata.*«

Gabby lacht:»Keine Sorge. In einigen Wochen – oder auch Monaten, dann habe ich mehr Luft – werde ich meiner Mutter leider, leider mitteilen müssen, dass Adrian und ich uns getrennt haben ... Wenn ich so darüber nachdenke, könnte ich aber auch noch ein paar Jahre damit warten.«

»Hat denn der zukünftige Ehemann dabei nichts zu sagen?«, meldet sich Adrian aus seiner Couchecke.

Ich stelle klar:»Also bei den Apfelbaum´schen Frauen haben die Männer spätestens nach der Hochzeit eh nichts mehr mitzureden.«

Gabby stöhnt:»Gott behüte, dass ich je so werde wie meine Mutter oder Aljosha so wie mein Vater ... und genau deshalb, ihr Lieben, werde ich jetzt zu meinem Joshi gehen und einen wundervollen Sonntagabend mit ihm verbringen. Habt vielen, vielen, vielen Dank für alles. Ihr seid echt die besten Freunde, die man sich vorstellen kann!!! Lasst alles einfach so stehen, ich räume das später auf.«

»Keine Sorge«, winke ich ab.»Ich hatte ohnehin nicht vor, für den Rest des Tages auch nur einen einzigen weiteren Finger krumm zu machen.«

»Und was machen *wir* jetzt?«, fragt mich Adrian, als die Tür hinter Gabby ins Schloss gefallen ist.

Unsicher sehe ich ihn an, doch er fügt gleich hinzu:»Also, ehrlich gesagt, habe ich Hunger.«

»Was?!«

»Naja, ich habe ja nichts zu essen bekommen. Jürgen hat doch alles vertilgt, was in Reichweite stand.«

Wir brechen bei der Erinnerung daran in befreiendes Lachen aus.

»Na, dann komm mit. Ich denke, ich habe noch etwas in meinem Kühlschrank. In Gabbys Küche musst du gar nicht erst nachschauen, es sei denn, du stehst auf Knäckebrot mit Butter.«

Er lacht auf. »Sehe ich etwa so aus?«

Beinahe hätte ich geantwortet *Knackig auf jeden Fall,* doch kann ich mich gerade noch rechtzeitig zurückhalten. *Ich muss wirklich sehr müde sein, dass mir solche Gedanken überhaupt kommen.*

Wir umarmen Gabby und ich schleppe mich langsam und ziemlich ausgelaugt die Treppe hoch, Adrian im Schlepptau.

Ich werfe ihm einen belustigten Seitenblick zu: »Soso, eine *Sirtaki*-Tanzgruppe würdest du einsetzen?«

»Klar! Findest du die Idee etwa nicht innovativ?«

»Doch, doch. In der Tat! In der Tat!«, äffe ich Jürgen nach, während ich meine Wohnungstür aufschließe. »Vor allem die Hüte finde ich toll! So einen will ich auch haben, bitte in knalligem Rot!«

Er grinst. »Gerne. Ich werde gleich morgen einen in Auftrag geben. Aber im Gegenzug müsstest du dich bereit erklären, noch einmal so virtuos für mich zu trommeln!«

Mir schießt das Blut in die Wangen, doch so leicht gebe ich mich nicht geschlagen. »Gerne, aber nur, wenn du türkisch für mich kochst – obwohl: lieber doch nicht, schließlich kannst du ja offenbar nicht mal Fleisch von Gemüse unterscheiden.«

Er grinst schief: »Zum Glück habe ich andere Qualitäten …«

»Ach, und die wären?« Neckisch klimpere ich mit den Augenliedern.

Adrian lehnt sich lässig an die Wand. »Ich rette gerne unhöfliche junge Damen, die sich beim Inlineskaten langlegen oder von Hunden verfolgt werden.«

Ich drohe ihm spielerisch mit dem Finger. »Sei vorsichtig mit dem, was du sagst. Meine Arme sind vom virtuosen Trommeln trainiert.«

Mit angewinkeltem Arm demonstriere ich meinen nur mit viel gutem

Willen als solchen erkennbaren Bizeps. »Aber okay, ich muss ehrlicherweise zugeben, dass du das mit dem Hund gut hingekriegt hast.«

Neugierig füge ich hinzu: »Warum eigentlich? Ich meine, wieso hat dieser übergeschnappte kleine Kläffer auf dich gehört?«

»Zusatzausbildung in der Hundeführer-Staffel ... du hast es wohl nicht so mit Hunden, oder? Wieso?«

»Lange Geschichte.«

Er zieht sich einen Stuhl ran und macht es sich darauf gemütlich, doch für die lange Version meiner Geschichte bin ich noch nicht bereit. Trotzdem setze auch ich mich an den Tisch. »Lass es mich so ausdrücken: Alles, was beißen, kratzen, picken oder auf eine andere Art und Weise einen Menschen attackieren kann, geht grundsätzlich auf mich los. Scheint eine Art Naturgesetz zu sein.«

»Ach komm, du übertreibst doch!« Adrian hat sich mit dem Ellenbogen auf dem Tisch aufgestützt und zwinkert mir nun vergnügt zu.

»Meinst du?«, schnaufe ich. »Also, wenn ich als Kind Enten füttern wollte, wurde ich prompt von ihnen gebissen oder ein Riesenschwan kam an Land und ging mit wild schlagenden Flügeln und schrecklichem Gefauche auf mich los. In Hitchcocks Vögeln hätte ich problemlos die Hauptrolle übernehmen können.«

»Hattest du denn als Kind kein Haustier?«, fragt er verwundert.

»Naja, meine Schwester nervte meine Eltern so lange, bis sie ein Zwergkaninchen bekam. Ich war total begeistert von der Vorstellung, ein Haustier zu haben. Doch kaum war das Kaninchen da, knurrte es mich an.«

»Es *knurrte*?!«

»JA! Es *knurrte*! Wenn du meine Meinung hören willst: Das Viech war in seinem vorigen Leben ein Hund gewesen und hielt sich auch jetzt noch dafür! Und mich schien es mit einer Katze zu verwechseln. Jedenfalls konnte ich mich nicht im selben Raum aufhalten wie das Kaninchen, wenn es frei herumlief, weil es dann jedes Mal ange-

schossen kam und mich anknurrte.«

Adrians Mundwinkel zucken.

»Du glaubst mir wohl nicht?«

»Doch, doch«, beeilt er sich, meine gerunzelte Stirn zu glätten. »Ich finde es nur erstaunlich, was dir alles zustößt.«

»Wenn du wüsstest …«, seufze ich und rolle mit den Augen. »In der fünften Klasse brachte ein Mitschüler seinen Hamster in den Biologie-Unterricht mit. Dreimal darfst du raten, was passiert ist!«

»Ich wage es nicht.« Mit abwehrend gehobenen Händen lehnt sich Adrian zurück.

»Der Hamster sprang vom Lehrerpult direkt auf meinen Tisch und biss mich in den Daumen.«

Nun kann Adrian sein Schmunzeln nicht mehr verbergen. »Aber was in aller Welt hat dich dann dazu bewogen, ausgerechnet Biologie zu studieren?«

»Also ich frage jetzt gar nicht erst, woher du diese Information schon wieder hast …« Vorwurfsvoll schaue ich ihn an, doch er grinst nur.

»Tja, warum habe ich Biologie studiert? Vermutlich aus dem ebenso verzweifelten wie vergeblichen Wunsch heraus, die Naturgesetze ändern zu können, was aber schon während meiner Schulzeit nicht besonders gut geklappt hat.«

»Wieso?«

»Naja …«, ich stehe auf, um zwei Gläser aus dem Schrank zu holen und stelle sie samt Mineralwasser und Apfelsaft auf den Tisch, während ich erzähle. »Anfangs hatte ich noch mit Begeisterung versucht, jedes Tier, das ich auf dem Schulweg fand, mitzunehmen und zu pflegen. Die Tiere waren davon wenig begeistert, ganz zu schweigen von meiner Mutter, die sich immer darüber gewundert hat, dass unter den Möbeln meines Zimmers entkommene Grashüpfer, Eidechsen und Baumwanzen hausten. Erst als ich eine Maus anzuschleppen versuchte, die von einer Katze verletzt worden war,

kam sie mir auf die Schliche, und fortan war Schluss mit dem Einsammeln von Tieren. War wohl auch besser für mich, da alle meine ›Haustiere‹ mich kratzten, bissen oder sonst wie attackierten.«

»Während des Studiums kommst du mit deiner Tierphobie klar?«

Ich kneife die Augen zusammen und stelle dann klar: »Also erstens habe ich – zugegebenermaßen außer in Bezug auf Spinnen – keine Tierphobie, eher haben die Tiere eine Lena-Aversion. Und zweitens besteht das Studium der Biologie ja zum Glück nicht nur aus der Beschäftigung mit Tieren. Vielmehr kriegt man während des ganzen Studiums Tiere nur in ausgestopfter oder anderweitig toter Form zu Gesicht.«

»Und das ist kein Problem für dich?«

»Nicht wirklich. Am Schlimmsten fand ich das Sezieren, das wir im ersten oder zweiten Semester machen mussten.«

»So wie in der Schule? Fische und Rinderaugen?«

»Nee, eher Kakerlaken und Würmer.«

Adrian verschluckt sich fast an seiner Apfelschorle. »Ernsthaft?«

»Ja, sehr ernsthaft. Nachdem wir Spulwürmer sezieren mussten, konnte ich vier Wochen lang keine Spaghetti essen. Und als wir bei riesigen Wolfsspinnen nach deren blöder ›Epigyne‹ suchen mussten, habe ich komplett gestreikt.« Die Erinnerung daran bringt mich auch jetzt noch dazu, dass ich mich vor Ekel schütteln muss. Adrian hingegen lacht aus vollem Hals.

»Jetzt aber mal zu dir: Woher kennst du dich eigentlich so gut mit Wirtschaft und so aus?«

»Ich interessiere mich eben für das, was in der Welt geschieht und lese gerne den Wirtschaftsteil der Zeitung.« Er sieht mich an und sagt scherzhaft: »Vielleicht sollte ich mich ja für BWL einschreiben?«

Leise murmele ich: »Nee, lass mal. Ich kann BWL-Studenten nämlich gar nicht ausstehen.« *Verflixt, wieso bin ich auf einmal so schüchtern?*

»Polizisten doch auch nicht.«

Sein intensiver Blick scheint bis in mein Innerstes vorzudringen und plötzlich weiß ich vor Verlegenheit nicht, wo ich hinschauen soll. Also ergreife ich die Flucht: »Ich muss mal aufs Klo. Im Kühlschrank gibt's Essen in Tupperdosen. Musst du nur in der Mikrowelle warm machen.«

Während ich im Bad bin, höre ich das Schlagen der Kühlschranktür und kurze Zeit später, wie die Mikrowelle *Pling* macht.

Da ich schon mal im Bad bin, kann ich genauso gut auch gleich aufs Klo gehen. Ich will es mir gerade auf der Schüssel gemütlich machen, als plötzlich ein Schmerzensschrei ertönt. Erschrocken springe ich auf, zerre meine Hose hoch und renne in die Küche.

Adrian steht mit offenem Mund und aufgerissen Augen in der Küche und inhaliert wie wild. Nach einem Blick auf den Inhalt des Tellers, von dem er gerade gekostet hat, wird mir klar, dass er die falsche Tupperdose erwischt hat, nämlich die mit dem sauscharfen Thai-Essen. Sein Anblick löst bei mir einen Lachkrampf aus.

Adrian rennt zum Wasserhahn und begeht denselben Fehler wie ich gestern, denn als das Wasser die Chilischärfe im Gaumen verteilt, brennt es noch viel schlimmer.

Wild gestikulierend ruft er immer wieder »Aaargh« und sieht mich entsetzt an. Schließlich habe ich Mitleid und reiche ihm eine Milchpackung. Er entreißt sie mir und stürzt hastig die ganze Packung hinunter.

Danach holt er tief Luft, lässt sich auf den Stuhl fallen und sieht mich entsetzt an: »Wolltest du mich etwa umbringen?«

Ich glucke: »Nein, du hast einfach die falsche Dose erwischt. In der hier ist unser Thai-Gericht von gestern drin.«

»Sag bloß, du kannst das essen?!«

Wieder muss ich lachen. »Nein. Meine Mitbewohnerin ist Thailänderin und wir haben zusammen gekocht. Ich war auch nicht auf die

Schärfe vorbereitet und habe genauso reagiert wie du.«

»Da bin ich ja beruhigt. Ich dachte schon, so etwas Scharfes gäbe es bei dir täglich zu essen. Also der Appetit ist mir jetzt erst einmal vergangen.«

Wir sitzen uns lachend gegenüber; irgendwann kichern wir nur noch vor uns hin und schauen uns schließlich schweigend an. Auf einmal fühle ich mich wieder merkwürdig befangen. Ich versuche, ein Gesprächsthema zu finden. »Bist du eigentlich wirklich Kriminalkommissar?«

»Klar, was dachtest du denn?«

»Na, dass du ein Verkehrspolizist wärest oder wie man das nennt. Wegen der Geschichte mit der roten Ampel. Du weißt schon.«

»Na ja, wenn mal Not am Mann ist, sollte sich auch ein Kriminalkommissar nicht zu schade dafür sein, einfachere Aufgaben zu übernehmen … Obwohl meine Aufgabe an jenem Abend ja alles andere als einfach war.« Er grinst mich an und mir wird ganz komisch zumute, so als wäre ich ein bisschen beschwipst.

Ich grinse zurück. Plötzlich fällt mir etwas ein: »Sprichst du eigentlich Französisch?«

Er hebt die Augenbraue: »Ja.«

Okay. Zumindest ein Punkt ist abgehakt. Sportlich ist er auch, sind also schon zwei Punkte. Ich wage mich weiter vor: »Interessierst du dich für Literatur?«

Er sieht mich belustigt an: »Nicht die Bohne!«

Hmm, das ist allerdings ein herber Rückschlag. Ich denke nach. »Und kannst du Walzer tanzen?«

Er fängt an zu glucksen: »Nein, leider muss ich dich auch in diesem Punkt enttäuschen.«

Ach, was soll's, die dämliche Liste hat mich ja ohnehin erst in die blöde Lage mit Pierre gebracht. Ich seufze und schüttele den Kopf. *Ich sollte sie einfach vergessen!*

Immer noch grinsend sieht er mich an: »Wie, ist das Verhör etwa schon beendet?«

Ich schaue hoch und muss jetzt auch lachen »Ja!«

»Na gut, dann bin ich also entlassen, ja? Ich muss nämlich leider gehen.«

Mein Lachen erstirbt. *Was hat das zu bedeuten? Wieso will er so plötzlich weg?*

Er bemerkt meinen Gesichtsausdruck und erklärt: »Leider muss ich für eine Woche wegfahren. Beruflich. Und ich habe noch nicht gepackt.«

Ich nicke betroffen. *Wieso muss er ausgerechnet jetzt weg? Ist das eine blöde Abfuhr, weil ich ihn verhört habe? Diese verdammte Liste!*

Adrian bleibt vor der Tür stehen. »Sehen wir uns am Samstag?«

»Wie meinst du das?«

»Naja … Ich hole dich Punkt neunzehn Uhr ab und wir machen die Stadt unsicher.«

Fragt er mich gerade nach einem Date? Ich bin mir bei ihm nie so richtig sicher, was er meint. Vorsichtig antworte ich: »Okay.« *Aber was ist, wenn er nicht kommt?*

Er scheint meine Gedanken zu lesen, denn er erwidert: »Keine Sorge. Ich werde da sein. Wäre ich sonst heute hergekommen?«

»Naja, du sagtest doch, du könnest nicht mit ansehen, wie Gabby leidet, wenn auffliegt, dass sie nicht BWL studiert.«

»Ja, weil du dann darunter leiden würdest, deine beste Freundin zu verlieren.«

»Oh.«

»Also vertrau mir. Am Samstag sehen wir uns wieder. Ich hole dich Punkt neunzehn Uhr hier ab. Und ich werde dich auch im Laufe der nächsten Woche mal anrufen, dann hast du gleich meine Nummer. Doch du wirst mich die Woche über telefonisch nicht erreichen können.«

Dann bringt mir deine Nummer aber auch herzlich wenig! Missmutig schnaufe ich auf, doch dann fällt mir etwas ein: »Aber ich habe dir *meine* Nummer doch gar nicht gege...« Ich breche ab. *Klar hatte ich sie ihm gegeben. Damals, als mein Rad gestohlen wurde.*

Er grinst spitzbübisch.

Wieso muss er sich immer so einen Spaß daraus machen, mich auflaufen zu lassen?!?

Im nächsten Moment ist er weg und ich sitze verwirrt in meiner Küche und weiß nicht, was ich denken soll.

 # *Kapitel 7*

**Scherben sollte man noch am gleichen Abend
wegräumen, damit man sich am nächsten Morgen
nicht mehr daran schneiden kann**
Glückskeksweisheit Nr. 83

In dieser Nacht finde ich kaum Schlaf, wälze mich unruhig von einer Seite auf die andere, während ich versuche, mir über meine Gefühle klar zu werden. Schließlich muss ich mir eingestehen, dass ich in höchstem Maße fasziniert von Adrian bin. Er verwirrt mich und irritiert mich und regt mich furchtbar auf. In seiner Nähe habe ich ständig das Gefühl, mit ihm kämpfen zu müssen. Aber andererseits – oder genau deswegen – fühle ich mich bei ihm gleichzeitig aufgedreht und gehemmt, kribbelig und in Watte gepackt. Irgendwie als wäre ich betrunken.

Irgendwann muss ich wohl eingeschlafen sein, denn der Wecker schrillt erbarmungslos, und mein alter Kampf mit der neuen Woche beginnt.

Doch ich kann mich auf nichts konzentrieren. Die Vorlesungen rauschen an mir vorbei, während ich gedankenvoll aus dem Fenster starre. In den Praktika will niemand mit mir arbeiten, nachdem ich aufgrund meiner geistigen Abwesenheit die falsche Pilzkultur angeimpft und damit die Arbeit zweier Wochen zunichte gemacht habe. *Vielleicht sollte ich mich ganz von den Labors fernhalten, bevor ich noch zu einer Gefahr für die Allgemeinheit werde?*

Selbst Marius kriege ich nur aus großer Entfernung zu Gesicht.

Konsequent wählt er immer die am weitesten von mir entfernten Sitzplätze. Obwohl ja ich diejenige gewesen bin, die ihn abgewiesen hat, macht mich sein Verhalten traurig, und ihn da hinten sitzen zu sehen, erzeugt merkwürdigerweise ein Gefühl der Einsamkeit in mir. Aber vor allem kann ich nicht aufhören, über Adrian nachzugrübeln. *Was ist, wenn er es sich anders überlegt hat oder – schlimmer noch – wenn er sich nur an mir rächen will? Was kann jemand wie er überhaupt an mir finden? Er ist witzig und offensichtlich sehr klug und sieht fantastisch aus. Und ich bin eine Blamage auf zwei Beinen!* So verschwimmen die Tage und meine innere Unruhe wird immer stärker. *Wird Adrian Wort halten? Wird er am Samstag da sein?* Mir wird richtig schlecht bei der Vorstellung, dass er nicht kommen könnte. Andererseits ertrage ich den Gedanken, dass er doch Wort halten könnte, genauso wenig. Einen Anruf von ihm habe ich jedenfalls bislang noch nicht erhalten, und es erstaunt mich selbst, wie wütend und traurig mich das macht.

Am Mittwoch gehe ich nach der letzten Vorlesung in die Uni-Bibliothek, in der Hoffnung, mich dort besser aufs Lernen konzentrieren zu können als zu Hause. Anschließend habe ich vor, mich mit einem Besuch im Sportgarten zu belohnen.

Während ich mein Rad von der Neuen Uni über die Straße zur nebenan gelegenen Bibliothek, einem prachtvollen roten Sandsteinbau, schiebe, wundere ich mich, dass kein weiteres Fahrrad vor dem Gebäude zu sehen ist. Normalerweise ist fast der gesamte Gehweg damit zugeparkt. *Ob heute geschlossen ist? Doch nein, Menschen gehen ein und aus.*

Ich wende mich an einen der Raucher, die sich immer vor der Tür auf den Stufen finden, und frage ihn, ob man hier neuerdings keine Fahrräder abstellen darf.

»Doch, eigentlich schon, aber gestern kam wohl ein Laster der

Stadtwerke und hat alle Fahrräder eingesackt.«

»Also ist es verboten, hier sein Rad abzustellen?«

»Nee, es hat sich nämlich im Nachhinein herausgestellt, dass das wohl ein total dreister Diebstahl war. Der Laster war in Wahrheit gar nicht von den Stadtwerken, nur entsprechend beschriftet. Und weil der hier am helllichten Tag vor aller Augen die Räder eingepackt hat, haben alle gedacht, dass es schon seine Richtigkeit haben muss. Jedem, der nachgefragt hat, haben die Typen gesagt, dass sie ihre Räder bei der Stadtverwaltung auslösen müssten, doch dort wussten die von nix. Krass, oder?«

»Heftig. Das ist ja echt eine unglaubliche Story! Tja, dann werde ich mein Fahrrad wohl lieber mal woanders abstellen.«

Der Typ grinst: »Ja, das haben sich anscheinend heute alle anderen auch gedacht.«

Endlich sitze ich in der Bibliothek. Doch während um mich herum Köpfe rauchen, ertappe ich mich immer wieder dabei, wie ich völlig unproduktiv auf meine Bücher starre und mit den Nägeln *We will rock you* auf die Tischplatte trommele, bis ich von allen Seiten böse angezischt werde. Schließlich summt mein Handy, was mir wiederum unleidige Blicke beschert, und zeigt eine eingegangene SMS an. Hektisch scrolle ich über das Display: *Unbekannter Teilnehmer. Das kann nur eines bedeuten!* Mein Herz schlägt wie wild. Ich öffne die SMS:

Hi Küchenfee,
leider kann ich dich nicht anrufen. Aber unser Termin
am Samstag steht! Versuch, dir bis dahin nicht die Füße
zu brechen. Du wirst sie brauchen!
A. ☺

»YES!!!«

Um mich her heben sich schlagartig wieder die Köpfe und schauen

mich verärgert an.

Ach, ihr könnt mich doch alle mal, dann gehe ich halt zum Sport! Ich packe meine Sachen wieder ein und mache mich auf den Weg zum Sportgarten, die ganze Zeit über mit einem dämlichen Grinsen auf dem Gesicht. *ER HAT SICH GEMELDET! HURRA!!! Aber was meint er damit, dass ich meine Füße brauchen werde?*

Im Fitnessstudio angekommen ziehe ich mich rasch um und gehe dann, mit Handtuch und Trinkflasche bewaffnet, in Richtung Stepper. Ich fühle mich so voller Energie. *Ich glaube, heute könnte ich einen Marathon laufen.* Ich halte Ausschau nach Britta, um ihr zu erzählen, wie sehr sich meine Welt in den letzten Tagen gedreht hat, doch ich kann sie nirgends entdecken. Wohl aber Thilo. Er sitzt auf einer Hantelbank und starrt ins Leere.

»Hi Thilo. Alles klar?«

Er reagiert nicht. Als ich genauer hinsehe, fällt mir auf, dass er ganz bleich ist und ziemlich müde aussieht; ich trete zu ihm.

»Hey. Geht's dir gut?«

Endlich schaut er hoch und ich erschrecke, als ich seine roten Augen sehe. »Ähh, hast du etwa geweint?«

Er blickt schnell zur Seite, doch sein Schniefen verrät ihn. Ich setze mich neben ihn auf die Bank. »Mensch, was ist denn passiert?«

Nach einer Weile sagt er zögerlich: »Hab´ heute ´ne SMS von Britta gekriegt …«

»Ja, und? Was stand drin?«

»Dass sie Schluss macht.«

?!?

»Was? Das kann ich nicht glauben. Warum? Ist etwas vorgefallen?«

»Nein. Nicht, dass ich wüsste. Ich zerbreche mir ja selbst schon seit Stunden den Kopf darüber.«

»Hast du versucht, sie anzurufen?«

»Ja natürlich, aber sie hat ihr Handy abgeschaltet und an ihr Tele-

fon geht sie auch nicht. Ich bin sogar bei ihr vorbeigefahren, aber sie hat die Tür nicht geöffnet.«

»Das ist doch verrückt. Hat sie in der SMS keinen Grund angegeben?«

»Nur was von wegen wir würden nicht zusammenpassen und es wäre deshalb das Beste, wir würden es sein lassen. Dabei war doch gestern alles noch in bester Ordnung ... zumindest habe ich das geglaubt ... Hat sie mir etwa die ganze Zeit etwas vorgemacht?«

Ich schaue ihn ratlos an. »Am besten sprichst du mit ihr, wenn sie hier Schicht hat.«

»Geht nicht.« Mutlos schüttelt er den Kopf. »Sie hat sich für die nächsten zwei Wochen krankgemeldet.«

Jetzt werde ich unruhig. »Thilo. Ich werde versuchen, sie zu erreichen. Vielleicht spricht sie mit mir. Wo wohnt sie denn? Ich werde morgen bei ihr vorbeifahren.«

Er hebt den Kopf: »Das würdest du tun?«

»Ja klar, ich mach mir grad echt Sorgen. Dieses Verhalten passt irgendwie gar nicht zu ihr. Jedenfalls hätte ich sie nicht so eingeschätzt. Warte kurz, ich hole Papier und Stift.«

Als ich wieder zurück bin, lasse ich Thilo Brittas Adresse notieren und stecke den Zettel ein.

Thilo sieht mich traurig an. »Danke.«

Weil ich nicht weiß, was ich sagen soll, klopfe ich ihm unbeholfen auf die Schulter und gehe nachdenklich zum Stepper zurück.

Am nächsten Tag fahre ich nach der Uni zu der von Thilo angegebenen Adresse. Nach einigem Suchen finde ich ein Klingelschild mit der Aufschrift ›Britta Neumann‹. Während ich es drücke, spähe ich gleichzeitig hoch zu den Fenstern des dritten Stocks. Und richtig. In einem der Fenster sehe ich eine schemenhafte Bewegung. Die Tür hingegen öffnet sich nicht. Ich bleibe hartnäckig und klingele weiter.

Nichts tut sich. *Na gut, wenn sie auf die harte Tour steht ... kann sie haben!* Ich probiere es mit meinem bewährten Klingelrhythmus à la *We will rock you*, gefolgt von *My bonnie is over the ocean*. Als ich bei *Oh Susanna* angekommen bin, öffnen sich gleich zwei Fenster. Eines im ersten Stock, eines im vierten, und ich werde angebrüllt: »Sind Sie völlig bekloppt? Hören Sie endlich mit dem Krach auf oder ich hole die Polizei.«

»Kein Problem, die kennt mich schon.«

Kopfschüttelnd werden die Fenster wieder zugeschlagen. Ich rühre mich jedoch nicht vom Fleck. *Was könnte ich noch ausprobieren? Wie wär's mit der Nationalhymne?* Doch schon nach den ersten drei Tönen summt der Türöffner und ich kann endlich eintreten.

Ich steige die Treppen hoch, bis ich endlich bei einer offenen Tür im dritten Stock ankomme. »Britta?«

Sie kommt zum Eingang und ich erschrecke: Sie sieht ja noch schlimmer aus als Thilo. Ihr Gesicht ist total verheult und aufgequollen, die Haare stehen wild zu Berge und sie trägt einen Pyjama. Und eines habe ich inzwischen gelernt: Ein Schlafanzug am helllichten Tag ist definitiv kein gutes Zeichen!

»Kann ich reinkommen?«

Sie zuckt mit den Achseln, was ich als »ja« interpretiere. Auf dem Wohnzimmertisch finde ich die typischen Begleiterscheinungen einer Trennung vor: Etliche leere Pralinenpackungen und benutzte Papiertaschentücher. Unaufgefordert setze ich mich auf ein freies Fleckchen und sehe Britta an: »Komm schon, erzähl mir, was passiert ist! Hat Thilo sich daneben benommen?«

Statt einer Antwort fängt sie an zu heulen.

Na super. »Britta. Es kommt doch in jeder Beziehung vor, dass man sich mal streitet.« *Meine Güte, da spricht mal wieder die große Beziehungsexpertin aus mir. Zum Glück kriegt Gabby das nicht mit.*

»Ich bin mir sehr sicher, dass Thilo dich wirklich liebt und wenn

ihr über alles redet, findet sich bestimmt eine Lösung.«

Sie heult noch lauter.

Okay, scheint irgendwie nicht der richtige Ansatz zu sein.

»Wir haben uns nicht gestritten«, schluchzt sie.

»Liegt es an Thilo? Gefällt er dir nicht mehr?«

»Neiiiiiiiiiiin«, heult sie auf. »Er ist der wundervollste Mann auf der Welt.«

»Also, dann bin ich jetzt wirklich ratlos. Ich verstehe nicht, was los ist!«

Sie jammert vor sich hin, dann guckt sie mich verzweifelt an, holt tief Luft und sagt: »Ich bin schwanger!«

Was? Ich starre sie mit offenem Mund an: »Ja, aber wie das denn? Ihr seid doch erst seit … ähm … oh!«

Sie nickt. »Ja. Oh.«

»Gleich beim ersten Mal?!«

Sie schluchzt und nickt wieder.

»Verdammt.«

Mit einem kräftigen Schnäuzer ins Taschentuch setzt sich Britta hin. »Ich hätte meine Tage schon längst kriegen sollen, und weil die normalerweise absolut pünktlich sind, war ich heute beim Arzt und da hat es sich dann bestätigt. Ich kriege ein Baby.« Schniefend bedeckt sie ihr Gesicht mit den Händen.

»Ja, aber … warum hast du dann mit Thilo Schluss gemacht?«

»Na hör mal! Erstens wird der ohnehin nichts mehr von mir wissen wollen, wenn er davon erfährt, und bevor er mit mir Schluss macht, mache lieber ich mit ihm Schluss …«

Seltsame Logik.

»… und … und … außerdem will ich nicht, dass er mich drängt, es loszuwerden …«

Also da liegt der Hase im Pfeffer.

»Du willst es behalten?«

»Ich weiß es nicht!!! Ich muss doch meine Ausbildung noch beenden! Wie soll ich das denn alles schaffen?! Aber ich will mich auch nicht zu einer Entscheidung drängen lassen.«

»Tja ... das ist ja auch in der Tat eine schwierige Entscheidung und du hast völlig Recht, dass nur du sie treffen darfst. Aber vielleicht solltest du dir trotzdem den einen oder anderen Rat einholen. Was sagen denn zum Beispiel deine Eltern dazu?«

Sie schaut betrübt zu Boden. »Die wissen nichts davon. Die würden doch entweder sofort einen Herzinfarkt kriegen oder mich zum nächsten Krankenhaus schleppen ... Die sind sehr ... konservativ. Unverheiratet und ohne abgeschlossene Ausbildung ein Kind? Das kommt für die gar nicht in Frage. Für mich ja eigentlich auch nicht. Nur – jetzt ist es halt passiert und ich will es aber nicht ... du weißt schon ...«

Puhhh. Irgendwie fühle ich mich schuldig, immerhin habe ich die beiden zusammengebracht. Was habe ich da nur angerichtet?! Merke für alle Zukunft: Halte dich aus dem Liebesleben anderer Leute heraus!

»Also, ich bin da natürlich kein Experte auf dem Gebiet, aber gibt es nicht verschiedene Einrichtungen, die Frauen in deiner Situation beraten? ›Pro Familia‹ zum Beispiel.«

Eine Weile sitzen wir uns schweigend gegenüber, während Britta sich diesen Gedanken offenbar durch den Kopf gehen lässt. Dann schaut sie mich bittend an: »Würdest du mitkommen?«

Tja, mitgegangen, mitgehangen ... »Klar, mach ich.«

»Danke.« Sie umarmt mich.

Wir machen uns sogleich daran, im Internet Telefonnummer und Adresse der nächstliegenden Einrichtung herauszusuchen und vereinbaren mit der freundlichen Mitarbeiterin für Montag einen Termin.

Eine Stunde später verlasse ich Britta wieder. Sie wirkt wesentlich zuversichtlicher, die herumliegenden Pralinenpackungen und Ta-

schentücher haben wir weggeworfen und sie hat sich sogar etwas anderes angezogen. Allerdings nimmt sie mir das Versprechen ab, Thilo gegenüber kein Sterbenswörtchen von ihrer Schwangerschaft zu erwähnen. Und ich habe ich nicht die leiseste Ahnung, was ich ihm stattdessen erzählen soll.

Am nächsten Abend, als ich im Sportgarten ankomme, bin ich diesbezüglich immer noch nicht schlauer. *Aber vielleicht habe ich ja Glück, und Thilo ist gar nicht da?* Doch da sehe ich ihn schon auf mich zusteuern. *Wie komme ich nur auf die blödsinnige Idee, dass ich mal bei etwas Glück haben könnte?!*

»Und, warst du bei Britta? Wie geht es ihr? Was hat sie gesagt? Wieso ist sie sauer auf mich? Was habe ich falsch gemacht?«

Mit erhobenen Händen versuche ich ihn zu bremsen. »Stopp, jetzt warte doch mal. Ähmmm. Also, ja, ich war bei Britta. Und … äh … ja … äh.« *Na toll, was jetzt?* Thilo sieht mich mit treuherzigem Dackelblick an und ich ringe mit meinem Gewissen. »Thilo, lass uns mal kurz hinsetzen und in Ruhe reden.«

Wir gehen zur Cafeteria hinüber und setzen uns an ein etwas abseits gelegenes Tischchen.

»Und? Was ist denn jetzt? Erzähl doch!« Hibbelig rutscht er auf seinem Stuhl herum.

»Langsam, langsam, erst einmal bestellen wir etwas zu trinken. Was möchtest du?«

»Gar nichts. Egal. Wasser. Was willst du? Jetzt rede doch!«

Ich werde es einfach auf die ganz subtile Weise versuchen: »Mal 'ne ganz andere Frage Thilo: Wie stehst du eigentlich zu Kindern?«

Seine Augen werden riesig: »Britta ist SCHWANGER?!«

Verdammt! Also eine Karriere als Privatdetektiv kann ich mir abschminken. »Das habe ich nicht gesagt!«

»Oh mein Gott. Sie ist schwanger!«

»Ich habe lediglich gefragt, ob –«

Doch er nimmt mich gar nicht wahr. Sein Blick ist glasig.

»Sie ist schwanger. Sie! Ist! Schwanger! Sie ist … SCHWANGER!!!«

Ich hebe vorsichtig den Finger: »Ähhh, Thilo, das habe ich nicht gesagt, ich habe nur –«

Er springt so plötzlich auf, dass sein Stuhl umfällt. »Oh mein Gott … oh mein GOTT! Ich … werde VATER!« Und als hätte jemand bei ihm das Licht ausgeknipst, fällt der Kerl einfach vor meinen Augen um. *Scheiße!*

Eine halbe Stunde später sitze ich mit diesem Kerl wie ein Baumstamm im Sanitätszimmer und halte ihm, der gerade wieder angefangen hat, zu hyperventilieren, eine Papiertüte vor den Mund.

Nachdem er umgefallen war, kamen etliche Gäste und Mitarbeiter herbeigeeilt, haben aufgeregt durcheinander gerufen, ihn ins Sanitätszimmer geschleppt und den Notarzt angerufen. Bis der kam, war Thilo zwar schon wieder aufgewacht, jedoch immer noch nicht ganz ansprechbar. Der Arzt konnte nichts Behandelbares feststellen und meinte, Thilo würde bald wieder in Ordnung sein. Dann fragte er mich mit kritischem Blick, ob ich wüsste, wie es zu dem Zusammenbruch gekommen sein könnte. Scheinheilig schüttelte ich den Kopf.

Kaum war der Arzt weg, fing Thilo an, zu hyperventilieren, und seitdem sitze ich da und halte ihm alle paar Minuten eine Papiertüte an den Mund.

Endlich scheint er sich zu beruhigen. Dann jedoch reißt er plötzlich die Augen auf: »Ich muss ihm eine Rutsche bauen!«

»Häh? Was? Wem?«

»Na, meinem Sohn. Er braucht eine Rutsche. Und eine Schaukel. Und –«

Jetzt fühle ich mich etwas überfordert: »Moment mal … heißt das etwa, du *willst* das Baby?«

Er sieht mich an, als wäre ich nicht zurechnungsfähig: »NATÜR-

LICH! Es ist doch MEIN KIND!«

Ermattet lasse ich mich auf den Stuhl fallen. »Leute … ich krieg hier noch 'nen Herzinfarkt!«

Doch Thilo hört mir gar nicht zu. Er murmelt weiter vor sich hin: »Und ein Fahrrad. Ein blaues, mit Hupe am Lenker. Und natürlich eine riesige Sandkiste und …«

»Ähhh, Thilo, ich will dich ja nur ungern unterbrechen, aber … ähm … vielleicht solltest du erst einmal mit Britta reden …«

»BRITTA!« Erschrocken sieht er mich an. »Ja natürlich, wo ist sie?«

»Zu Hause, nehme ich an.«

»Ich fahre sofort zu ihr.«

»Ähhh … ja … und … falls sie dich nicht reinlässt … klingele einfach die Nationalhymne!«

Verständnislos blickt er mich an, dreht sich dann kopfschüttelnd um und rennt los.

Tsss, ist ja mal wieder typisch … als ob ich hier diejenige wäre, die nicht alle Tassen im Schrank hat!

Jetzt muss ich mir nur noch überlegen, was ich Britta sage, wenn sie fragt, wieso ich Thilo ihr Geheimnis verraten habe. Wie wär's mit »Hey Britta, es tut mir so leid, aber es ging nicht anders. Er hat mich gezwungen! Ich wurde verhört. Stundenlang. In einem fensterlosen Raum. In einem tiefen Keller, nein, in einem Kerker. Ohne Essen und Trinken …«

Japp, das ist doch schon mal ein Anfang.

Wenigstens hat das Drama um Britta und Thilo mich von meinen Gedanken an Adrian abgelenkt, wie ich am nächsten Morgen feststelle, als mir plötzlich bewusst wird, dass es ja heute Abend schon so weit ist. Heute Abend wird sich entweder herausstellen, dass ich abserviert wurde oder dass Adrian sein Wort hält. Sofort feiern tausende von Schmetterlingen in meinem Magen eine Party; ich weiß nicht, ob ich

vor Aufregung weinen, lachen oder mich übergeben soll.

Doch zuerst hab ich noch einen ganzen Tag vor mir, den es zu überstehen gilt. *Am besten nutze ich die Zeit, indem ich mein Zimmer aufräume und mein Bett frisch beziehe ... nur für alle Fälle ... schließlich habe ich überhaupt keine Erwartungen an den heutigen Abend. Nein, mit Sicherheit nicht. Welche Bettwäsche wirkt sexier, lila oder orange? Naja, da beide mit Blümchen verziert sind, erübrigt sich wohl diese Frage. Und außerdem habe ich ja nicht die geringsten Erwartungen ... Sollte ich vielleicht eine zweite Zahnbürste kaufen? Oder – noch viel wichtiger – gewisse andere Dinge? Nur für den Fall der Fälle! Nicht, dass es mir am Ende noch so ergeht wie Britta? Mensch, Lena, jetzt reiß dich doch mal zusammen! Du weißt ja noch nicht einmal, ob er dich überhaupt mag!*

Wie ein wild gewordenes Kaninchen sause ich in der Wohnung herum, wische, putze, sammle Müll ein.

Ha, hier liegt ja noch der elende ›Schlachtplan‹! Also der kommt jetzt aber sofort in den Papierkorb! Dieser dämliche Plan hat mir schließlich bislang nur Unglück gebracht ...

Als ich fertig bin, ist es schon Mittag, und ich überlege, ob ich vielleicht in der Stadt eine Kleinigkeit essen sollte. *Rein zufällig ist da ja auch eine Drogerie in der Nähe. Dort könnte man ja, ohne jede Absicht, nur so zum Spaß, eine Zahnbürste und eine Packung Kondome kaufen. Selbstverständlich ohne dass ich etwas vom heutigen Abend erwarten würde ...*

Wieder zu Hause angekommen, ist es erst sechzehn Uhr. *Tja, wie jetzt die restliche Zeit totschlagen? Lernen kommt gar nicht in Frage. Darauf kann ich mich grad gar nicht konzentrieren. Hmm. Suchend sehe ich mich um. Der Kühlschrank! Ja! Wie oft wollte ich den schon abtauen und hab es doch nie gemacht. Das Eisfach besteht inzwischen*

eigentlich nur noch aus Eis, so dass keine Einkäufe mehr hineinpassen. Ein echtes Manko angesichts der Tatsache, dass der Kühlschrank ohnehin nur einen halben Meter hoch und ebenso breit ist und das sich darin befindende Eisfach daher dringend benötigt wird. *Also, mal überlegen. Wo ist denn der Stecker?* Ich schaue links und rechts der Kochecke nach, auch über dem Kochfeld, und komme zu dem Schluss, dass sich wohl die ganzen Anschlüsse dahinter befinden müssten. Auch einen Schalter zum Regulieren der Kühltemperatur kann ich nicht entdecken. Habe ich aber bei diesem uralten Modell auch nicht erwartet. *Hmm. Was jetzt?* Probeweise ziehe ich an einer Ecke der Kochnische. Nichts tut sich. *Vielleicht von der Wand aus dagegen drücken?* Mit aller Gewalt schiebe und drücke und presse ich, doch nichts passiert. Ich lehne mich zum Verschnaufen an die Tür. *Eine andere Lösung muss her!* Also räume ich den Kühlschrank aus, lasse die Tür von Kühlfach und Eisfach sperrangelweit offenstehen und gehe erst einmal duschen.

Im Anschluss daran kontrolliere ich, ob sich schon irgendetwas getan hat. Doch Fehlanzeige: Bislang ist nichts aufgetaut. Grübelnd trockne ich mir mit dem Fön die Haare. *He, Moment mal! Das isses doch!* Ich betrachte den Fön in meiner Hand.

Zehn Minuten später hocke ich immer noch auf einem Stuhl vor dem Kühlschrank, meinen Kopf in meine linke Hand gestützt, während ich mit der rechten den Kühlschrank föhne. Tatsächlich fängt das Eis jetzt auch stellenweise an zu tropfen. *Aber, puhh, mein lieber Schwan, bei dem Tempo sitze ich ja morgen früh noch hier.* Außerdem geht mir langsam auf, dass das vielleicht nicht unbedingt die sicherste Methode ist, einen Kühlschrank aufzutauen. Also gehe ich erst einmal wieder ins Bad zurück, um meine Haare fertig zu trocknen.

Dann ziehe ich mir einen Jogginganzug an und gehe wieder in die Küche. Wie ich da so stirnrunzelnd vor dem offenen Kühlschrank stehe, kommt Fan aus ihrem Zimmer. Sie sieht mich fragend an und

ich zeige ihr das Eis im Gefrierfach. Mit einem Löffel kratze ich daran herum, um ihr zu zeigen, dass ich das weghaben will.

»Ahhh«, sagt sie (und noch etliches mehr, das ich nicht verstehe). Sie geht in ihr Zimmer, kommt mit ihrer riesigen Machete zurück und hält sie mir hin.

Nachdenklich schaue ich darauf. *Vielleicht gar keine so schlechte Idee ... Wenn in Thailand Eisfächer so aufgetaut werden, warum dann nicht auch hier?* Also nehme ich das beeindruckende Messer, stoße es vorsichtig in die oberste Eisschicht und hebele sie dann ab. *Es funktioniert!* Ich strahle Fan an und sie nickt und lächelt und nickt wieder.

So arbeite ich mich also Eisschicht für Eisschicht durch und habe bald schon die ganze Frontseite von Eis befreit. Jetzt jedoch wird es knifflig, denn ich muss ins komplett vereiste Innere des Eisfaches vorstoßen. Langsam gerate ich ins Schwitzen. *Meine Güte, ist das anstrengend.* Ich muss mit ziemlicher Kraft vorgehen und schließlich reicht auch das nicht mehr aus. Um ganz hinten dran zu kommen, ramme ich das Messer mit Schwung und Gewalt in die Eisfläche und höre plötzlich ein deutliches »Pfffffffffffff.« *Scheiße!* Erschrocken ziehe ich das Messer wieder heraus. Jetzt ist das Geräusch sogar noch viel lauter. Fan und ich sehen uns an. »Ich glaube nicht, dass so ein Geräusch ein gutes Zeichen ist!« Fan nickt. Sie hat wohl gefühlsmäßig verstanden, was ich meine. Plötzlich gibt der Kühlschrank ein stotterndes Geräusch von sich, bei dem ich einen Satz nach hinten mache. *Nicht, dass das Ding auf einmal explodiert!* Doch die Kiste knattert nur noch einmal und dann herrscht plötzlich Ruhe. Eine solche Ruhe, dass mir jetzt erst bewusst wird, welch unterschwelliges Summen bislang immer vom Kühlschrank ausgegangen war. »Ups! Ich glaube, ich habe ihn abgemurkst!«

Fan nickt langsam.

Ich sehe das Messer in meiner Hand an. *Verdammt. Ich muss die Beweise verschwinden lassen.* Hastig trockne ich das Messer ab und

drücke es Fan wieder in die Hand. Die scheint zu verstehen, rennt sofort mit dem Ding in ihr Zimmer und sperrt es in seine Kiste. Dann kommt sie zurück und wir starren eine Weile schweigend auf den stillen Kühlschrank, der jetzt langsam zu tropfen anfängt. *Tatsache, das Ding taut auf.* Ich betrachte die von mir zuvor ausgeräumten Lebensmittel. *Wir brauchen einen Kühlschrank!* Es führt also wohl kein Weg dran vorbei: Ich muss den Hausmeister anrufen. Ich suche seine Nummer heraus und erkläre ihm am Telefon, dass unser Kühlschrank ausgefallen ist. (»Ja, ganz plötzlich ... nein, keine Ahnung, warum ... ohne jeden erkennbaren Grund ... ja, seltsam nicht wahr?«). Er verspricht, so schnell wie möglich bei uns vorbeizukommen. Ich seufze und sehe mir den Schlamassel an. Inzwischen ist aus dem steten Tropfen ein kleines Rinnsal geworden, also hole ich Lappen und Eimer und wische die Pfütze weg. Dann sehe ich auf die Uhr und erstarre. *Schon 18 Uhr?! Wie kann denn das sein? Ich muss mich doch noch fertigmachen! Jetzt aber los. Wo ist mein Kleid? Das schicke, dunkelblaue, aus Spitze? AARGH. Es ist noch in der Waschmaschine!!!* Wie von der Tarantel gestochen springe ich auf, schnappe meinen Hausschlüssel und renne aus der Wohnung. Auf der Treppe stelle ich fest, dass ich Hausschuhe anhabe. *Egal.* Ich stürme aus dem Haus und um die Ecke, wobei ich fast einen älteren Herrn im grauen Kittel über den Haufen renne. »Entschuldigung, Entschuldigung, mein Kleid, mein Kleid, ich muss mein Kleid waschen!«, schreie ich, während er mir hinterher schimpft. Völlig außer Atem komme ich im Waschkeller an. *Wo ist die richtige Maschine? Ah hier.* Mit zitternden Händen öffne ich sie und lasse mich erleichtert gegen die Waschmaschine sinken. *GOTT SEI DANK. Mein Kleid liegt noch drin und das seit gestern Abend! Was für ein Glück!*

Ich hole es heraus. Es riecht frisch, ist aber noch feucht. *Mist.* In den Trockner darf ich das nicht werfen, also muss ich versuchen, es trocken zu bügeln. Ich klemme es unter meinen Arm und renne wie-

der los. Kurz vor meinem Wohnheim gehe ich scharf in die Kurve und stoße hinter der Hecke schon wieder mit dem älteren Herrn im Kittel zusammen. »Sind Sie noch zu retten? So eine Unverschämtheit!«, brüllt er mich an.

»Es tut mir leid, es tut mir furchtbar leid, aber ich muss mein Kleid bügeln! Ich muss es unbedingt bügeln! Das ist furchtbar wichtig.« Ich renne ins Haus, während hinter mir der Mann weiterzetert.

In meinem Zimmer angekommen, baue ich in aller Eile das Bügelbrett auf und bügle wild drauf los. Erster Durchgang, zweiter Durchgang. *Verdammt. Es ist immer noch feucht und dabei ist es schon halb sieben! Okay, noch ein Durchgang, dann muss es reichen.* Ich ziehe das immer noch ein wenig klamme Kleid über und renne ins Bad. Zahnbürste, Gesichtscreme, Make-up, Puder, Rouge, Mascara, Eyeliner, Lippenstift, Parfum. Geschafft! Ich seufze. Dann sehe ich meine Haare an. *Oh mein Gott. Durch die ganze Herumrennerei sind sie total zerzaust. Ich sehe aus wie ein Wischmob! Das geht auf gar keinen Fall!* Gerade will ich nach der Bürste greifen, als es schon an der Tür klingelt. Ich springe zum Türöffner. Vielleicht ist es nur der Hausmeister? Doch Adrians Stimme ertönt: »Hallo? Lena? Bist du fertig?«

»Nicht ganz. Komm noch kurz hoch!«

Ich öffne die Wohnungstür und sehe Adrian, wie er – drei Stufen auf einmal nehmend – die Treppe hochgestürmt kommt.

Dann steht er vor mir und plötzlich tanzen wieder hundert Schmetterlinge in meinem Magen Lambada. Etwas befangen streiche ich mir eine Strähne aus dem Auge und sage: »Hi.«

Lässig im Türrahmen stehend erwidert er: »Hi.«

Ich sehe ihn an und weiß gar nicht, wo ich zuerst hinsehen soll. *Auf seine schönen Zähne? Seit wann hat er so schöne weiße Zähne? Oder seine durchtrainierten Oberarme, die sich unter dem legeren blauen Kurzarm-Shirt abzeichnen oder –*

»Darf ich reinkommen?«

»Oh … äh … klar, komm rein.« Ich laufe rot an und trete schnell zur Seite.

»Huch? Was ist denn hier passiert? Läuft euer Kühlschrank aus?«

In der Tat hat sich inzwischen ein mittlerer See in meiner Küche ausgebreitet.

»Äääh, ja … ähm … der Kühlschrank hat grad seinen Geist aufgegeben.«

»Wie? Einfach so?«

Ich weiche seinem Blick aus. »Jaaaa? Einfach so.«

»Lena …« Er hebt skeptisch die Augenbraue. »Da steckt doch mehr dahinter. Ich kenne dich inzwischen ein wenig.«

Ich sehe zur Seite und murmele: »Na gut, vielleicht … habe ich … versehentlich natürlich … ein klein wenig zu seinem Ableben beigetragen.«

Er lacht. »Dachte ich mir schon. Und wie hast du das geschafft?«

» Äääh … mit einem Messer?«

»Was?« Er kriegt einen Lachkrampf »Du hast den Kühlschrank erdolcht?!«

»Ich wollte nur das zugefrorene Fach enteisen.«

»Und als das nicht ging, hast du dir gedacht: Wenn ich ihn schon nicht abtauen kann, dann ersteche ich ihn doch gleich ganz?« Er muss sich hinsetzen, so sehr lacht er.

In diesem Moment klingelt es wieder an der Tür.

»Scheiße! Das ist der Hausmeister. Bitte, verrate mich nicht!«

Adrian prustet immer noch, tut aber so, als würde er einen imaginären Reißverschluss vor seinem Mund zuziehen.

Ich atme tief ein und aus und öffne die Tür. Nun kommt auch Fan aus ihrem Zimmer und ich drehe mich gerade zu ihr um, um sie mit dem Finger vor dem Mund darauf hinzuweisen, dass sie nichts verraten soll, als ich in meinem Rücken ein erbostes »SIE schon wie-

der!« höre. Vor mir steht der ältere Herr, mit dem ich heute schon zwei Mal zusammengestoßen bin. *Wo ist denn der alte Hausmeister hin? Ist denn auf gar nichts mehr im Leben Verlass?*

»Was fällt Ihnen eigentlich ein, mich dermaßen über den Haufen zu rennen?«

»Es tut mir leid, das war doch keine Absicht.«

»Ich hätte mir sämtliche Knochen brechen können! Sind Sie denn des Wahnsinns?!«

»Aber ich habe mich doch jedes Mal entschuldigt.«

»Haben Sie überhaupt keine Augen im Kopf?«

»Ich habe doch schon gesagt, dass es mir leidtut. Was soll ich denn noch machen?«

»Solch ein rücksichtsloses Verhalten! Die Polizei sollte man rufen!«

»Die ist schon da …«, meldet sich Adrian ruhig. »Ich bin Polizist.«

Aus dem Konzept gebracht klappt der Mund des Hausmeisters einige Male lautlos auf und zu. Dann reißt er sich zusammen. »Hmm, nun, dann machen Sie Ihre Arbeit und kümmern Sie sich gefälligst um solch rücksichtslose Vandalen.«

»Gerne. Wenn Sie jetzt bitte Ihrer Arbeit nachgehen.«

Der Hausmeister schnaubt noch einmal und fragt mich dann in grobem Tonfall: »Worum geht's denn?«

»Der Kühlschrank ist ausgefallen.«

»Wie? Einfach so?«

»Ja.«

»Das kann doch nicht sein.« Er betrachtet uns stirnrunzelnd, doch wir stehen wie die Lämmer in einer Reihe und sehen ihn mit großen unschuldigen Augen an.

»Hmm.« Er geht in die Hocke und schaut in den Kühlschrank hinein. Das Eis ist inzwischen zwar stark abgetaut, zum Glück jedoch nicht so sehr, dass es den Schnitt freigelegt hätte, den ich dem Eisfach zugefügt habe.

Der Hausmeister kratzt sich am Kopf, steht auf, zieht unter großer Anstrengung den Kühlschrank aus seiner Halterung und stellt fest, dass der Stecker hinten immer noch in der Steckdose steckt. Er kratzt sich wieder am Kopf. »Naja, die Dinger sind eh uralt. Die hätten schon längst ausgetauscht gehört. Ich werde Bescheid geben, dass am Montag ein neuer gebracht und der hier abgeholt wird.«

Ich atme aus. »Vielen Dank.«

Er grummelt ein »Ist schon gut«, wendet sich zum Gehen und bleibt dann doch noch stehen:

»Was war das überhaupt für ein Kleid, wegen dem Sie wie eine Wahnsinnige durch die Gegend gerannt sind? Haben Sie es denn jetzt wenigstens rechtzeitig gebügelt?«

Ich werde puterrot, meide Adrians Blick und nicke hastig. *Hauptsache, der Kerl verschwindet endlich.* In der Tat grummelt der Hausmeister noch etwas Unverständliches und verlässt uns schließlich. Ich lasse die Tür ins Schloss fallen und lehne mich von der Innenseite aus dagegen.

»Uff. Geschafft.«

Adrian sieht mich belustigt an. »Also, wenn es um das Kleid ging, dass du gerade anhast, muss ich sagen, dass es den Ärger wert war.«

Ich bin plötzlich ganz verlegen und wende mich schnell Fan zu. Der scheint der positive Ausgang unseres Malheurs noch nicht klar zu sein. Sie ist, als der Hausmeister so gegen mich gewettert hat, ziemlich erschrocken und dachte vermutlich, dass er wegen des Kühlschranks so schimpft.

Also halte ich jetzt beide Daumen hoch, woraufhin auch sie endlich lächelt und heftig nickend ihre Daumen hochreckt. Adrian folgt unserem stummen Zwiegespräch mit etwas erstauntem Blick.

Mir fällt ein, dass Adrian und Fan sich ja noch gar nicht kennen, daher zeige ich erst auf ihn, sage langsam und deutlich »Adrian«, zeige dann auf Fan und wiederhole ihren Namen für Adrian.

Dieser reicht ihr mit einer Verbeugung die Hand, was Fan mit einer thailändischen Begrüßung lächelnd erwidert. Anschließend folgt ein längerer Wortschwall, bei dem sie mich, immer hinter vorgehaltener Hand kichernd, ansieht.

»Das heißt dann wohl, dass sie dich hier willkommen heißt«, übersetze ich lächelnd.

»Nicht zu vergessen, dass sie mich für deinen Freund hält«, ergänzt Adrian, was mich sofort wieder rot anlaufen lässt. *Verdammt, gibt's da keine Pillen dagegen?*

Fan kehrt in ihr Zimmer zurück und ich sehe mich in der Küche um, die leider immer noch im Wasser steht. »Tja, ich fürchte, dass ich hier erst noch aufwischen muss, bevor wir gehen können. Ach, und meine Haare muss ich auch noch machen.«

»Dann mach du dich fertig und ich wische schnell auf.«

»Ehrlich? Danke. Der Wischmopp steht in meinem Zimmer neben dem Papierkorb.«

Ich geh ins Bad, kann jedoch die Rundbürste nicht finden, die Joy damals verwendet hat, um meine Haare so schön wellig und sexy zu zaubern. *Wahrscheinlich habe ich sie in meiner Schreibtischschublade vergessen.* Ich gehe in mein Zimmer und bleibe irritiert stehen: Adrian steht mit erheitertem Gesichtsausdruck in der Mitte des Zimmers, die Hände hinter dem Rücken verschränkt und sieht eindeutig aus, als ob er etwas im Schilde führen würde. Ich runzle verwirrt die Stirn. Er zieht grinsend die Augenbraue hoch: »*Brazilian Waxing?*«

Was?! Dann dämmert es mir. Ich laufe wieder mal knallrot an und springe hinter ihn, um ihm das Papier mit meinem Schlachtplan zu entreißen. Lachend hält er es mit der Rechten außerhalb meiner Reichweite, während er mich mit der Linken auf Abstand hält.

»Gib das sofort her«, zetere ich. »Was fällt dir überhaupt ein, in meinem Papierkorb herumzuschnüffeln.«

Er hält das Papier lachend hoch: »Ich habe nicht geschnüffelt. Der

Papierkorb steht neben dem Wischmopp und das Blatt lag obenauf und wenn mir Worte wie ›Schlachtplan‹ ins Auge stechen, wird nun mal mein Polizeiinstinkt geweckt.«

Ich springe wie besessen hoch und versuche, seinen Arm herunterzureißen, doch er ist mir an Kraft überlegen.

»Gib das wieder her! Sofort!«

Er grinst nur: »Bedeutet das denn, dass du ein Brazilian Waxing hast machen lassen oder noch vorhast?«

Wütend schimpfe ich: »Das geht dich absolut gar nichts an!«

»Ach, und wie ist das mit dem sexy Outfit? Darf ich wenigstens das mal sehen?«

»NEIN!« Immer noch springe ich um ihn herum. *Verflixt, er ist einfach zu groß und zu stark! Mir bleibt keine andere Wahl: Ich muss fies werden!* Also ramme ich mein Knie in seine Kniekehle und tatsächlich knickt er ein, doch weil ich halb hinter ihm stehe, stolpert er dabei über mich, umklammert meinen Arm, fällt aufs Bett und reißt mich mit sich.

Huch. Ich liege auf ihm.

Als mir das bewusst wird, will ich mich schnell hochrappeln, doch er hält mich fest.

Oh.

Sein Körper fühlt sich unglaublich warm und weich an, obwohl sein Klammergriff aus Stahl hätte sein können, denn ich kann mich ihm nicht entwinden. Nach einem von meiner Seite aus eher halbherzigen Kampf versuche ich das auch gar nicht mehr.

Er sieht mir in die Augen. Ich spiegele mich in seinen. Sie sind blaugrün. *Ich habe noch niemals zuvor so schöne Augen gesehen.*

Seine rechte Hand lockert ihren Klammergriff und wandert langsam an meinem Rückgrat hoch. Ein Schauder überläuft mich.

Nun lässt er auch meinen anderen Arm los und fährt mit seiner linken Hand über die Außenseite meines Armes entlang bis zum Hals

und umschließt meinen Nacken. Ich kriege eine Gänsehaut. Dann spüre ich, wie er seine rechte Hand zart an meine Wange legt. Ich kann nicht anders: Ich schmiege meine Wange an sie.

Seine Hand streicht von meiner Wange über mein Ohr zu meinem Hinterkopf, drückt sanft dagegen und meine Lippen nähern sich den seinen. Mein Puls beschleunigt sich. Ich schließe die Augen. Sein Atem streichelt mein Gesicht.

»Lena?«, tönt plötzlich Fans Stimme im Zimmer.

Wie ein Gummigeschoss schnelle ich hoch.

Meine Mitbewohnerin steht in der Tür und schaut mich erschrocken an. Ich schaue mindestens ebenso erschrocken drein. *Verdammt!* Wieso habe ich die Tür nicht geschlossen?!

Schnell dreht sich Fan um und will in ihr Zimmer zurückgehen, offenbar hochgradig verlegen, uns gestört zu haben. Auch mir ist die Situation mehr als peinlich und ich zupfe schnell mein Kleid zurecht, halte Fan aber dennoch am Arm fest und bedeute ihr, dass alles in Ordnung sei. »Was wolltest du denn?«

Fan, immer noch mit abgewandtem Gesicht, hält mir einen Zettel hin und einen Stadtplan. Auf dem Zettel steht ›Ausländerbehörde‹.

»Ach herrje, es tut mir leid, aber ich habe keine Ahnung, wo das Ausländeramt ist«, sage ich, schüttele den Kopf und zucke mit den Achseln, um ihr klar zu machen, was ich meine.

»Ausländerbehörde? Kein Problem. Gib mal den Plan her. Ich kann ihr den Weg einzeichnen.« Adrian steht auf, schnappt sich einen Kuli von meinem Schreibtisch und geht mit Fan zum Küchentisch, wo er den Plan ausbreitet. Ich beobachte ihn mit schief gelegtem Kopf. Wie er dasteht, die Arme auf den Tisch stützt und vornübergebeugt die Karte studiert, würde ich am liebsten hingehen, meine Arme um ihn schlingen und mein Gesicht in seinem Nacken vergraben. *Und er hat so gut gerochen! Frisch und gleichzeitig harzig. Wie ein Wald nach einem Regen.*

In diesem Moment schaut er zurück und zwinkert mir lächelnd zu. Ich lächele zurück. *Ich glaube, ich bin verliebt!*

Da Adrian noch eine Weile beschäftigt zu sein scheint, beschließe ich, meine Haare fertig zu machen. Tatsächlich finde ich die Rundbürste in meiner Schreibtischschublade und gehe mit ihr ins Badezimmer zurück.

Also, wie ging das doch gleich? Joy hatte die Rundbürste an eine Haarsträhne angelegt, sie dann gedreht, so dass die Haarsträhne um die Bürste herum gewickelt wurde, die Strähne kurz angeföhnt und dann durch Herausziehen der Bürste in einer schönen Welle ausgekämmt.

Okay. Strähne abteilen. Kein Problem. Bürste an die Spitzen anlegen, eindrehen und föhnen. Auch kein Problem. Bürste herausziehen. Hmm. Bürste HERAUSZIEHEN. Autsch! Die Bürste lässt sich nicht herausziehen, die Haare hängen an den Borsten fest. *Okay, keine Panik. Die müssen sich ja irgendwie wieder lösen!* Mit den Fingern versuche ich die Haare aus ihrer verwickelten Lage zu befreien. Ich ziehe und zerre, doch sie scheinen sich immer fester zu ziehen. Langsam kriege ich doch Panik. Ich versuche, meine Finger zwischen Haare und Bürstenkopf zu schieben, doch jedes einzelne Haar scheint sich um eine Borste geknotet zu haben. Es gibt nicht das geringste Durchkommen.

Ich lasse die Arme sinken und schaue in den Spiegel. Aus dem Haarknoten, der inzwischen mitten auf meinem Kopf entstanden ist, ragt schräg rechts ein Bürstenstiel heraus. SCHEIßE! *Draußen steht ein superheißer Typ und will mit mir ausgehen und ich habe eine Bürste im Haar stecken. Ich kann doch nicht mit einer Bürste im Haar herumlaufen! Was mache ich jetzt nur?! Vielleicht kann ich mich mit einem Handtuch um den Kopf an ihm vorbei zu Gabby schleichen und sie bitten, diese beschissene Bürste wieder aus meinem Haar zu pfriemeln. Aber mit welcher Erklärung soll ich denn so plötzlich von hier*

verschwinden? Ich zerre wieder an der Bürste, doch jede weitere Bewegung scheint alles nur noch schlimmer zu machen.

Da klopft es schon an die Badezimmertür. »Lena? Ist bei dir alles in Ordnung?«

»Wie man's nimmt.« Ich schließe die Tür auf und trete langsam heraus.

»Ähh. Du hast da noch eine Kleinigkeit im Haar.«

Ich glaub, ich muss gleich heulen. »Ich weiß! Aber ich krieg die verdammte Bürste nicht mehr raus!«

»Das ist jetzt nicht dein Ernst!«

Ich gucke ihn mit leidvoller Miene an.

»Das ist tatsächlich dein Ernst!« In seinem Gesicht zuckt es und er sieht aus, also würde er jeden Moment einen Lachkrampf kriegen.

»Bitte, mach jetzt keine Witze! Ich weiß selbst, wie dämlich ich damit aussehe. Bitte probier einfach nur, das blöde Ding rauszukriegen.«

Er beißt sich auf die Lippe und versucht sein Lachen zu unterdrücken. »Okay, setz dich auf den Stuhl hier.«

Die nächsten zehn Minuten leide ich. Es ziept und zerrt und meine Kopfhaut schmerzt, doch die Bürste rührt sich keinen Millimeter.

»Lena?«

»Ja?«

»Ich fürchte, ich muss zur Schere greifen.«

»NEIN!«

»Es geht nicht anders. Das ist so wahnsinnig verknotet, dass sich da auch nicht ein einziges Haar herauslösen lässt.«

Ich schlage die Hände vors Gesicht. *Scheiße, scheiße, scheiße! Das kann doch nur mir passieren!* Ich stehe auf und hole eine feine Nagelschere. »Dann mach. Aber bitte so vorsichtig und so wenig Haare wie möglich.«

Adrian schaut zweifelnd von der winzigen Nagelschere zu dem riesigen Wust von Haaren, der die Haarbürste auf meinem Kopf zu

erdrosseln scheint, macht sich dann aber brav ans Werk. »Ich versuche erst einmal, die Borsten der Bürste abzuschneiden, vielleicht kann ich dann noch ein paar Haare retten.«

Wieder ziept und zerrt es und ich fürchte, dass meine Kopfhaut noch abreißen wird.

Schließlich jedoch höre ich nur noch das Geräusch, das entsteht, wenn Haare geschnitten werden und nach einem letzten Ruck hält Adrian mir die Bürste samt meiner festgezurrten Haare hin.

Ich renne zum Spiegel. *Scheiße! Ich habe ein Loch in meinen Haaren! Man kann es ganz deutlich sehen!* Adrian tritt hinter mich und zieht ein paar daneben hängende Locken über die Lücke. »Wenn du die Haare so rüber kämmst, fällt es gar nicht weiter auf.«

Obwohl ich am Boden zerstört bin, finde ich es süß, wie er mich aufbauen will. Zerknirscht nehme ich eine Haarklammer aus der Schublade und versuche ein paar Haarsträhnen so festzustecken, dass sie die Lücke bedecken.

Adrian sieht mich aufmunternd an. »Na also, und jetzt komm. Die Nacht ist zu schön, um jetzt wegen ein paar Haaren Trübsal zu blasen.«

»So kann nur ein Mann reden«, murre ich, gehe aber dennoch in mein Zimmer, um meine dunkelblauen Stilettos anzuziehen und nach meiner Clutch zu greifen.

Beim Rausgehen sagt er: »Ich glaube, ich weiß etwas, das dich aufheitern wird.«

Ich werde neugierig. »Was denn?«

»Du wirst schon sehen. Hast du übrigens Hunger?«

Ich blicke ihn skeptisch von der Seite an: »Du willst mich aber nicht zufällig füttern, oder?«

Erstaunt sieht er zu mir: »Nein. Eigentlich hatte ich gedacht, dass du in der Lage bist, selbst zu essen.«

»Bin ich auch, bin ich auch«, versichere ich ihm eilig und atme er-

leichtert aus.

Wir fahren in Adrians Polo in die Stadt und er parkt ihn nahe dem Römerkreis. *Komisch. Ich dachte, er würde mit mir in die Altstadt gehen. Was will er denn hier draußen? Hier ist doch nichts.* Er bemerkt meinen skeptischen Blick, nimmt meine Hand und zieht mich lachend hinter sich her: »Komm schon, vertrau mir.« Seine Energie geht langsam auf mich über und meine Aufregung steigt. Da höre ich auf einmal Musik. Beschwingte, fröhliche Musik, mit Trommelrhythmen untermalt. Wir biegen um die Ecke und ich sehe das Lokal, aus dem die Musik dringt. Auf einem Schild über der Tür steht *Los Amigos.*

»Gehen wir mexikanisch essen?«

»Nicht in erster Linie. Aber wenn du Hunger hast, bestelle ich dir gerne etwas. Die Tortillas da sind irre lecker.«

Aber wenn wir nicht zum Essen herkommen, wozu dann? Ich platze fast vor Neugier. Der Türsteher – ein Bär von einem Mann – scheint Adrian zu kennen und begrüßt ihn schon von weitem. Adrian und er tauschen einen Handschlag aus, dann fragt Adrian: »Viel los heute?«

»Es ist schon ziemlich voll, aber du wirst dir schon Platz verschaffen, wie ich dich kenne!«

»Alles klar, dann bis nachher!«

Adrian zieht mich weiter ins Innere des Lokals, doch schon nach ein paar Metern bleibe ich stehen und starre mit offenem Mund auf die Szenerie. Vom Eingang bis zur Bar stehen Tische und Stühle, an denen Gäste Cocktails trinken oder etwas essen. Davor jedoch befindet sich eine große Fläche, an deren rechter Seite auf einem etwas erhöhten Podest ein älterer, dunkelhäutiger DJ thront. Vor ihm, auf der großen Fläche, wirbeln und drehen sich massenweise Pärchen zu dieser herrlichen Musik. Ein bunter Vorhang aus vorbeiblitzenden Farben. Hier taucht eine Frau mit fliegenden Röcken und rhythmisch stampfenden Füßen unter dem erhobenen Arm eines Mannes

316

durch, dort scheint ein Mann unter fantastischen Verrenkungen und Zuckungen seine Tanzpartnerin um sich herum zu drehen. Ich weiß gar nicht, wohin ich meinen Blick zuerst wenden soll. Und über allem liegt diese pulsierende, lebendige Musik, die eine unbändige Lebensfreude verströmt.

Adrian hat mich beobachtet, wie ich das Treiben gebannt verfolge, doch nun zieht er mich weiter. Aber alle paar Meter bleibt er notgedrungen stehen, weil er immer wieder angesprochen wird. Er scheint hier alles und jeden zu kennen.

Bis zur Tanzfläche zieht er mich, dann dreht er mich so um, dass ich sein Gesicht sehen kann. »Wollen wir tanzen?«

WAS?! Entsetzt schaue ich ihn an. *Das kann doch nicht sein Ernst sein!* »Ich … kann das doch gar nicht! Was ist das überhaupt?«

Begeistert ruft er aus: »Salsa, Lena, Salsa!«

»Häh? Ich dachte, Salsa wäre was zu essen?«

Er lacht. »Aber es ist auch ein Tanz. Ein wundervoller Tanz. Komm schon!«

»NEIN! Und überhaupt: Wieso kannst du tanzen? Du hast doch gesagt, dass du das nicht beherrschst!« Ich fühle mich veräppelt und gucke ihn beleidigt an.

Er setzt sein Lausbubengesicht auf und sagt: »Du hast mich gefragt, ob ich Walzer tanzen kann und ich habe Nein gesagt, was die volle Wahrheit ist! Na komm schon!«

»Nein, … ich … äh … ich will erst einmal nur zugucken. Wirklich!«

»Na gut, komm, setzen wir uns hier hin. Ich bestelle dir einen Cocktail. Welchen möchtest du?«

Halbherzig wähle ich aus der Karte etwas aus, während meine Blicke immer wieder zur Tanzfläche schweifen. Adrian winkt einen Kellner heran und gibt unsere Bestellung auf. Ich starre weiterhin die Tanzenden an. Die Musik juckt mir in den Füßen, ich möchte am liebsten stampfen und klatschen und mich im Takt der Musik

bewegen, doch angesichts der fantastischen Tänzer traue ich mich nicht einmal, auch nur mit dem Fuß zu wippen.

Erst nach ein paar Minuten bemerke ich, dass eine Brünette an unseren Tisch getreten ist und sich angeregt mit Adrian unterhält. In diesem Moment dreht sie sich zu mir um und sagt: »Hey! Du hast doch nichts dagegen, dass ich Adrian mal eben entführe, er ist mir noch einen Tanz schuldig. Letzte Woche ist er nämlich nicht aufgetaucht.«

Adrian wehrt ab: »Nein, nein Sabrina. Ein andermal.«

Sabrina sieht mich mit Schmollmund an und überrumpelt nicke ich Adrian zu: »Doch, doch, es ist okay. Geh schon.«

»Na gut, ich bin gleich zurück. Fang schon mal mit deinem Cocktail an.«

Ich sehe zu, wie Adrian Sabrina auf die Tanzfläche folgt. Kaum sind die beiden dort angelangt, scheinen sie zu explodieren. Ruckartige, rhythmische Bewegungen wechseln sich mit fließenden Drehungen ab, die so schnell sind, dass ich mit den Augen kaum folgen kann. Im Bruchteil einer Sekunde wickelt sie ihr Bein um seines – *HEY!!! Das finde ich jetzt aber etwas zu hoch!* – und er beugt sie hintenüber, bis ihre Haare den Boden berühren. *Was soll das? Wieso streicht er so langsam mit der Hand an ihrer Seite entlang?* Doch schon im nächsten Moment hat er sie ausgedreht und einmal um sich herumgewirbelt. Ich halte die Luft an. *Woher kann er sowas?* Plötzlich hebt er sie hoch, ihre Beine legen sich um seine Taille – ich bin kurz davor, aufzuspringen – nur um sie im nächsten Moment mit einer endlos wirkenden Mehrfachdrehung wieder auf dem Boden abzusetzen. Die ganze Zeit über steht Adrian nicht still, sondern seine Beine zucken im Rhythmus der Musik und sein ganzer Körper scheint biegsam wie ein Halm im Wind. Elegant neigt er sich zur Seite, so dass Sabrina genau da, wo er noch einen Moment zuvor gestanden hat, vorbei tanzen kann, um dann unter seinen Beinen hindurch zu

tauchen und vor ihm wieder hochzukommen. Ihre Schultern und Brüste schütteln sich permanent, ebenso wie ihre Hüfte.

Ich werde zusehends nervöser. *Muss sie ihn dermaßen anbaggern? Sieht das denn keiner außer mir? Das ist doch die Höhe!* Ich schaue mich empört um, doch alle scheinen dem Geschehen um Adrian und Sabrina mit Begeisterung zu folgen. Um die beiden hat sich ein Kreis gebildet. Alle restlichen Paare auf der Tanzfläche haben Platz gemacht und tanzen weiter hinten, immer wieder Blicke auf Adrian und Sabrina werfend.

Deren Drehungen und Verrenkungen werden immer wilder und schneller. *Wut steigt in mir auf. Das hätte er mir ruhig mal sagen können! Wollte er etwa, dass ich mich hier zum Affen mache oder was? Um Gottes Willen, wie blamabel wäre das denn bitteschön gewesen, wenn ich tatsächlich mit ihm auf die Tanzfläche gegangen wäre! Nicht in tausend Jahren hätte ich mit solch einer Sirene wie dieser Sabrina da mithalten können. Die scheint ja überhaupt keinen einzigen Knochen in ihrem Körper zu besitzen. Oh mein Gott, was wird das denn jetzt?* Sie lässt ihre Hände an seinem Körper entlanggleiten, während sie lasziv um ihn herumschreitet. *Das ist doch nie im Leben nur eine Tanzpartnerin! Ich bin doch nicht dämlich!* Ich halte es nicht mehr aus, stehe auf und stürze hinaus.

Vor dem Lokal schlägt mir kühle Luft entgegen und ich atme tief ein. Drinnen hat die Luft gebrannt oder erschien das nur mir so? *Verdammt, wo bin ich da wieder hineingeraten? Mit solch einer heißen Latina kann ich doch nie im Leben konkurrieren. Was habe ich mir da eigentlich überhaupt eingebildet? Oder vielmehr: Was hat Adrian mir da eigentlich vorgespielt?* Ich fühle Tränen aufsteigen. Der Türsteher guckt mich komisch an, daher gehe ich los. *Keine Ahnung wohin, Hauptsache weg.*

Ich komme bis zur nächsten Hausecke, da höre ich Schritte hinter mir. »Lena!«

»Was ist?«, schniefe ich, ohne mich umzudrehen.

»Lena, so bleib doch stehen! Was ist denn in dich gefahren?«

»Die Frage ist doch wohl eher: Was ist in dich gefahren?«

Jetzt hat er mich erreicht und hält mich am Arm fest. »Was sollte das? Wieso bist du plötzlich rausgerannt?«

»Wieso führst du mir deine Exfreundin oder Nochfreundin oder was weiß ich vor?«

»Häh?«

»Na diese Superlatina vorhin!«

»Sabrina?!« Adrian guckt mich entgeistert an. »Wir haben doch nur getanzt.«

»Wie bitte? Nur getanzt? Sie hat dich angebaggert und du hast sie gestreichelt!«

Er sieht mich einen Moment lang regungslos an und sagt dann: »Bist du etwa eifersüchtig?«

Ich reiße mich los: »So ein Quatsch!«

Er gluckst: »Oh doch, du bist eifersüchtig!«

»Nein, bin ich nicht. Aber falls es so wäre, hätte ich auch allen Grund dazu nach der Show gerade eben.«

Mit drei großen Schritten ist Adrian wieder bei mir und greift nach meinem Arm. »Lena, glaub mir, du hast keinen Grund eifersüchtig zu sein. Sabrina ist nur eine Tanzpartnerin von vielen. Mehr nicht. Mehr war sie nie und mehr wird sie nie sein. In jedem Club, in dem ich tanze, gibt es ein oder zwei Frauen, die oft da sind und mit denen ich gerne tanze, einfach nur, weil sie super Tänzerinnen sind und es wahnsinnig viel Spaß macht, mit ihnen zu tanzen.«

»Das hilft mir jetzt aber nicht.«

»Wieso?«

»Weil ich niemals so gut tanzen können werde.«

»Habe ich denn gesagt, dass du das musst?«

»Nein, aber ich habe keinen Bock, mich zu blamieren, wenn ich

neben denen auf der Tanzfläche stehe. Und du hättest mich eiskalt auflaufen lassen. Wolltest du etwa, dass ich mich vor den Augen aller zum Gespött mache? Blamiere ich mich nicht auch ohne deine Hilfe schon oft genug?«

Verständnislos schaut er mich an: »Lena, was redest du da für einen Blödsinn? Ich wollte einfach nur, dass du ein bisschen Spaß hast. Dass wir zusammen Spaß haben.«

»Es macht mir aber keinen Spaß, neben dir wie ein absoluter Loser auszusehen.«

Adrian schweigt eine Weile, während ich vor mich hin schniefe. Dann hebt er seine Hand, legt sie unter mein Kinn und hebt es an. Als ich ihm in die Augen sehe, löst er seine Hände und legt sie, ohne seinen Blick von meinem zu lösen, auf meine Hüften. Obwohl ich es nicht will, überläuft mich wieder ein wohliger Schauder. Langsam lässt er seine Hände an meinen Seiten hochgleiten bis unter meine Achseln und dann an meinen Arminnenseiten wieder hinunter bis zu meinen Händen. Mein Atem rast und meine Brust hebt und senkt sich wie wild. Adrian erreicht meine Hände, umfasst sie und mit einem plötzlichen Ruck dreht er mich ein, durch seinen Arm hindurch, beugt sich zur Seite und ich finde mich auf seinem Knie in seinen Armen liegend wieder.

»Und?« Er sieht mir immer noch in die Augen. »War das jetzt so schwer?«

»Nein«, hauche ich.

»Dann weiß ich genau, was du brauchst.«

»Was?«, frage ich mit zittriger Stimme.

»Intensiven Privatunterricht.«

Mein Herz pocht so laut, dass ich schon fürchte, Adrian könnte es hören.

Doch er sieht mich nur mit schiefem Grinsen an, beugt sich dann langsam vor und – *oha!* – küsst mich. Seine Lippen sind weich und

warm und schmecken nach Minze. Seine Zunge bahnt sich ihren Weg in meinen Mund. Erst sanft, dann immer wilder und fordernder, bis ich unerwartet aufstöhne und meine Hände um seinen Hals schlinge. Doch da löst sich Adrian lachend wieder von mir. »Ich glaube, wir sollten jetzt lieber aufhören. Immerhin bin ich Polizist, da macht es sich nicht so gut, wenn man wegen Erregung öffentlichen Ärgernisses festgenommen wird.« Leiser fährt er fort: »Und wenn ich dich so anschaue, dann fällt es mir äußerst schwer, nicht hier auf der Stelle für Aufsehen zu sorgen!«

OHA!

»Na komm, worauf hast du Lust?«

»Ich weiß nicht recht … vielleicht einfach nur … spazieren gehen?«

Hoffentlich ist das nicht zu unspektakulär für ein erstes Date! Hoffentlich hält er mich jetzt nicht für langweilig!

Doch Adrian nickt erfreut: »Klar, gerne. Ich war schon lange nicht mehr einfach nur spazieren.«

Also setzen wir den eingeschlagenen Weg einfach fort. Noch etwas befangen suche ich nach einem neutralen Gesprächsthema, doch mir will einfach nichts einfallen. Da bleibe ich prompt mit meinem Absatz in einer Pflasterritze hängen und stolpere. Sofort greift Adrian nach meiner Hand und lässt sie auch nicht mehr los, als ich meinen Absatz schon wieder befreit habe. Seine Hand ist glatt und groß, und sein fester Griff vermittelt mir ein Gefühl der Sicherheit. Ich erwidere ihren Druck und lächele vor mich hin. Allmählich entspanne ich mich.

So spazieren wir gemächlich zwischen all den Jugendstilbauten umher. Andere Nachtschwärmer kreuzen unseren Weg. Wir kommen an heimelig beleuchteten Pubs, exotisch dekorierten fernöstlichen Restaurants und urigen Clubs vorbei, aus denen jedes Mal, wenn die Tür geht, der Wind Musik zu uns herüberträgt.

Plötzlich bleibt Adrian stehen, sieht sich um und sagt: »Komm mit,

ich habe eine Idee …«

»Was? Wohin denn?«

»Wirst du sehen, wenn wir da sind.«

Er zieht mich durch die Straßen, biegt einige Male ab und bleibt vor einem dunklen Schaufenster stehen. »Hier ist es.«

Ich schaue ihn verständnislos an, doch anstelle einer Antwort zieht er einen Schlüsselbund aus seiner Hosentasche und sperrt die Tür auf, die sich neben dem Schaufenster befindet.

»Na komm schon.«

Irritiert, aber neugierig folge ich ihm und stolpere in den dunklen Raum dahinter. Die Tür fällt ins Schloss und ich will Adrian gerade fragen, was das soll, als plötzlich ein Streichholz aufflammt und ich mich in dessen flackerndem Schein verhundertfacht zu haben scheine. Sobald sich meine Augen an das Halbdunkel gewöhnt haben, erkenne ich, dass die Wände des Raumes ringsum mit altmodischen goldgefassten Rahmenspiegeln verkleidet sind. Jetzt entzündet Adrian mit dem Streichholz eine alte Petroleumlampe, die offenbar neben der Eingangstür gestanden hat. Das Schaufenster neben der Tür ist von innen mit Papier abgeklebt. Der Raum an sich ist fast leer. An einer Wand sind zwei Tische und ein paar Stühle übereinandergestapelt. Ihr gegenüber befindet sich eine Art kleine Theke mit Vitrine und etlichen verschnörkelten Holzschränken dahinter. Und von der Decke hängt ein kleiner Kristalllüster.

Ich bin fasziniert und frage flüsternd: »Was ist das hier?«

Adrian dreht sich mit ausgestrecktem Arm langsam um sich selbst. »Das hier war mal ein Tanzcafé. Es gehörte meiner Großtante. Leider ist es schon seit langem nicht mehr in Betrieb und wurde ohnehin zuletzt nur noch als Café genutzt … im Grunde genommen kamen zum Schluss jedoch nur noch ihre Freundinnen zum Kaffeekränzchen.«

»Und was ist dann passiert?«

»Naja, sie ist friedlich eingeschlafen. Sie war schon recht alt. Und seitdem steht das hier alles leer, weil sich die Erbengemeinschaft – also mein Vater und seine beiden Brüder – nicht darauf einigen können, was sie damit anfangen sollen. Mein Vater ist fürs Verkaufen, sein jüngerer Bruder will das Café wieder aufbauen, der ältere will es vermieten. Aber so richtig hat sich noch keiner mit irgendwelchen konkreten Plänen auseinandergesetzt. Ich komme öfter hier vorbei, um nach dem Rechten zu sehen und ein kleines Päuschen einzulegen.«

»Was würdest du denn wollen?«

»Na ja …« Er zuckt mit den Achseln. »Ich habe jede Menge schöne Kindheitserinnerungen an das Tanzcafé. Von klein auf habe ich hier oft neben meiner Großtante hinter der Theke gesessen, vor mir einen Becher heiße Milch und ein Stück Streuselkuchen, und habe den älteren Herrschaften beim Tanzen zugesehen. Später habe ich dann immer mal wieder nach der Schule hier ausgeholfen und mir ein bisschen was dazuverdient.«

»Ach deswegen kannst du so gut Tische decken«, schmunzle ich in Erinnerung an das Essen bei Gabby.

Er nickt verschmitzt.

»Und hast du hier tanzen gelernt?«

Er lächelt wehmütig. »Na ja, gelernt nicht unbedingt, aber sicherlich wurde mein Interesse am Tanzen hier geweckt.«

»Und wie kamst du ausgerechnet auf Salsa?«

»Das hab ich meiner ersten Liebe zu verdanken. Sie kam aus Lateinamerika und ich wollte ihr imponieren, weshalb ich zur Tanzschule ging und ein paar Tanzstunden nahm. Ich war fünfzehn.« Er grinst.

»Und, hattest du Erfolg? Ich meine, bei ihr?«

»Leider nicht.« Er lächelt schief. »Mein Herumgezappel muss ziemlich lächerlich gewirkt haben. Aber die Abfuhr hatte meinen Ehrgeiz geweckt, so dass ich einen richtigen Kurs belegte. Und irgendwann

habe ich dann einfach deswegen weitergemacht, weil es mir einen Riesenspaß bereitet hat.«

Ich will eine weitere Frage stellen, doch er legt den Finger auf seine Lippen:»Warte … mach mal die Augen zu!«

Ich leiste seiner Anweisung Folge und höre ihn weggehen und anschließend das Geräusch von Möbeln, die gerückt werden.»Augen zulassen!«, ruft er mir aus einiger Entfernung zu. Fußtritte hallen, eine Schublade schlägt zu, dann merke ich trotz geschlossener Augenlider, dass es plötzlich dunkler wird.

Adrian tritt zu mir und nimmt meine Hand.»Nicht gucken«, flüstert er und führt mich in den Raum hinein.»Augen auf.«

Ich stehe vor einem runden Tischchen, in dessen Mitte ein Teelicht brennt. Es wird, wohl in Ermangelung von Tellern, links und rechts von weißen Servietten flankiert.

Adrian hat ein Handtuch über dem angewinkelten Arm, verbeugt sich galant vor mir und fragt mit halb geschlossenen Augenliedern näselnd:

»Darf ich Sie zu Ihrem Platz geleiten, Madam?«

Angesichts seiner Darstellung eines eingebildeten Oberkellners muss ich losprusten, woraufhin er in gespielter Empörung eine Augenbraue hochzieht und mir hüstelnd den Stuhl zurechtrückt. Ich setze mich auf den Stuhl, den er mir heranschiebt, und wie ein Zauberer auf einem Kindergeburtstag zieht er mit einer schwungvollen Bewegung eine weitere Serviette unter seinem Handtuch hervor, entfaltet sie unter großem Getue und breitet sie auf meinem Schoß aus, wobei er mich jedes Mal, wenn ich zu glucksen anfange, gespielt strafend anblickt. Dann hüstelt er wieder demonstrativ mit der Faust vor dem Mund und fragt näselnd:»Was gedenken Madam zu speisen? Ich empfehle Keks à la Kokos nach Art des Hauses.« Für einen Moment nimmt er die Hand neben den Mund und flüstert mir zwinkernd in normalem Tonfall zu:»Etwas anderes habe ich nämlich

leider nicht.«

»Oh, naja, wenn das Ihre Empfehlung ist, werde ich natürlich den Keks versuchen«, spiele ich mit und verkneife mir ein Lächeln.

»Sie meinen den Keks à la Kokos nach Art des Hauses? Sehr wohl, kommt sofort. Und darf ich dazu einen Kaffee à la Instant de Pulver empfehlen?

»Aber natürlich.«

»Sehr wohl, einen kleinen Moment bitte.« Mit einer zackigen Bewegung dreht er sich auf dem Absatz um und marschiert mit hocherhobener Nase hinter den Tresen. Amüsiert sehe ich ihm zu, wie er dort hantiert. Ich höre ihn eine Schublade öffnen, dann scheppert eine Dose und ein Wasserkocher fängt an zu rauschen.

Plötzlich jedoch ertönt leise, langsame Musik. Frank Sinatra singt:

«For once in my life I've got someone who needs me,
someone I've needed so long...«

Überrascht schaue ich Adrian an und er lächelt mir schelmisch zu, während er mit einer Tasse und der Keksdose in der Hand auf mich zutritt.

»So, hier bitte. Ist leider nur Pulverkaffee.« Er beugt sich verschwörerisch vor und sagt mit gesenkter Stimme: »Dafür stammen die Kekse aus meinem persönlichen Geheimvorrat, von meiner Oma gebacken, und sind verdammt lecker.«

Die Keksdose stellt er auf den Tisch und setzt sich dann mir gegenüber hin.

»Trinkst du nichts?«, frage ich ihn.

Er zuckt entschuldigend mit den Achseln: »Ich habe leider nur eine Tasse hier gebunkert.«

Ich nehme die Tasse im flackernden Kerzenschein genauer in Augenschein. Sie trägt die Aufschrift *Kissing a cop without a mustache is like eating an egg without salt*. Darunter ist ein riesiger geschwungener Schnauzbart abgebildet.

»Du hast doch wohl nicht allen Ernstes ...«, pruste ich los und sehe

zu meiner Genugtuung, dass es Adrian tatsächlich peinlich ist.

»Nur eine vorrübergehende Geschmacksverirrung.«

»Na, da habe ich ja richtig Glück gehabt, dass ich dich nicht früher kennengelernt habe. Einen Mann mit Schnurrbart zu küssen, stelle ich mir ziemlich stachlig vor«, stichele ich.

Gelassen kontert er: »Also ich weiß nicht, zumindest hat sich niemand beschwert.« Grinsend fügt er hinzu: »Wahrscheinlich haben meine überragenden Kusskünste das Stacheln des Schnurrbarts überwogen.«

Ich glaube, ich muss sein Ego mal wieder auf den Teppich zurückholen.

»Also das wage ich zu bezweifeln!«

»Ach, also war ich bislang noch nicht überzeugend genug?«

Er beugt sich vor, bis die Kerze sein Gesicht von unten anleuchtet und ihm etwas Diabolisches verleiht. »Was könnte man denn tun, um dich von deinen Zweifeln zu befreien?«

Ich gebe mich nachdenklich und lege grüblerisch die Finger an mein Kinn: »Nun, vermutlich muss erst ein handfester Beweis erfolgen; ich dachte bislang, bei der Polizeiarbeit ginge es immer um Beweise.«

»Kein Problem – im Beweise liefern bin ich Weltmeister!«

»Da nimmt aber schon wieder jemand den Mund sehr voll.«

»Und da wird schon wieder jemand sehr vorlaut. Ich sehe, mir bleibt wohl keine andere Wahl.« Er erhebt sich und geht langsam auf mich zu. In meinem Inneren fängt ein Ameisennest Feuer; jedes einzelne Atom scheint wild herumzuspringen. Adrian hält mir die Hand hin, als würde er mich zum Tanz auffordern. Im schummrigen Licht der Kerze reiche ich ihm meine rechte Hand und er zieht mich sanft in seine Arme.« »Frankie Boy singt:

»Strangers in the night exchanging glances
Wondering in the night
What were the chances we'd be sharing love before
the night was through?«

Adrian legt meine Hände auf seine Schultern und seine um meine Taille und beginnt, uns im Takt der Musik zu wiegen. Ich schmiege meinen Kopf an seine Brust und schließe die Augen … höre seinen Atem … atme den Duft seines Aftershaves ein.

»Love was just a glance away, a warm embracing dance away!
And ever since that night we've been together.«

Während wir uns langsam zur Musik drehen, wandern Adrians Hände über meine Seiten in mein Kreuz und dann langsam hoch, dabei drückt er mich enger an seinen Körper. Er bringt mein Rückgrat zum Glühen. Ich spüre einen zarten Hauch an meiner Schläfe und hebe mein Gesicht ihm entgegen. Seine Lippen berühren sacht meine Wange und eine Gänsehaut überläuft meinen Körper. Ich will endlich geküsst werden, will endlich seine Lippen auf meinen spüren, doch stattdessen lehnt er seine kühle Stirn an meine heiße, bevor seine Hände sich von meinem Rückgrat lösen und mein Gesicht umfassen. Mein Mund wird trocken und mein Herz ist kurz vor dem Bersten. Adrian sieht mir in die Augen und flüstert mit Mr Sinatra zusammen:

»You're just too good to be true
can't take my eyes off of you
You'd be like heaven to touch
I wanna hold you so much
And long last love has arrived
and I thank god I'm alive
You're just too good to be true
can't take my eyes off of you.«

Mir steigen Tränen in die Augen. *In meinem ganzen Leben habe ich noch nie eine solch schöne Liebeserklärung erhalten.*

Ich kann nicht anders, kann mich nicht der Magie des Momentes entziehen und stimme hauchend in den Song mit ein:

»Pardon the way that I stare
There's nothing else to compare
The sign of you leaves me weak
There are no words left to speak
But if you feel like I feel
Please let me know that it's real
You're just too good to be true
Can't take my eyes off of you«

Jetzt macht die Musik eine Kehrtwende und der Refrain setzt mit Wucht und Tempo ein. Ehe ich es mich versehe, hat Adrian meine Hände umfasst, dreht mich mit Schwung zwei Mal um meine eigene Achse und fegt mit mir im Takt der Musik durch den Raum. Dabei schmettert er laut und schief:

»I love you baby if it's quite alright
I need you baby to warm the lonely nights
I love you baby trust in me when I say okay
Oh pretty baby don't let me down I pray
Oh pretty baby now that I've found you stay
And let me love you, oh baby, let me love you, oh baby ...«

Das ist so unglaublich schön und gleichzeitig unglaublich schräg. Ich lache zutiefst glücklich laut auf, während ich zu Frank Sinatras Song und Adrians unmelodischem Gesang durch das Café wirble.

»You're just too good to be true
Can't take my eyes off of you ...«

Immer noch lachend und völlig außer Puste stolpere ich plötzlich, doch Adrian hält mich fest, so dass ich nicht auf den Boden, sondern nur gegen ihn falle. Wir torkeln ein paar Schritte und lassen uns dann beide kichernd und prustend auf den Boden sinken.

»Wow, ich kann ja tanzen«, sage ich, als ich wieder einigermaßen Luft kriege.

»Hab´ ich doch gesagt – du brauchst nur ein wenig intensiven Privatunterricht.« Er grinst mich an.

»Das war aber keine Salsa!«, stelle ich fest.

»Stimmt!«, gibt er zu.

»Aber ich dachte, du könntest nur Salsa tanzen.«

»Hab ich nie behauptet. Ich habe nur gesagt, dass ich keinen Walzer tanzen kann.« Wieder dieses lausbubenhafte Grinsen.

Spielerisch schlage ich nach ihm: »Ständig veräppelst du mich. Ich weiß gar nicht, was ich dir glauben kann.«

Lachend wehrt er meinen Schlag ab und sagt: »Wieso denn? Alles, was ich gesagt habe, entspricht der Wahrheit. Ich kann zwar verschiedene Tänze tanzen, aber für Walzer habe ich mich bislang nicht interessiert. Vermutlich fehlte einfach die richtige Tanzpartnerin ...«

Oh mein Gott, immer wenn er mich so anschaut, fürchte ich, dass mein Herz aussetzen könnte.

Adrian hebt seine Hand und streicht sanft eine Strähne aus meinem Gesicht. »Übrigens war auch das, was ich gerade gesungen habe, die reine Wahrheit.«

Dieses Mal hat mein Herz definitiv für einen Moment ausgesetzt, um dann mit doppelter Wucht loszuhämmern. Ich lege den Kopf schief und schaue ihn herausfordernd an: »Den Beweis hast du aber immer noch nicht erbracht.«

Er hebt lächelnd eine Augenbraue und beugt sich vor, bis sein Mund direkt vor meinem innehält … Er flüstert: »Dazu wollte ich gerade kommen«

… und küsst mich …

OHA!

Als er sich nach einer Ewigkeit wieder von mir lösen will, vergrabe ich die Hände in seinem Haar und bin ganz und gar nicht bereit, von diesem wundervollen Mund abzulassen. Da packt Adrian meinen Oberkörper und presst ihn an sich. Seine linke Hand umfasst meinen Hinterkopf, während seine rechte meinen Rücken hinunter wandert. Er greift nach meinen Pobacken, drückt mein Becken fest gegen seines.

Okay, jetzt sterbe ich. Ich halte es nicht mehr aus. Ich explodiere gleich.

»Scheiß auf die öffentliche … Ordnung«, keuche ich. »Ich will jetzt wirklich … wirklich ein öffentliches Ärgernis erregen und du darfst mich gerne jederzeit dafür einsperren.«

Er stöhnt leise: »Glaub mir, ich habe ganz andere Dinge mit dir vor als dich einzusperren.«

Schelmisch frage ich: »Gehören auch Handschellen dazu?«

Seine Augen funkeln, als er sagt: »Alles, was du willst.«

OH!

»Wie weit ist es bis zu dir?«, will ich wissen.

»Zehn Minuten.«

»Das ist zu weit. Wir gehen zu mir.«

»Aber ich habe ein großes Bett.«

»Überredet. Los!«

Wir springen auf, ich puste die Kerze aus, Adrian schaltet die Musik aus und, von wilden Küssen unterbrochen, bewegen wir uns in Richtung Adrians Auto. Jeder Hauseingang wird ausgenutzt. Leidenschaftlich suchen unsere Hände den Körper des anderen. Adrians Brust ist muskulös und glatt. Ich presse mich an ihn und will sein

Hemd aufknöpfen, doch seine Hände gleiten unter mein Kleid, schieben es hoch und fahren meine Oberschenkel entlang. Ich bin zu keinem klaren Gedanken mehr fähig, kriege kaum mehr Luft. *Wenn wir nicht bald da sind, werde ich wohl doch verhaftet werden.* Doch nach dem nächsten Hauseingang sind wir endlich beim Auto angekommen. Ich wäre bereit, hier auf der Stelle weiterzumachen, doch dann fällt mir ein, dass meine »Spezialeinkäufe« ja bei mir zu Hause in der Schublade liegen.

»Ähhh, hast du zu Hause ... du weißt schon ... Kondome?« *Himmel, ich bin dreiundzwanzig Jahre alt. Warum ist mir die Erwähnung von Kondomen peinlich?*

»Schon vergessen? Ich sorge schon von Berufswegen für Sicherheit.« Er grinst.

Doch kaum sind wir losgefahren, bremst er plötzlich ab und schlägt sich gegen die Stirn: »Mist, wir können nicht zu mir.«

Ich blicke ihn verständnislos an.

Zerknirscht erklärt er: »Mein Bruder hat mich gefragt, ob er heute Nacht bei mir schlafen kann. Er ist hier in der Nähe zur Hochzeit eines Freundes eingeladen und wird sicherlich in den frühen Morgenstunden bei mir eintrudeln.«

»Ja, musst du dann nicht zu Hause sein?«

»Nein, nein, er hat einen Schlüssel.«

»Also dann fahren wir eben zu mir. Schade um das große Bett.«

»Und diverse andere Dinge«, ergänzt er schelmisch.

Tatsächlich sind wir endlose zehn Minuten später da. Kaum aus dem Auto ausgestiegen, fallen wir schon übereinander her und schaffen es kaum die Treppen hoch bis in meine Wohnung. Doch als wir unsere Knutscherei kurz unterbrechen müssen, damit ich die Wohnungstür aufschließen kann, ertönt aus dem Stockwerk über uns die Stimme von Leticia, die sich über das Treppengeländer beugt und ruft: »*Querida! Ola!* Wie geht es dir? Was macht dein heißer Franzo-

se? Und stimmt das, was ich gehört habe? Du hast mit dem dünnen Geschichtsheini aus dem Wohnheim gegenüber geknutscht?«

Ich ziehe erschrocken die Luft ein und entgegne hastig:»Nein! Das war nur ein Versehen. Ich meine, er hat *mich* geküsst, nicht umgekehrt und überhaupt … das ist Vergangenheit … ach … ich erklär´s dir ein andermal.« Ich will Adrian in die Wohnung ziehen, bevor Leticia noch mehr Peinlichkeiten preisgibt.

Doch als ich gerade nach seiner Hand greifen will, tritt Adrian an meine Seite und lächelt zuvorkommend nach oben:»Guten Abend. Ich würde sagen, dass auch der heiße Franzose Vergangenheit ist.«

Nach einem Moment der Überraschung – offensichtlich hatte sie Adrian zuvor nicht sehen können – überzieht ein Grinsen Leticias Gesicht:»*Querida!* Du überraschst mich. Da ist ja aus der schüchternen Maus ein richtiger Vamp geworden! Ich glaube, wir sollten mal zusammen ausgehen.«

»Ähhh, ja, klar, aber … ich muss jetzt leider ganz schnell rein.«

»Schon klar. Viel Spaß euch beiden.« Leticias vielsagendes Grinsen lässt mich rot anlaufen.

Adrian hingegen scheint die Szene nicht im Geringsten peinlich zu sein. Er tippt, während er Leticia frech anlacht, mit zwei Fingern einen Gruß an die Stirn, packt dann meine Hüften, dreht mich zu sich herum und setzt ungehemmt unsere Knutscherei fort, während er mich in die Wohnung drängt.

Kaum schlägt die Tür hinter uns zu, habe auch ich Leticia vergessen sowie den ganzen Rest der Welt.

Endlich …

OHA!

Als ich wieder erwache, ist es taghell. Kein Wunder, wir sind ja auch erst gegen vier Uhr nachts eingeschlafen. Bei der Erinnerung an letzte Nacht lächle ich selig. *Zum Glück sieht keiner, wie ich jetzt hier liege und ohne offensichtlichen Grund vor mich hin grinse … Ich*

kriege direkt Lust, da weiterzumachen, wo wir letzte Nacht aufgehört haben. Ich will mich an Adrian anschmiegen, doch taste ich vergeblich nach ihm. *Er ist wohl im Badezimmer.* Ich umarme das Kissen. *Unfassbar, dass ich überhaupt geschlafen habe.* Die Betten in den Studentenwohnheimen sind nämlich so schmal, dass zwei Personen nur dann darin nebeneinander Platz finden, wenn sie auf der Seite liegen. Als ich mich im Schlaf enger an Adrian kuscheln wollte, ist er daher auch prompt aus dem Bett gefallen. *Doch angesichts dessen, wie wir uns letzte Nacht ausgetobt haben, ist es wiederum nicht besonders verwunderlich, dass ich dennoch geschlafen habe wie ein Bär ... Wo bleibt er denn nur?*

Ich lausche nach Geräuschen aus dem Bad. Es ist nichts zu hören. Irritiert setze ich mich auf und sehe mich im Zimmer um: Adrians Kleider fehlen. *Macht er sich im Bad etwa schon fertig zum Gehen?* Ich klettere aus dem Bett und gehe nachsehen. Die Badtür steht offen. Niemand ist drin. Irritiert runzle ich die Stirn und hocke mich wieder auf mein Bett. *Habe ich irgendetwas nicht mitbekommen? Hat er was davon gesagt, dass er heute früh weg muss?* Ich zermartere mir das Hirn, bis ich mir hundertprozentig sicher bin, dass in dieser Richtung kein Wort gefallen ist.

Reglos sitze ich auf meinem Bett und stelle mich langsam der Erkenntnis, dass ich verarscht worden bin. Wieder einmal. Ich schlucke hart und versuche, das Kratzen in meinem Hals zu unterdrücken, bis ich meine Schlafzimmertür geschlossen habe. Dann schmeiße ich mich aufs Bett und lasse meinen Tränen freien Lauf. Noch nie im Leben hat etwas so wehgetan. Ich möchte einfach nur sterben ... *Wie konnte er mir das nur antun? Nach allem, was er gestern gesagt hat? Die Musik? Das Tanzen? Das Keks-Dinner? Ich bin ja so ein Idiot. Das war einfach nur eine Riesenshow und ich bin drauf reingefallen. Wieso nur kam es mir gestern nicht merkwürdig vor, dass er solche schnulzigen Lovesongs dabei hatte? Hah! Wahrscheinlich hat er die*

dort deponiert und bringt alle Tussen, die er abschleppen will, dorthin,
um ihnen den Romantiker vorzuspielen. Ich schlage mir vor die Stirn.
Und dann noch die Sache mit seinem Bruder. Mein Gott, er muss
mich wirklich für die naivste Kuh auf der Welt halten ... Dass ich das
nicht gleich durchschaut habe ... Hah! Ja klar, von wegen, sein Bruder
kommt von einer Hochzeit und übernachtet bei ihm ... So'n Quatsch!
Das gehört doch offensichtlich zu seiner Masche. Er wollte mir einfach
nicht zeigen, wo er wohnt, um irgendwelchen Verpflichtungen nach
dem One-Night-Stand aus dem Weg zu gehen ... Oder – ich erstarre
– schlimmer noch: *Er hat eine Freundin und die wohnt mit ihm in der*
Wohnung. Oder vielleicht hat er letzte Nacht schon jemanden abge-
schleppt und die schläft noch in seiner Wohnung ... Klar, wieso war er
denn neulich eine komplette Woche lang nicht zu erreichen? Hah! Be-
ruflich unterwegs. Ich bin ja so selten dämlich. Der war nicht beruflich
unterwegs, sondern hat irgendwo gebaggert. Vermutlich ist das seine
Masche. Jede Woche eine Neue.

Ich heule wie ein Schlosshund. Dann schnappe ich mir mein Handy und tippe mit grenzenloser Wut im Bauch eine SMS an Adrian:

Du verdammtes Schwein! Ich bin noch niemals von jemandem
so enttäuscht gewesen wie von dir. Verpiss dich aus meinem
Leben!

Zitternd lasse ich das Handy sinken, ziehe kräftig die Nase hoch und
wische mir die Tränen aus den Augen. Es hat gut getan, die SMS
abzuschicken. *So ein Mistkerl!* Am liebsten würde ich ins Bett zu-
rückkriechen und mein restliches Leben verschlafen. *Was soll es*
mir denn schon bringen außer einer Enttäuschung nach der anderen?
Inzwischen muss ich ziemlich dringend aufs Klo, taste mich kurzsichtig ins Bad vor und merke erst jetzt, dass ich furchtbaren Hunger
habe. Immerhin ist es schon Mittag und ich habe die halbe Nacht

335

quasi Sport getrieben – bei der Erinnerung daran muss ich sofort wieder losheulen. Und mein Abendbrot bestand nur aus Adrians Kokoskeksen – ich heule noch lauter. Zum Glück scheint Fan nicht da zu sein, ich kann mich nämlich gerade beim besten Willen nicht zurückhalten. *Wird das jetzt etwa den Rest meines Lebens über so sein, dass mich alles an Adrian und den gestrigen Abend erinnert?*

Schniefend und schluchzend will ich wenigstens so viel wie möglich von dem loswerden, was mich an dieses Date erinnert, und fange an meine Kleidungsstücke einzusammeln, die wild über das Zimmer verstreut dort liegen geblieben sind, wo Adrian sie mir vom Leib gerissen hat. Von neuerlichen Heulkrämpfen begleitet hebe ich schließlich mein blaues Spitzenkleid auf, das auf dem kleinen Beistelltischchen gelandet ist und dort mein Telefon verdeckt hatte. Kaum habe ich es angehoben, sehe ich das Blinken des Anrufbeantworters. Um mich abzulenken, schaue ich nach, von wann die Nachricht stammt. *Komisch, angezeigt wird heute Morgen zehn Uhr. Geklingelt hat es ja logischerweise nicht, weil ich die Lautstärke des Klingelns wie jeden Samstagabend wohlweislich komplett herunter gedreht hatte, um am Sonntagmorgen ausschlafen zu können. Aber ich muss echt tief geschlafen haben, dass ich nicht mitbekommen habe, wie mir auf den AB gesprochen wurde.* Beiläufig schalte ich auf Abspielen der Nachricht, während ich nach meinem BH suche.

»Sie haben … eine … neue Nachricht. Empfangen am … vierzehnten Juli … um … zehn Uhr fünf.«

»Lena? Bist du da? Lena? Ach du mein armes Mädchen! Manfred, sie ist nicht da. Was soll ich jetzt machen? Jaja, schon gut. Lena, es tut mir so leid für dich.«

Meine Mutter? Stimmt ja, meine Eltern sind doch gestern Abend von ihrer Kreuzfahrt wieder gekommen. Hatte ich total vergessen.

»Conny hat uns heute Morgen schon alles erzählt. So ein fürchterlicher Mensch!«

Ich unterbreche die Suche nach meinem BH und höre genauer hin.

»Aber Papa hat gleich gesagt, dass er von einem Polizisten nichts anderes erwartet hat.«

Häh? Woher wissen meine Eltern von meinem Date mit Adrian? Ich hatte Conny doch gar nichts davon erzählt!

»Das sind die arrogantesten und eingebildetsten Menschen der Welt, da hast du vollkommen Recht. Du kannst wirklich froh sein, wenn du diesen grässlichen Polizisten niemals wiedersiehst.«

Ich stutze. *Wovon redet meine Mutter denn da?*

»Aber natürlich freue ich mich so sehr für dich, dass du neulich jemanden kennengelernt hast. Wenn das alles stimmt, was du Conny über ihn erzählt hast, dann hoffe ich doch sehr, dass wir ihn bald kennenlernen. Deshalb vergiss diesen Polizisten schnellstmöglich und schau nach vorne. Du hast völlig recht damit, dass er ein selbstverliebter, arroganter Pinsel ist und …«

Ich bin total irritiert und achte gar nicht mehr darauf, was der AB sonst noch alles wiedergibt. *Meint sie mit »jemanden kennengelernt« etwa Pierre? Und redet sie etwa von Adrian als arrogantem Pinsel? Ach Mensch! Wieso habe ich Conny nicht auf den neuesten Kenntnisstand gebracht? Was sie da meinen Eltern erzählt hat, ist doch schon längst passé und jetzt muss ich da so vieles richtig stellen, obwohl, nee, eigentlich doch nicht, nach dem, was Adrian sich gerade geleistet …*

Plötzlich schrillen alle meine Alarmglocken und ich erstarre. *Von wann war die Nachricht nochmal? Zehn Uhr morgens? Verdammte Scheiße!* Das konnte, nein, das durfte nicht wahr sein. Doch die schreckliche Erkenntnis dämmert in mir, dass Adrian vielleicht heute Morgen nicht ohne Grund gegangen sein könnte … dass er vielleicht gehört hatte, was meine Mutter auf meinen AB sprach.

Scheiße! Natürlich war es so, und daraufhin ist er beleidigt gegangen. Ohmistohmistohmistohmistohmist.

Eine Minute später springe ich auf und stürze mich panisch auf mein

Handy. *Verdammtohverdammtohverdammt!*

Die SMS! Ich muss sie aufhalten, muss sie zurückholen! Scheiße, das geht natürlich nicht. Oh mein Gott, wie konnte ich nur so blöd sein und so etwas schreiben? Ich muss das sofort richtigstellen! Ich wähle Adrians Nummer, doch zu meinem Entsetzen ertönt eine freundliche Stimme: »Der Teilnehmer ist vorübergehend nicht zu erreichen.«

Erschüttert lasse ich das Handy sinken. *Hat er jetzt etwa aus Wut über meine SMS sein Handy ausgeschaltet, damit ich keinen Kontakt mehr zu ihm aufnehmen kann? Was soll ich jetzt machen? Seine Adresse! Vielleicht steht er im Telefonbuch?* Ich mache mich auf die Suche nach dem gelben Buch, doch als ich es aufschlage, werde ich nicht fündig. *Das darf doch nicht wahr sein!*

Mist. Fehlanzeige! Hab auch eigentlich nicht damit gerechnet. Ich als Polizistin hätte auch keine Lust darauf, dass der Typ, den ich gerade eingebuchtet habe, demnächst bei mir vor der Haustür steht. Was nun? Ich hab's. Vielleicht hat das Fitnessstudio noch eine andere Nummer von ihm?

Über mehrere Minuten hinweg ertönt das Klingelzeichen, doch endlich wird der Hörer abgehoben und eine mir bekannte Stimme ertönt: »Sportgarten. Britta Neumann am Apparat. Was kann ich für Sie tun?«

»Britta! Du musst mir helfen! Schau mal bitte nach, ob Adrian Gruber ...«, ich stocke, »... du weißt schon, dieser Polizist, der immer mit dem Franzosen da war – also, ob dieser Adrian noch eine andere Nummer hinterlegt hat als seine Handynummer!«

»Lena? Du, ich muss unbedingt mit dir reden!«

Oh verflixt, stimmt ja, die Sache mit Thilo und der Schwangerschaft.

»Britta, es tut mir furchtbar leid, ich weiß, ich hätte es Thilo nicht sagen dürfen, aber ...«, beginne ich reumütig, werde jedoch sofort unterbrochen: »Nein, Lena, ich muss dir danken. Vielen, vielen Dank!«

»Gern geschehen ...,« stoße ich erleichtert aus, dankbar dafür, keine Standpauke wegen Vertrauensbruchs oder Geheimnisverrats zu erhalten, »... aber wofür?«

»Du kannst dir nicht vorstellen, was passiert ist: Thilo will mich heiraten!«

Mir fällt die Kinnlade runter: »Nicht im Ernst!«

»Doch!« jubelt sie. »Er hat bei mir geklingelt und als ich nicht öffnen wollte, ist er weggefahren, kam aber nach zehn Minuten mit einem riesigen Pappschild wieder und hat es hochgehalten. Darauf stand: »Willst du mich heiraten?«

Okay, ich vermute mal, dass das besser war als die Nationalhymne zu klingeln ... »Und du hast ...?«

»Ja natürlich!!! Er will, dass ich das Baby behalte und wir schnellstmöglich zusammenziehen und heiraten. Er hat sogar schon einen kompletten Finanzplan erstellt und will Elternzeit nehmen, damit ich meine Ausbildung beenden kann!« Atemlos haucht sie ins Telefon: »Ist das nicht der absolute Wahnsinn?«

»Wow! Ja klar, also dann ... ähhh ... herzlichen Glückwunsch und so und alles Gute ... äh ... genau.«

»Und es geht sogar noch weiter!«

»Was, wie das? Sag bloß, Thilo ist in Wahrheit Arnold Schwarzeneggers kleiner Bruder!«

»Ach Quatsch, natürlich nicht. Aber als ich meinen Eltern gesagt habe, dass ich demnächst heiraten werde, da waren sie so begeistert, dass sie mir wegen meiner unplanmäßigen Schwangerschaft gar keine Vorhaltungen mehr gemacht haben – vor allem, als ich dann von Thilos geplanter Elternzeit erzählt habe! Ich bin wirklich der glücklichste Mensch auf der Welt! Und das habe ich dir zu verdanken! Vielen, vielen Dank noch mal Lena!«

»Oh ... äh ... ja, klar, also gern geschehen. Wahnsinn. Ich freue mich riesig für euch beide!«

»Danke ... Weshalb hattest du gleich noch angerufen?«

»Ach so. Stimmt ja ... könntest du für mich bitte nachschauen, ob Adrian, dieser Polizist, der immer mit dem Franzosen hier war, bei

der Anmeldung noch eine andere Nummer angegeben hat als seine Handynummer?«

»Tja, eigentlich dürfen wir so was ja nicht rausgeben, aber weil du es bist … mal schauen … hmmm … wie war sein Name gleich noch? Adrian Gruber? Hier haben wir ihn.« Sie liest mir die angegebene Nummer vor, doch zu meiner Enttäuschung ist sie identisch mit der in meinem Handy. »Danke trotzdem, Britta.«

»Versuch es doch mit dem Telefonbuch. Warum brauchst du sie denn?«, fragt sie neugierig nach.

»Ach, schon gut, ist nicht so wichtig. Ist sowieso 'ne lange Geschichte und ich bin grad etwas unter Zeitdruck.«

»Na gut, also dann, bis bald … und es versteht sich natürlich von selbst, dass du auf unserer Hochzeit Ehrengast bist«, fügt sie lachend hinzu.

»Super. Danke. Ich freu' mich schon.«

Endlich legt sie auf.

Also was jetzt? Schadensbegrenzung!

Ich schnappe mir mein Handy und nach einem Kontrollanruf, bei dem wieder nur die Ansage ertönt, dass der Teilnehmer nicht zu erreichen wäre, tippe ich wie wild los.

Adrian, es tut mir so leid. Das war alles nur ein Irrtum. Ich wusste nichts von dem AB, und was du gehört hast, war sowieso nur Unsinn.

Irgendwann muss er sein Handy schließlich wieder einschalten und dann sieht er die SMS hoffentlich!

In diesem Moment klingelt es an der Tür. *Adrian?* Verwirrt drücke ich auf »Senden«, reiße mir meine Brille herunter und renne halb blind zur Türsprechanlage. Als ich gerade hineinrufen will, tönt es schon hinter der Wohnungstür: »Hier draußen!«

Enttäuscht setze ich meine Brille wieder auf und schlappe zur Wohnungstür: »Ach du bist´s nur ...«

Gabby hebt eine Augenbraue und sagt sarkastisch: »Vielen Dank für die überschwängliche Begrüßung. Ich freue mich auch, dich zu sehen!«

»Sorry, war nicht bös gemeint. Ich hatte bloß mit jemand anderem gerechnet.«

»Ach, und hat dieser jemand vielleicht blau-grüne Augen und einen knackigen Hintern?«

Ich verziehe gequält das Gesicht: »So kann man das wohl auch zusammenfassen ...«

Ohne eine Aufforderung abzuwarten, tritt Gabby ein und setzt sich auf einen Küchenstuhl. »Erzähl! Wie ist es gelaufen?«

Ich seufze tief auf und lasse mich ebenfalls auf einen Stuhl fallen. »Perfekt ... einfach nur perfekt: unglaublich, fantastisch, lustig, sexy, heiß –« Ich halte kurz inne und ergänze mit Betonung: »Sehr, sehr heiß!« Dann fahre ich fort: »Überraschend, unerwartet, sportlich, rhythmisch, lecker, traumhaft, romantisch ...« Ich seufze erneut. »Schlicht perfekt.«

Gabby hat mir mit offenem Mund zugehört: »Ich kann zwar nicht behaupten, dass ich alles verstanden habe, vor allem nicht den Teil mit ›rhythmisch‹ und ›lecker‹, aber das hört sich doch ... nun ja ... perfekt an, also wieso guckst du dann, als hätte dir jemand das letzte Stück Kuchen vor der Nase weggeschnappt?«

Ich lasse mich langsam vornüberkippen, bis ich mit der Stirn auf der Tischplatte liege: »Weil ich es vermasselt habe! Ich bin so dämlich.«

Als ich ihr die ganze Story erzählt habe, sieht sie ebenfalls ziemlich ratlos aus. »Schöne Scheiße!«

Ich nicke stumm.

»Scherben sollte man eben gleich am selben Abend wegräumen, da-

mit man sich am nächsten Morgen nicht daran schneiden kann …«

Völlig niedergeschlagen bin ich zu keiner Entgegnung fähig. *Ich könnte mich selbst dafür ohrfeigen, dass ich Conny nicht gleich über die weiteren Entwicklungen informiert habe.*

Eine Weile schweigen wir beide bedrückt, dann versuche ich mich zusammenzureißen:»Warum bist du überhaupt hochgekommen?«

Gabby mustert mich unsicher:»Also … eigentlich … um dich einzuladen. Denn – na ja, angesichts deiner Situation weiß ich jetzt gar nicht, wie ich das sagen soll, und es ist mir auch total unangenehm, aber Aljosha und ich sind so wahnsinnig glücklich miteinander und das haben wir ja nur dir zu verdanken. Und … deswegen … wollten wir dich eigentlich zum Essen einladen – keine Sorge, Aljosha wollte kochen, nicht ich – und … naja, ich hatte gehofft, dass du und Adrian inzwischen ein Pärchen seid, dann hätten wir nämlich ein nettes Doppeldate-Essen machen können. Das wäre bestimmt echt lustig geworden … aber … ich meine … nach dem, was heute Morgen passiert ist, kann ich verstehen, wenn du keine große Lust hast, mit einem frisch verliebten Pärchen den Abend zu verbringen.«

Ich kaue auf meiner Wange herum.»Leider nicht, trotzdem danke.«

»Aber klar doch. Wie auch immer, Danke noch mal für alles!«

»Bitte, bitte.« Ich bringe sie zur Tür und murmle auf dem Rückweg sarkastisch vor mich hin:»Ich scheine ja der reinste Amor zu sein, da habe ich offensichtlich meinen Beruf verfehlt …«

Doch kaum bin ich wieder in meinem Zimmer, klopft es erneut an der Wohnungstür. Genervt öffne ich:»Ist denn heute Tag der offenen Tür oder was? Oh … Hi, Marius.« *Na toll! Das hat mir grad noch gefehlt: Ein erneuter Anfall von Du-bist-meine-einzige-große-Liebe-sollten-wir-es-nicht-doch-miteinander-versuchen?*

Seufzend frage ich:»Marius, was soll das? Ich hatte mich doch wirklich klar ausgedrückt. Das wird einfach nichts mit uns, und das hat nichts mit Pierre oder Adrian oder sonst wem zu tun! Mach es

dir doch nicht schwerer als es ist! Ich meine, schließlich –«

Ich gerate ins Stocken, als ich bemerke, dass um die Ecke herum neben Marius noch jemand steht. Dieser Jemand ist eine hübsche Brünette mit rehbraunen Augen in einem schicken sandfarbenen Zweiteiler.

Marius hebt die Faust vor den Mund und räuspert sich vernehmlich: »Hmm … hmmm, Lena, das ist Claudia, meine *Freundin*.« Die Art der Betonung und sein stolzer Gesichtsausdruck lassen keinen Zweifel zu, zu welcher Sorte diese Freundschaft zählt.

Du treuloser Hund. So lange also hat deine ewige Liebe zu mir gehalten …

»Ich wollte sie dir nur kurz vorstellen, aber vielleicht ist der Zeitpunkt etwas unpassend gewählt …?« Er sieht mich fragend an und mir wird bewusst, dass ich – obwohl es mittlerweile schon später Nachmittag ist – immer noch im Schlafanzug, mit Zottelhaaren, verheultem Gesicht und meiner hässlichen Brille mit den schrecklich dicken Gläsern vor ihnen stehe. Ich laufe rot an und stottere: »Oh … ääh … hi Claudia, nett dich kennenzulernen.«

Claudia mustert mich skeptisch von oben bis unten und gibt ein gedehntes »Jaaa …« von sich. Vermutlich kann sie sich überhaupt nicht vorstellen, wie ein Mann wie Marius überhaupt auf so einen Maulwurf wie mich stehen könnte. *Und damit hat sie sogar recht,* denke ich deprimiert.

Marius sieht mich immer noch irritiert an, und ich beeile mich zu flunkern: »Ja, ist jetzt vielleicht wirklich etwas schlecht … ich bin nämlich erst sehr spät heute früh nach Hause gekommen und gerade erst aufgestanden …«

Das macht die Sache allerdings nicht unbedingt besser, denn Claudia verzieht verächtlich das Gesicht.

Ich kann die Tussi nicht ausstehen! Na super, endlich hat Marius eine Freundin und ich kann sie vom ersten Moment an nicht leiden. Zu-

mindest beruht das offensichtlich auf Gegenseitigkeit. Nicht zu fassen, dass ich das mal denken würde, aber angesichts dieser Alternative fand ich es tatsächlich sogar besser, als Marius mir noch wie ein liebestoller Welpe hinterhergelaufen ist.

Marius unterbricht das entstandene unangenehme Schweigen.

»Nun ja, also dann vielleicht ein andermal. Es ist nur so, dass wir dich gerne mal einladen wollten …«

Du lieber Himmel, warum will mich heute alle Welt einladen? Und davon abgesehen lässt Claudias Gesichtsausdruck keinen Zweifel daran, dass sie in diesem »wir« nicht inbegriffen ist.

»… denn es ist echt merkwürdig und kaum zu glauben, aber du bist der Grund dafür, dass Claudia und ich uns kennengelernt haben.«

»Ach?«, frage ich nicht gerade begeistert und absolut nicht interessiert an ihrer Liebesgeschichte. Doch Marius lässt sich davon nicht abschrecken und ist schon mittendrin. Seufzend lehne ich mich an den Türrahmen und höre schicksalsergeben zu.

»Ja, denn als dein Freund von Cecilia eine Ohrfeige bekam, weil er von ihr Nacktfotos machen wollte, da stand Claudia neben mir und hat mich gefragt, was da los sei, und ich habe es ihr erklärt und … naja … so sind wir ins Gespräch gekommen … und dann haben wir uns letzte Woche zufällig im Supermarkt wieder getroffen.«

Wie romantisch, denke ich zynisch mit regungslosem Gesichtsausdruck.

»Und daraus wurde dann mehr und ich kam mit der wundervollsten Frau der Welt zusammen …« Mit leicht debilem Gesichtsausdruck stahlt er Claudia verliebt an und ich überlege, ob es ein ausreichendes Statement wäre, hier einfach mal auf die Schwelle zu kotzen. Doch ich reiße mich am Riemen und sage – allein schon, um Claudia zu ärgern:»Klar doch, gerne nehme ich *eure* Einladung an. Aber ein andermal, ja? Lass uns das einfach nächste Woche in der Uni bequatschen. Also dann …«

Trotz dieses dezenten Hinweises darauf, dass die Audienz jetzt beendet ist, bleibt Marius standhaft auf meiner Türschwelle stehen und scheint bereit, mir noch eine Stunde lang von seiner wundervollen Claudia zu erzählen. Diese hingegen ergreift sofort die Gelegenheit und wendet sich mit einem letzten abschätzigen Blick auf mich dem Treppenhaus zu. »Komm schon, Marius. Wir haben doch wirklich wichtigere Dinge zu erledigen.«

Ich schaue ihr mit zusammengekniffenen Lippen hinterher und möchte ihr am liebsten mit einem kleinen Schubs bei ihrem Weg nach unten behilflich sein.

Marius sieht seine Geliebte davonmarschieren und ruft mir hastig zu: »Okay, so machen wir es. Also dann. Und nochmals vielen, vielen Dank. Lena. Du bist wirklich eine Glücksfee!«

Ich schließe die Tür und marschiere verdrießlich in mein Zimmer zurück, um am besten den Rest meines Lebens zu verschlafen. *Wenn ich schon für alle Welt die Glücksfee spielen muss, wäre es dann etwa zu viel verlangt, dass auch ein bisschen Glück für mich übrig bleibt?!?*

Ich schmeiße mich wieder auf mein Bett und schalte den Fernseher ein, um mich von der Trostlosigkeit meines Lebens abzulenken. Wie ich kurze Zeit später feststelle, sind japanische Manga-Zeichentrickfilme ein optimales Mittel dafür. Vermutlich sind die Asiaten deswegen immer so fröhlich: Diese Filmchen sind dermaßen sinnlos, dass selbst das eigene öde Leben verglichen damit wieder einen Sinn zu erhalten scheint.

Kapitel 8

Kein Pilz ist zu klein,
um nicht auch ein Glückspilz zu sein
Glückskeksweisheit Nr. 269

So vergehen die Tage in eintönigem Einerlei, wobei ich auch gar nichts anderes zulasse. Will Gabby mich zum Ausgehen überreden, erfinde ich Ausflüchte am laufenden Band. Fragt Conny per Email nach, wann wir skypen können, tippe ich nichtssagende, knappe Antworten, in denen ich behaupte, gerade im Prüfungsstress zu sein.

Auch heute wieder versucht Gabby – dieses Mal mit Unterstützung von Leticia – mich aufzubauen:»Lena, kein Pilz ist zu klein, um nicht auch ein Glückspilz zu sein. Glaub mir, du wirst drüber hinwegkommen und jemand anderen kennenlernen und wieder glücklich sein.«

Ihre Ansprache hat einen Tränenausbruch meinerseits zur Folge, der problemlos ein zweites totes Meer in meiner Küche hätte entstehen lassen können.»Ich will niemand anderen kennenlernen und ich werde auch nie wieder glücklich sein!«

Leticia schnauft empört:»Jetzt rede doch nicht so einen Quatsch! Da draußen laufen doch Millionen heißer Typen herum! Es ist ohnehin eine Vergeudung, sich auf nur einen festzulegen. Einen solchen Fehler werde *ich* garantiert nicht machen! Männer sind doch eh alle gleich: unsensibel, gefühllos und unerträglich selbstbezogen.« Doch auch diese Ansprache kann meine Tränen nicht zum Versiegen bringen. Gabby seufzt und reicht mir mit einem Seitenblick auf Leticia ein Taschentuch.

Langsam gewöhne ich mich an den Zustand eines gebrochenen Herzens. Sobald ich irgendwo ein Pärchen Händchen halten sehe – was allerdings in einer Universitätsstadt mit überwiegend jungen Menschen ziemlich oft vorkommt – überfallen mich spontane Heulattacken, so dass ich permanent mit verheultem Gesicht herumlaufe. Als ich jedoch angesichts eines Werbeplakates für Butterkekse mit Kokosraspeln zu weinen anfange, zieht Gabby die Reißleine und bekniet mich, mir eine Auszeit zu nehmen. »Besuch doch mal wieder deine Eltern!«

Nach einigem Zögern finde ich die Idee gar nicht so schlecht und rufe meine Eltern an, um meinen Besuch für das Wochenende anzukündigen. Dabei stelle ich auch gleich die entstandenen Missverständnisse klar, wobei ich jedoch wohlweislich einiges weglasse.

Nachdem diese Entscheidung getroffen ist und ich mich auf das Wochenende konzentrieren kann, geht es mir etwas besser.

Am Samstagmorgen stehe ich früh auf und renne wie ein aufgescheuchtes Huhn herum, um meine Sachen zu packen. Eigentlich wollte ich das alles in Ruhe gestern Abend erledigen, doch ein erneuter Anfall von Selbstmitleid vereitelte dies.

Ich schaue gehetzt auf die Uhr. *Mist, schon neun Uhr! Aljosha kommt gleich.* Gabbys Freund wollte es sich nicht nehmen lassen, mich zum Bahnhof zu bringen.

Endlich habe ich die Koffer gepackt und will gerade daran gehen, mich zurechtzumachen, als es an der Tür klopft. *Na der ist aber überpünktlich! Da muss er eben warten.* Ich öffne die Tür, erstarre vor Schreck und knalle sie wieder zu. *Scheiße! Vor der Tür steht Adrian! Wieso steht Adrian vor der Tür? Was soll ich jetzt machen?* Ich will gleichzeitig ins Bad rennen, um mich zurechtzumachen, und ins Schlafzimmer, um mir etwas Vernünftiges zum Anziehen zu holen. Vor lauter Panik weiß ich nicht, was ich zuerst tun soll, als mir plötzlich bewusst wird, dass ich Adrian gerade die Tür vor der Nase

zugeschlagen habe. *Scheiße!* Anstatt also ins Bad oder sonstwo hin zu rennen, reiße ich mir nur meine furchtbare Brille von der Nase und stopfe sie mir schnell in die hintere Hosentasche. Dann stelle ich mich möglichst lässig in Position und öffne langsam die Tür. *Gott sei Dank! Adrian steht immer noch da!*

»Hi«, sage ich schüchtern.

»Hi«, antwortet er.

Nervös zwirble ich eine Haarsträhne durch meine Finger: »Hast du meine SMS bekommen?«

»Welche der beiden SMS meinst du genau?«

Ich laufe dunkelrot an. »Ähh, die Zweite!«

»Bekommen ja, verstanden nicht – was übrigens auch für die erste gilt.«

Verdammt seien meine schlechten Augen! Ich kann nicht erkennen, ob er sauer ist oder nicht. Ich blinzele ihn kurzsichtig an und beginne unsicher mit der Erklärung: »Naja, ich dachte, du wärest abgehauen und da bin ich wohl … ein wenig … ausgerastet und … hab etwas überreagiert.«

Adrian schüttelt verwirrt den Kopf: »Warum sollte ich abhauen?«

»Naja, wegen der AB-Nachricht meiner Mutter.«

»Was für eine AB-Nachricht denn?«

Oh. Stopp. Geistige Kehrtwende. Er hat die Nachricht gar nicht gehört?

»Ähhh … unwichtig … Aber wieso bist du dann einfach so gegangen, ohne etwas zu sagen?«

»Ich wollte dich nicht wecken. Immerhin war es sechs Uhr früh und du hast so tief geschlafen.«

»Und da bist du einfach so abgehauen? Konntest du dir nicht denken, dass ich mich fragen würde, wo du bist?«

»Doch klar, deshalb habe ich dir doch eine Nachricht geschrieben.«

Wie bitte?!? Verarschen kann ich mich selbst! »Nein, hast du nicht!«

»Ääähm … hab ich doch.«

»Ach, und wo soll die bitteschön sein?«

»Na, ich hatte den Zettel doch an deinen Spiegel geklebt, damit du ihn gleich siehst.«

Ich stürze in mein Zimmer und blicke an den Spiegel. *So blind kann ich auch ohne Brille gar nicht sein!* Und tatsächlich … da ist nichts. Dann jedoch überfällt mich ein Verdacht und ich rücke das Beistelltischchen, das sich vor dem Spiegel befindet, beiseite. Dahinter liegt tatsächlich ein Zettel. Er muss vom Spiegel abgefallen und in den Ritz hinter dem Tischchen gerutscht sein.

Meine wundervolle Lena,
Du liegst hier so süß und schläfst und ich möchte nichts lieber tun, als meine Arme um dich legen. Doch leider habe ich gerade einen Anruf meiner Dienststelle erhalten. Es geht um einen dringenden Fall. Ich muss sofort los und weiß leider nicht, wann ich wieder erreichbar sein werde. Aber danach ist es dann auch geschafft und erledigt, und ich werde meine Hände nicht mehr von deinem überaus knackigen Hintern lassen.
Ich liebe Dich,
A.

Vor Erleichterung und Rührung fange ich wieder an zu heulen und gehe schniefend in die Küche zu Adrian zurück.

Der steht immer noch im Türrahmen.

Verlegen hebe ich den Zettel hoch und winke damit: »Ist hinter den Schrank gerutscht …« Meine Stimme bricht ab und wir stehen uns schweigend gegenüber. Wieder blinzele ich Adrian an und fühle mich furchtbar unsicher, weil ich seinen Gesichtsausdruck nicht erkennen kann.

»Willst du vielleicht reinkommen und einen Kaffee trinken?«

»Okay.« Er tritt ein und lässt die Tür ins Schloss fallen.

»Milch? Zucker?«

»Beides, wenn's geht.«

Hektisch öffne ich den Geschirrschrank über der Spüle, strecke mich und angele nach einer Kaffeetasse. Dann schnappe ich mir den Wasserkocher vom Küchentisch, fülle ihn in der Spüle auf und will ihn wieder zu seiner Heizplatte zurückbringen, als ich frontal gegen die immer noch offene Geschirrschranktür renne. Ich fluche los und halte mir die Nase.

»Du meine Güte. Alles in Ordnung?« Adrian klingt eindeutig besorgt, was mein Herz zum Schmelzen bringt.

»Hmm, hmm, nicht so schlimm, alles okay«, näsele ich, mir weiterhin die Nase reibend.

Ich schließe die Schranktür, schalte den Wasserkocher ein, drehe mich wieder zum Geschirrschrank und öffne ihn erneut, um dort mit eng zusammengekniffenen Augen nach dem Zucker zu stöbern. Endlich finde ich ihn und bücke mich, um in der Schublade gleich noch nach dem passenden Zuckerlöffel zu suchen. Endlich habe ich auch diesen gefunden und komme erleichtert wieder hoch, nur um prompt mit dem Kopf von unten erneut gegen die bescheuerte Schranktür zu knallen. Verdammt! Dieses Mal kann ich einen Schmerzenslaut nicht unterdrücken und quietsche vor mich hin.

Adrian ist aufgesprungen und kommt herbeigeeilt. »Mein Gott, Lena! Bring dich nicht um! Geht's dir wirklich gut? Du guckst so komisch. Du hast doch wohl nichts genommen, oder?«

»Häh? So'n Quatsch.« Mit schmerzverzerrtem Gesicht reibe ich mir den Kopf und suche – nun extrem langsam und vorsichtig – nach dem Kaffeepulver. Schließlich habe ich es ohne weitere Verletzungen geschafft, Adrian eine Tasse Kaffee mit Milch und Zucker fertig zu machen und reiche sie ihm.

Er nimmt sie dankend entgegen und stellt sie vor sich hin. Ich las-

se mich ihm gegenüber auf den Stuhl plumpsen und ein eindeutiges Knirschen ertönt. Erschrocken springe ich sofort wieder auf und angele in meiner Hosentasche nach dem, was einstmals meine Brille war.

»Oh!« Ich halte die Reste am verbogenen Gestell hoch und sehe fassungslos darauf.

Adrian hebt die Hand an den Mund und ich starre ihn kurzsichtig an: »Lachst du etwa gerade?«

Nun kann Adrian sein Prusten nicht mehr unterdrücken und fängt lauthals an zu lachen.

»Hör mal, das ist überhaupt nicht komisch!« Wütend versuche ich, ihn zu schubsen, doch er fängt meinen Arm ab und zieht mich auf seinen Schoß.

»Ach Lena, du bist einfach zu niedlich, wenn du so bedröppelt aus der Wäsche guckst. Und … mal ganz ehrlich … wie uralt ist dieses Monstrum von Brille denn eigentlich? Ist vielleicht ganz gut, dass du dich draufgesetzt hast. Dann können wir zusammen losgehen und eine neue für dich aussuchen.«

Irgendwie ist dies das Süßeste, was jemals jemand zu mir gesagt hat. Natürlich nicht der Teil mit dem »niedlich«, so was hört wohl keine Frau gerne, aber dass er freiwillig mit mir eine Brille kaufen gehen möchte, finde ich sagenhaft. Dafür verzeihe ich ihm sogar das »niedlich«.

»Aber warum?«

»Naja, weil deine Brille kaputt ist.«

»Nein, ich meine, warum tust du das alles für mich?«

Er mustert mich intensiv. »Komm mal mit raus, ich habe eine Überraschung für dich.«

Eine Überraschung? »Aber du hast doch deinen Kaffee noch gar nicht getrunken«, protestiere ich halbherzig.

»Wird sofort erledigt.« Mit Schwung führt er die Tasse an die Lippen und nimmt einen großen Schluck, nur um einen Moment später

erst blass zu werden und dann zu würgen und zu husten.

»Adrian? Adrian, was ist denn los?«, rufe ich panisch.

Er schüttelt sich und sieht mich mit vor Ekel verzerrtem Gesicht skeptisch an: »War das die Rache für den runtergerutschten Zettel oder was?«

»Häh?«

Er schiebt mir die Tasse hin: »Probier mal.«

Ich probiere mit dem Löffel ein Schlückchen. *Uarrgh, salziger Kaffee.* Ich beiße mir auf die Lippe und sage kleinlaut: »Vielleicht sollte ich jetzt langsam mal meine Kontaktlinsen einsetzen …«

Es bleibt einen Moment still, dann antwortet Adrian gefasst: »Ja, das halte ich für keine schlechte Idee.«

Nachdem ich nicht nur meine Kontaktlinsen eingesetzt, sondern im Eiltempo auch meinen Schlafanzug gegen ein annehmbares Outfit ausgetauscht habe, stehen wir vor dem Haus und Adrian fordert mich auf: »Schließ die Augen.« Ich gehorche und er führt mich an der Hand um die Hausecke herum. »Du kannst gucken.«

Vorsichtig öffne ich die Augen, unsicher, was mich erwartet. Doch im nächsten Moment reiße ich sie erstaunt auf: *Da steht mein altes Fahrrad! Aber das kann doch nicht sein!* Ich schaue zu Adrian: »Hast du mir ein neues Fahrrad gekauft?«

Er schüttelt den Kopf.

»Das kann doch aber niemals mein altes Fahrrad sein?!«

»Doch, kann es!«, antwortet er, sichtlich zufrieden mit sich selbst.

»Hurraaa!!!«, juble ich und renne hin, betaste es von oben bis unten und von vorn bis hinten und finde alles in bester Ordnung vor. Es ist sogar poliert und die eine oder andere rostige Schraube durch eine neue ersetzt worden. Es sieht aus wie neu. Ich falle Adrian um den Hals. »Das gibt's doch nicht! Der absolute Wahnsinn! Vielen, vielen Dank. Wo hast du es denn gefunden?«

Er lächelt mich schelmisch an: »Das ist eine lange Geschichte, aber kurz zusammengefasst lautet sie so: Ein gewisser Polizist jagte dereinst schon seit langem eine Bande dreister Fahrraddiebe, die einen spektakulären Coup nach dem nächsten begingen ...«

»Der Fahrradklau vor der Uni-Bibliothek!«, rufe ich aus.

Adrian schaut mich überrascht an. »Ja, stimmt, unter anderem klauten diese unverschämten Räuber am helllichten Tag sämtliche vor der Bibliothek geparkten Räder ... Der arme Polizist wusste weder ein noch aus. Es gab einfach keinen Anhaltspunkt für die Identität der Diebe. Eines Tages jedoch ritt dem Polizisten eine wunderschöne Prinzessin auf ihrem weißen Ross in die Arme – nee, hoppla, falsche Geschichte – also noch mal: Eines Tages jedoch fuhr dem Polizisten eine wunderschöne junge Frau auf ihrem weißen Fahrrad in die Arme und er verliebte sich augenblicklich in sie – na ja, okay, vielleicht nicht ganz augenblicklich, denn diese wunderschöne junge Frau mochte den armen Polizisten leider so gar nicht leiden. Doch das Schicksal meinte es gut mit ihm, denn einige Tage später lief ihm die hübsche Maid wieder über den Weg, weil ihr ebenjenes Schlachtross – pardon – ebenjener Drahtesel –«

Ich stemme mir in Erinnerung unseres damaligen Wortgefechtes über Kamele und Drahtesel schmunzelnd die Hände in die Hüften.

Adrian unterbricht sich mit einem charmanten Neigen seines Kopfes in meine Richtung. »Ich bitte erneut um Pardon: ebenjenes *Fahrrad* gestohlen worden war. Und wieder beeindruckte die junge Maid den Polizisten mit ihrem Temperament.«

Ich beiße mir auf die Lippe, um mein Lachen zu verkneifen angesichts dieser euphemistischen Beschreibung meiner damaligen Reaktion.

»Kurz darauf bekam der arme Polizist endlich einen heißen Tipp bezüglich der Fahrraddiebe und observierte eine Woche lang mit seinen Kollegen mehrere verdächtige Fahrradhändler in Frankfurt. Doch bekam er nichts Ungewöhnliches zu sehen, bis ihm plötzlich

im letzten Laden ein Fahrrad ins Auge stach, das dem der von ihm heimlich verehrten jungen Dame aufs Haar glich. Da wusste der Polizist, dass er auf einer heißen Spur war. Aber weil er nicht nur die kleinen Fische, sondern die Drahtzieher dahinter fangen wollte, durfte er nicht gleich zuschlagen, sondern ordnete die weitere Beobachtung des Ladens an. In der Zwischenzeit jedoch musste unser Held traurig mitansehen, wie ein schleimiger Nebenbuhler die Gunst der holden Maid zu erlangen suchte, und er setzte alles daran, sie vor ihm zu retten.«

Belustigt schüttele ich den Kopf.

»Als der Nebenbuhler endlich ausgeschaltet worden war, kamen die Prinzessin und der nun nicht mehr ganz so traurige Polizist sich endlich näher und er erkannte, dass sie nicht nur *äußerst* scharfzüngig und stur war …«

Meine Schuld eingestehend schaue ich gespielt geknickt zu Boden.

»… sondern auch unheimlich witzig, liebenswert, überschwänglich, fantasievoll, impulsiv … verletzlich … vielleicht ein kleines bisschen tollpatschig und chaotisch, aber vor allem unglaublich herzlich und leidenschaftlich …«

Sein vorher so scherzhafter Tonfall ist einer tiefen Ernsthaftigkeit gewichen und ich kann nicht anders, als ihm gebannt zu lauschen.

»… und dass sein Leben ohne sie langweilig geworden war. Die beiden verbrachten die wundervollste Nacht miteinander, die der arme Polizist je erlebt hatte. Leider jedoch wurde er am frühen Morgen von seinen Kollegen, die den verdächtigen Laden observierten, angerufen, weil dort ungewöhnliche Dinge im Gang waren. Daraufhin hinterließ er schweren Herzens seiner Prinzessin eine Nachricht und zog aus, um gegen das Verbrechen zu kämpfen. Und in der Tat geschahen dort so merkwürdige Ereignisse, dass der Polizist wiederum beschloss, noch nicht zuzuschlagen, sondern weiter abzuwarten, um auch wirklich die Drahtzieher der Bande zu erwischen. Schließ-

lich jedoch war es so weit: Die Bösewichte konnten geschnappt und das Rad der edlen Dame aus seiner Gefangenschaft befreit werden. Doch wie unglücklich war unser stolzer Held, als er eine äußerst schreckliche Nachricht von seiner Geliebten erhielt, die nur den Schluss zuließ, dass sie die miteinander verbrachte Nacht als furchtbar enttäuschend empfunden hatte, was den armen Helden bis ins Mark erschütterte.«

Ich schüttle den Kopf, nehme seine Hand und flüstere verlegen: »Ganz im Gegenteil.«

»Als er jedoch eine zweite Nachricht erhielt, die noch mysteriöser war als die erste, fasste er seinen Mut zusammen und beschloss, seiner Geliebten einen Besuch abzustatten ... Und dann stand er vor ihr ... sah ihr in die Augen ... und küsste sie ...«

OHA!

Als wir Stunden später eng aneinander gekuschelt in meinem Bett liegen und ich meinen Kopf auf Adrians warme Brust lege, murmelt er mit wohliger Mattheit in der Stimme: »Aber heute Nacht schlafen wir bei *mir*! Das Studentenwerk sollte man wegen dieser Betten echt verklagen.«

Ich schmunzle: »Tja, die stammen wahrscheinlich noch aus der Zeit, als es nur nach Geschlechtern getrennte Wohnheime gab und Damen- bzw. Herrenbesuch nach zwanzig Uhr nicht erlaubt war ... Ich hoffe, dein Bett ist auch wirklich groß genug ... ich hab einiges nachzuholen.«

Adrian hebt die Augenbraue: »Reicht dir King-Size?«

»Wie heißt es doch so schön: Auf die Größe kommt es nicht an ...«

Ich grinse ihn an. »In diesem Fall bin ich jedoch gerne bereit, eine Ausnahme zu machen ... Wenn jetzt noch das Kopfteil aus Gitterstangen besteht, bin ich die Deine.«

»Oho ... worauf willst du hinaus?«

Neckisch erwidere ich: »Wie war das doch gleich noch: Du hast angeblich sogar Handschellen?«

»Hört, hört! Braucht da etwa wieder einmal jemand einen handfesten Beweis?« Er rollt sich langsam herum, so dass ich unter ihm zu liegen komme, stützt sich auf seine Ellenbogen und sieht mich mit einem Funkeln in den Augen an: »Vielleicht sollte ich dich gleich ganz verhaften und zu einem Geständnis zwingen?« Er stürzt sich auf mich und beginnt, mich zu kitzeln.

Ich kreische und quietsche und versuche, ihn von mir herunterzuwerfen, doch er ist zu stark. Schließlich japse ich lachend: »Unschuldig! Ich bin unschuldig!«

Er lässt von mir ab und ich bringe mich ans andere Ende des Bettes in Sicherheit, bevor ich erwartungsvoll keuche: »Zumindest bis das Gegenteil bewiesen ist. So heißt es doch in der Rechtsprechung, oder?«

Er will sich wieder auf mich stürzen, doch ich wehre ihn mit dem Kissen ab, bis wir beide vor Lachen völlig außer Atem sind und uns ermattet an die Wand lehnen.

Ich sehe ihn lächelnd an, nehme seine Hand und hauche einen sanften Kuss in seine Handfläche, während sich mein Herzschlag und mein Atem langsam wieder normalisieren.

Dann fällt mir wieder ein, was ich ihn eigentlich fragen wollte, bevor er meine Gedanken in eine so völlig andere Richtung gelenkt hat: »Sag mal, waren denn jetzt die Diebe, die mein Fahrrad geklaut haben, tatsächlich identisch mit der Bande, die ganze Straßenschluchten leer geräumt hat?«

»Ja!«

»Das ist ja unfassbar. Aber was wollten die denn bitteschön ausgerechnet mit meinem Fahrrad?!«

Adrian lächelt mich an. »Nun, vermutlich hat da einer der Diebe der Verlockung durch etwas so Besonderes, das erst beim zweiten

Hinsehen seinen vollen Charme entfaltet, ebenso wenig widerstehen können wie ich. Ich glaube, so etwas nennt man Schicksal oder Glück ... mein Glück.« *Und mein Glück,* denke ich, schmiege mich an Adrian und lasse seine Worte auf mich wirken. Verträumt murmle ich: »Also bin ich doch ein Pilz.«

Amüsiert betrachtet Adrian mich und mir wird bewusst, dass ich wieder einmal laut gedacht habe, daher erkläre ich: »Gabby meinte, dass kein Pilz klein genug wäre, um nicht auch ein Glückspilz zu sein.«

»Sind das die roten mit den weißen Tupfen?«, fragt Adrian lachend.

»Meinst du Fliegenpilze? Keine Ahnung, ich glaube schon.«

Er lacht und nimmt mein Gesicht in seine Hände: »Dann lass mich jetzt mal deine Tupfen untersuchen, mein kleiner Fliegenpilz.«

Epilog

Aufgeregt ziehe ich Adrian hinter mir her: »Komm schon, hier ist es, wir sind gleich da!«

»Langsam, langsam, hab doch Erbarmen mit mir. Vor lauter Hunger bin ich schon ganz schwach.«

»Eben deshalb solltest du dich beeilen. Ich habe nämlich vor, zur Feier unseres Einjährigen Essen zu gehen!«

»Na, Gott sei Dank.« Er drückt mir einen Kuss auf den Mund. »Ich habe mich nämlich schon die ganze Zeit gefragt, wofür du mich durch die halbe Stadt schleifst.«

»Na hör mal, du bist doch derjenige, der mir nicht verraten will, wo du morgen mit mir hinfahren willst.«

Er zwinkert mir zu und sagt: »Lass dich überraschen! Und keine Sorge, es wird dir gefallen.«

»Diesbezüglich habe ich nie irgendeinen Zweifel gehegt; du hast neulich nämlich auffallend lange mit Conny geskypt.« Ich hänge mich bei ihm ein, glücklich darüber, dass – nachdem ich die diversen Missverständnisse aufgeklärt hatte – auch Conny von Adrians lausbubenhaftem Charme hingerissen war. Dankenswerter Weise hatte sie sogar, was Pierre angeht, auf ein *Ich-hab´s-dir-doch-gleich-gesagt* verzichtet, was ich ihr bis heute hoch anrechne. In den Semesterferien wollen sie und Tjore uns besuchen. Darauf freue ich mich jetzt schon riesig. »Also: Meine Koffer sind gepackt. Wir können morgen früh direkt losfahren. Aber jetzt lass uns erst mal essen.«

Wir betreten das Restaurant.

»Glaub mir, es wird dir schmecken! Der Koch ist ein Freund von mir. Ein Franzose.«

Adrian runzelt irritiert die Stirn. »Lena?!? Gibt es da etwas, das ich wissen sollte?«

Noch bevor ich Adrian antworten kann, eilt ein kleiner, ältlicher Inder auf uns zu und schließt mich mit einer überschwänglichen Begrüßung in die Arme, die sämtliche Blicke auf uns zieht: »Lena, meine liebe Lena! Was für eine Freude, dich wieder hier begrüßen zu dürfen. Ich habe dir den besten Tisch freigehalten. Und das ist dein Freund, ja?«

Zu Adrians Entsetzen findet auch er sich in einer herzlichen Umarmung wieder, die jedoch aufgrund von Adrians Größe irgendwo auf Höhe seines Bauchnabels stattfindet. Ich muss mich zusammenreißen, um beim Blick in Adrians Gesicht nicht lauthals loszuprusten.

»Ich freue mich sehr, Sie kennenzulernen. Die Freunde meiner lieben Lena sind auch meine Freunde.«

Jetzt sind erst recht alle Augen auf uns gerichtet und das sind eine Menge Augen, denn das Restaurant ist proppenvoll. Ich fühle mich wie ein Filmstar, als wir, von sämtlichen Anwesenden mit neugierigen Blicken verfolgt, zum einzigen noch freien Tisch geleitet werden.

Adrian folgt dem Kellner und mir verwirrt und ob der vielen Aufmerksamkeit etwas verlegen.

Nachdem der liebenswürdige Ober uns die Stühle zurechtgerückt und die Speisekarte überreicht hat, sage ich:

»Ich würde Jérôme gern persönlich gratulieren. Immerhin hat seine Kochkunst zum Erfolg des Restaurants wesentlich beigetragen. Wäre das möglich?«

»Aber natürlich. Ich werde ihn sofort rufen. Er wird sich sehr freuen, dich zu sehen!« Er eilt davon. Adrian mustert mich eine ganze Weile lang schweigend und fragt schließlich: »Wieso weiß ich nichts von deinem französischen Freund?«

Doch bevor ich etwas entgegnen kann, kommt ebenjener bereits auf uns zu.

»Jérôme. Wie schön dich sehen!«

»Lena. Welsche Erre, dass du widder einmal irr bist. Isch abbe soeben extrra fürr disch eine Extrraporrsion auf den Errd gestellt!«

Adrian sieht mich ungläubig an: »*Das* ist dein französischer Freund?«

Während ich mir ein Lächeln nicht verkneifen kann, blickt Jérôme von mir zu Adrian, fängt dann breit an, zu grinsen und sagt: »Oui, oui, aberr *naturellement* bin isch Frransose. Sieht man das etwa nischt? Eigentlisch müsste isch Innen nun böse sein, aberr jederr Frreund von Lena ist auch mein Frreund. Sie müssen nämlisch wissen, dass isch meine Stelle irr su verrdanken abbe …«

Adrian entgegnet erleichtert: »Ja, meine Lena ist schließlich eine kleine Glücksfee!« Dann dreht er sich zu mir um und flüstert: »Dafür, dass du mich absichtlich irregeführt hast, revanchiere ich mich heute Abend!«

Ich klimpere unschuldig mit den Augen: »Das will ich doch schwer hoffen!«

Jérôme entschuldigt sich, weil er wieder in die Küche muss, und ich habe mich gerade in die Speisekarte vertieft, als ich plötzlich glaube, unter akustischen Halluzinationen zu leiden. *Das hörte sich doch grad eben glatt an wie Gabby.* Ich spähe um den Paravent herum und vor Verblüffung bleibt mir der Mund offen stehen. Da sprechen doch tatsächlich Gabby und Aljosha mit Amitabh, der sie nach heftigem Nicken in unsere Richtung führt (dass mein goldiger Kellner mit Vornamen Amitabh heißt, weiß ich, seit ich Jérôme zu dessen Probekochen hierher begleitet habe. Um weitere Missverständnisse von vornherein auszuschließen, hatte ich jedoch beim vorangegangenen Telefonat mit Jérôme gleich vorausgeschickt, dass ich inzwischen einen Freund habe. Seine Enttäuschung darüber verflog allerdings schnell, als ich ihm erzählte, dass ich von einem Lokal wüsste, das auf seine grandiosen Kochkünste dringend angewiesen wäre).

»Was macht ihr denn hier?!«

Gabby und Adrian tauschen einen Blick und sie kichert, dann singen

alle drei plötzlich:

»Happy birthday – nachträglich – to youuuuuu, happy birthday – nachträglich – to youuuuuuu, happy birthday, happy birthday, happy birthday – nachträglich – to youuuuuuu!«

»Leute, ich fasse es nicht. Ihr seid ja unglaublich. Vielen, vielen Dank!« Immer noch verwirrt sehe ich zu Adrian, der lächelnd mit den Schultern zuckt.

Schließlich kann Gabby sich nicht mehr zurückhalten, hebt abwehrend die Hände und sagt, mit dem Kinn auf Adrian deutend: »Es war seine Idee. Weil doch dein Geburtstag wegen der ganzen Prüfungen ins Wasser gefallen ist. Aber ich habe ihm nicht freiwillig verraten, wo du mit ihm essen gehst. Er hat mich verhört. In einem dunklen Keller, drei Tage lang, ohne Essen und Trinken.«

»Hey, das ist meine Ausrede!«

Sie lacht. »Eigentlich wollten Thilo und Britta noch kommen.«

Da ertönt Brittas Stimme: »Habe ich da soeben meinen Namen vernommen?«

Allgemeines Hallo und Hurra ertönt. Und im Durcheinander der gegenseitigen Umarmungen fragt Britta: »Sagt bloß, wir haben das Geburtstagsständchen verpasst!«

»Ist doch nicht schlimm!«, erwidere ich.

»Entschuldigt bitte, dass wir so spät dran sind, aber mein werter Gatte konnte sich wieder einmal nicht von der kleinen Lena losreißen.« Liebevoll sieht sie Thilo an, der gespielt schuldbewusst nickt. »Ertappt! Aber es ist schließlich das erste Mal, dass die Großeltern auf die Kleine aufpassen, und ich musste ganz sicher gehen, dass die auch genau wissen, wann Lena ihre Milch kriegen muss und dass sie vor dem Zubettbringen immer »Schlaf, Kindlein, schlaf« vorgesungen bekommen möchte.«

Britta grinst in die Runde: »Von ›möchten‹ kann bei einem knapp drei Monate alten Säugling nicht unbedingt die Rede sein und es ist

ja nicht gerade so, als ob meine Eltern nicht drei eigene Kinder groß gezogen hätten.«

Die beiden nehmen Platz und Gabby fragt:»Wann findet noch mal die Taufe statt? Ich will schließlich meine große Lena als Taufpatin nicht verpassen!«

»In drei Wochen, am Fünfzehnten. Es wird eine wunderschöne Feier. Thilo hat es sich natürlich nicht nehmen lassen, der kleinen Maus als Taufgeschenk eigenhändig eine Wiege zu bauen.«

Thilo unterbricht sein Gespräch mit Aljosha, um stolz in die Runde zu blicken.

Wer hätte noch vor einem Jahr gedacht, dass dieser Muskelprotz so vollkommen in seiner Vaterrolle aufgehen würde?

Der Vorzeigepapa der Nation hat inzwischen Aljosha nach dem Verlauf der Geschäfte gefragt und widmet sich nun wieder dessen Schilderung über den Erfolg des Eine-Welt-Ladens, den Gabby und er im alten Tanzcafé von Adrians Großtante eröffnet haben.

Gabby hat nämlich vor einem halben Jahr endlich zumindest ihrem Vater gebeichtet, dass sie die Erfüllung ihres Lebenstraumes nicht im Erstellen unnötiger Excel-Listen oder in der sinnlosen Teilnahme an langweiligen Meetings sieht, sondern dass sie gerne einen eigenen Laden führen möchte. Überraschenderweise hat daraufhin ihr Vater ihr – unter der Bedingung jedoch, dass sie das Soziologie-Studium erfolgreich beendet – großzügige Unterstützung zugesichert.

Als Frau Apfelbaum von Gabbys Plänen Wind bekam und zudem erfuhr, dass ihr Herbert Gabby dabei auch noch unterstützt, hat sie ihn wutschnaubend vor die Wahl gestellt: Entweder er nähme augenblicklich seine finanzielle Unterstützung zurück oder sie würde ihn verlassen. Herbert hat daraufhin in aller Seelenruhe noch drei Ausrufezeichen unter den Scheck gemalt und ihn Gabby überreicht.

Tatsächlich ist Gabbys Mutter noch am selben Tag ausgezogen, jedoch nach drei Wochen zurückgekehrt, vermutlich, weil sie nieman-

den mehr zum Herumkommandieren hatte. Seither benimmt sie sich angeblich sehr viel pflegeleichter.

Nun führt Gabby neben dem Studium gemeinsam mit Aljosha ihren langersehnten Eine-Welt-Laden. Dank Adrians Überzeugungskraft und der finanziellen Unterstützung von Gabbys Vater konnte die Erbengemeinschaft dazu überredet werden, dass dies vorläufig der beste Weg sei, die Räumlichkeiten des ehemaligen Tanzcafés zu erhalten. Tatsächlich haben die beiden durch Werbung unter ihren Kommilitonen und regelmäßig stattfindenden coolen Aktionen den Laden zu einem hippen Treffpunkt machen können. Und jedes Mal, wenn ich zu einem Pläuschchen auf eine Tasse Fairtrade-Tee vorbeischaue, sind die Sitzsäcke belegt und Gabby kann kaum einmal von der Kasse weg – es sei denn, die Aushilfskraft, die die beiden inzwischen eingestellt haben, bedient gerade.

Selbst Marius, der, seit er mit Claudia zusammen ist, immer öfter ziemlich versnobte Anwandlungen hat, fand den Laden klasse. Ansonsten verstehe ich mich mit ihm wieder blendend, auch wenn er mich Tag für Tag mit Lobpreisungen auf Claudias absolute Vollkommenheit nervt. Ich warte ja nur auf den Moment, an dem er sie für die Heiligsprechung, zumindest aber für den Nobelpreis vorschlägt.

Der Abend verläuft wundervoll, genauso wie ich es liebe: in wildem Durcheinander. Alle wollen etwas erzählen, ständig wird gelacht. Das Essen ist fantastisch.

Ich beuge mich zu Adrian hinüber und flüstere ihm ein »Danke« ins Ohr. Er küsst mich.

Immer wieder kommt Jérôme zwischendurch heraus, um zu fragen, ob uns dieses oder jenes besser geschmeckt hat. Er setzt uns die halbe Speisekarte vor und schließlich müssen wir lachend abwinken, weil in unsere Mägen auch nicht ein einziges Reiskorn mehr hineingepasst hätte.

Es wird spät, fast alle Gäste haben inzwischen das Lokal verlassen,

und schließlich setzen sich auch Jérôme und Amitabh ganz zu uns und erzählen Adrian, wie sie mich kennengelernt haben, während Adrian seinerseits aus dem Nähkästchen über die Anfänge unserer Beziehung plaudert. Gabby gibt die Story unserer Flucht vor dem Krankenwagen zum Besten und Thilo, wie ich ihm den Tipp gegeben habe, die Nationalhymne zu klingeln. Alle halten sich die Bäuche vor Lachen, als ich erzähle, wie ich versucht habe, mich vor Adrian hinter einer Palme zu verstecken, als er mit Pierre das Sportstudio betrat. Britta treten vor lauter Lachen die Tränen in die Augen und Thilo fragt japsend: »Was ist denn jetzt eigentlich aus diesem Pierre geworden?«

Adrian meldet sich zu Wort: »Also nach allem, was ich so gehört habe, scheint er wohl nach mehreren missglückten Versuchen, hier irgendwo ein Nacktmodel aufzutreiben, wieder nach Frankreich zurückgekehrt zu sein und den reumütigen Sohn gespielt zu haben. Eines Nachts wurde er offenbar von einem wütenden Mann grün und blau geschlagen und am nächsten Tag von der französischen Polizei verhaftet. Es stellte sich nämlich heraus, dass der Mann, der ihn verprügelt hatte, ein Vater war, dessen siebzehnjährige und somit noch nicht volljährige Tochter Pierre für seine Nacktaufnahmen gewinnen wollte. Nach dieser Geschichte hat Pierres Vater ihm endgültig jegliche weitere finanzielle Unterstützung verweigert, so dass Pierre seither in einer Imbissbude Pommes verkauft.«

Das alles habe ich bereits gewusst. Doch ich bin natürlich nicht schadenfroh. Ich doch nicht. Ich grinse zufrieden in mich hinein.

Es wird ein sehr lustiger und langer Abend. Wir erzählen, erinnern und freuen uns. Ich sehe Adrian an, wie er aus vollem Herzen lacht und greife nach seiner Hand, um sie an meine Wange zu führen. Er dreht seinen Kopf zu mir und sieht mich so zärtlich an, dass ich mich fühle als müsste ich gleich zerspringen vor Liebe. Kein Zweifel: Egal, ob Glücksfee oder Fliegenpilz – endlich habe auch ich einmal Glück gehabt!

Emma Wagner ist eine 1982 in Niedersachsen geborenen Autorin. Nach dem Abitur verschlug es sie zum Studium nach Heidelberg. Diese herrliche Stadt wurde ihrem Ruf in Emmas Fall mehr als gerecht, denn Emma hat ihr Herz in Heidelberg verloren. Dort lebt sie - inzwischen glücklich verheiratet - mit Mann und drei Kindern.

Eigentlich hatte Emma nie vor, einen Roman zu schreiben, doch seit dem Erfolg ihres Debütromans „Liebe und andere Fettnäpfchen" mit über 35.000 Verkäufen kann sie einfach nicht mehr damit aufhören. Da der Spagat zwischen Autorendasein und Mutterschaft nur mit einer gehörigen Portion Humor zu meistern ist, sind ihre Spezialität Liebesromane mit Herz, Humor und Heidelberg.

Wer mehr über ihre Romane und die Autorin selbst erfahren möchte, ist herzlich dazu eingeladen, sie auf ihrer Homepage oder bei FB zu besuchen: www.emma-wagner.de und www.facebook.com/ AutorinEmmaWagner